Wolfgang Santjer

Ostfriesenspieß

LEDA

Handlungen und Figuren dieses Krimis sind frei erfunden. Eventuelle Übereinstimmungen mit lebenden und verstorbenen Personen sind zufällig und nicht beabsichtigt.

Wolfgang Santjer
Ostfriesenspieß
Kriminalroman

1. Auflage 2015

ISBN 13: 978-3-86412-075-6

Leda-Verlag, Rathausstraße 23, D-26789 Leer
info@leda-verlag.de

www.leda-verlag.de

Lektorat: Maeve Carels
Titelillustration: Jutta Gerdes
Druck und Bindung: GGP Media GmbH, Pößneck

Wolfgang Santjer

Ostfriesenspieß

Kriminalroman

LEDA

Vorwort

Liebe Leserinnen und Leser!

Die Schauplätze des nachfolgenden Krimis befinden sich an der Autobahn.

Zur besseren Orientierung habe ich die Tatorte, insbesondere die Parkplätze und Anschlussstellen, aufgelistet.

Ostfriesenspieß: Die Autobahn A 31 vom Ruhrgebiet bis nach Ostfriesland verläuft auf der Karte in einer geraden und vertikalen Linie, ähnlich einem Spieß.

Polizisten lieben Abkürzungen. Hier einige Erklärungen dazu.

Rtg.: Richtung
AS: Anschlussstelle
OL: Oldenburg
Mep.: Meppen
Ndl.: Niederlande
PP: Parkplatz oder Rastplatz

Reihenfolge der Parkplätze, Anschlussstellen und Besonderheiten:

A 31, Fahrtrichtung Meppen in Rtg. Oldenburg:
AS Rhede,
PP Rhede/Olle Rheen,
AS Papenburg,
Autobahndreieck Bunde (verlässt man die A31 und folgt der A 280 Rtg. Ndl. so fährt man, vor dem Grenzübergang, an der AS Bunde-West vorbei).

Weiterer Verlauf der A 31:

Trogstrecke Bunde,

AS Weener, (verlässt man die A 31 und biegt nach links auf die B 436 in Rtg. Weener ab, so befindet sich die Müllverbrennungsanlage an der Umleitungsstrecke, zwischen den AS Jemgum und AS Weener)

PP Rheiderland,

AS Jemgum/Bingum,

Emstunnel Südröhre,

AS Leer-West (Rtg. OL), hier befindet sich die Dienststelle der Autobahnpolizei,

AS Leer-Nord,

Autobahndreieck Leer (Abzweigung Rtg. Emden)

Bezeichnungswechsel: aus der A 31 wird die A 28,

AS Leer Ost,

PP Nortmoor (der gegenüberliegende PP Rtg. Mep. heißt PP Brinkum,

AS Filsum,

AS Apen/Remels,

PP Uplengen-Süd (der gegenüberliegende PP Rtg. Mep. heißt Uplengen-Nord),

AS Westerstede-West.

Erläuterungen zur Karte

Zur besseren Orientierung werden im Krimi Örtlichkeiten wie folgt dargestellt:

Zum Beispiel: (s. K. 6) bedeutet der Parkplatz Uplengen-Nord.

Nr. in der Karte	Örtlichkeit
1	AD Bunde
2	AD Leer
3	PP Olle Rheen/Rhede
4	PP Rheiderland
5	PP Brinkum/Nortmoor
6	PP Uplengen Nord
7	PP Uplengen Süd
8	Industriegebiet Bunde-West
9	Kraftwerk Weener
10	Bereitschaftsplatz an der AS Jemgum
11	Emstunnel
12	Jann-Berghaus-Brücke
13	Polizeidienstgebäude in der Stadt
14	Polizeidienstgebäude der Autobahnpolizei
15	B 436 Umleitungsstrecke zwischen AS Weener und AS Jemgum
16	Trogstrecke
17	AS Jemgum/Bingum
18	AS Bunde-West
19	AS Leer-West

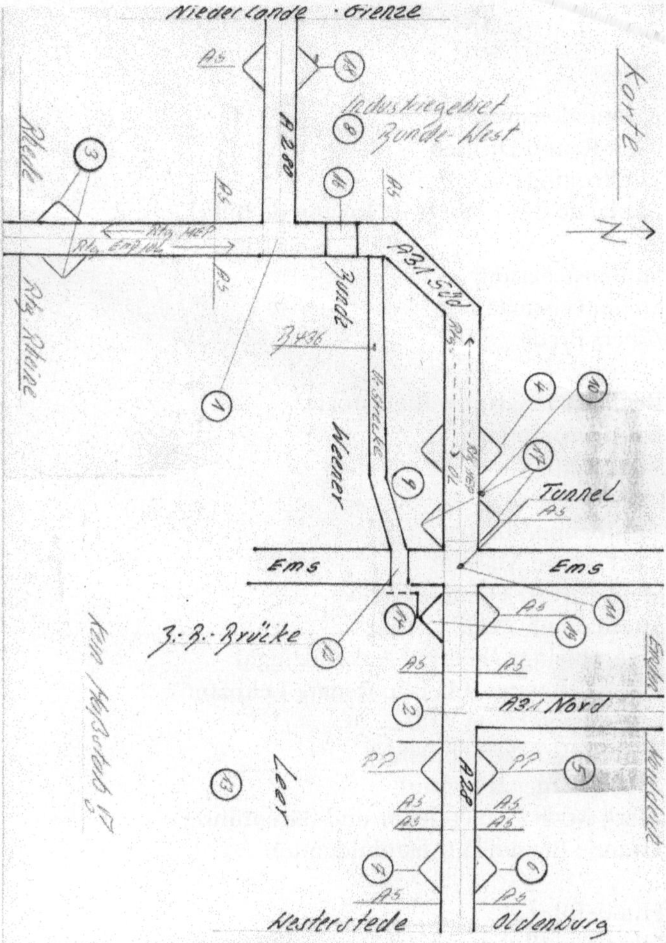

Niederlande · Grenze
Karte
Industriegebiet Bunde-West
A 280
Rhede
Rtg. Rheine
Bunde
A 31 Süd
Weener
Tunnel
Ems
Ems
J.-B.-Brücke
A 31 Nord
Emden
Norddeich
A 28
Leer
Westerstede
Oldenburg

Personen der Handlung

Kriminalbeamte
Chef Renko Dirksen
Jan Broning
Maike de Buhr (Vater ist Johann de Buhr)

Spurensicherung
Stefan Gastmann
Albert Brede

Bereitschaftsgruppe für Tatorte
Egon Kromminga
Anni Ruiter

Autobahnpolizisten
Chef Anton Martens
Stellvertreter Heinrich Greve
Streifenbulli 91/07
Onno Elzinga (Ehefrau Anke Elzinga)
Klaas Leitmann (Ehefrau Renate Leitmann)
Streifenbesatzung 91/02
Rolf Berger (Schichtleiter)
Astrid Berger (Ehefrau)
Mark Rode (Schichtleiter und Bärenführer)
Swantje Benninga (Auszubildende)

Hundeführer
Hermann Blohm mit Schäferhund Bronko
Insa Boomgarden mit Schäferhund Rambo

Polizeidienstgebäude in der Stadt (Mutterhaus)
Chef Thomas Sprengel
Klaus Hensmann (Schichtleiter)

Fritz von Pankow (Pensionierter Kollege aus Brandenburg)

Beamter des Gewerbeaufsichtsamtes
Jürgen Hartog

Staatsanwalt
Grohlich

Rechtsmedizin:
Dr. Knoche (1.Obduzent)
Dr. Andresen (2. Obduzent)

Angestellter der Autobahnmeisterei Kurt Delling
Geschäftsführer der ndl. Hähnchenmastanlage
Piet de Jong

Kraftwerker
Leiter Rainer Tergast
Eilert Haats (Schichtleiter)
Heiko Buntjes

Bestatter
Siegmund Erdmann

Abschlepper
Lothar Düselder

Anlageberater
Max van der Wierde

Sonstige Verkehrsteilnehmer
Erich Schulte (Mercedes-Fahrer)
Dina Schulte (Ehefrau)
Kalle Klein (Transporter-Fahrer)
Abel Batz
Lisa Batz (Ehefrau)
Henk Zijlstra (Lkw-Fahrer aus den Ndl.)
Franz Ravenberg (Brandenburg)

Wenn es für unser Leben etwas Ewiges geben soll, so
sind es die Erschütterungen,
die wir in der Jugend empfangen.
Theodor Storm

Prolog

Tag 1, nachts
PP Uplengen-Nord, Rtg. Mep.[1]

Er saß auf dem Fahrersitz des Transporters und sah nach draußen auf den einsamen Autobahnrastplatz. Wie verabredet hatte sie das alte Wohnmobil etwa zweihundert Meter vor seinem Fahrzeug am Rand des Parkplatzes abgestellt und die rote Beleuchtung eingeschaltet.

»Kannst du mich hören?« Ihre Stimme klang nervös und aufgeregt.

Er nahm das kleine Funkgerät aus der Ablage des Armaturenbretts und drückte die Sprechtaste. »Beruhige dich, ich kann dich gut sehen und pass auf dich auf. Schalte noch das rote Herz an.«

Kurz darauf leuchtete das Herz in knallig roter Farbe im hinteren Fenster des Wohnmobils.

Er legte das Funkgerät zu seiner restlichen Ausrüstung. Seine Hand fühlte die Handschellen, den Elektroschocker, das kleine Säckchen mit dem Autobahngold und das kalte Metall der Schere.

Noch war kein Kunde in Sicht. Er griff nach der Schere und wog sie in seiner Hand.

Er hatte sich sehr verändert. Zusammen mit seiner Naivität hatte er auch seinen Namen abgelegt.

---

1) siehe Punkt 6 auf der Karte

1989 (Zeit der Wende)
Brandenburg

Er stand vor der Wohnung seines Anlageberaters. In der Hand hielt er den aktuellen Kontoauszug seiner Bank. Die Tür ging auf und vor ihm stand Max van der Wierde. Dessen Lächeln wirkte aufgesetzt und angestrengt. Der Anlageberater war offensichtlich überrascht, ihn zu sehen.

»Guten Tag, Herr Bach, was kann ich für Sie tun?« Nach einer kurzen Pause fügte van der Wierde hinzu: »Kommen Sie doch rein!«

Er zwang sich zur Ruhe und betrat die Wohnung.

»Am besten, wir setzen uns in mein Büro, ich muss nur schnell in die Küche, den Herd ausschalten. Heute gibt es Hühnchen in Wein.«

Nun saß er auf demselben Stuhl wie vor vier Wochen, als er den Vertrag zu den Schiffsbeteiligungen unterschrieben hatte. Das Telefon auf dem Schreibtisch klingelte. Später konnte er sich nicht erinnern, wieso er aufgestanden und in den Flur gegangen war. Die Telefonklingel verstummte und er hörte van der Wierdes leise Stimme aus der Küche.

Vorsichtig sah er in den Raum. Der Mann stand mit dem Rücken zu ihm, rührte mit einem Kochlöffel in einem Topf und hielt einen Telefonhörer mit der anderen Hand.

Sein Anlageberater lachte. »Stell dir vor, jetzt sitzt dieser Trottel in meinem Büro und wartet darauf, dass ich ihm den Rest von seinem Geld abknöpfe«, flüsterte er.

Ihm war sofort klar, wer der Trottel war. Er ging in die Küche, riss van der Wierde das Telefon aus der Hand und warf es in den Kochtopf.

»Was fällt Ihnen ein, sind Sie verrückt?«

»Wo ist mein Geld? Der Trottel will wissen, wo sein Geld ist!«

Van der Wierde dachte wohl, Angriff sei die beste Verteidigung. »Verschwinden Sie aus meiner Wohnung!«, schrie er und zeigte zur Eingangstür.

»Nicht ohne mein Geld!«

Nun fing van der Wierde an, hysterisch zu lachen. »Dein Geld ist weg, Ronny. Futsch. Kapiert? Wir sind pleite! Wir haben keine Ladung für die Schiffe!«

Ronny war sprachlos. Seine gesamten Ersparnisse hatte er diesem Mann anvertraut und nun stand er vor dem Nichts.

Van der Wierde sah, wie die Wut der Verzweiflung wich und sein Gegenüber in sich zusammenbrach, und beging einen verhängnisvollen Fehler. »Du bist schuld, du hast mir ja dein Geld aufgedrängt. Hast mich in Versuchung geführt.« Er stieß Ronny den Zeigefinger gegen die Brust. Dann tippte sein Finger immer abwechselnd an Ronnys Schulter und Bauch. »Du hast mich doch zum Zocken verführt!«

Ronny sah nicht mehr van der Wierde vor sich stehen, sondern seinen Vater, der ihn beschimpfte und ihm den Finger in den Bauch bohrte. »Du – mein Sohn? Dass ich nicht lache, du Taugenichts!« Sein Vater hatte es nötig ...! Hatte sich den ganzen Tag mit Nutten rumgetrieben.

Dann war es der Zeigefinger seines Klassenlehrers, dessen beliebtestes Opfer er gewesen war. »Ronny, aus dir wird nie was.« Die anderen Kinder in der Klasse hatten gelacht und ihn angestarrt. Er konnte ihre Blicke immer noch auf seinem Körper spüren, als er jetzt wieder den Mann vor sich wahrnahm, der ihn um sein ganzes Erspartes betrogen hatte.

Ronny ballte eine Faust und seine ganze Frustration entlud sich in diesen Schlag.

Der Faustschlag traf van der Wierde am Jochbein und er fiel nach hinten. Der Kopf knallte auf den Fliesenboden der Küche.

Auf der schwarzen Granitarbeitsplatte lag noch die

Geflügelschere, mit der van der Wierde offenbar kurz zuvor das Hühnchen zerteilt hatte. Blut und Fettreste schimmerten im Schein der Beleuchtung.

Der Anlageberater war noch benommen. Er lag mit dem Rücken auf dem Küchenfußboden und versuchte sich zu orientieren.

»Du nennst mich eine Trottel?«, schrie Ronny Bach und kniete sich neben van der Wierdes rechtem Arm nieder. Seine linke Hand umschloss wie ein Schraubstock den Zeigefinger des Mannes, der ihn ausgelacht hatte. In der Rechten hielt er die Geflügelschere. Dieses Schwein würde nie wieder mit dem Finger auf andere Leute zeigen. Ronny würde sich nicht noch einmal demütigen lassen. Entschlossen drückte er die Griffe der Schere mit aller Kraft zusammen.

Das knirschende, knackende Geräusch ging im Schrei seines Opfers unter. Ronny Bach steckte den abgetrennten Finger zusammen mit der Geflügelschere in seine Jackentasche. Er verließ die Wohnung und lief nach Hause. Dort wartete er auf die Polizei.

Tag 1, nachts
Rastplatz Uplengen-Nord, Rtg. Leer/Mep[2].

Seine Hände umschlossen noch immer verkrampft die Schere. Er sah zum Wohnmobil hinüber und hörte das Geräusch eines herannahenden Autos. Er legte die Schere unter den Sitz und griff nach dem Funkgerät.

Ein schwarzer Mercedes SLK hatte zwischen dem Transporter und dem Reisemobil geparkt.

*

Der Mann im Mercedes war auf der Autobahn fast eingeschlafen. Das Hinweisschild auf einen Parkplatz war ihm gerade recht gekommen.

Er saß allein im Auto. Seine Beine fühlten sich schwer und müde an. Das lange Stehen auf dem Messestand hatte ihn angestrengt. Die schlechte Luft und der ständig hohe Geräuschpegel dort machten es auch nicht besser. Immer dieselben Verkaufsgespräche über die Vorteile der angepriesenen Fassadenverkleidung … Die Kunden waren vorsichtiger geworden. Er musste seine ganze Überredungskunst aufbieten, damit es zu Vertragsabschlüssen kam.

Einen Vorteil hatte die Arbeit auf dem Stand: Der Dienstwagen, ein nagelneuer Mercedes, war einsame Spitze.

Natürlich bekam man den vom Chef nur, wenn die Anzahl der Abschlüsse den Erwartungen entsprach. Er seufzte. Nächstes Mal bekam er sicher die ausgelutschte alte Karre mit. Sein neuer, junger, dynamischer Kollege hatte ihn bei den Abschlüssen weit abgehängt.

»Diese verdammte Freisprecheinrichtung«, fluchte er, »wie funktionierte das auch noch?« Er schaltete die Innenbeleuchtung an. Endlich gelang es ihm, seine

2) s. K. 6

Festnetznummer einzugeben. Die Verbindung baute sich auf und sein Blick richtete sich nach draußen und fiel auf ein rot beleuchtetes Wohnmobil.

*

Zum Glück hatte der Mercedes-Fahrer die Innenbeleuchtung angeschaltet. Beim nächsten Mal brauche ich unbedingt ein Nachtsichtgerät, stellte der Fahrer des Transporters fest.

Die Situation war optimal. Keine anderen Fahrzeuge auf dem Parkplatz. Ihr Opfer war allein im Auto.

Er griff zum Funkgerät, atmete tief durch und drückte die Sprechtaste: »Dies ist unser Mann, alles wie geplant!«

Die Tür des Wohnmobils öffnete sich und sie stieg aus.

Mein Gott, der Mercedesfahrer hatte keine Chance. Sicher, sie war eine schöne Frau, aber diese Aufmachung mit Schminke und Reizwäsche … ›Unwiderstehlich‹ trifft es wohl am besten, dachte er.

*

Der Lautsprecher im Mercedes knackte. »Schulte!«, meldete sich seine Frau am anderen Ende der Leitung.

»Ich bin es, Erich, wollte mich nur mal kurz melden.«

»Das wird auch Zeit. Hast ja lange nichts von dir hören lassen.«

»Ist ja gut, Linde, ich bin circa in einer Stunde zu Hause und habe ganz schön Kohldampf.«

»Aha, daher weht also der Wind! Nur weil der feine Herr Hunger hat, ruft er an.«

Während ihn seine Frau beschimpfte, sah Erich Schulte eine Frau aus dem Wohnmobil steigen. Die dunkle Schönheit schaute in seine Richtung. Sie trug nur dunkelrote Reizwäsche und alles, aber auch alles, was er sah, gefiel ihm. Besonders die schwarzen Lackstiefel.

»Erich, hörst du überhaupt zu? Ich rede mit dir.«

»Linde, ich muss auflegen. Der Chef reißt mir den

Kopf ab, wenn wir zu lange telefonieren.« Er drückte den roten Knopf an seinem Handy und beendete so das Gespräch. Mit Wehmut dachte er an längst vergangene Zeiten. Linde, seine große Liebe ... Und jetzt tote Hose im wahrsten Sinne des Wortes. Wie lange war es eigentlich her, dass Linde und er ...? Keine Ahnung. Sicher schon viel zu lange.

Die dunkle Schönheit begann mit einem Lappen in der Hand die Fensterscheiben ihres Mobils zu bearbeiteten. Dazu bückte sie sich wie zufällig ständig nach dem Wassereimer neben ihr. Natürlich genau in seine Richtung! Erich konnte seinen Blick nicht von ihr lösen und bekam einen trockenen Mund. Sein Freund in der Hose erwachte aus dem Tiefschlaf.

Er überlegte nur kurz. Sein Schwarzgeld wäre hier gut angelegt.

So konnte er aber nicht aussteigen. Trotz der Dunkelheit war seine Erregung nicht zu übersehen.

Seine linke Hand griff zum Türöffner und die rechte zu seiner Strickjacke. Als er ausgestiegen war, legte er sich die Jacke über den Arm und hielt sie vor seine Hose.

Er ging auf sie zu und blieb direkt vor ihr stehen. Die dunkle Schönheit lächelte ihn an. Das Miststück wusste genau, welche Wirkung das Putzmanöver auf ihn gehabt hatte.

Eigentlich ungewöhnlich, dass sie ausgestiegen war. Ihre Berufskolleginnen blieben meist unauffällig drinnen sitzen. Eine innere Stimme rief: Dreh um, steig ins Auto und fahr weg!

Sie lächelte ihn an und fragte ihn mit dunkler, rauchiger Stimme, ob sie etwas für ihn tun könnte. Ihre Hand griff unter seine Strickjacke und legte sich auf die Wölbung unter seiner Hose. Der letzte Rest seiner Vernunft löste sich schlagartig in Wohlgefallen auf und mit heiserer Stimme fragte er: »Wie viel?«

»Ich wollte eigentlich Schluss machen für heute, aber du gefällst mir. Hundert Euro und du wirst den Abend nicht vergessen!«

»Einverstanden.« Er wollte unbeholfen ihre Brust berühren.

»Aber doch nicht hier draußen. Drinnen habe ich eine kleine Spielwiese für uns. Warte, ich mach dir gleich die hintere Tür auf.« Sie stieg ein, schaltete das rote Licht aus und zog die Vorhänge zu.

Erich Schulte ging mit eiligen Schritten zum Auto, nahm sein Schwarzgeld aus dem Handschuhfach und verriegelte den Mercedes.

*

Alles lief wie geplant. Während der Mercedes-Fahrer in seinem Wagen herumkramte, nahm er den Elektroschocker, öffnete vorsichtig die Tür des Transporters und ging durch die Dunkelheit um das Wohnmobil herum. Lautlos stieg er hinten ein, ging in das kleine Bad und zog die Tür hinter sich zu.

*

Der Mercedes-Fahrer ging aufgeregt zurück zum Lovemobil und dachte: Bescherung, Erich! Bescherung!

Die hintere Tür war geöffnet. Er betrat das Innere. Links sah er eine schmale Tür, gegenüber eine kleine Küchenzeile. Im vorderen Bereich befand sich ein breites Bett. Trotz der spärlichen Beleuchtung konnte er sie sehen. Sie saß auf der Bettkante und öffnete langsam den dunkelroten BH. Heiser sagte er: »Warte, ich möchte mein Geschenk selber auspacken.«

Ihr Blick zog ihn magisch an. In diesem Moment vergaß er alles um sich herum und sah nur noch eine Frau, die ihn begehrte. Zitternd ging er zwischen ihren schwarzen Lackstiefeln auf die Knie. Sie zog sein Gesicht zwischen ihre Brüste und sofort umnebelte schweres Parfüm seine Sinne.

Deshalb bemerkte er auch nicht, dass sich hinter ihm langsam die Tür zur kleinen Nasszelle öffnete und dann jemand hinter ihm stand. Der Stromschlag im Genick lähmte sofort seine Muskeln. Er schlug bewusstlos auf den Boden.

*

»Beruhige dich. Ist alles gut gelaufen. Ich leg ihm noch die Handschellen an und hole den Transporter.«

Er fuhr den Wagen dicht an die Tür des Mobils. Als sie öffnete, fiel ihr Blick auf die sargähnliche Kiste im Transporter. Sie war blass.

Gerd Hasler öffnete die massiven Verriegelungen der Kiste und legte den Deckel zu Seite. Sie schauten sich an. Er bemerkte ihr Zögern. «Du weißt, dass sie es verdient haben«, sagte er. »Pack an, bevor er wach wird!«

Nachdem er die Autoschlüssel und die Brieftasche in der Kleidung des Opfers gefunden hatte, wuchteten sie den immer noch Bewusstlosen zusammen aus dem Lovemobil hinüber in den Transporter und packten ihn in die Kiste, legten den schweren Deckel darauf und verriegelten sie.

Gerd Hasler legte sich neben dem Transporter auf den Boden und schob sich unter das Fahrzeug. Er stellte das spezielle Ventil an der Auspuffanlage um und kroch zurück. Als er aufstand, sah er die Verzweiflung in ihren Augen.

Gerd küsste sie auf den Mund und drückte sie fest an sich. »Vertrau mir, fahr nach Hause. Ich komm später nach.«

Als er den Motor des Transporters startete, strömten die Abgase zunächst über das Rohr der Auspuffleitung zu dem Umschaltventil. Dahinter trennten sich die Leitungen. Je nach Schalterstellung führte entweder eine davon die tödliche Abgase wie üblich weiter in die Auspuffanlage, oder die Gase gingen über die andere Leitung, durch das Bodenblech des Fahrzeuges, in die Kiste. Deren unteren Teil hatte Gerd fest mit dem Bodenblech des Transporters verschraubt. Den Deckel konnte er mit mehreren massiven Verriegelungen luftdicht befestigen.

In die Kiste hatte er seitlich eine Lochgitterwand aus Stahl eingebaut, mit tausenden kleiner Löcher wie bei einem Sieb. Das Opfer konnte die Abgasleitung von innen nicht verschließen, denn die Abgase strömten hinter dieser Lochwand in die Kiste.

*

Der Schmerz im Genick befreite Erich Schulte aus seiner Bewusstlosigkeit. Er öffnete die Augen, aber es blieb dunkel. Panik stieg in ihm auf, als er die Handschellen spürte. Beim Versuch, sich aufzurichten, stieß er mit dem Kopf gegen ein Brett. Verzweifelt versuchte er, die Situation zu begreifen.

Soweit es möglich war, bewegte er sich in alle Richtungen. Seine Füße, seine Schultern und sein Kopf stießen jedoch auf Widerstand. Allmählich dämmerte ihm, dass er in einer länglichen Kiste lag. Die Finger tasteten die Oberfläche ab. Es fühlte sich wie Holz an, nur rechts befand sich eine Art Gitter. Er spürte Vibrationen. Erich Schulte begann abwechselnd zu schreien und zu schluchzen.

Lauwarme Luft drang durch die rechte Seite aus dem Lüftungsgitter. Auspuffgase? Es wurden Auspuffgase in die Kiste geleitet!

Er konnte die rechte Seite nicht abdecken. Er trat und schlug um sich, aber ohne Erfolg. Schreien konnte er nicht mehr, die schlechte Luft erschwerte ihm das Atmen. Seine Fingernägel brachen beim Kratzen am Holzdeckel ab. Das Adrenalin ließ ihn noch einige lange Minuten durchhalten, bevor Erich Schulte sein Bewusstsein verlor.

*

Gerd Hasler steuerte den Transporter vom Parkplatz. Bis zur Lagerhalle sollten die Abgase ihre Arbeit erledigt haben. Dann blieben nur noch die Entsorgung und sein sehr spezielles Souvenir. Den Luxusschlitten würde er später holen. Endlich konnte er sich für die Demütigungen rächen!

Während seine Gedanken in seine beschissene Kindheit zurückwanderten, strich sein rechter Daumen über die geschliffenen Klingen der Schere.

Kapitel 1

Tag 3, frühmorgens
Unterwegs auf der Autobahn A 28 (Rtg. OL)

»91/02 für die Wache!«

Die junge Kommissarin Swantje Benninga griff im Streifenwagen nach dem Hörer des neuen Digitalfunkgerätes. »91/02. Was hast du?«

Schichtleiter Rolf Berger drückte auf der Wache die Sprechtaste. »Mehrere Verkehrsteilnehmer haben Rehe in Höhe Apen auf der Bahn in Richtung Oldenburg gesehen. Schaut doch mal nach. Die Rundfunkdurchsage läuft!«

»Geht klar, Rolf.«

Ihr Streifenkollege und Bärenführer[3] Mark Rode auf dem Fahrersitz beschleunigte und wechselte auf den Überholfahrstreifen. Er schaltete Blaulicht und Martinshorn an und konzentrierte sich auf den vorausfahrenden Verkehr.

Swantje sah ihren Kollegen verunsichert von der Seite an. »Rehe sind gar nicht gut, oder? Blöde Viecher. Können die nicht auf der Wiese bleiben …«

Mark bremste stark ab, weil ein vorausfahrender Pkw-Fahrer den Streifenwagen zu spät bemerkt hatte. Offensichtlich hatte der Mann zum Überholen ausgeschert, ohne in den Rückspiegel zu schauen. Der Pkw-Fahrer beschleunigte jetzt nicht etwa und beendete sein Überholmanöver, nein, er latschte voll auf die Bremse.

Das ABS-Bremssystem des Streifenwagens schaltete sich ein und Mark fluchte. »Vollpfosten!«

Er gab wieder Gas und Swantjes rechte Hand krampfte sich um den Haltegriff an der Tür.

3) Polizeisprache für Ausbilder

Mark war hochkonzentriert. Sein Adrenalinspiegel stieg zusammen mit der Geschwindigkeit. Er blieb mit ihrem Einsatzfahrzeug auf dem Überholfahrstreifen. Auf dem rechten Hauptfahrstreifen voraus fuhr ein Lkw. Hinter dem Lkw befand sich ein Pkw.

Vor zwei Tagen war Mark mit Tempo zweihundert, ebenfalls bei Blaulicht und Musik und auf der linken Spur, unterwegs zu einer Unfallstelle gewesen, als ein alter Golf hinter einem Lkw ausgeschert war und den Überholfahrstreifen blockiert hatte. Trotz Vollbremsung war ihm ein Zusammenstoß unvermeidbar erschienen. Aber dank ABS und dem genialen elektronischen Stabilitätsprogramm war der Streifenwagen lenkfähig geblieben und Mark war mit circa 180 Sachen über den schmalen Standstreifen an den vorausfahrenden Fahrzeugen vorbeigerauscht.

Sie hatten Glück gehabt.

»Swantje, hat ein Autobahnpolizist so viele Leben wie eine Katze? Was meinst du?«

»Mit den neun kommen wir auf keinen Fall aus.« Swantje atmete bewusst ruhig ein und aus. An diese Einsatzfahrten musste sie sich noch gewöhnen. Sie war erst seit vier Wochen bei der Autobahnpolizei.

Kurz vor Apen verringerte Mark das Tempo und fuhr mittig auf der Autobahn. Er schaltete die Warnblinkanlage ein. So verlangsamte er den nachfolgenden Verkehr vor der Gefahrenstelle.

Swantje sah die Tiere zuerste »Da links am Mittelschutz! Zwei Rehe.«

Inzwischen fuhr der Streifenwagen im Schritttempo und die nachfolgenden Autofahrer waren gezwungen, ebenfalls langsam zu fahren. Die Tiere nutzten die Gelegenheit und liefen zurück über die Fahrbahn. Sie verschwanden im Grünstreifen zwischen Fahrbahn und Rastplatz.

Das Problem war damit nicht erledigt, denn den

Parkplatz trennte ein Wildschutzzaun von den Wiesenflächen. Die Tiere konnten so den Parkplatz von außen nicht erreichen, ihn aber in diesem Fall von innen auch nicht wieder verlassen.

Als Mark auf den Parkplatz fuhr, sah er die Tiere über die gepflasterten Flächen laufen und hinter dem Toilettengebäude zwischen Bäumen und Büschen verschwinden.

PP Uplengen-Süd, Rtg. OL[4].

Mark und Swantje stiegen aus.

Er verriegelte die Türen des Streifenwagens und überlegte. »Swantje, wir teilen uns auf. Du gehst zu einem Ende des Parkplatzes, ich zum anderen. In der Grünanlage am Zaun entlang gehen wir dann mittig aufeinander zu.«

Swantje marschierte los. Mark ging in die entgegengesetzte Richtung. Kurz darauf verschwanden die Polizisten zwischen den Bäumen und Büschen.

Mark ging am Zaun entlang in Richtung Parkplatzmitte. Nach etwa hundert Metern sah er, dass der Wildschutzzaun beschädigt war. Das Drahtgeflecht hatte sich von den Pfosten gelöst und war nach unten gefallen. Klarer Fall, hier waren die Tiere durchgelaufen.

Er ging ein Stück zurück und wartete darauf, dass Swantje die Rehe in seine Richtung trieb.

Dies tat sie auch, aber anders als erwartet. Ihr Schrei war nicht von schlechten Eltern und tatsächlich sprangen die beiden Rehe aus dem Dickicht. Mark breitete die Arme aus und schrie ebenfalls. Die Tiere sprangen

4) siehe Punkt 7 auf der Karte

durch die Zaunlücke und liefen über die Wiesen davon.
»Super, Swantje, gut gemacht!«
Aber seine Kollegin antwortete nicht.
Mark drückte das Drahtgeflecht hoch und schloss damit provisorisch die Lücke im Zaun. Den Rest würde morgen die Autobahnmeisterei erledigen. Er rief nach seiner Kollegin. Sie hätte doch schon längst hier sein können.
Schließlich kämpfte er sich durch das Gestrüpp in ihre Richtung.
Das Geräusch war eindeutig. Dort musste sich jemand heftig übergeben.
Swantje stand vornübergelehnt an einem Baum. Sie würgte, und ihr Gesicht war weiß wie eine Wand.
»Was ist denn los?«, fragte Mark verblüfft.
Sie wischte über den Mund und zeigte mit dem Finger hinter sich. »Da liegt ein Toter.«
»Bleib hier, ich sehe nach.«
Vorsichtig trat er nur dort auf das Gras, wo auch Swantje es mit ihren Schuhen kurz vorher heruntergedrückt hatte.
Zwischen den Büschen lag ein Mann auf dem Rücken. Das Summen der Fliegen verriet, dass ihm vermutlich nicht mehr zu helfen war, aber Mark musste sich vergewissern. Er dachte an den letzten Erste-Hilfe-Lehrgang. Ein sicheres Todeszeichen sei die Leichenstarre, hatte der Dozent gesagt.
Es blieb ihm nichts anderes übrig, er ging neben dem Körper in die Knie. Zum Glück hatte er noch seine Handschuhe in der Seitentasche der Hose. Jeder Autobahnpolizist hatte Lederhandschuhe dabei. Bei der Bergung von Unfallopfern bewahrte sie das vor Verletzungen durch Glasscherben oder scharfkantige Bleche.
Er zog die Handschuhe über. Die linke Hand legte er auf den Brustkorb des Mannes, mit der rechten umfasste er das Handgelenk. Der Brustkorb bewegte sich nicht. Außerdem ließ sich der Arm nicht anheben. Die

Leichenstarre war voll ausgebildet. Kein Zweifel, vor ihm lag ein Toter.

Das Gesicht war unnatürlich rot. Wie hypnotisiert starrte Mark auf die Hände des Toten. Die Finger waren gekrümmt, die Nägel abgerissen und blutig. Das Schlimmste war aber die rechte Hand. Dort, wo sich der Zeigefinger hätte befinden sollen, krabbelten winzige Maden auf einer Wunde.

Mark Rode riss sich von dem Anblick los und ging zurück zu seiner Kollegin.

Er legte den Arm um Swantje. Gemeinsam liefen sie den Weg zurück auf das Parkplatzgelände. Mark Rode ging zum Streifenwagen und griff zum Handy.

Schichtleiter Rolf Berger nahm auf der Wache den Hörer ab. »Na, habt ihr die Rehe gesehen?«

»Die sind wieder da, wo sie hingehören, dafür haben wir aber eine Leiche gefunden.« Mark schilderte, was passiert war. Dabei sah er besorgt seine Kollegin an. Sie sah sehr blass und schockiert aus. Er wusste aus Gesprächen mit ihr, dass sie noch keine Leiche gesehen hatte.

»Du wirst noch viele Tote zu sehen bekommen, aber die erste Leiche vergisst du nie«, hatte sein Bärenführer einst zu ihm gesagt. Das würde Swantje genauso gehen, jede Einzelheit war für immer in ihr Gedächtnis gebrannt.

Mark Rode öffnete den Kofferraum des Streifenwagens und griff sich den Karton mit dem Absperrband. »Na, Swantje, geht's wieder? Lass uns den Fundort absperren. Rolf weiß Bescheid und kümmert sich.«

Kapitel 2

Tag 3, morgens
Altstadt Leer, Dachgeschosswohnung von Jan Broning

Das Telefon an seinem Bett riss Jan Broning aus dem Schlaf. Broning war noch ganz in seinem Traum gefangen und es dauerte einen Moment, bis er die grüne Taste drückte.

Bevor er seinen Namen nennen konnte, hörte er schon die Stimme seines Kollegen Hensmann von der Wache. Sofort hielt Broning den Hörer auf Abstand zu seinem Ohr. Böse Zungen behaupteten, Hensmann hätte in einem früheren Leben zu den Trompetern von Jericho gehört.

»Sorry, Jan, noch ein bisschen früh, aber Kollege Kromminga von der Tatortgruppe bat mich, dich zu informieren. Sie sind draußen an der Autobahn 28 auf einem Parkplatz und haben einen Toten. Eindeutig Fremdverschulden und ganz schön krass. Er fragt an, ob du dir die Auffindesituation selbst ansehen möchtest. Die Spurensicherung ist am Aufrödeln und fährt gleich raus.«

»Okay, Klaus. Sie sollen eine Ehrenrunde in der Wörde drehen und mich abholen. Ich mach mich fertig.«

Jan Broning sah aus dem Fenster auf die gegenüberliegende neue Hafenstadt. War er der Einzige, oder gab es noch andere, die es bei diesem Anblick fröstelte? Er konnte sich nicht an diese Architektur gewöhnen.

Morgens sah er immer zuerst aus dem Fenster auf die Nesse. Die Wohnungen waren teuer und begehrt, aber er fand, sie strahlten eine gewisse Kälte aus.

Nach einem letzten sehnsuchtsvollen Blick auf sein warmes Bett ging er in die Küche und schaltete die Kaffeemaschine ein.

Im Bad wartete die erste Mutprobe auf ihn. Der Blick in den Spiegel.

Trotz der vielen Falten war er doch zufrieden mit sich. Der Sport und die Umstellung seiner Ernährung zeigten Wirkung. Sein Gesicht war schmaler geworden. Ein bisschen so wie früher.

In der Küche blieb sein Blick an einem Foto an der Kühlschranktür hängen. Maike de Buhr hatte ihn in dem Passbildautomaten ganz nah an sich herangezogen, als diese Fotos entstanden waren.

Bei ihrem letzten gemeinsamen Fall hatten Jan Broning und Maike de Buhr zusammen mit Kollegen der Wasserschutzpolizei Morde und rätselhafte Ereignisse an der Ems[5] aufgeklärt. Broning hatte damals den Tod seiner Frau noch nicht verarbeitet gehabt, sich erst mit Hilfe seiner Therapeutin wieder gefangen, und am Ende der Ermittlungen hatte es dann zwischen Maike und Jan ordentlich gefunkt.

Bis jetzt war es allerdings bei vorsichtigen Küssen und Umarmungen geblieben. Was stand zwischen ihnen? War es der Altersunterschied, war es seine tote Frau – oder die Angst, dass nach einer gemeinsam verbrachten Nacht alles vorbei wäre?

Jan wollte alles richtig machen. Ja, ›vorsichtige Annäherung‹ traf es wohl am besten.

Sein Vorgesetzter Dirksen hatte ihm vor vier Wochen eine Kur in St. Peter Ording genehmigt. Als er eines Morgens in die Rezeption gegangen war, hatte sie einfach da gesessen. Maike hatte sich Urlaub genommen und war im Wohnmobil ihrer Freundin auf einen Campingplatz nahe am Kurzentrum gefahren.

Sie hatten schöne Stunden am Strand und in der Umgebung verbracht. Die Anwendungen in der Kurklinik, insbesondere die Ernährungsumstellung, hatten ihn langsam wieder in Form gebracht. Aber irgendetwas

---

5 siehe *Emsgrab*,

hatte sich in St. Peter zwischen sie gedrängt. Bildete er es sich ein, oder hatte Maike sich in den letzten Tagen ihm gegenüber reserviert verhalten?

Der Kaffee brachte ihn auf schmerzhafte Art in die Gegenwart zurück. Er verbrannte sich den Mund an dem zu heißen Gebräu, als die Türklingel schellte.

»Hier Brede, zur Leiche, mitfahren.«

Broning verdrehte die Augen. Albert Brede mit seinen Halbsätzen! Er drückte auf den Sprechknopf. »Ich komme.«

Im Schrank fand er den Thermobecher und füllte ihn mit dem heißen Muntermacher. Beim Hinausgehen warf er sich seine alte Lederjacke über, ging zurück in die Küche und schaltete die Kaffeemaschine aus.

Unterwegs von der Altstadt Leer bis zur Autobahn, AS Leer-West (Rtg. OL, dort befindet sich die Dienststelle der Autobahnpolizei)

Jan nahm immer mehrere Treppenstufen auf einmal, bis sich sein linkes Knie meldete. Die restliche Strecke ging er vorsichtiger hinunter.

Draußen stand der weiße Bulli der Spurensicherung. Stefan Gastmann saß auf dem hinteren Notsitz und Kollege Brede auf dem Fahrersitz. Broning öffnete die Beifahrertür, grüßte und stieg ein.

Er drehte sich zu Stefan um. Für Bredes Halbsätze war es eindeutig zu früh.

Stefan sah es wohl ähnlich, denn er begann sofort, Jan den bisherigen Ablauf der Ereignisse mitzuteilen. »Die Kollegen von der Autobahnpolizei haben die Grünanlage eines Rastplatzes nach Rehen durchsucht und dabei den Toten gefunden. Der Fundort ist abgesperrt.

Der Notarzt hat sein Kreuzchen auf dem Totenschein bei ›unnatürlich‹ gemacht. Die Tatortgruppe war auch schon vor Ort. Es gibt Hinweise auf eine Vergiftung durch Kohlenmonoxid. Und der Zeigefinger der rechten Hand fehlt.«

Jan Broning fiel es schwer, sich zu konzentrieren. Immer wieder war er in Gedanken in Sankt Peter-Ording. Die schönen gemeinsamen Tage waren viel zu schnell vergangen. Der Alltag hatte sie eingeholt, und nach der Auflösung der Soko Ems hatte man Maike zur Polizeidirektion nach Osnabrück abgeordnet.

Broning drehte sich wieder zu Stefan um. »Was soll das heißen, der Finger fehlt?«

»Na, weg halt, futschikato, verschwunden. Die Kollegen sprachen von einem abgetrennten Zeigefinger der rechten Hand.«

Der Bulli verließ das Stadtgebiet und fuhr inzwischen auf der Kreisstraße 1 weiter in Richtung der Autobahn. Der ausgelutschte Motor röhrte und Stefan sprach lauter. »Die Kollegen von der Autobahnpolizei werden uns zum Fundort begleiten. Wir treffen uns also an ihrer Dienststelle.«

Brede griff nach dem Hörer des digitalen Funkgerätes. Verbindung und Sprachqualität waren miserabel. »Gleich da, losfahren, keine Zeit verlieren.«

Jan musste grinsen und sah Unschuld heuchelnd nach rechts aus dem Fenster. Die Kollegen dachten sicher, dass die fehlenden Worte in Bredes Mitteilung vom schlechten Funk geschluckt worden waren. Trotzdem hatten sie ihn wohl verstanden, denn ein Streifenwagen der Autobahnpolizei setzte sich an der Anschlussstelle zur Autobahn vor ihr Fahrzeug. Auf dem Dach des Audi A6 mit den auffallenden gelben Streifen leuchtete kurz das Lichtsignal Bitte folgen auf.

Brede bestätigte kurz mit der Lichthupe.

*

Im Streifenwagen sah POK Onno Elzinga, wie der Bulli der Spurensicherung zurückfiel. Der konnte mit ihrem hoch motorisierten Gefährt nicht mithalten. Elzinga nahm den Fuß vom Gaspedal.

Sie fuhren am Autobahndreieck Leer geradeaus weiter. PK Klaas Leitmann auf dem Beifahrersitz grinste. » Lutz Düselders Gedächtniskurve.«

Onno war erst seit ein paar Monaten bei der Autobahnpolizei und sah Klaas fragend an.

Der lachte. »Mit dieser Kurve hat Düselder seine ersten Abschleppwagen finanziert. Die Urlauber glauben, die vorgeschriebenen vierzig Stundenkilometer sind etwas übertrieben. Und so fliegen sie aus der Kurve raus und landen immer wieder links und rechts im Gelände.«

»Na, wenigstens können sie nicht untergehen oder davontreiben.«

»Da spricht wieder unser Kaleu Onno.«

Onno Elzinga hatte über fünfundzwanzig Jahre lang seinen Dienst bei der Wasserschutzpolizei versehen, bis diese reformiert worden war. Er hatte die Chance ergriffen. Jetzt fuhr er nicht mehr auf der Ems mit dem Streifenboot und kontrollierte Binnen- und Seeschiffe, sondern mit dem Streifenwagen durch den Emstunnel unter dem Fluss hindurch und kontrollierte Lastkraftwagen.

Die neuen Kollegen, insbesondere Klaas, hatten ihm den Wechsel leicht gemacht.

Klaas war immer gut gelaunt und gemütlich, etwas zu dick, und von seinen schwarzen Haaren waren nur noch wenige vorhanden. Onno hatte anfangs überlegt, an wenn ihn der Kollege erinnerte. Dann war es ihm plötzlich eingefallen ... Wie hieß er noch mal der Mönch an Robin Hoods Seite? Bruder Tuck.

Onno und Klaas fuhren gerne zusammen, weil sie sich beide auf den Schwerlastverkehr spezialisiert hatten.

Sie fuhren an der AS Filsum und Apen vorbei und

Onno bremste den Streifenwagen auf dem Verzögerungsstreifen zum Parkplatz Uplengen Süd ab.

Tag 3, vormittags
PP Uplengen-Süd, Rtg. OL.[6]

Der Bereich des Pkw-Parkplatzes war komplett mit Flatterband abgesperrt worden. Auf dem Lkw-Parkplatz standen das zweite Einsatzfahrzeug der Autobahnpolizei, ein Zivilwagen der Tatortgruppe und ein schwarzer Mercedes-Kombi mit der Aufschrift Bestatter Erdmann.

Onno Elzinga parkte den Streifenwagen neben dem Fahrzeug der Autobahnpolizei. Der weiße Bulli der Spurensicherung parkte ebenfalls in der Reihe der Einsatzfahrzeuge. Die Kollegen stiegen aus.

Jan Broning gab Elzinga lachend die Hand. »Hallo, Onno! In der neuen Uniform hab ich dich noch gar nicht gesehen. Steht dir aber gut.«

Onno stellte fest, dass auch Jan Broning anders aussah. Der Bauchansatz war weg, die dunklen Augenränder verschwunden, Bart und Haare ordentlich geschnitten. Als sie zusammen in der Soko Ems zusammengearbeitet hatten, hatte Broning zeitweise neben sich gestanden und ungepflegt ausgesehen. Die alte Lederjacke allerdings trug Broning noch immer.

Onno ahnte, wem die Verwandlung zu verdanken war. Er freute sich und gönnte es den beiden von Herzen. »Na, du hast dich aber auch ordentlich verändert. Vielleicht kannst du mir mal verraten, wie du das geschafft hast. Übrigens darf ich dir meinen Kollegen Klaas Leitmann vorstellen.«

Die Kollegen gaben sich die Hand.

Im Hintergrund war ein Räuspern zu hören. Onno drehte sich um und sah erst jetzt, dass sein Chef Anton

6) siehe Punkt 7 auf der Karte

Martens und dessen Stellvertreter Heinrich Greve hinter ihm standen. Er begrüßte beide. »Kennt ihr die Kollegen der Kripo, oder soll ich euch bekannt machen?«

Anton Martens lachte. »Lass man stecken, Onno, wir kennen uns.«

Klaas Leitmann seufzte: »Einsneunzig groß, breite Schultern, kein Bauch, und dann diese Ausstrahlung – und jetzt schau mich an!«

Onno lachte. »Mit Jan können wir beide nicht konkurrieren, aber zum Glück haben wir ja beide liebe Frauen, was soll's, Klaas.« Er strich gedankenverloren mit der Hand über die Narben in seinem Gesicht. Andenken an einen Bombenanschlag. Verdrängte Erinnerungen und Ängste tauchten auf.

Klaas Leitmann lehnte sich gegen das Dach des Streifenwagens und drückte mit schmerzverzerrtem Gesicht den Rücken durch. Er stöhnte. »Kennt ihr euch gut, ich meine, du und der Broning?«

Onno riss sich aus seinen düsteren Gedanken. »Das ist eine lange und spannende Geschichte, Klaas.«

»In der ihr beide eine wichtige Rolle spielt?«

»Gut geraten. Also ...«

Der Bestatter stieg aus seinem schwarzen Wagen und kam herüber. »Gestatten, Erdmann, Bestattungen. Ich sag immer, steht der Sensenmann vor der Tür, dann ruf Erdmann und er ...«

Klaas unterbrach die Singsang-Stimme. »... und Sie machen ihm die Sense scharf oder was. Mir tut zwar mein Rücken weh, aber deshalb brauchen Sie mich nicht gleich als Neukunden anzuwerben.«

Der Bestatter lachte. »Eigentlich wollte ich nur fragen, ob einer von Ihnen mir beim Abtransport helfen könnte. Mein Assistent ist ausgefallen.«

*

Die Kollegen von der Spurensicherung Stefan Gastmann und Albert Brede, Kollege Egon Kromminga von der

TOG[7] und der Chef der Autobahnpolizei Leer Anton Martens standen vor dem Flatterband und stimmten sich über das weitere Vorgehen ab. Dabei sah Jan Broning kurz hinüber zu Onno Elzinga.

Er hatte immer ein schlechtes Gewissen, wenn er ihn traf. Als Leiter der ehemaligen Soko Ems war er schließlich auch verantwortlich für die Sicherheit seiner Mitarbeiter gewesen. Zu Beginn der Ermittlungen hatte er Probleme mit sich und anderen Menschen gehabt. Ihm war zu spät aufgefallen, dass der gesuchte Mörder die Rollen getauscht hatte. Der Täter hatte den Spieß umgedreht und Anschläge auf die Ermittler verübt. Onno Elzingas vernarbtes Gesicht erinnerte Broning an sein damaliges Versagen.

Aber das Leben geht weiter. Jan Broning hatte mit Unterstützung gelernt, sich selbst Fehler und Schwächen zu verzeihen.

Er zog den weißen Overall der Spurensicherung an. Egon Kromminga von der TOG übernahm die Führung. Er hatte einen sogenannten Trampelpfad mit Flatterband markiert, der auf einem Umweg zum Fundort führte. Noch bevor Jan die Leiche sah, hörte er das Summen der Fliegen.

Der Tote war ein kräftiger Mann von etwa fünfundvierzig Jahren. Er trug ein teures Hemd und eine Anzughose. Jan Broning kniete sich neben die Leiche. Sein Knie protestierte mit einem lauten Knacken. Das Gesicht des Toten war auffällig rot, typisch für Kohlenmonoxid-Vergiftungen.

Er sah zu Kromminga auf. »Habt ihr die Taschen durchsucht, was gefunden?«

»Haben wir, Jan, aber keine Geldbörse, keine Papiere, nichts.«

Jan Broning sah sich die Hände des Toten an. Die Kollegen hatten durchsichtige Plastiktüten darüberge-

---

7) Tatortgruppe

zogen und an den Handgelenken mit Gummiringen verschlossen. Die rechte Hand sah am schlimmsten aus. Der Zeigefinger war abgetrennt worden. Die Fingernägel beider Hände waren abgerissen und wenn Jan sich nicht täuschte, steckten Splitter in den Fingerspitzen. Die Haut an Knöcheln und Handgelenken war abgeschürft.

Broning hörte Krommingas müde Stimme über sich. »Krass, die Sache mit den Händen. Einige winzige Maden von der Wunde haben wir in eine Alkohollösung gelegt.«

»Das habt ihr gut gemacht. Die entomologische Untersuchung der Maden kann uns Hinweise auf den Todeszeitpunkt geben. Egon, ist dir auch dieser merkwürdige Ring am kleinen Finger aufgefallen? Der passt in zweierlei Hinsicht nicht zum Toten: Er ist zu klein und er sieht irgendwie billig aus. Die Kleidung ist hochwertig … und dann dieser Schmuck!« Mühsam erhob sich Jan Broning, wieder mit Geräuschen aus dem Kniebereich.

Egon Kromminga verzog sein Gesicht. »Jan, das klingt aber nicht gut! – Du, das mit dem Ring ist mir ehrlich gesagt nicht aufgefallen. Der Notarzt hat den Tod bereits festgestellt und den Totenschein ausgestellt und …«

Jan Broning sah in das Gesicht seines Kollegen, das durch den weißen Overall noch blasser wirkte, als es ohnehin schon war, und unterbrach ihn. »Egon, vergiss das mit dem Ring.« Eine verlängerte Nachtschicht hinterließ Spuren. Der Mann ist seit vierzehn Stunden im Dienst und todmüde, dachte Broning. Ich komme gerade aus dem Bett. »Alles okay, sieh zu, dass du nach Hause kommst. Danke, dass du gewartet hast, aber nun ist es gut gewesen. Ab in die Klappe.«

Die Spurensicherer Stefan Gastmann und Albert Brede hatten inzwischen ihre Overalls angezogen, die eine Übertragung von Fremdspuren vermeiden sollten, und die Ausrüstung zum Fundort der Leiche transportiert. Stefan fotografierte sich von außen nach innen heran.

Albert suchte nach Spuren auf der Leiche. Der Täter konnte Haare oder Kleidungsfasern zurückgelassen haben.

Der Himmel hatte sich verdunkelt. Besorgt sahen die Beamten immer wieder in die Wolken. Sie waren noch nicht fertig, als die ersten Regentropfen fielen.

Jan Broning ging zurück zum Parkplatz und sprach den Bestatter an. »Herr Erdmann, wir haben ein Problem. Es fängt an zu regnen und die Spurensicherung hat ihre Arbeit noch nicht beendet.«

»Herr Broning, ich kann mir denken, was Sie von mir wollen: Einen sicheren, trockenen Platz, wo Sie die Leiche deponieren können, um ihre Arbeit zu beenden. Ich darf Ihnen versichern, dass in meinem Institut alles vorhanden ist, was Sie benötigen. Sie werden zufrieden sein.«

Jan Broning glaubte, da ein wenig Stolz herausgehört zu haben. Er war froh, dass der Bestatter ihnen aus der Patsche half. »Okay, Herr Erdmann, das Angebot nehmen wir gerne an.«

Er erklärte den beiden Kollegen, die inzwischen die Leiche provisorisch abgedeckt hatten, was er mit dem Bestatter vereinbart hatte. Der direkte Weg vom Parkplatz bis zum Fundort der Leiche war inzwischen auch abgesucht worden, und Erdmann musste mit dem Sarg keinen Umweg machen.

*

Broning hatte sich in den weißen Bulli der Spurensicherung gesetzt. Der Bestatter sah sich suchend auf dem Parkplatz um und kam dann lächelnd auf die beiden Autobahnpolizisten zu. Er legte die Hände flehentlich zusammen. »Bitte, kann mir einer von Ihnen zur Hand gehen?«

Onno sah Klaas skeptisch von der Seite an. Der verzog das Gesicht und zeigte auf seinen Rücken.

»Scheiße«, murmelte Onno und zog sich Einmalhandschuhe über. Er zog gemeinsam mit Erdmann den Sarg aus dem Kombi und ging mit ihm zum Fundort.

Auf halbem Weg kam ihnen Stefan Gastmann entgegen. »Onno? Ich denk du bist auf See und jetzt schlurfst du hier mit ’nem Zinksarg durch die Botanik ...«

Trotz der unangenehmen Situation lachte Onno kurz auf. »Ja, da kannste mal sehen, Stefan. Das Leben hält doch immer eine Überraschung bereit.«

Albert Brede kniete neben der abgedeckten Leiche vor einem offenen Aluminiumkoffer und fluchte vor sich hin, weil Teile der empfindlichen Geräte im Regen nass geworden waren. Mit mürrischem Gesichtsausdruck verstaute er seine Ausrüstung und fragte mit einem Blick auf den Bestatter schlecht gelaunt: »Leichensack neu?«

»Natürlich«, sagte Erdmann empört, »alles mit Herrn Broning abgesprochen.«

Am Fußende des Toten sprachen sie ein kurzes Gebet. Albert Brede half dem Bestatter, die Leiche vorsichtig in einen länglichen Sack mit Reißverschluss zu legen. Onno befestigte mit Erdmann den Sargdeckel. Hinter sich hörte er Albert stöhnen, der inzwischen den Spurensicherungskoffer geschlossen hatte und aufstand.

»Können wir dann?«, fragte der Bestatter mit Blick auf Albert Brede.

»Abtransport zu Ihrem Institut, fünfzehn Uhr Treffen.«

Für einen Moment sah Erdmann Albert Brede sprachlos an, dann nickte er kurz und wandte sich wieder zu Onno um. Der packte die hinteren, Erdmann die vorderen Griffe des Sarges. Sie hoben ihn gleichzeitig hoch und gingen zum Parkplatz zurück.

Onno begann unterwegs zu schwitzen. Der Regen trommelte einen gleichmäßigen Takt auf den Sarg. Das Schlimmste war die Singsangstimme des Bestatters. Erdmann summte einen Choral.

Onno war froh, als sie den Toten im Kombi des Bestatters verstaut hatten. Erdmann bedankte sich artig und gab Onno seine Visitenkarte. »Sie dürfen ja nichts annehmen, aber Sie wissen ja, steht der Sensenmann vor der Tür, ruf Erdmann und ...«

»Tschüss, Herr Erdmann«, unterbrach Onno. Er wollte nur weg.

Er setzte sich in den Streifenwagen.

Klaas zog die Nase kraus und wollte etwas sagen.

Onno sah ihn grimmig von der Seite an. «Ein Spruch und du kannst laufen!«

»Ent-schul-di-gung!« Klaas konnte dieses Wort auf eine besondere Art aussprechen, mit der er die Bedeutung auf den Kopf stellte. Dazu hob er beide Hände mit der Innenfläche nach oben, verdrehte die Augen und wackelte mit dem Kopf.

Kapitel 3

Tag 3, nachmittags
Stadt Leer, Beerdigungsinstitut Erdmann

Der weiße Bulli der Spurensicherung hielt auf dem Parkplatz vor dem Beerdigungsinstitut. Jan Broning und Stefan Gastmann stiegen aus, nahmen ihre Ausrüstung und klingelten an der Eingangstür.

Erdmann öffnete. »Ah, die Herren von der Kriminalpolizei. Ehrlich gesagt, Ihren Kollegen hatte ich heute Morgen irgendwie nicht so recht verstanden … Aber kommen Sie doch rein.«

Gemeinsam gingen sie in den kleinen Andachtssaal. Jan Broning sah sich um. Rund fünfzig Stühle standen in Reihen vor einem Rednerpult, dahinter große Kerzenhalter und eine alte Heimorgel.

Erdmann bemerkte Bronings Interesse. »Viele Menschen sind aus der Kirche ausgetreten«, erklärte er mit seiner Singsang-Stimme. »Hier geschieht im Prinzip aber nichts anderes als bei einer Trauerzeremonie in der Kirche. Wir bieten Voll-Service an. Das bedeutet, wir kümmern um alles. Vom Abtransport bis zur Beerdigung. Ich führe hier die Andachten durch. Je nachdem, wie es gewünscht wird. Sie können Musik von der Orgel oder von einer CD bestellen. Ich habe extra an Kursen für die Andachten teilgenommen und meine feierliche Stimme … sagen wir mal: trainiert.«

Daher die Singsangstimme, dachte Broning.

Erdmann ging weiter und öffnete eine Tür. »Meine Herren, bitte folgen Sie mir in den Behandlungsraum!«

Durch einen langen Flur gelangten sie schließlich in einen kühlen Raum. In der Mitte lag der offene Leichensack auf einem Chromtisch mit Lichtstrahlern darüber.

Die beiden Kriminalbeamten waren beindruckt. Die starken Strahler, der etwas höher angebrachte Organtisch und die Ablage mit den Instrumenten sahen exakt so aus wie in der Gerichtsmedizin.

Erdmann entging ihre Reaktion nicht. Nun wollte er noch einen draufsetzen und schaltete die Lichtstrahler und ein spezielles Belüftungssystem an. Der Ventilator brummte leise.

Der Bestatter konnte sich etwas Stolz in der Stimme nicht verkneifen. »Meine Herren, Sie sehen, hier ist alles vorhanden, was man für eine Außensektion benötigt. Es würde mich sehr freuen, wenn Sie dieses neue Angebot einmal wahrnehmen würden. Sie können die Räume anmieten. Das Team der Rechtsmediziner könnte hier ohne Probleme arbeiten. Unnötige Transportwege könnten verkürzt werden.«

»Das wäre für alle Beteiligten eine gute Sache«, erwiderte Jan Broning, »aber derzeit sollen die Obduktionen noch in der Gerichtsmedizin Oldenburg durchgeführt werden.« Er bemerkte die Enttäuschung beim Bestatter und beeilte sich, hinzuzufügen: »Ich gebe Ihren Vorschlag gerne an die Polizeiverwaltung weiter, aber Sie wissen ja, das kann dauern. – Für die erste genaue Inaugenscheinnahme des Leichnams sind Ihre Räume hervorragend geeignet«, lobte er.

Erdmann strahlte wieder. »Danke, Herr Broning. Für die spätere Identifizierung der Leichen dürfen Sie mein Institut auch gerne benutzen.«

»Danke, Herr Erdmann!« Jan fand, dass jetzt genug Höflichkeiten ausgetauscht worden waren. «Können wir jetzt …?«

»Aber natürlich.« Erdmann holte eine kleine Flasche mit Pfefferminzölkonzentrat aus der Hosentasche. Er rieb sich etwas davon unter die Nase. »Möchten Sie auch? Ist vielleicht besser.«

Stefan und Jan benutzten es ebenfalls. Die Gerüche von

Pfefferminz und einsetzender Verwesung vermischten sich im Raum.

»Ich habe mir erlaubt, den Reißverschluss des Leichensacks zu öffnen, damit der Inhalt trocknen kann«, erklärte der Bestatter unaufgefordert.

»Sehr gut, Herr Erdmann!«, lobte Jan Broning.

Stefan Gastmann nahm die Digitalkamera aus dem Fotokoffer und fotografierte die Leiche zunächst von allen Seiten. Jan Broning entfernte vorsichtig die Plastiktüten von den Händen des Toten. Diese Tüten sollten verhindern, dass Fremdspuren auf die Hände gerieten. Außerdem sollte Spurenmaterial, das sich während des Transportes der Leiche löste, aufgefangen werden. Jan Broning sah sich das Innere der Tüten genau an. In einer lag ein ausgerissener, blutiger Fingernagel, der sich beim Transport von der Hand gelöst hatte. Broning versiegelte die Tüte und nahm einen speziellen Stift aus dem Spurensicherungskoffer. Er beschriftete die Tüte mit: Rechte Hand/ausgerissener Fingernagel.

Stefan schaltete die Kamera auf Naheinstellung um. Jan bewegte die Hände des Toten so, dass sein Kollege sie von allen Seiten fotografieren konnte. Im Blitzlicht der Kamera sahen die Verletzungen noch grausamer aus. Auf dem Handrücken war das Fleisch teilweise bis auf die Knochen aufgerissen. Die weißen Knöchel waren im Kontrast zur blutverschmierten Haut überdeutlich zu sehen.

Stefan legte die Kamera zur Seite und suchte den Blickkontakt zu seinem Kollegen. Jan Broning ahnte, was in seinem Kopf vorging. »Ja, ich weiß, Stefan, die Hände sehen entsetzlich aus. Diese schweren Verletzungen können eigentlich nur bei einem verzweifelten Kampf ums Überleben entstanden sein.«

Er versuchte, die Bilder zu verdrängen, die in seinem Kopfkino entstanden, und nahm eine Pinzette und mehrere durchsichtige Plastiktüten aus dem Tatortkoffer. »Lass uns erst die Spuren unter den Fingernägeln sichern.«

Die beiden Kriminalbeamten begannen systematisch und konzentriert mit ihrer Arbeit. Stefan beschriftete die Tüten und Jan untersuchte nacheinander die Finger. Sobald er Holzsplitter oder anderes Spurenmaterial entdeckt hatte, entfernte er diese Spuren vorsichtig mit der Pinzette. Stefan hielt ihm jeweils eine bereits beschriftete Tüte hin.

Der billig aussehende Ring am kleinen Finger bereitete Jan erhebliche Probleme, weil er sich nicht vom Finger lösen ließ.

Der Bestatter hatte die Arbeiten der Ermittler aus dem Hintergrund still verfolgt und bemerkte das Problem. Er ging in einen Nebenraum und kam mit einer Dose zurück. »Hier, Herr Broning.« Erdmann hielt dem Polizisten die Dose hin. »Versuchen Sie es doch einmal mit Flutschi!«

Jan nahm die unbeschriftete Dose entgegen, öffnete den Deckel und betrachtete etwas skeptisch den Inhalt. Sie war mit einem farblosen Gel halb gefüllt.

»Ein Gleitmittel.« Erdmann räusperte sich und grinste verschmitzt. »Vaseline.«

Jan wollte sich nicht vorstellen, zu welchem Zweck Erdmann es benutzte. Zum Glück trug er noch die Latexhandschuhe. Er zögerte kurz, dann nahm er mit spitzen Fingern etwas von dem Gel und strich damit den kleinen Finger des Toten und den festsitzenden Ring ein. Jan zog noch einmal an dem Ring, und der ließ sich endlich vom Finger lösen. Stefan hielt ihm eine geöffnete Tüte hin, und Jan ließ den Ring heineinfallen.

Die beschriftete und versiegelte Tüte hielt er ins grelle Licht der Deckenstrahler. Auf den ersten Blick sah es aus wie ein Goldring. Innen befand sich sogar ein Echtheitsstempel. Bei genauerem Hinsehen handelte es sich aber um ein anderes poliertes Metall, vermutlich Messing.

Neben den Geräuschen des Ventilators hörte Jan die Singsangstimme des Bestatters. Erdmann summte die Melodie eines Kirchenliedes. Der Mann irritierte Jan ein wenig.

»So, Herr Erdmann, Sie können den Toten jetzt vorsichtig ausziehen.«

Der Bestatter entfernte behutsam die Kleidung des Toten. Dabei summte er einen anderen Choral. Stefan sah Jan an und verdrehte die Augen. Er legte die Kleidungsstücke in spezielle Plastiktüten.

Schließlich lag der Tote nackt auf dem Chromtisch. Seine rote Gesichtsfarbe wollte nicht zur Situation passen.

Jan Broning nahm eine kleine Taschenlampe und ein Holzstäbchen aus dem Spurensicherungskoffer und öffnete vorsichtig den Mund der Leiche. Er leuchtete die Mundhöhle aus und drückte die Zunge etwas herunter. Die kirschrote Farbe der Schleimhäute war nicht zu übersehen. Er legte die Lampe weg. »Wir müssen den Toten zur Seite drehen. Pack mal mit an, Stefan.«

Gastmann und der Bestatter hielten den Toten in der Seitenlage fest und Jan trat einige Schritte vom Tisch zurück. Die roten Totenflecke waren gleichmäßig auf dem Rücken verteilt. Er machte zunächst einige Aufnahmen mit der Kamera, dann legte er sie weg und betrachtete jeden Körperteil aus der Nähe. Am Nackenbereich fielen ihm zwei Abdrücke in einem Abstand von fünf bis sieben Zentimetern voneinander auf. Sie sahen aus wie zwei Nadelstiche.

Er gab Stefan ein Maßstabsdreieck in die Hand, damit man auf dem Foto einen Größenvergleich hatte. Stefan hielt den Maßstab an die Einstiche, während Jan fotografierte.

Er überprüfte die Qualität der Digitalaufnahmen, als sein Handy klingelte. Jan legte die Kamera zur Seite. Brede zeigte das Display an. Jan drückte die grüne Taste. »Broning!«

»Hier Albert. Toter vom Parkplatz identifiziert. Messevertreter Erich Schulte. Vermisst gemeldet von Ehefrau. Alles weitere später.«

Jan schaute erstaunt auf sein Handy. Die Verbindung war getrennt worden. Typisch Brede – bloß kein Wort zu viel.

Er steckte das Handy weg und schaltete die Kamera aus. »So, Stefan, ich glaube, wir haben alles. Lass uns zusammenpacken.«

An der Eingangstür verabschiedete sich Jan vom Bestatter. »Herr Erdmann, vermutlich haben wir die Identität des Toten ermittelt. Wir möchten, dass die Ehefrau ihn identifiziert. Vielleicht schaffen wir es noch heute Abend. Wir melden uns aber telefonisch noch einmal rechtzeitig. Bitte gehen Sie davon aus, dass die Leiche von der Staatsanwaltschaft beschlagnahmt und eine Obduktion in der Rechtsmedizin angeordnet wird. Könnten Sie den Transport nach der Gegenüberstellung organisieren?«

»Kein Problem, Herr Broning, dass krieg ich hin. Bis morgen dann.«

»Gott sei Dank hat das Gesinge jetzt ein Ende«, stöhnte Stefan, als sie ihre Ausrüstung im Bulli verstauten. »Was für 'ne Type, der Erdmann!«

Jan machte sich einige Notizen auf einem Klemmbrett. Er atmete hörbar aus. »Kannste wohl sagen. Aber bei dem Beruf wird man vermutlich etwas schräg. Du, jetzt sind wir ja unter uns … Was ist deine Meinung zu unserem Toten?«

Stefan überlegte einen Moment. »Also, erst mal das Offensichtliche: Todesursache dürfte eine Kohlenmonoxid-Vergiftung sein. Wir haben keine gravierenden äußeren Verletzungen gefunden und die roten Schleimhäute im Mund zusammen mit den roten Leichenflecken deuten auf Einwirkung von Kohlenmonoxid hin. Diese rote Gesichtsfarbe haben wir ja schon oft gesehen, wenn sich jemand mit Auspuffgasen in seinem Auto vergiftet hat.«

Jan nickte.

»Jetzt die Hände«, fuhr Stefan fort. »Die Abschürfungen rund um beide Handgelenke: Handschellen, eindeutig. Die abgebrochenen Fingernägel und die Holzsplitter, zusammen mit den massiven Abschürfungen ... Man mag es sich nicht vorstellen, aber es sind vermutlich Todeskampfspuren. Der Tote hat sich gegen einen Angriff gewehrt oder er wollte sich befreien. Ja, und dann dieser Ring ... Sah zwar erst auf dem zweiten Blick billig aus, passte somit aber nicht zur teuren Bekleidung.«

Jan nickte anerkennend. »Und diese parallelen Abdrücke oder Einstiche im Nacken des Toten – hast du eine Idee?«

»Ich komm nicht drauf, vielleicht wissen wir nach der Obduktion etwas mehr. Lass uns zur Dienststelle fahren. Wir müssen mit Brede sprechen, vermutlich kennen wir ja jetzt die Identität des Toten.«

Unterwegs sprachen sie sich über das weitere Vorgehen ab.

Tag 3, abends
Stadt Leer, Polizeidienstgebäude [8]

Stefan Gastmann parkte den Bulli der Spurensicherung in der großen Fahrzeughalle auf dem Polizeigelände. Sie nahmen die Alukoffer mit der Fotoausrüstung und den gesicherten Spuren heraus und gingen mit jeweils einem Koffer in der Hand ins Polizeigebäude. Im vierten Stock öffnete Jan die Tür zum Büro der Spurensicherung. Die

8) Punkt 13 auf der Karte

Luft dort war wie immer stickig und roch stark nach Chemikalien. Als Erstes öffnete er ein Fenster, um den Mief zu vertreiben.

Das Büro war durch eine Glasscheibe geteilt. Im größeren Teil des Raumes stand ein Drehstuhl an einer Wand, davor eine Kamera mit Stativ. Wie viele Verdächtige hatten schon auf diesem Stuhl gesessen …! Zunächst für die Fotos von allen Seiten, dann kamen die Fingerabdrücke.

Jan und Stefan stellten ihre Ausrüstung auf einem Tisch ab und nahmen die Tüten mit den gesicherten Spuren aus den Kisten.

Stefan begann, die verbrauchten Materialien im Koffer zu ersetzen. Jan schaute zu dem Computer in dem kleinen Nebenraum hinter der Scheibe hinüber. »Ich lege uns erst mal einen Vorgang im Computer an, damit wir eine Vorgangsnummer haben.«

Er ließ die Tür offen und gab die ersten Daten ein. Die vom System generierte Vorgangsnummer notierte er für seinen Kollegen auf einem Zettel.

Albert Brede kam herein, und Stefan ließ seine Arbeit liegen und setzte sich zu ihm und Jan in den Nebenraum. Jan gab Stefan den Zettel mit der Vorgangsnummer und sah Albert auffordernd an.

»Hier«, Albert Brede überreichte Jan die Vermisstenmeldung über den Vertreter Erich Schulte. Jan wartete vergeblich auf einen weiteren Kommentar und schaute in die Akte. Zum Vorgang gehörte auch ein Foto des Vermissten. Kein Zweifel: Es war der Tote vom Parkplatz.

Stefan übernahm die undankbare Aufgabe, dessen Ehefrau zu informieren. Er telefonierte mit dem Notfallseelsorger und vereinbarte ein Treffen. Danach sollten Stefan und Albert die Spuren sortieren und mit der Vorgangsnummer beschriften.

Jan ging zu seinem Vorgesetzten Dirksen und besprach die aktuelle Sachlage. Dann telefonierte er mit dem zuständigen Staatsanwalt Grohlich, einem Mann mit einer markanten Stimme und, wie Broning wusste, stattlichen Erscheinung. Grohlich ließ sich die Situation erklären und ordnete wie erwartet die Beschlagnahme und Obduktion der Leiche an.

Jan saß nun wieder in seinem eigenen kleinen Büro. Die Tür zum Flur stand wie meistens offen. Er telefonierte mit der Leitstelle und vergewisserte sich gerade, dass der Mercedes des Opfers zur Fahndung ausgeschrieben war, als Stefan hereinkam. Jan zeigte auf einen Stuhl und beendete das Telefonat.

»Na, wie schlimm war es bei Frau Schulte?«, fragte er.

»Ich war froh, dass der Notfallseelsorger dabei war. Am schlimmsten ist es immer, wenn sie einen erst so ansehen, als ob es vielleicht doch noch Hoffnung gäbe. Aber die gibt es natürlich nicht. Dann fing Frau Schulte an zu schreien und trommelte mit den Fäusten auf der Brust vom Pastor.« Stefan atmete tief durch. »Der Pastor hat einfach super reagiert, der hat Frau Schulte einfach umarmt und sie fest an sich gedrückt. Dann hat sie sich etwas beruhigt und wir brachten sie in die Küche. So einigermaßen konnte man dann schon mit ihr reden. Die Ehe war nicht glücklich, sondern bestand nur noch aus Gewohnheit. Sie machte sich schreckliche Vorwürfe, denn das letzte Gespräch mit ihrem Mann war ein Streit per Autotelefon. Die Uhrzeit hab ich aus der Anrufliste. Ansonsten ist bei der Befragung nichts Wichtiges für unseren Fall herausgekommen.«

Es lag noch viel Papierkram vor ihnen, bis sie die Lichter im Büro endlich ausschalten konnten.

Stefan stand schon im Flur, als ihm einfiel, dass sie heute Morgen Jan von zu Hause abgeholt hatten. »Soll ich dich nach Hause fahren?«

Jan Broning seufzte. »Nett von dir, aber ich soll mehr zu Fuß gehen. Es ist ja nicht weit.«

Er verabschiedete sich, nahm die Treppen nach unten, ging durch die Schleuse und winkte den Kollegen im

Wachraum zu. Draußen überquerte er die Georgstraße. Er ging die Stufen hinunter zum Hafen. Dort blieb er einen Moment stehen und sah über die Wasserfläche.

In Gedanken war er mit Maike am Strand von Sankt Peter-Ording. Sie schauten auf die Nordsee hinaus. Seine Hand griff unbewusst nach dem Lederband mit dem Bernstein, das er seit der Kur um den Hals trug. Morgens hatte er an sie gedacht und jetzt ging der Tag zu Ende und wieder war er in Gedanken bei ihr. Er fragte sich, wo sie jetzt war und ob sie auch gerade an ihn dachte.

Kapitel 4

Tag 3, nachts
PP Brinkum, Rtg. Leer/Mep.[9]

Der Autobahnparkplatz war nur spärlich beleuchtet. Die Falle war wieder aufgebaut und brauchte, wie beim letzten Mal, nur noch zuzuschnappen.

Diesmal hatte er zwei ungünstig platzierte Lampen zerstört. Die Stahlkugeln aus der Schleuder hatten die Kunststoffgehäuse und die Neonröhren ohne Problem durchschlagen.

Gerd Hasler saß im weißen Transporter und überprüfte seine Ausrüstung. Eine gute Gelegenheit, das neue Nachtsichtgerät zu testen. Er sah den Rastplatz und das abgestellte Wohnmobil mit einem leichten Grünschimmer. Hasler legte das Gerät auf den Beifahrersitz und überprüfte den Elektroschocker. Es knisterte, und ein Lichtblitz entstand zwischen den Kontakten.

Als er den Schocker zurücklegte, fiel der kleine Stoffbeutel mit dem Schmuck in den Fußraum. Er hob den Beutel auf, löste die Kordel und ließ Ringe und Ketten in seine Handfläche fallen.

Auf den ersten Blick sahen die Schmuckstücke echt aus. Erst bei genauerem Hinsehen konnte man erkennen, dass es sich nicht um Gold, sondern um poliertes Kupfer und Messing handelte.

Gegen die Erinnerungen, die jetzt auftauchten, konnte er sich nicht wehren.

9) Punkt 5 auf der Karte

Vergangenheit 1992
Brandenburg

Seine Mutter und er hatten noch einige gute Jahre gehabt vor ihrem Tod. Leider hatte sie noch erleben müssen, dass sie ihren einzigen Sohn für zwei Jahre wegsperrten. Bei seiner Entlassung aus dem Gefängnis, 1992, war er vierundzwanzig Jahre alt. Die Wohnung seiner Mutter löste er auf. Nach dem Sperrmüll blieb ihm kaum mehr als die alte Wanduhr und der Schmuck. Dafür hätte er den Transporter nicht benötigt.

Die Wende lag bereits zwei Jahre zurück, und er brach alle Zelte in der Heimat ab. Die wenigen Wertgegenstände aus dem aufgelösten Haushalt seiner Mutter lagen zusammen mit allen Erinnerungsstücken in zwei Umzugskartons hinten auf der Ladefläche. Er wollte in Norddeutschland einen Neuanfang wagen. Mit der alten Heimat verband ihn nichts mehr.

An den neuen Namen musste er sich noch gewöhnen.

Er war froh, endlich auf der Autobahn zu sein.

Auf dem Seitenstreifen vor ihm stand ein Wagen mit eingeschaltetem Warnblinker. Ein Mann sprang auf seine Fahrbahn und wedelte wild mit den Armen. Die Bremsen des Transporters quietschten, als er auf die Standspur fuhr. Der Mann bat ihn auszusteigen und stammelte: »Helfen bitte, bitte. Motor kaputt, nachsehen.«

Für einen Moment war er skeptisch gewesen. Hätte er damals doch nur auf seinen Instinkt gehört …

In Gedanken sah er sich wieder aussteigen, um dem kleinen, südländisch aussehenden Fahrer zu helfen. Die Verriegelung der Motorhaube des Pannenfahrzeugs klemmte etwas. Er brauchte einige Zeit, um sie zu öffnen, und bemerkte nicht, dass ein Auto hinter seinem Transporter angehalten hatte.

Zwei Personen stiegen leise aus und näherten sich der

hinteren Tür des Transporters. Eine Brechstange an der richtigen Stelle angesetzt, und die Tür gab nach. Die beiden waren schnell und effektiv. Sie sahen in die Kartons. Eine alte Wanduhr und Silberbesteck, nicht schlecht. Sie hatten es eilig und nahmen einfach beide Kartons mit, legten sie in ihren Kofferraum. Einer startete den Pkw, der andere ging zurück zum Transporter, die Brechstange auf dem Rücken unter den Gürtel gesteckt. Er nahm den Ventilschlüssel aus der Tasche, um das Reifenventil des Transporters herauszuschrauben. Die Luft entwich mit leisem Zischen. Er rannte zurück zu seinem Kumpan. Dabei fiel die Brechstange herunter und schlug mit lautem Klirren auf dem Asphalt auf.

Gerd Hasler hörte es und trat von dem Pannenfahrzeug zurück, um zu seinem Transporter hinüberzuschauen. Wieso konnte er einen Teil der Hecktür sehen? Dann hörte einen Motor aufheulen und sah zwei Personen in einem unbeleuchteten Pkw, der hinter seinem Transporter gestanden haben musste, an sich vorbeirasen.

Gerd rannte zu seinem Fahrzeug. Die hinteren Türen standen mit herausgebrochenen Schlössern offen und er starrte in einen leeren Laderaum. Die Andenken an seine Mutter – weg. Alles gestohlen. Eine Verfolgung war sinnlos. Die Diebe würde er nicht einholen.

Hinter ihm knallte eine Motorhaube zu. Der Fahrer des Pannenfahrzeuges hatte es offensichtlich eilig, er rutschte auf dem Standstreifen aus. Gerd Hasler rannte los, aber der Mann hatte sich in Windeseile aufgerappelt und sprang ins Auto. Der angeblich kaputte Motor heulte auf, und der Wagen brauste mit durchdrehenden Reifen davon.

Dann sah er den platten Hinterreifen. Diese Schweine hatten an alles gedacht.

Die Polizei konnte er nicht alarmieren. Sie wollten bestimmt seine Personalien aufnehmen. Zu gefährlich.

Zunächst wechselte er den Reifen. Tränen der Wut und Enttäuschung liefen ihm übers Gesicht.

Dann verstaute Gerd Hasler seinen kaputten Reifen, ließ den Motor des Transporters an. Im Scheinwerferlicht funkelten Schmuckstücke auf dem Asphalt. Er stieg aus und ging zu der Stelle, wo das angebliche Pannenfahrzeug gestanden hatte. Auf dem Asphalt lagen Ringe und Ketten, die aus einem Stoffbeutel gefallen waren. Der Dieb hatte sie vermutlich verloren, als er ausgerutscht war. Später stellte Gerd fest, dass es sich um sogenanntes Autobahngold handelte.

Ja, so war das Schicksal. Es hatte die für ihn so kostbaren Andenken an seine Mutter gegen diesen wertlosen Schmuck getauscht. Das war also der Lohn für seine Gutmütigkeit.

Das würde ihm nie wieder passieren.

Tag 3, nachts
PP Brinkum, Rtg. Leer/Mep. [10]

Die Stimme aus dem Funkgerät riss ihn aus seinen schmerzlichen Erinnerungen, als sie fragte: »Soll ich das rote Licht einschalten?«

Seine eigene Stimme klang entschlossen und kalt. »Okay. Und warte auf mein Zeichen.«

Zunächst passierte wenig auf dem Parkplatz. Ein Golf hielt beim Wohnmobil. Der Fahrer klopfte an die Tür und wartete vergeblich auf eine Reaktion. Schließlich stieg er wieder ins Auto und fuhr davon.

Dann hielt ein Bulli mit seitlich aufgebrachter Zigarettenwerbung vor dem Toilettenhäuschen. Gerd Hasler

10) Punkt 5 auf der Karte

setzte sein Nachtsichtgerät auf und beobachtete, wie der Fahrer ausstieg und im Häuschen verschwand.

Gerd überlegte nur kurz, stieg aus und näherte sich dem Bulli. Der war vollgepackt mit Zigaretten, und wenn er sich nicht täuschte, lagen auch Münzkassetten auf dem Boden. Na klar – der Fahrer entleerte und bestückte die Zigarettenautomaten.

Gerd lief zurück zum Transporter und drückte die Ruftaste des Funkgerätes. »Das ist unser Mann. Viel Glück.«

*

Karl Klein kam aus dem Toilettenhäuschen und kramte eine Zigarette aus der Schachtel, als er einen Traum von einer Frau aus einem Wohnmobil steigen sah. Erst jetzt fiel ihm die rote Beleuchtung auf. Ein Lovemobil! Deshalb ihre geile Aufmachung …

Genau Karls Typ. Und jetzt winkte sie ihn auch noch zu sich. Er konnte nicht anders und ging zu ihr. Nur ein kleines Schwätzchen, konnte doch nicht schaden.

Sie stellte ein Bein provozierend auf die Stufe des Wohnmobils. Das rote Licht schimmerte auf den hohen Lackstiefeln.

Karl wollte einen lockeren Spruch machen, bekam aber keinen Ton heraus. Stattdessen bot er ihr eine Zigarette an. Sie lächelte ihn an, nahm eine und bat um Feuer. Karl kam ganz nah an sie heran, und als das Feuerzeug aufflammte, konnte er ihre schönen Brüste bewundern. Sie legte ihre Hand sanft zwischen seine Beine und streichelte sein empfindlichstes Körperteil. Dies reagierte prompt, und seine Hand legte sich auf ihren Schenkel und wanderte langsam nach oben.

Ihre Hand wanderte in seine Hose und griff fest zu. Mit dunkler Stimme raunte sie ihm zu: »Du, hier ist heute nichts los. Ich mach es dir auch ganz billig. Sagen wir fünfzig Euro?«

Karl Klein stammelte: »Nimmst du auch Kleingeld?«

Im ersten Moment dachte er, sie würde darüber lachen, im nächsten meinte er, sie sähe beinahe traurig aus, aber ihre verführerische Stimme lenkte ihn ab. »Hol das Geld, ich mach das rote Licht aus. Du kannst zur hinteren Seite des Wohnmobils kommen. Ich mach dir die Tür auf, mein Süßer.«

*

Der Zigarettenmann lief zu seinem Bulli und wühlte im Laderaum herum.

Gerd zog die Sturmhaube herunter. Seine schwarz gekleidete Gestalt verschmolz mit der Dunkelheit auf dem Parkplatz, als er sich im Bogen dem Wohnmobil näherte. Er öffnete die Tür, und sie sahen sich kurz an, bevor er sich in der kleinen Nasszelle versteckte.

*

Karl Klein nahm eine Geldkassette vom Automaten und holte fünfzig Euro in Zwei-Euro-Stücken heraus. Etwas nervös ging er zum Wohnmobil zurück. Die rote Beleuchtung war ausgeschaltet. Er klopfte.

»Komm rein, mein Süßer.«

Etwas ängstlich betrat es das Innere. Das Erste, was er wahrnahm, waren das schwere Parfüm und die intime, leicht rötliche Beleuchtung.

Als sich seine Augen an das Licht gewöhnt hatten, sah er das Bett im hinteren Bereich. Sie saß, nur mit Lackstiefeln und Reizwäsche bekleidet, auf der Kante und winkte ihn zu sich. »Du kannst mir beim Ausziehen helfen.«

Die Eurostücke klimperten, als Karls Hose herunterfiel. Sie lächelte. »Nicht so stürmisch. Wir haben doch Zeit. Hilf mir erst bei den Stiefeln.«

Karl stieg aus der Hose und kniete sich hin. Er griff nach einem ihrer Lackstiefel und zog.

Hinter ihm ging eine kleine Tür auf, und eine schwarze

Gestalt rief: »Jetzt!« Karl sah gerade noch, dass die Frau nach hinten rutschte, dann kam blitzartig der Schmerz, als der Elektroschocker gegen seinen Nacken gedrückt wurde und der Stromstoß durch seinen Körper raste. Die Muskeln blockierten und Karl sackte bewusstlos in sich zusammen.

*

»Gut gemacht«, sagte Gerd Hasler. »Zieh dich an, ich hol den Transporter.« Er nahm die Handschellen aus der Hosentasche und legte sie dem Bewusstlosen an.

Als er mit dem Transporter seitlich an das Wohnmobil heranfuhr, erwartete sie ihn schon. Sie trug einen Overall.

Im Laderaum räumte er die längliche Kiste frei. Sie lösten die Scharniere und legten den schweren Deckel zur Seite.

Jetzt kam der schwere Teil der Arbeit. Auf dem Parkplatz war alles ruhig. Gemeinsam trugen sie ihr immer noch bewusstloses Opfer aus dem Wohnmobil und legten es in die Kiste. Schweißperlen liefen ihnen über die Stirn.

Atemlos stöhnte er: »Hast du die Schlüssel vom Bulli?«

Sie klopfte auf eine Seitentasche ihrer Overalls.

»Okay, dann schnell den Deckel drauf, bevor er zu sich kommt.«

Der Deckel knallte auf die Kiste. Die schweren Scharniere schnappten zu.

Gerd Hasler warf die Schiebetür zu. »Du fährst jetzt mit dem Zigaretten-Bulli zu unserer Halle. Aber fahr vorsichtig und fall nicht auf. Ich folge dir mit dem Transporter, für alle Fälle.«

Sie wollte nur weg. Ein Kloß steckte in ihrem Hals. Ihre Stimme hätte ihm ihr Entsetzen vor dem bevorstehenden Mord verraten. Deshalb nickte sie nur.

Gerd ging neben dem Transporter in die Knie, legte das Ventil der Abgasleitung um.

Tag 3, 23.30 Uhr
Unterwegs auf der Autobahn von Brinkum-Leer-Emstunnel-Weener-Rhede.

In der Kiste erwachte Karl Klein langsam.

Er versuchte, sich zu orientieren. Das Letzte, woran er sich erinnern konnte, war dieses geile Weib in dem Wohnmobil. Er wollte sich aufrichten, stieß aber mit dem Kopf an. Dann fühlte er die Handschellen. Und überall stieß er mit den Füßen oder mit der Schulter gegen eine Wand.

Langsam begriff er, was das bedeutete. Er lag in einem Sarg. Dieser warme Luftzug von der Seite benebelte ihn.

Seine Hilfeschreie blieben ungehört. Die Panik wich schließlich einer gnädigen Ohnmacht.

Tag 4, 00.30 Uhr
PP Rhede[11]

Gerd Hasler öffnete die Schiebetür, danach löste er die Verriegelungen. Eine Wolke von Abgasen schlug ihm entgegen, als er den Deckel anhob. Ein rascher Blick über den Parkplatz: alles ruhig.

Den Elektroschocker konnte er zur Seite legen. Ihr Opfer lag mit rotem Gesicht tot in der Kiste. Mit einem speziellen Bergungsgriff zog Gerd den Toten heraus und schleppte ihn in das dunkle Dickicht des Parkplatzes.

Er öffnete mit dem Schlüssel die Handschellen. Die Schmuckkette legte er dem Opfer um den Hals. Mit einem knackenden Geräusch trennte seine Schere den Zeigefinger von der rechten Hand des Toten.

11) Punkt 3 auf der Karte

Alles lief wie geplant. Der Transporter verließ den Parkplatz. Er drehte an der Anschlussstelle Rhede, fuhr zurück Richtung Bunde.

Tag 4, 01.45 Uhr
Industriegebiet Bunde-West[12]

Im Industriegebiet Bunde-West stellte Gerd Hasler sein Fahrzeug hinter die alte Halle eines abgelegenen Firmengeländes. Beim Aussteigen überprüfte er die Umgebung. Alles war ruhig.

Die alte Halle war etwa zwanzig Meter breit und fünfzig lang. Vorne befanden sich ein breites Tor. Das massive Tor bei der Einfahrt sicherte das Grundstück zusammen mit einem stabilen Zaun. Das Gelände war von hohen Büschen umgeben. Ideal für ihre Zwecke. Hinter diesem älteren Gebäude befand sich das neue Firmengelände.

Gerd betrat die Halle durch die Seitentür. In einem Nebenraum, von der Halle durch eine Plane getrennt, standen der Mercedes des ersten Opfers und daneben der Zigaretten-Bulli.

Lisa kam ihm entgegen.

»Braves Mädchen! Hast du nachgesehen, ob da noch ein Handy vom Fahrer drin ist?«

Sie holte ein zerlegtes Handy aus der Tasche ihres Overalls.

Gerd klemmte die Batterie des Bullis ab, genau wie die beim Mercedes. Dann verschlossen sie gemeinsam das Tor zum Nebenraum und verließen die Halle.

Als Nächstes stand der Abtransport des Wohnmobils auf dem Plan.

12) Punkt 8 auf der Karte

Unterwegs von Bunde-West[13]-
Weener-Emstunnel-Leer-AS Filsum-
zurück in Rtg. Leer/Ndl.-
PP Brinkum[14]

Lisa saß neben Gerd auf dem Beifahrersitz. Nervös fragte sie: »Ist er tot?«

»Ja, ich habe ihn auf dem Parkplatz Rhede entsorgt. Dort findet man ihn nicht so schnell.«

Eine Zeitlang blieb es still. Dann sagte sie: »Weißt du, diesmal war es irgendwie anders. Ich hab gedacht, beim Zweiten wird es einfacher, aber irgendwie tat mir der junge Mann leid.«

Zornig entgegnete er: »Du weißt doch, dass sie es verdient haben. Sie hatten doch die Wahl. Sie hätten auch brav nach Hause fahren können.«

Beide schwiegen. Gerd erzählte ihr nicht, dass er den Toten den Zeigefinger abschnitten hatte, und sprach auch nicht über die Sache mit dem Schmuck, den er hinterließ.

Lisa erzählte ihm nicht, dass sie im Bulli ein Foto von einem jungen Paar am Armaturenbrett gesehen hatte. Vermutlich der Fahrer und seine Frau. Beide sahen darauf so glücklich aus.

Sie fuhren durch den Emstunnel, weiter bis zur AS Filsum, drehten dort. Nach einigen Kilometern in Richtung Süden waren sie zurück am Parkplatz Brinkum. Das Wohnmobil stand so, wie sie es verlassen hatten, auf dem dunklen Parkplatz.

13) Punkt 18 auf der Karte
14) Punkt 5 auf der Karte

Tag 4, 02.15 Uhr
PP Brinkum, Rtg. Leer/Mep.

Gerd Hasler sah Lisa besorgt an. »Alles in Ordnung mit dir? Bleib cool, jetzt fährst du das Wohnmobil zurück und wartest in der Halle auf mich. Ich folge dir mit Abstand und lass das Funkgerät eingeschaltet. Keine Angst, alles ist gut gelaufen. Du warst einsame Spitze.«

Lisas Gesicht war blass. Ihr Lächeln wirkte aufgesetzt. Ihre Stimme klang weinerlich. »Es geht schon. Ich fahr los. Bis später.«

Gerd schaute ihr hinterher. Diesmal war ihr die Sache offensichtlich nahegegangen. Eine Pause wäre sicher angebracht.

Der Motor des Wohnmobils sprang an. Gerd sah ihr nach, als sie damit den Parkplatz verließ. In Gedanken ließ er die Ereignisse an sich vorbeiziehen. Hatten sie etwas vergessen, etwas übersehen?

Nein, alles lief perfekt. Er legte den ersten Gang ein und fuhr los.

Tag 4, 03.00 Uhr
Leer, Emstunnel, Rtg. Mep./Ndl.

PHK Rolf Berger saß alleine im Streifenwagen. Er wartete auf den nächsten Einsatz. Die Belastungen durch die Begleitung der Schwertransporte waren enorm. Für diesen Nachtdienst hatten sie sich anders als gewöhnlich aufgeteilt. Zwei Einbäume[15] und eine normale Besatzung[16] sollten Transporte zu den Windparks begleiten.

---

15) Streifenwagen mit nur einem Beamten besetzt
16) zwei Beamte

Zwischen zwei Transporten lohnte es sich nicht, die Dienststelle anzulaufen. Deshalb war Berger mit seinem Einsatzwagen hinter dem Emstunnel in Fahrtrichtung Süden[17] am Seitenrand der Autobahn stehen geblieben und beobachtete den Verkehr. Die nächste Begleitung würde sicher nicht lange auf sich warten lassen.

Es war spät und nur noch wenig los. Ein Wohnmobil fuhr langsam an ihm vorbei. Aus Gewohnheit sah er dem Fahrzeug hinterher und bemerkte, dass die hintere Beleuchtung ausgefallen war.

Alleine sollte er natürlich kein Fahrzeug überprüfen. Hier war allerdings Gefahr im Verzuge. Ein relativ langsames Fahrzeug ohne jede Beleuchtung nach hinten war sogar sehr gefährlich. Berger fädelte den Streifenwagen vor einem weißen Transporter auf den Hauptfahrstreifen ein, gab Gas und wechselte auf die Überholfahrspur. Er setzte sich vor das Wohnmobil und schaltete die elektronische Anzeige nach hinten ein. Das Lichtzeichen *Bitte folgen* leuchtete im Takt auf dem Dach des Streifenwagens.

*

Gerd traute seinen Augen nicht. Wo war dieser verfluchte Streifenwagen denn hergekommen? Das durfte doch nicht wahr sein. Na klar … die hintere Beleuchtung des Wohnmobils funktionierte nicht.

Gerd griff zum Funkgerät: »Bleib cool. Der Bulle will dich sicher nur auf dein kaputtes Rücklicht aufmerksam machen. Folge ihm auf den Parkplatz. Ich bleib bei dir.«

---

17) Richtung Niederlande

Tag 4, in den ersten Morgenstunden
PP Rheiderland, Rtg. Mep./Ndl.[18]

Drei Fahrzeuge fuhren auf den Parkplatz Rheiderland. Zuerst der Streifenwagen der Autobahnpolizei Leer. Dahinter das Wohnmobil. Mit etwas Abstand ein weißer Transporter.

Der Streifenwagen hielt unter einer Straßenlaterne. PHK Berger stieg aus und gab der Fahrerin des Wohnmobils ein Zeichen, seitlich stehenzubleiben. Der weiße Transporter hielt mit einem Abstand von etwa hundert Metern zum Streifenwagen.

Berger ging zur Fahrerseite des Wohnmobils und klopfte an die Seitenscheibe. Die Fahrerin sah aus, als hätte sie ein Gespenst gesehen. Langsam drehte sie das Fenster herunter.

»Guten Abend. Mein Name ist Berger von der Autobahnpolizei. Ihr Licht hinten ist defekt.« Berger legte die Stirn in Falten, als ihm eine Parfümwolke entgegenschlug.

Der gut aussehenden Dame am Lenker hatte es offensichtlich die Sprache verschlagen. Ihre Hände hielten verkrampft das Lenkrad. Die Frau war stark geschminkt. Ihr Overall passte dazu nicht.

Merkwürdig.

Berger versuchte, sie etwas zu beruhigen. »Bitte regen Sie sich nicht auf. Kein Grund zur Panik. Wir gucken uns das zusammen mal an. Steigen Sie doch bitte aus.«

Immer noch keine Antwort. Vielleicht verstand sie ihn nicht?

Aber dann öffnete sie mit zittrigen Händen umständlich den Gurt und öffnete die Fahrerhaustür. Sie gingen gemeinsam zur Rückfront des Wohnmobils.

In diesem Moment startete der Motor eines Sattelzuges.

*

18) Punkt 4 auf der Karte

Der Lkw-Fahrer Henk Zijlstra hatte gerade seine vorgeschriebene Pause beendet.

Henk hatte er es sich zur Angewohnheit gemacht, einmal um seinen Lkw herumzulaufen, bevor er losfuhr. Draußen auf dem Parkplatz legte er die Hände in den Nacken, bog seinen Rücken durch. Diese Scheißbandscheibe quälte ihn nun schon seit einigen Jahren.

Er stutzte. Dieses Lovemobil hatte er doch schon einmal gesehen. Der Streifenwagen gehörte zur Autobahnpolizei. Der Polizist unterhielt sich mit der ›Dame‹. Soweit Henk es sehen konnte, war der alleine unterwegs. Der will sicher auch einmal was Schönes vor Augen haben, dachte Henk. Denn schön war die Frau, da gab es keinen Zweifel.

Eine merkwürdige Situation.

Egal, er hatte einen Zeitplan einzuhalten. Henk stieg ins Führerhaus seines Lkw, löste die Feststellbremse. Als er sich auf der Autobahn befand, hatte er das merkwürdige Paar bereits vergessen.

*

Gerd Hasler beobachtete aus dem weißen Transporter heraus aufgeregt, wie der Sattelzug den Rastplatz verließ. Endlich! Seine Hand umklammerte den Elektroschocker. Er stieg leise aus, zog die Skimaske herunter und schlich zum Wohnmobil.

*

Berger sah nach unten zu den Leuchtenträgern des Wohnmobils. Alles dunkel, Totalausfall.

In diesem Moment fielen ihm ihre schwarzen Lackstiefel auf.

Das Wohnmobil, die gut riechende, geschminkte Dame mit den Lackstiefeln … das rote Herzchen mit Leuchtdioden an der Heckscheibe … Ich möchte wetten, dachte Berger, dass sie unter dem Overall so gut wie nichts anhat.

Er hatte nichts gegen Damen Ihres Gewerbes. Im Gegenteil. Er als Polizist ahnte, was passieren würde, gäbe es für viele Männer nicht diese Gelegenheit, Druck abzulassen.

»Bitte«, sagte sie, »können Sie nicht einfach weiterfahren? Ich ruf meinen Freund an. Der bringt das bestimmt in Ordnung.«

»Oh, Sie können ja doch reden.« Berger kniete sich vor den Leuchtenträger. »Vielleicht krieg ich das hier hin.« Er klopfte vorsichtig gegen das Rücklicht.

Ihre Stimme klang flehend und sie drehte sich ständig nervös um. »Bitte, gehen Sie doch. Bitte!«

Als Berger mühsam aufstehen wollte, bemerkte er einen schwarzen Klebestreifen, der lose vom Kennzeichen herabhing. »Was zum Teufel ...?« Er bückte sich, sah sich das Kennzeichen genau an. Berger kratzte mit dem Fingernagel an den Zahlen und Buchstaben. Sein Gehirn kam nicht mehr dazu, den Gedanken zu beenden, denn ein starker Stromstoß im Genick sorgte für extreme Schmerzen und einen Blackout im Gehirn des Polizisten. Ohnmächtig sackte er auf dem Pflaster zusammen.

*

Jetzt musste alles schnell gehen. Im Transporter hatte sich Gerd Hasler einen Notfallplan ausgedacht.

Er zog dem Polizisten die gelbe Dienstjacke aus. Wie erwartet steckten die Schlüssel des Streifenwagens in der Hosentasche. In der Hemdtasche befand sich ein Handy. Bloß weg damit. Im Bogen flog es zwischen die Büsche der Grünanlage. Die Dienstwaffe nahm er an sich.

Gerd sah Lisa an. Wie versteinert stand sie da. »Verflucht, reiß dich zusammen! Hier, nimm den Elektroschocker. Sobald er zu sich kommt, gibst du ihm noch einen Stromstoß. Ich lege ihm Handschellen an. Bin gleich zurück.«

Er zog sich die gelbe Jacke des Polizisten über. Im

Streifenwagen orientierte er sich kurz. Dann raste er mit aufheulendem Motor rückwärts zur Einfahrt des Parkplatzes und ließ den Wagen quer stehen. Er brauchte einen Moment, bis er das Blaulicht einschalten konnte. Nun hatten sie etwas Zeit gewonnen.

Auf dem Beifahrersitz lag die Dienstmütze des Polizisten. Als Gerd danach griff, fielen ein Notizbuch und ein Handy in den Fußraum. Praktisch – am Notizbuch klemmte ein Kugelschreiber. Er nahm sich den Stift und schrieb: *Ich habe die Frau meines Lebens gefunden. Ich hab keinen Bock mehr auf diese Scheiße.*

Gut sichtbar ließ er das Notizbuch auf der Konsole liegen.

Sie hatten keine Zeit zu verlieren. Gerd lief zurück zu seinem Transporter. Kurz darauf hielt er sein Fahrzeug direkt hinter dem Wohnmobil an. Der Polizist lag zum Glück noch bewusstlos auf dem Pflaster. Gerds Hand legte sich um die Pistole.

Sollte er den Polizisten an Ort und Stelle erschießen? Er sah Lisa kurz an. Nein, das würde sie nicht auch noch verkraften.

Die Seitentür des Transporters quietschte, als er sie aufzog. Er räumte die Kiste frei.

Ihre Stimme war rau, als sie sagte. »Er kommt zu sich!«

»Gib mir den Elektroschocker.«

Der Körper des Polizisten zuckte, als der Stromstoß durch die Muskeln raste.

Er griff dem Mann unter die Achseln. »Los, pack an! In die Kiste mit ihm.«

Wie in Trance griff sie die Fußgelenke des Bewusstlosen.

Geschafft! Der Deckel der Kiste war verriegelt. Jetzt brauchte er nur noch das Ventil unter dem Transporter umzustellen.

*

Rolf Berger erwachte mit rasenden Kopfschmerzen. Sie schienen von seinem Nacken auszugehen. Er wollte sich aufrichten und stieß mit dem Kopf gegen den Deckel der Kiste.

Er zwang sich, ruhig zu bleiben, als er die Handschellen fühlte. Seine Gedanken rasten. Was war geschehen? Wo war er? Ruhig bleiben. Denk nach!

Soweit es die Handschellen erlaubten, tastete er seine Umgebung ab. An der rechten Seite fühlte er eine Art Lochwand, wie ein Sieb. Warme Luft strömte in die Kiste. Vielleicht komm ich an mein Taschenmesser am Gürtel ran, dachte Berger und versuchte es. Unerwartet ertasteten seine gefesselten Hände einen Beutel an der linken Seite. Er hielt ihn mit der linken Hand fest und tastete mit der rechten in den Beutel.

Sein Verstand weigerte sich umzusetzen, was seine Hand fühlte. Ein abgeschnittener Finger.

Entsetzt ließ Berger den Beutel fallen und fand endlich sein Taschenmesser. Mit der Messerklinge begann er den Holzdeckel über sich zu bearbeiten. Er hustete. Wie durch einen Nebel sah er das Gesicht seiner Frau, flüsterte ihren Namen.

*

Gerd Hasler saß hinter dem Lenkrad des Transporters. Er zwang sich, ruhig zu bleiben, und dachte über die neue Situation nach. Sie hatten verdammtes Glück gehabt, dass der Polizist alleine unterwegs war. Wieso musste der auch so hartnäckig sein? Der Beamte hatte das verfälschte Kennzeichen des Wohnmobils bemerkt. Gerd hatte handeln müssen, sonst wäre alles vorbei gewesen.

Lisa sollte zur Halle fahren. Die Ereignisse des Tages waren zu viel für sie gewesen. Er durfte sie nicht überfordern.

Tag 4, 03.45 Uhr
Unterwegs vom Grenzübergang Ndl. (A 280)-AD Bunde-Weener-Emstunnel-Leer-West (A 31)

Onno Elzinga und Klaas Leitmann saßen im Streifenwagen der Autobahnpolizei, einem Bulli. Die Kollegen fuhren gerne damit. Klaas Leitmanns Rücken freute sich über die gerade Sitzposition.

Die Ausrüstung, die Onno für sein Fachgebiet, den Schwerlastverkehr, mitschleppte, passte auch besser in den Bulli als in den Mercedes Kombi oder den Audi A6. Der kleine Tisch war außerdem praktisch, wenn man mit dem Laptop arbeitete oder mehrere Schaublätter vom analogen Kontrollgerät auswertete.

Allerdings war der Bulli deutlich langsamer als die anderen Streifenwagen. Die Kollegen waren sich aber einig, dass die Vorteile überwogen.

Vor ihnen fuhren das Begleitfahrzeug, ein sogenanntes BF 3, und zwei Sattelzugmaschinen mit Tiefladeraufliegern, darauf zwei schwere, überbreite Transformatoren.

Die drei Fahrzeuge vor ihnen hatten das gelbe Rundumlicht eingeschaltet. Auf dem Dach des Einsatzbullis drehten sich die beiden Blaulichter. Es war schon spät, nur noch drei Stunden bis zum Ende des Nachtdienstes. Die Lichtreflexe schmerzten in Onnos Augen.

Den Transport hatten sie an der Grenze übernommen. Die Begleitstrecke verlief von der Bundesgrenze bis zum Dreieck Bunde, über die A 31S an der Anschlussstelle Weener vorbei bis hinter dem Emstunnel. An der AS Leer-West, gleich nach dem Tunnel, war die Begleitung durch die Polizei nicht mehr vorgeschrieben.

Klaas hatte die Leselampe über dem Beifahrersitz eingeschaltet. Im Notizbuch sortierte er die schon durchgeführten Schwertransportbegleitungen der Nacht.

Onno warf ihm einen Seitenblick zu. »Na, steigst du

noch durch? Ich bin froh, wenn wir die Nacht rum haben. Schön in die Heia und nichts mehr hören und sehen.«

»Wenn man denn schlafen kann.« Klaas unterdrückte ein Gähnen. »Kann dir auch passieren, dass du dich um zehn Uhr morgens immer noch schlaflos von einer Seite auf die andere drehst. Mittags stehst du dann wütend auf. Den ganzen Tag Matsche im Kopf.«

»Stimmt. Alte Männer wie wir gehören zu einer gewissen Zeit ins Bett.« Er beobachtete, wie der Schwerlast-Konvoi einige Kilometer vor dem Tunnel vom Hauptfahrstreifen in die Mitte der Autobahn fuhr. Das BF 3 schaltete auf dem Dach das Lichtzeichen für Überholverbot ein.

Als sie am Rastplatz Rheiderland vorbeifuhren, sah Onno kurz auf die andere Seite der Autobahn. Für einen Moment glaubte er ein eingeschaltetes Blaulicht gesehen zu haben. Oder spielten ihm seine übermüdeten Augen einen Streich? »Klaas, hast du auf der anderen Seite auch ein Blaulicht gesehen?«

Klaas unterbrach seine Notizen und sah Onno fragend an. »Blaulicht … Ich seh nur noch Lichter. Sorry, negativ.«

In der rechten Ablage des Bulli klingelte das Diensthandy. Klaas sah auf das Display, es war die Wache. Er meldete sich. »Leitmann!«

Die Stimme des Wachhabenden Mark Rode am anderen Ende der Leitung klang säuerlich. »Klaas, ich kann Rolf Berger ums Verrecken nicht erreichen. Ihr müsst jetzt den Transport von Rolf übernehmen.« Mark hörte, dass Klaas ihn unterbrechen wollte. »Klaas, es geht nicht anders. Also: einmal von Leer-Ost bis zur großen Maschinenfabrik!«

Inzwischen war der Konvoi in den Emstunnel eingefahren. Die Tunnelwände reflektierten die gelben und blauen Lichtblitze. Onno schaltete den rechten Blinker ein.

Klaas knurrte. »Onno, bleib auf der Bahn. Wir müssen noch einen Transport in Leer-Ost übernehmen. Mark kann Rolf nicht erreichen. Wir sollen einspringen.«

»Oh nee! Klaas, nicht noch einen!«

»Ent-schul-di-gung!« Klaas hob die Arme und wackelte mit dem Kopf.

Die anschließende Begleitung war Routine. Jetzt musste nur noch der lästige Papierkrieg erledigt werden.

Tag 4, 05.00 Uhr
Dienstgebäude der Autobahnpolizei, Deichstraße Leer/
AS Leer-West, Emstunnel[19]

Auf der Dienststelle erwartete sie ein beunruhigter Mark Rode. »Ich mach mir echt Sorgen. Rolf hat sich seit einer Ewigkeit nicht mehr gemeldet. Erreichen kann ich ihn auch nicht!«

Das war absolut untypisch. Rolf war die Zuverlässigkeit in Person.

»Vielleicht ist er zu einer anderen Dienststelle gefahren. Quatscht bei einer Tasse Kaffee über alte Zeiten«, schlug Klaas vor.

Sie telefonierten mit allen Dienststellen in der Nähe, die noch besetzt waren, von der Bundespolizei bis zu den Kollegen von der Georgstraße. Alles negativ, Rolf Berger war nicht gesehen worden.

Dann gingen sie noch einmal gemeinsam alle Einsätze der Nacht durch. Schichtleiter Mark Rode sah sich alle Genehmigungen für die durchgeführten Schwertransportbegleitungen an. »Rolf hatte als letzten Einsatz eine Tunnelbegleitung in Richtung Niederlande.«

»Wie sollte es dann weitergehen?«, fragte Onno. »Ich meine, die nächsten Transporte für Rolf?«

19) Punkt 14 auf der Karte

Mark Rode rieb sich die Augen. »Als Einbaum sollte er die kurzen Transporte übernehmen. Ja, warte mal …« Er versuchte, seine eigene Schrift in der Wachkladde zu entziffern. »Hier, ich hab es gefunden. Drei Uhr zehn: Begleitung vom Tunnel zu den Kavernen nach Jemgum. Da konnte ich ihn schon nicht mehr erreichen. Den Transport haben die Kollegen von der Georgstraße übernommen.«

Onno schloss die Augen. »Rolf hat bestimmt beim Tunnel auf den nächsten Transport gewartet.« Er konnte sich nur schwer konzentrieren. Der Nachtdienst forderte Tribut. Er stellte sich vor, wie Rolf Berger mit dem Streifenwagen auf Warteposition hinter dem Tunnel stand. Gleich dahinter in Richtung Niederlande befand sich der Parkplatz Rheiderland. Jetzt fiel es ihm wieder ein. »Klaas, das Blaulicht auf der Gegenfahrbahn!«

Klaas sah ihn fragend an. »Blaulicht? Onno, was meinst du denn?«

»Mark, hatten wir noch einen Einsatz am Rastplatz Rheiderland?«, fragte Onno.

Der Schichtleiter ärgerte sich, weil er nicht wusste, was Onno von ihm wollte. »Nee, Onno, hatten wir nicht. Was soll die Frage?«

»Als wir den vorletzten Transport hatten«, erklärte Onno, »du weißt schon, vom Grenzübergang bis zum Tunnel …«

»Ja, ich weiß. Was hat das mit Rolf zu tun?«

»Lass mich ausreden. Kurz vorm Tunnel, also Höhe Parkplatz, habe ich auf der anderen Seite ein Blaulicht gesehen. Komm mit, Klaas, wir fahren da jetzt hin. «

Sie setzten sich in den Bulli. Onno fuhr mit Motmusik[20] durch die Kurven und raste Richtung Parkplatz. Das Gaspedal drückte auf das Bodenblech. Klaas' rechte Hand klammerte sich um den Haltegriff.

In Rekordzeit durchfuhren sie den Tunnel. Schon bei der leichten Rechtskurve sahen sie das Blaulicht.

20 eingeschaltetes Martinshorn und Blaulicht

»Scheiße, Onno«, sagte Klaas. »Ich glaube, du hast recht.«

Tag 4, 05.15 Uhr
PP Rheiderland, Rtg. Mep./Ndl.[21]

Der querstehende Streifenwagen blockierte die Zufahrt zum Parkplatz. Kein Zweifel, das war der Mercedes-Kombi, mit dem Rolf unterwegs war. Die Kollegen stiegen aus und rannten zu seinem Streifenwagen.

Irgendwie hatten sie erwartet, dass Rolf mit einem ernsten Gesundheitsproblem im Auto sitzen würde. Aber Fehlanzeige, keine Personen im Fahrzeug. Onno zog am Türgriff. »Der Wagen ist verriegelt. Hier liegt sein Notizbuch auf der Ablage. Sieht aus, als hätte er uns eine Mitteilung geschrieben. Ich kann es aber nicht lesen. Zu beschlagen, die Scheibe.«

Sie spürten beide, dass hier etwas oberfaul war. Klaas nahm das Handy und rief Mark an. Alle drei waren aufgeregt. »Mark, bleib ruhig. Wir gehen jetzt auf den Parkplatz, vielleicht klärt sich noch alles auf.«

Dies war aber nicht der Fall. Der Parkplatz war praktisch leer. Die Hoffnung, ihren Kollegen zu finden, verringerte sich von Minute zu Minute. Sie suchten den gesamten Parkplatz, ja, sogar die angrenzenden Gräben noch einmal ab. Keine Spur von Rolf Berger.

Klaas rief auf der Wache an. »Mark, wir brauchen hier die Zweitschlüssel des Streifenwagens, mit dem Rolf unterwegs war. Zweitens kannst du die Nummer von Rolfs Handy wählen. Vielleicht können wir ihn ja so orten.«

»Mach ich«, antwortete Mark. »Und ich bitte die

21) Punkt 4 auf der Karte

Kollegen aus der Georgstraße um Unterstützung. Die Kollegen vom Streifendienst aus der Stadt sollen euch den Schlüssel zum Parkplatz bringen.«

Wenig später hörten Onno und Klaas ein leises Klingeln und folgten dem Geräusch. Das schwache Licht des Handydisplays leuchtete im Gras zwischen den hinteren Büschen der Grünanlage. Die Sorge um ihren Kollegen verwandelte sich in Angst.

»Klaas, ich hab ein ganz mieses Bauchgefühl.« Onno hörte selbst, wie unsicher seine Stimme klang. »Was ist hier eigentlich los?

»Verdammt! Wo ist Rolf geblieben? Der kann sich doch nicht einfach in Luft aufgelöst haben!« Klaas bückte sich, um das Handy aufzuheben, doch dann stand er ohne Handy wieder auf. Sie sahen sich an und dachten dasselbe. Bloß keine Spuren vernichten.

Vorsichtig suchten sie die Umgebung ab. Nichts, keine Spur von ihrem Kollegen.

Kurz darauf hielt ein Streifenwagen, ein neuer Passat, hinter ihrem auf dem Standstreifen. Die Kollegen übergaben die Zweitschlüssel des Mercedes. Natürlich wollten sie wissen, was los war. Während Klaas sich mit ihnen unterhielt, holte sich Onno Einmalhandschuhe aus Latex aus seiner Einsatztasche und streifte sie über. Er drückte auf die Fernbedienung der Zentralverriegelung und die Lichter des Streifenwagens leuchteten kurz auf. Vorsichtig öffnete Onno die Fahrertür und beugte sich ins Innere.

Auf dem Rücksitz lag die Einsatztasche. Ansonsten keine weitere Ausrüstung von Rolf. Im Auto roch es etwas muffig, wie ein nasser Hund. Der Hörer des Funkgerätes hing ordentlich in der Halterung. Der Notknopf war nicht gedrückt worden. Keine Blutflecken, keine Spuren eines Kampfes und auch keine Patronenhülsen. Auf dem Armaturenbrett lag das aufgeschlagene Notizbuch.

Endlich konnte Onno lesen, was dort in großer Schrift stand. *Ich habe die Frau meines Lebens gefunden. Ich hab keinen Bock mehr auf diese Scheiße.*

Nun verstand er gar nichts mehr.

Tag 4, 06.00 Uhr
Wohnhaus Familie Martens

Das Klingeln des Telefons weckte Anton Martens, den Chef der Autobahnpolizei. Er hörte sich an, was Mark ihm zu sagen hatte.

Martens war müde, aber entschlossen. »Ich komme so schnell wie möglich. Die Nachtschicht soll unbedingt auf mich warten. Bis gleich.«

Auf dem Weg zur Dienststelle überlegte er, was passiert sein könnte. Im Grunde gab es nur zwei Möglichkeiten. Die erste war, dass Rolf Berger sich abgesetzt hatte. Vielleicht gab es Probleme im familiären Bereich der Bergers, von denen er nichts wusste. Die zweite: Man hatte Berger entführt oder Schlimmeres. Dann sollte die Notiz im Streifenwagen die Ermittler ablenken.

Instinktiv entschied er sich für diese zweite Möglichkeit. Nun war passiert, was viele insgeheim befürchtet hatten. Die Streifenfahrten nachts alleine waren eine Notlösung. In einem Streifenwagen sollte eigentlich ein zweiter Kollege den anderen absichern.

So ein Mist. Berger hatte doch nur die Schwertransporte übernehmen sollen. Was war bloß passiert?

Tag 4, 06.30 Uhr
Dienstgebäude Autobahnpolizei
am Emstunnel[22]

Als Martens die Wache betrat, hatten sich die Kollegen der Nachtschicht dort versammelt. Zunächst ließ er sich von jedem Beamten erzählen, was in der Nacht passiert war. Mark schilderte ihm die Abläufe auf der Wache, Onno und Klaas die Situation auf dem Parkplatz.

Martens fragte nach. »Der Streifenwagen von Rolf steht noch dort?«

»Ja, wir haben nur vorsichtig hineingesehen. Nichts Auffälliges bis auf dieses Notizbuch. Die Kollegen von der Georgstraße sperren den Parkplatz ab. Vielleicht ist es ja ein Tatort«, sagte Klaas mit belegter Stimme.

Jede Wahrheit braucht einen Mutigen, der sie ausspricht, dachte Onno. Jetzt hat Klaas das gesagt, was alle denken. Rolf ist einem Verbrecher in die Arme gelaufen. Der Himmel stehe ihm bei.

Marks Vertreter Heinrich Greve kam gerade dazu und ließ sich kurz den Sachverhalt erklären.

»Ich fahr jetzt rüber zu unserer vorgesetzten Dienststelle«, sagte Martens, »informiere den Chef und organisiere die Fahndung. Heinrich, für dich habe ich eine echt unangenehme Aufgabe: Du musst zu Frau Berger. Versuch ihr schonend beizubringen, was wir bis jetzt wissen.«

Greves Gesicht sprach Bände. Was sollte er der Frau seines Kollegen denn erklären? Im Grunde wussten sie ja noch nichts Konkretes.

---

22) Punkt 14 auf der Karte

Tag 4, 7.00 Uhr
Stadt Leer, Polizeidienstgebäude[23]

Anton Martens fuhr zur vorgesetzten Dienststelle in Leer. Er ging davon aus, dass sein Kollege Rolf entführt worden war. Nun musste er die Führung von seiner Einschätzung überzeugen. Diese Situation konnte die Autobahnpolizei nicht alleine lösen.

In der sogenannten Teppich-Etage, den Büros der Polizeiführung, erklärte Anton seinem Chef Thomas Sprengel den bis jetzt bekannten Sachverhalt.

Sprengel machte ein besorgtes Gesicht, als er zum Telefon griff. »Hallo, Renko, hier ist Thomas. Kannst du mal zu mir kommen? Es ist wichtig.«

Zusammen mit Renko Dirksen berieten sich die Männer dann, wie sie vorgehen sollten. Auf dem Tisch lag eine Karte vom Landkreis Leer.

»Anton, es ist deine Autobahn.« Thomas Sprengel sah ihn auffordernd an. »Womit können wir euch unterstützen?«

»Zunächst wäre da natürlich der Parkplatz Rheiderland. Ich meine, wir sollten erst mal die Spurensicherung ihre Arbeit machen lassen. Meine Leute haben alles so gelassen, wie sie es vorgefunden haben. Den Streifenwagen, mit dem Berger unterwegs war, und das Handy haben wir nicht angerührt.«

»Super«, sagte Renko Dirksen. »Dann lassen wir den Wagen in einer Halle unterstellen. Ich schick die Spurensicherung zum Parkplatz. Albert Brede und Stefan Gastmann übernehmen das.«

»Hunde«, sagte Thomas Sprengel, »wir brauchen die Hundestaffel. Sobald ihr mit der Spurensicherung durch seid, schicken wir die Hunde über den Platz. Dafür brauchen wir eine Geruchsprobe vom Kollegen. Anton, kannst du das organisieren?«

23) Punkt 13 auf der Karte

»Ja, in Rolfs Spind auf der Dienststelle dürfte was Passendes sein.«

»Wir brauchen noch Hubschrauber. Am besten mit Wärmebildkamera«, schlug Renko vor. »Und jede Menge Kollegen für die Suchaktionen.«

Thomas nickte. »Besorge ich. Von wo aus soll die Suche koordiniert werden?«

»Bei uns«, schlug Anton vor. »Die Dienststelle der Autobahn liegt zentral.«

»Find ich auch, Anton, aber für so eine Aktion brauchst du noch Unterstützung.«

Thomas überlegte nicht lange. »Renko, ich brauch deinen besten Mann für die Suche.«

Renko lachte. »Jan Broning, daran hab ich auch schon gedacht. Momentan haben wir die Leiche vom Parkplatz in Arbeit, da ist Jan dran. Aber diese Sache geht natürlich vor. Ich red mit ihm.«

»Okay, denn man los, wir haben keine Zeit zu verlieren«, beendete Thomas Sprengel die kleine Versammlung.

Die größte Fahndung seit Bestehen der Dienststelle am Emstunnel begann.

Kapitel 5

Tag 4, vormittags
Dienststelle der Autobahnpolizei
am Emstunnel[24]

Der Leiter des Fachkommissariates, Renko Dirksen, hatte Jan Broning gebeten, die Fahndung zusammen mit Anton Martens, dem Leiter der Autobahnpolizei, zu koordinieren. Die Suche nach dem vermissten Kollegen sollte vom Dienstgebäude der Autobahnpolizei aus organisiert werden. Kurze Wege waren immer gut. Sie saßen sich in einem Nebenraum der Wache gegenüber, der für die Schichtleiter gedacht war. Man konnte durch große Fenster in den Wachraum sehen. Dieses kleine Büro diente jetzt als Einsatzzentrale.

Anton sah blass und besorgt aus. Immer wieder stand er auf, sah hinüber zur Wache. Er hoffte immer noch, dass jeden Moment eine gute Nachricht eintreffen würde. Sie hatten gemeinsam die Einsatzkräfte eingewiesen. Dazu gehörten ein Polizeihubschrauber und die Hundeführerstaffel. Außerdem hatten sich etliche Kollegen freiwillig für die Suche zum Dienst gemeldet.

Jans Diensthandy klingelte. »Broning!«

»Hier ist Stefan. Wir sind auf dem Parkplatz fertig. Wir haben das Handy von Rolf Berger, und die Zündschlüssel des Streifenwagens haben wir auch in der Grünanlage gefunden. Der Wagen ist jetzt auf dem Weg zur Halle des Abschleppers. Albert und ich wollen ihn uns dort genauer ansehen und die Spurensicherung durchführen. Ist das okay?«

»Mach es so. Danke, Stefan. Sobald ihr was im Auto gefunden habt, meldet euch bitte. Ich bleib erst mal hier bei der Autobahnpolizei.«

24) Punkt 14 auf der Karte

Jan legte das Handy auf den Tisch. Anton sah ihn erwartungsvoll an. »Es war Stefan Gastmann, der Streifenwagen wird jetzt abgeschleppt und nach Spuren untersucht.« Jan sah die Enttäuschung in Antons Gesicht. »Ich weiß, viel haben wir noch nicht, aber jetzt können wir die Hundeführer einsetzen.«

Anton hatte Rolf Bergers Spind mit einem Zweitschlüssel geöffnet. Hundeführer Hermann Blohm hatte einige Bekleidungsstücke mitgenommen. Er stand zusammen mit seiner Kollegin Insa Boomgarden auf dem Innenhof, sein belgischer Schäferhund Bronko und ihr Labrador Rambo einsatzbereit in den Fahrzeugen.

Anton öffnete das Fenster. »Kollegen, kommt doch mal rein, kann gleich losgehen.«

Gemeinsam überlegten sie in der Einsatzzentrale, wie man jetzt vorgehen wollte. Zuerst war natürlich der gesamte Parkplatzbereich Rheiderland an der Reihe. Danach systematisch alle anderen Parkplätze in der Umgebung.

Tag 4, mittags
PP Rheiderland, Rtg. Mep./Ndl.[25]

Anton hielt im Büro die Stellung. Jan Broning war mit rausgefahren. Auf dem Parkplatz Rheiderland schnüffelten Bronko und Rambo an der Tüte mit der Bekleidung des Kollegen Berger.

Die Suche verlief enttäuschend. Am Ende blieben beide Tiere an einer Stelle auf der Pflasterung des Parkplatzes stehen und bellten. Diese Stelle markierten die Kollegen mit Kreide.

Die Hundeführer waren sich einig: Rolf Berger hatte

25) Punkt 4 auf der Karte

sich nur in einem Bereich von maximal zehn Metern um die markierte Stelle herum aufgehalten. Ein wenig ratlos versuchte Jan, die Situation einzuschätzen. Die Stelle war mindestens zweihundert Meter von der Einfahrt zum Parkplatz entfernt, wo Bergers Streifenwagen gestanden hatte. Diese Suchaktion verlief immer rätselhafter.

Er bat die Hundeführer, noch einmal die Strecke von der Einfahrt bis zur markierten Stelle abzusuchen, erkannte aber am Verhalten der Hunde, dass sie in diesem Bereich keine Witterung aufnahmen. Wie war das möglich, hatten sich die Hunde geirrt?

»Auf keinen Fall!«, wehrte Hermann Blohm ab.

»Es hat nicht geregnet«, sagte Insa Boomgarden. »Außerdem sind die Spuren frisch.«

Es gab nur eine Erklärung: Eine andere Person hatte den Streifenwagen zur Parkplatzeinfahrt gefahren. Diese Person hatte den Parkplatz mit dem Streifenwagen bewusst gesperrt. Aber weshalb ?

Jan beantwortete sich die Frage selber: Die oder der Täter wollten ungestört sein, Zeit gewinnen.

Rolf Berger hatte sich an der markierten Stelle aufgehalten. In einem anderen Fahrzeug hat er den Parkplatz verlassen. Freiwillig? Oder war er gezwungen worden?

Die Notiz im Streifenwagen fiel Jan wieder ein, der Hinweis auf eine andere Frau. Aber warum sollte Berger den Streifenwagen ausgerechnet an der Einfahrt abstellen, um dann in den Wagen seiner Freundin einzusteigen? Warum sollte er sein Handy und die Zündschlüssel in die Botanik werfen? Das ergab überhaupt keinen Sinn.

Nein. Der Vermisste hatte den Parkplatz in einem fremden Fahrzeug verlassen, und vermutlich hatte er das nicht freiwillig getan.

Hermann Blohm kam auf Jan zu. »Wir fahren jetzt weiter zum PP Rhede. Oder hast du eine andere Idee?«

»Okay, und danke erst mal. Ihr habt uns schon

weitergeholfen«, erwiderte Jan nachdenklich. Die Spurensicherer mussten sich später unbedingt noch einmal die markierte Stelle ansehen.

Er hörte den Polizeihubschrauber, bevor er ihn sehen konnte. Im Zivilwagen nahm Jan Kontakt mit dem Piloten auf und bat ihn um einige Übersichtaufnahmen vom Parkplatz mit der Bordkamera. Die beiden Teams der Hundeführer hatten den Platz inzwischen verlassen. Endlich konnte er sich den Tatort noch einmal genau ansehen. Hätte er dies vorher getan, wäre die Arbeit der Hundeführer noch komplizierter geworden. Seine hinterlassenen Geruchsspuren hätten die Hunde irritiert.

Jan Broning ging noch einmal die Strecke von der Einfahrt bis zu den Parkflächen ab. Auf die Geräusche der vorbeifahrenden Autos und des Hubschraubers achtete er nicht mehr. Immer wieder blieb er stehen, sah sich um und ging die Stecke wieder zurück. Er versuchte sich die Situation in der Nacht vorzustellen, immer wieder fuhr der Streifenwagen in seinen Gedanken auf den Parkplatz. Einmal befand sich der Streifenwagen vor einem anderen Fahrzeug, dann wieder hinter einem Fahrzeug.

Sein Handy klingelte. »Broning!«, meldete er sich.

»Hallo, Jan, hier ist Hundeführer Blohm.« Der Kollege klang aufgeregt und außer Atem. »Wir haben auf dem Parkplatz Rhede eine Leiche gefunden.«

*

Tag 4,
PP Rhede, Rtg. Mep.[26]

Jan Broning zwang sich, ruhig zum Parkplatz Rhede zu fahren. Er parkte neben den anderen Polizeiwagen. Vor den Einsatzfahrzeugen flatterte das Absperrband im Wind. Wie versprochen, hatten die Hundeführer den halben Rastplatz abgesperrt.

Blohm kam auf ihn zu, als Jan ausstieg. Während er wartete, bis Jan sich den weißen Overall angezogen hatte, schilderte er kurz, wie sie den Toten gefunden hatten. Jan folgte ihm auf dem angelegten Trampelpfad. Es roch nach Wald und abgebrochene Zweige raschelten unter den Füßen der Polizisten. Jan Broning sah zuerst auf das Gesicht des Toten und atmete erleichtert tief durch. Vor ihm lag nicht der gesuchte Kollege Berger.

Der Tote, Jan schätzte ihn auf etwa vierzig, lag auf dem Rücken. Wie bei der ersten Leiche fehlte auch hier der rechte Zeigfinger, und die Gesichtsfarbe war unnatürlich rot. Jans Blick suchte vergeblich nach einem Ring an den Fingern des Toten. Dafür trug er eine Halskette.

Stefan Gastmann und Albert Brede waren vermutlich noch mit der Spurensicherung am Fahrzeug des ersten Opfers beschäftigt, aber Jan brauchte hier unbedingt Unterstützung. Er wählte Stefans Nummer. »Stefan, ich brauche euch beide hier. Die Arbeit am Auto könnt ihr später erledigen.« Jan erklärte kurz die Anfahrt zum Parkplatz, dann wartete er auf die beiden und dachte über die aktuelle Lage nach.

Die Suche nach dem vermissten Kollegen war bis jetzt negativ verlaufen. Keine Spuren oder Hinweise auf Rolf. Dafür hatten die Hundeführer jetzt diesem zweiten Toten gefunden. Die Übereinstimmungen zu der ersten Leiche auf dem Parkplatz Uplengen waren

26) Punkt 3 auf der Karte

nicht zu übersehen. Das Ergebnis der Obduktion der ersten Leiche lag noch nicht vor. Aber Jan war sicher, dass die Todesursache eine Kohlenmonoxid-Vergiftung war, und die würde man garantiert auch bei der zweiten Leiche feststellen.

Sie hatten Glück gehabt, ohne die Großfahndung nach dem vermissten Kollegen hätten sie die zweite Leiche nicht so schnell gefunden. Handelte es sich hier wieder um eine besondere Form des Nachtatverhaltens? Wollten der oder die Täter die Identifizierung der Leiche durch die Abtrennung des Zeigefingers erschweren? Nein, das erschien unlogisch. Und dann war da ja noch diese Kette um den Hals des Toten. Und dieses Schmuckstück sah auf den zweiten Blick auch wieder billig aus.

Er hörte den lauten Motor des weißen Bulli der Spurensicherung und ging zurück zum Parkplatz, um die Kollegen einzuweisen. Albert sah genervt aus.

»Albert, ich weiß, du brauchst deine Ruhe und Zeit bei der Arbeit, aber im Moment überschlagen sich die Ereignisse. Ich kann es nicht ändern. Ich helfe euch erst mal bei der Ausrüstung. Dann sehen wir uns den Toten gemeinsam an. Den Bestatter ruf ich an, da braucht ihr euch nicht drum zu kümmern. Anschließend fahre ich noch einmal zum Parkplatz und sehe mir die markierte Stelle noch einmal an.«

Das Klingeln seines Diensthandys unterbrach ihn. »Jan, hier ist Renko. Ich habe gehört, ihr habt einen zweiten Toten auf einem Parkplatz gefunden.«

»Ja, und es sieht so aus, als hätte derselbe Täter zugeschlagen. Der Modus Operandi ist identisch.«

»Jan, sprechen wir über einen Serientäter?«

»Ja, ich glaube, es ist so.«

Am anderen Ende der Leitung entstand eine Pause. Dann fragte Renko: »Jan, was ist mit unserem vermissten Kollegen Berger – immer noch keine Spur?

»Nee, Renko, Fehlanzeige. Du, wo wir gerade beim

Thema sind: Ich brauch noch ein zweites Team für die Spurensicherung. Ein markierter Bereich auf dem Pflaster des Parkplatzes Rheiderland muss noch abgesucht werden.«

»Okay, Albert mault sicher schon rum, so wie ich ihn kenne.«

Na, dachte Jan, der Chef kennt seine Schweine auch schon am Gang. »Ich fahr gleich zurück zum Parkplatz und warte auf das zweite Team.« Er suchte nach den richtigen Worten. »Renko, ich vermute einen Tatzusammenhang zwischen unserem vermissten Kollegen und den beiden Toten.«

Renko legte eine kurze Denkpause ein. Dann sagte er: »Ich stimme dir zu, es kann kein Zufall sein. Wir haben zwei Tote auf Autobahnparkplätzen, gleichzeitig verschwindet ein Polizist von der Autobahnpolizei ... Ich kümmere mich um das zweite Team, dann geh ich zum Rapport in die Teppich-Etage. Macht ihr da draußen erst mal weiter.«

*

Jan bestellte den Bestatter Erdmann zum Parkplatz Rhede, dann ging er zu seinen Kollegen Albert und Stefan hinüber.

Stefan kniete neben der Leiche. Er hatte gerade die Kleidung des Toten durchsucht. Er stand auf, sah Jan an und zuckte mit den Schultern. »Keine Papiere oder Hinweise auf die Identität. Wie bei der ersten Leiche. Nur diesmal ist unser Opfer ... sagen wir mal, etwas salopp formuliert, frischer. Die Leichenstarre ist fast vollständig ausgeprägt. Die Leichenflecken lassen sich noch wegdrücken. Beim ersten Toten hatte sich die Leichenstarre bereits gelöst und die Leichenflecken ließen sich nicht mehr wegdrücken. Bei dieser trat der Tod mindestens vor zwanzig Stunden ein. Also zwanzig Stunden plus X. Die Differenz zwischen der Körperkerntemperatur und der Umgebungstemperatur lässt sich nicht berechnen, weil die Temperatur in der Nacht abgefallen ist. Mit dem Lauf der Sonne lag die Leiche im Bereich der Sonneneinstrahlung oder im Schatten, mit diesen unterschiedlichen Temperaturen lässt sich nicht vernünftig rechnen.« Stefan notierte die Körpertemperatur für den Tatortbericht und verstaute das Thermometer im Koffer.

Jan wusste, dass die Bestimmung der Todeszeit sehr kompliziert war. Es gab natürlich Fälle, wo die Umgebungstemperatur konstant war, zum Beispiel wenn man Tote in einer Wohnung auffand. Öffnete dann jemand ein Fenster und die Temperatur variierte, war es aber auch wieder ähnlich wie hier draußen. Dies führte zu ungenauen Ergebnissen bei den Berechnungen.

»Lasst euch Zeit. Ich hab mit Renko telefoniert. Er schickt ein zweites Team zum Parkplatz Rheiderland und ich fahr gleich noch einmal hin. Den Bestatter hab ich auch schon angerufen.«

Stefan verzog das Gesicht. »Sag bloß nicht, dieser Wiener Sängerknabe, dieser Erdmann, holt ihn ab.«

Jan grinste. »Tschüss, ich muss los.« Er hoffte, dass die Kollegen auf dem anderen Parkplatz bereits auf ihn warteten.

Tag 4, nachmittags
PP Rheiderland, Rtg. Mep.[27]

Auf der Fahrt zum Parkplatz Rheiderland saß Jan Broning wieder alleine im Auto. Fahrten zum Einsatzort nutzte er sonst meist, um sich mit einem Kollegen zu besprechen. Im Dialog kamen ihm die besten Ideen. Diese Alleinfahrten waren für ihn schrecklich. Ich brau-

27) Punkt 3 auf der Karte

che unbedingt einen Partner an meiner Seite, dachte er. Natürlich war das im Idealfall Maike.

Zwanzig Minuten später fuhr er an der immer noch gesperrten Einfahrt des Parkplatzes vorbei, stoppte an der Ausfahrt und fuhr rückwärts auf den Platz. Die weißen Overalls der Kollegen Anni Ruiter und Egon Kromminga fielen sofort auf. Jan stieg aus und ging zu ihnen hinüber.

Er gab beiden die Hand. »Danke für eure Unterstützung. Wollen wir uns erst mal einen Überblick verschaffen?«

Sie gingen zusammen über den Parkplatz und Jan erklärte ihnen die Situation. Anschließend überlegten sie, wie man am besten vorgehen konnte. Der abgesperrte Bereich an der Zufahrt sollte gründlich abgesucht werden, besonders die Stellen, wo man das Handy und die Zündschlüssel gefunden hatte. Beide Bereiche waren markiert worden. Dazwischen befand sich auf einer Wiese eine Sitzgruppe aus Beton. Broning nahm sein Notizbuch und Handy aus der Tasche, legte beides auf den Tisch und setzte sich auf eine Bank, von der aus er einen guten Überblick hatte.

Jan machte sich Notizen und schaute zwischendurch auf, um zu sehen, wie weit die Kollegen waren. Sie bauten gerade ein elektronisches Metallsuchgerät zusammen. Jan lächelte, weil er sich freute, wie gut die beiden zusammenarbeiteten. Egon schwenkte den Teller des Suchgerätes langsam über dem Erdboden hin und her. Dabei näherte er sich der Stelle, wo man Rolf Bergers Handy gefunden hatte. Anni suchte in der Zwischenzeit noch einmal den Bereich auch außerhalb der Markierungen ab. Immer wieder bückte sie sich, um sich einzelne Gegenstände genauer anzusehen.

Jan Broning fertigte eine grobe Skizze in seinem Notizbuch und sah immer wieder auf, um die Zeichnung mit den tatsächlichen örtlichen Verhältnissen zu vergleichen.

Das Metallsuchgerät gab einen lauten Signalton ab. Aus den Augenwinkeln beobachte Jan, wie Egon sich hinunterbeugte, um an der Stelle den Boden genauestens abzusuchen. Dann sah er zu Jan hinüber und schüttelte den Kopf. Die Signaltöne des Gerätes und das Rascheln, wenn Anni sich durch die Büsche kämpfte, vermischte sich mit den Geräuschen des Verkehr, der auf der Autobahn an ihnen vorbeirauschte.

Jan zeichnete die Fundstelle des Handys ein. Die Entfernung von dort bis zu dem Bereich, wo sich Berger aufgehalten hatte, schätzte er grob auf fünfzehn bis zwanzig Meter. Das Handy war vermutlich zusammen mit den Schlüsseln in die Grünanlage geworfen worden. Fragte sich nur, von wem und warum. Sollte Berger sein Handy selbst weggeworfen haben? Sehr unwahrscheinlich.

Die oder der Entführer wollten vermutlich eine erfolgreiche Handypeilung verhindern. Dazu passte auch der schriftliche Hinweis auf eine andere Frau im Notizbuch des Kollegen: ein Ablenkungsmanöver, da war Jan sich inzwischen sicher. Die Begegnung der Täter mit dem Kollegen Berger hier auf dem Parkplatz war vermutlich Zufall gewesen. Trotzdem hatte er oder sie überlegt gehandelt, und das sagte viel über die Kaltblütigkeit aus.

Jan blickte von seinem Notizbuch auf, als ein Mercedes rückwärts auf den Parkplatz fuhr. Das Getriebe heulte protestierend auf, als der Wagen im Rückwärtsgang beschleunigte. Jan erkannte ihn sofort. Sein Chef hatte diesen ausgelutschten Streifenwagen von der Autobahnpolizei ›geerbt‹. Die blauen Folien und die Signalanlage hatte man entfernt.

Der Mercedes parkte neben Bronings Zivilwagen, und Renko Dirksen stieg aus. Jan winkte ihm zu. Dirksen achtete sehr auf sein Äußeres. Er trug edle Klamotten – Hut, langer Mantel und sauteure italienische Schuhe. Irgendwie sah er aus wie dieser Kommissar Maigret aus den alten Schwarzweiß-Fernsehkrimis. Fehlte eigentlich nur noch die Pfeife.

Jan lächelte, als Renko vorsichtig wie ein Storch im

Salat durch das Gras auf ihn zukam. Der hatte sicher Angst, in Hundetretminen zu laufen. Er inspizierte sehr genau die Bank gegenüber von Jan, und setzte sich dann.

Jan bemerkte die tiefen Falten in Renkos Gesicht. Auch der Anteil der grauen Haare hatte in den letzten Jahren stark zugenommen. Sein Chef strahlte heute eine gewisse Anspannung aus. Renkos Blick wanderte ständig zwischen Jan, den Kollegen von der Spurensicherung und dem vorbeifließenden Verkehr hin und her.

»Hallo, Jan.« Er sah wieder hinüber zu Anni und Egon, dann schaute er Jan fragend an.

»Bis jetzt negativ«, kam Jan seiner Frage zuvor.

Für eine kurze Zeit schauten sie zu, wie die Spurensicherer konzentriert arbeiteten. Renko unterbrach die Stille. »Ich hab mit dem Kollegen Sprengel gesprochen. Insbesondere habe ich ihm von deiner Vermutung berichtet, dass zwischen den zwei Toten und dem vermissten Kollegen ein Zusammenhang bestehen könnte. Kurz gesagt, wir sind der Meinung, dass die Bildung einer Sonderkommission sinnvoll ist. Wir wollen uns gleich bei der Dienststelle der Autobahnpolizei treffen. Die Einzelheiten können wir dann gemeinsam mit dem Kollegen Martens besprechen.«

Jan war nicht überrascht. Vermutlich würde man ihm die Leitung der Soko übertragen. Eine große Verantwortung, insbesondere, weil das Leben eines Kollegen von seinen Entscheidungen abhing. Andererseits konnte er als Leiter einige Rahmenbedingungen aushandeln. Als Erstes würde er sich um einen Partner kümmern. Er hatte keine Lust mehr auf Alleinfahrten.

Jan zeigte seinem Chef die Situation auf dem Parkplatz und verabschiedete sich von den Kollegen der Spurensicherung. Hintereinander fuhren Jan und Renko mit ihren Autos vom Parkplatz. Ihr Ziel war das Autobahnpolizeigebäude am Emstunnel. Dazu mussten sie zunächst bis zur AS Weener fahren, dann ging es wieder zurück in Richtung Leer.

Sie parkten im Innenhof der Dienststelle und gingen gemeinsam ins Gebäude. Anton Martens, der Leiter der Autobahnpolizei, kam ihnen im Flur entgegen und begleitete sie in die Einsatzzentrale. Die Stimmung im kleinen Raum war gedrückt. Kein Lächeln, lange Gesichter und viel Stille.

»Ich mach es kurz«, sagte Renko. »Anton hat mir bereits den Sitzungsraum hier oben für die Soko angeboten. Der Leiter der Soko sollte natürlich entscheiden, von wo aus die Soko arbeiten soll.«

Jan wartete regungslos darauf, dass sein Chef die Katze aus dem Sack ließ.

»Jan, ich habe mich mit Thomas abgestimmt und wir sind uns einig: Wenn du möchtest, kannst du die Rahmenbedingungen festlegen …« Renko räusperte sich und entschied sich für eine klare Ansage: »Mit anderen Worten, wir bieten dir den Posten als Leiter der Soko an, was sagst du?«

Jan ließ seinen Chef etwas zappeln. »Angenommen, ich stelle mich als Leiter zur Verfügung – wie sieht es aus mit den Rahmenbedingungen? Da habe ich doch sicher Beinfreiheit. Zum Beispiel … könnte ich mitbestimmen, wer mich in der Soko unterstützt?«

Trotz der ernsten Lage konnte sich Renko ein Grinsen nicht verkneifen. »Hattest du denn an bestimmte Personen gedacht?« Der alte Fuchs wusste genau, worauf Jan hinauswollte.

Trotzdem spielte Jan den Unschuldigen. »Weißt du, Renko, bei der letzten Soko habe ich doch sehr gut mit der Kollegin Maike de Buhr zusammengearbeitet. Die hattest du mir ja an die Seite gestellt. Es wäre doch im Sinne der Ermittlungen, wenn wir wieder erfolgreich zusammenarbeiten können.«

Renko knirschte mit den Zähnen. Jan hatte seinem Chef elegant unter die Nase gerieben, dass dieser ihm Maike de Buhr damals selbst aufs Auge gedrückt hatte.

Lief da etwas zwischen Jan und Maike? Renko konnte nicht abstreiten, dass sich beide zumindest dienstlich hervorragend ergänzten. Sie würden schneller Ergebnisse erzielen als ein neues Ermittlerteam. Und das Privatleben seiner Beamten war ihm egal, solange es sich nicht auf den Dienst auswirkte. »Einverstanden. Such dir deine Ermittler selbst aus. Meinetwegen auch Kollegin de Buhr. Wo ist die eigentlich?«

»In Osnabrück, irgendeine Fortbildung«, antwortete Jan mit Unschuldsmiene. »Onno Elzinga sollte auch zum Team gehören.« Jan fügte schnell hinzu: »Wenn er möchte.«

Die Kollegen trennten sich. Renko Dirksen fuhr zurück zur Dienststelle in der Stadt. Jan folgte Anton hinauf in die erste Etage des Autobahnpolizeigebäudes. Der Treppenaufgang war an einer Wandseite verglast. Von hier konnte man weit in den Hammrich bis zum Deich sehen. Genau das Richtige für einen Ostfriesen. Der Blick konnte sich am Horizont verlieren.

Anton ging voraus, Jan trat hinter ihm ein und sah sich in dem hellen Raum um. »Na, was meinst du?«, fragte Anton. »Nebenan ist eine kleine Küche. Gar nicht schlecht, oder?«

Die Dienststelle gefiel Jan sehr, und dieser Raum machte davon keine Ausnahme. »Sehr schön – und wie sieht es aus mit Technik? Wir brauchen mindestens noch zwei Telefone, Fax und Computer. Vorläufig.«

»Kein Problem, der Chef hat grünes Licht gegeben. Ihr bekommt alles, was ihr wollt, und zwar mit Vorrang.« Anton ging zur Tür, drehte sich aber noch einmal zu Jan um, bevor er hinausging. »Ich bin auf der Wache, falls du mich suchst.«

Vom Fenster der neuen Soko-Zentrale konnte Jan auf den Innenhof der Autobahnpolizei blicken. Dort herrschte hektische Betriebsamkeit. Die Suchteams wechselten sich ab, betankten ihre Einsatzfahrzeuge.

Es war schon Nachmittag und sie hatten noch keine

Spur vom vermissten Kollegen Berger. Nicht gut, dachte Jan, gar nicht gut. Die Chancen, ihn unversehrt aufzufinden, verringerten sich mit jeder abgelaufenen Stunde. Was konnte Jan noch unternehmen? Hatte er etwas übersehen?

Kurzfristig hatte die Suche nach Rolf Berger absoluten Vorrang. Der Hubschrauber zog seine Kreise über dem Suchgebiet. Die Hundeführer durchkämmten systematisch ihre zugewiesenen Sektoren. Auswärtige Dienststellen wie die Bundespolizei und der Zoll beteiligten sich ebenfalls. Man konnte jetzt nur noch abwarten und hoffen. Zurzeit organisierte Anton die Suche von der Wache aus. Jan wusste, dass er sich auf seine Kollegen verlassen konnte.

Seine Aufgabe war es jetzt, den aktuellen Fall – die Toten auf den Parkplätzen – aufzuklären.

Angenommen, die Suche nach dem Kollegen Berger verlief negativ. Dann war Jans Theorie, dass zwischen den zwei Toten und dem Verschwinden des Kollegen ein Zusammenhang bestand, besonders wichtig. Es wäre vielleicht die letzte Möglichkeit, Berger zu finden.

Ein Techniker betrat den Raum. »Ich soll Telefone und PC anschließen.« Sie besprachen kurz die Einzelheiten. »Brauchen Sie sonst noch etwas?«

»Zwei von diesen weißen Tafeln mit Magneten.«

»Kein Problem. Morgen früh haben wir alles erledigt.«

Hier war Jan nur im Weg und störte die Techniker bei ihrer Arbeit. Er ging in einen Nebenraum mit einem Telefon und einem Computer und wählte die Nummer der Wache.

»Autobahnpolizei, Rode!«

»Hallo, hier Jan Broning. Ich brauche die Telefonnummer vom Kollegen Onno Elzinga.«

»Sie können auch auf ihn warten. Onno hatte Nachtdienst, wollte aber an der Suche ab siebzehn Uhr teilnehmen. Müsste jeden Moment eintreffen.«

»Danke«, erwiderte Jan. »Wären Sie so nett und fragen ihn, ob er kurz zu mir nach oben in den Sitzungsraum kommen kann?«

»Mach ich.«

Jan Broning schloss seine Augen und ließ die Ereignisse vor seinem inneren Auge Revue passieren.

Der erste Tote war auf dem Parkplatz Uplengen gefunden worden. Der zweite Tote auf dem Parkplatz Rhede. Der oder die Täter waren also mobil.

Die Spurensicherer hatten ihm berichtet, dass nur geringe Blutmengen im Boden unterhalb der rechten Hand der Toten festgestellt worden waren. Die Opfer waren also bereits tot gewesen, als man sie verstümmelt hatte, sonst wäre eine größere Menge Blut aus der Wunde getreten.

Übereinstimmend bei den Opfern war auch die vermutete Todesursache Kohlenmonoxid-Vergiftung. Am Fundort wäre eine Vergiftung mit Autoabgasen schlecht durchführbar gewesen. Die Toten waren also bewegt worden. Zumindest von der gepflasterten Parkfläche, wo die Tötung vielleicht in einem Pkw oder ähnlichem geschehen war, bis in die Grünanlagen.

Die Beseitigung der beiden Opfer wirkte auf Broning improvisiert. Das Entdeckungsrisiko auf einem Autobahnparkplatz war hoch. Dies hatte sich ja bestätigt: Beide Opfer waren relativ schnell gefunden worden. Warum waren sie nicht zum Beispiel in einem einsamen Wald vergraben oder in einem See versenkt worden? Sollte man die Toten finden? Und der Schmuck? Zufall oder vom Täter hinterlassen?

Jan vermutete, dass es sich um eine Art Botschaft des Täters handelte.

Er massierte seine Schläfen, dann war die Stirn dran. Es half nichts, er hatte erheblich mehr Fragen als Antworten. Er nahm Zettel und Stift und begann sich Stichworte untereinander aufzuschreiben.

Kapitel 6

4. Tag, nachmittags
Wohnhaus der Familie Elzinga

Onno Elzinga hatte nach den Ereignissen in der Nacht erst überhaupt nicht einschlafen können, und als es endlich geklappt hatte, war er nach nur einer Stunde aufgewacht, weil er auf die Toilette musste. Die sorgenvollen Gedanken drehten sich in einer Endlosschleife. Er hatte mit Klaas abgesprochen, dass sie sich gegen siebzehn Uhr auf der Dienststelle treffen wollten. Normalerweise hätten sie erst am nächsten Tag gemeinsam Spätdienst gehabt.

Im Halbschlaf hörte Onno, wie draußen seine Frau Anke den Wagen startete. Dann wird es Mittag sein, dachte er und drehte sich stöhnend auf die andere Seite. Der Wecker zeigte fünfzehn Uhr an.

Gerädert – dieses Wort beschrieb Onnos Zustand wohl am besten. Langsam zog er die Rollos vor dem Schlafzimmerfenster hoch. Das Licht brannte in seinen Augen. Er wartete einen Moment, um sich an die Helligkeit zu gewöhnen. Dann schleppte er sich ins Bad.

Der Blick in den Spiegel. »Ach du Schei…!« Hoffentlich werde ich mal so alt, wie ich im Moment aussehe, dachte Onno. Vielleicht half ja eine Dusche, seine noch schlafenden Lebensgeister zu wecken.

Aber das Gefühl von einem in Watte gehülltem Hirn wollte nicht verschwinden. Hinzu kam ein leichter Schwindel.

Seine Frau hatte ihm das Essen in die Mikrowelle gestellt. Die Kaffeemaschine brauchte er nur noch anzuschalten. Während sie vor sich hin gluckerte, strich ihm der Haustiger um die Beine. Mikesch schnurrte, wollte gekrault werden.

»Na, wenigstens hat hier einer gut geschlafen.«

Onnos Bauch rumorte, als er das Haus verließ. Die Nudeln schwammen in einem halben Liter Kaffee. Er setzte den Helm auf und stieg auf seinen Motorroller.

Tag 4, 16.45 Uhr
Dienstgebäude Autobahnpolizei am Emstunnel

Auf dem Parkplatz der Autobahnpolizei stand bereits Klaas' Caddy. Onno legte Helm und Jacke an der Garderobe im Flur ab und ging zur Wache.

Zwei Kollegen saßen dort hinter dem Pult. Mark Rode bediente das Funkgerät. Swantje Benninga half ihrem Bärenführer bei der Annahme der eingehenden Telefongespräche und führte das elektronische Einsatztagebuch. Akribisch gab sie die zu den einzelnen Maßnahmen gehörenden Zeiten ins Computersystem ein. Im Nebenraum der Wache saß der Chef Anton Martens über eine Karte gebeugt.

Onno begrüßte die Kollegen nur kurz, weil er nicht stören wollte, aber als er die Wache verlassen wollte, hielt ihn Mark auf. »Onno, Jan Broning bat mich, dir auszurichten, dass du zu ihm kommen sollst. Er ist, glaube ich, oben in dem Büro neben dem Sitzungsraum.« Er bemerkte Onnos fragenden Blick. »Die wollen da eine Sonderkommission einrichten.«

»Ich geh gleich hoch, ich zieh mich nur noch eben um.« Onno wollte etwas Zeit gewinnen. Was wollte Jan von ihm?

Die Bildung einer Sonderkommission war in diesem Fall sicher angebracht. Onno hatte ein ungutes Gefühl, zusammen mit schlimmen Erinnerungen. Unbewusst strich seine Hand über sein vernarbtes Gesicht.

*

Jan Broning saß noch immer in dem kleinen Büro in der ersten Etage, vor sich ein Zettel mit Notizen. Er hatte die Gemeinsamkeiten bei den aufgefundenen Toten untereinander aufgeschrieben.

– Entsorgung der Toten auf Autobahnparkplätzen.

– Leichen lagen versteckt im hinteren Grünstreifen.

– Die Zeigefinger der rechten Hand waren jeweils abgetrennt worden.

– Rote Gesichtsfarbe der Leichen, vermutlich Kohlenmonoxid-Vergiftungen.

– Der billige Schmuck, 1. Leiche: Ring, 2. Leiche: Halskette.

Es klopfte, und Jan schaute zur offen stehenden Tür. »Hallo, Onno, schön, dass du da bist. Ich wollte dich schon zu Hause anrufen. Aber als ich erfahren habe, dass du Nachtdienst hattest, habe ich es mir verkniffen. Komm rein und setz dich zu mir.« Die Kollegen gaben sich die Hand. Onno setzte sich auf einen Stuhl gegenüber von Jan. »Hast du wenigstens ein paar Stunden schlafen können?«

»Sehe ich so müde aus?«, seufzte Onno.

»Ehrlich gesagt ja. Ich weiß, der Wechselschichtdienst. – Du fragst dich sicher schon, was ich von dir will. Nun, ich mach es kurz. Ab morgen zieht nebenan eine Soko ein. Man hat mir die Leitung übertragen. Du kannst dir denken, wie wichtig die Arbeit der Soko sein könnte, falls wir Berger in den nächsten Stunden nicht finden.«

Onno sah ihn etwas ratlos an. »Entschuldige, Jan, das Denken fällt mir noch schwer.«

»Mein Fehler, Onno. – Ich glaube an einen Zusammenhang zwischen den Toten auf den Parkplätzen und dem vermissten Kollegen Berger. Mit anderen Worten: Die Fälle gehören zusammen.«

Die Gedanken in Onnos Kopf liefen in Zeitlupe ab. »Berger ist den Mördern in die Quere gekommen. Ist es das, was du mir sagen willst?«

»Genau. Ich weiß, bei der letzten Soko, in der wir zusammengearbeitet haben …« Jan suchte nach den richtigen Worten.

Onno half ihm aus der Peinlichkeit: »… habe ich Pech gehabt, weil unser damaliger Täter den Spieß umgedreht hat.« Und den hat er mir in den Bauch gerammt, fügte Onno in Gedanken hinzu.

»Onno, ich brauch dich in der Soko. Maike de Buhr wird auch dabei sein. Fast wieder das alte Team. Was meinst du?« Jan beobachte Onno aufmerksam. Dessen Gesicht war wie versteinert.

»Jan, nichts gegen dich oder die Soko. Sie ist unbedingt wichtig.« Die passenden Worte wollten Onno nicht einfallen. »Ich bin nicht mehr der Onno, den du gekannt hast. Dieser Anschlag auf mich hat mich verändert. Im Krankenhaus habe ich meiner Frau hoch und heilig versprochen, in Zukunft jeder unnötigen Gefahr aus dem Wege zu gehen. Was ich dir anbieten kann, ist, im Hintergrund zu arbeiten. So kann ich euch auch unterstützen.«

Jan hatte es geahnt. »Nicht nur du hast dich verändert, Onno. Aber ich kann dich verstehen. Hier, nimm den Zettel mit, meine Notizen zu den beiden Toten auf den Parkplätzen. Du kannst ja mal einen Blick darauf werfen. Vielleicht hast du den einen oder anderen Gedanken dazu. Erreichen kannst du mich über mein Handy – warte, ich schreib dir noch die Nummer auf. Für eine kurze Nachricht oder eine Simse bin ich immer dankbar.«

Onno dachte: Nur raus, sonst überredet er mich noch. Er stand auf, nahm den Zettel und gab Jan die Hand zum Abschied. »Tschüss, Jan!«

»Tschüss, Onno. Falls du es dir anders überlegen solltest, sprich mich bitte an.«

Er schaute dem Kollegen hinterher, als Onno das Büro verließ, und dachte: Schade, ich hätte dich gerne dabeigehabt.

Jan brauchte einen Ersatz für Onno. Nur Maike und er,

das wäre zu wenig Personal für die Arbeit in der Soko. Mindestens ein Kollege fehlte jetzt noch, wenigstens für den Anfang.

Ich könnte Stefan Gastmann einsetzen, dachte er. Dann könnte der sich von Albert Brede erholen. Stefan hatte auch in der letzten Soko gute Arbeit geleistet.

Jan wählte die Handynummer der Spurensicherung. Wie erwartet meldete sich Stefan. »Hallo, hier ist Jan. Stefan, wie wäre es mit einem Tapetenwechsel? Morgen soll die neue Soko die Arbeit aufnehmen. Ich darf sie leiten. Es wäre schön, wenn du uns in der Soko unterstützen könntest.«

»Ich bin dabei, wann und wo soll ich mich melden?«

Jan hörte unterdrückte Begeisterung heraus. Wahrscheinlich war Brede in der Nähe. »Morgen früh um sieben bei der Autobahnpolizei, erste Etage. Gib mir noch schnell deine Handynummer. Sollte sich was ändern, melde ich mich.« Jan unterbrach die Leitung.

Sollte er Maike anrufen oder ihr eine SMS schicken? SMS waren praktisch, aber unpersönlich. Er entschied sich für das persönliche Gespräch.

Maike meldete sich sofort. »Hallo, Jan!«

»Na, Maike, was macht dein Lehrgang?«

»Echt öde, aber ich habe ja einen Lichtblick am Ende des Tunnels.«

»Wieso, ist der Lehrgang fast zu Ende?«, fragte Jan unschuldig.

»Jan, hör auf, um den heißen Brei zu reden. Renko Dirksen hat mich bereits für deine Soko schanghait. Wer steht denn noch auf deiner Musterrolle?«

Er lachte. Typisch Maike – immer einen Spruch auf Lager. »Stefan Gastmann und meine Wenigkeit, wenigstens für den Anfang.« Die Sache mit Onno konnte er ihr besser morgen erklären. »Ich bin froh, dass du dabei bist. Morgen früh so gegen sieben wollen wir hier bei der Autobahnpolizei loslegen.«

Es entstand eine peinliche Pause.

»Hallo, Jan … bist du noch dran?«

»Entschuldige, Maike. War ganz in Gedanken. Bis morgen dann.«

Siedend heiß war der Gedanke aus dem Nichts gekommen. Den ganzen Tag hatte er schon das Gefühl gehabt, etwas Wichtiges vergessen zu haben, und ausgerechnet bei dem Gespräch mit Maike war es ihm eingefallen: Er hatte den ganzen Tag noch nicht an seine verstorbene Frau Brigitte gedacht. Seit ihrem Tod hatte er das keinen Tag vergessen.

Die Freude über Maikes Teilnahme an der Soko verwandelte sich augenblicklich in ein schlechtes Gewissen.

Das Gesicht seiner verstorbenen Frau hatte ihn die letzten Monate ständig begleitet. Nun stellte Jan fest, dass es allmählich verblasste.

Tag 4
Uphuser Meer bei Emden

Nach Jans Anruf hatte Maike de Buhr sich mit einer Mail beim Lehrgangsleiter abgemeldet. Während der Fahrt nach Uphusen zu ihrem Vater drehten sich ihre Gedanken in einer Endlosschleife. Einerseits freute sie sich sehr, Jan wiederzusehen. Andererseits hatte sie nach den gemeinsamen Tagen in Sankt Peter-Ording ein wenig Angst vor der Begegnung. Nun saß sie zusammen mit ihrem Vater Johann de Buhr, einem stattlichen Mann mit dunklen Haaren und breiten Schultern, auf der Holzterrasse und sah hinaus auf das Uphuser Meer.

Sie beobachtete ihn von der Seite. Sonst trug er immer eine altmodische Zimmermannshose und grobe Hemden und strahlte eine große Ruhe aus. Zurzeit sah er aber ständig auf die Uhr. Für seine Begriffe trug er feine Klamotten und der Duft eines neuen Rasierwassers wehte zu ihr herüber.

Maike betrachtete unschuldig ihre neuen knallroten Leinenschuhe. »Gibt's vielleicht irgendwas Neues, Papa?«

Johann kannte seine Tochter und sah sie vorwurfsvoll an.

Maike prustete los. »Schicke Klamotten, neues Rasierwasser, da ist doch was im Busch.«

»Frau Kommissarin, müssen Sie mich vor einer Vernehmung nicht erst auf meine Rechte hinweisen?«

Maike dachte nach. Offensichtlich mauerte ihr Vater und wenn er jetzt ablenken würde ... dann war es ernst.

»Was ist denn jetzt mit deinem Jan?«

Bingo, dachte Maike. »Du, das mit Jan ist kompliziert.«

Johann tat überrascht. »Na, das ist ja mal ganz was Neues. Nun aber im Ernst, wo liegt denn das Problem? Ihr versteht euch doch so gut und ihr wart doch zusammen in Sank Peter-Ording.«

Nur Schweigen auf der Holzterrasse. Maike liefen Tränen übers Gesicht.

Er stand auf und trat zu ihr. Maike sah nach unten auf ihre Schuhe. Eine Träne kullerte über den roten Stoff. Johann ging in die Knie und streichelte ihr nasses Gesicht. Maike schluchzte auf und umklammerte ihren Vater.

Dieses Verhalten seiner Tochter war ihm neu. Sicher, wenn sie wieder mal einem Freund in den Hintern getreten hatte, war Krise angesagt. Aber das hier war etwas ganz anderes und sehr ernst.

Er drückte sein Mädchen an sich und tröstete Maike so, wie er es früher immer getan hatte.

Schließlich befreite sie sich aus seinen Armen. Putzte sich die Nase und sagte: »Danke, Papa!«

»Du weißt, dass ich immer für dich da bin und du mit mir über alles reden kannst. Raus mit der Sprache. Kind, du machst deinem alten Vater Angst. Du hast ihn doch wohl nicht erschossen?«

Maike gelang ein zaghaftes Lächeln. »Am Anfang lief alles so toll. Weißt du, er ist ganz anders als die anderen Freunde, die ich bis jetzt hatte. Ich hatte mir doch von meiner Freundin das Wohnmobil geliehen und war nach Sankt Peter-Ording gefahren. Jan war ja dort zur Kur. Du, er hat sich so gefreut, als er mich so unerwartet gesehen hat. Wir haben so viel unternommen. Am Strand haben wir einen Bernstein gefunden und ihn zu einem Schleifer gebracht. Dabei ist der Bernstein durchgebrochen. Der Schleifer war so nett und meinte, wir wären ein schönes Paar. Da hat er uns in jede Hälfte vom Bernstein ein Loch gebohrt und ein Lederband durchgezogen. Jeder trägt jetzt seine Hälfte vom Stein als Erinnerung.«

Johann unterbrach seine Tochter. »Komm zum Punkt, du eierst rum!«

Maikes Schultern sanken herab und die Euphorie war aus ihrer Stimme verschwunden. »Dann habe ich ihn an einem Nachmittag abgeholt und wir sind mit dem Wohnmobil an den Strand gefahren. Im Windschatten haben wir unsere Liegestühle aufgestellt. Jan war so müde von den Anwendungen in der Kurklinik. Wir haben uns an den Händen gehalten und Jan ist eingeschlafen.«

Johanns Stimme klang ungeduldig. »Und dann ...«

Maikes schluchzte wieder. »Dann hat er ihren Namen im Schlaf gemurmelt. Verstehst du, er dachte, ich wäre seine verstorbene Frau Brigitte.«

Johann kannte seine Tochter gut genug, um zu ahnen, was passiert war, trotzdem fragte er. »Lass mich raten ... und du hast mit ihm darüber geredet, oder ...?«

»Nein«, sagte sie leise. »Ich habe einen wichtigen Termin vorgeschoben und ...«

»... hast den armen, ahnungslosen Mann stehen lassen und bist davongebraust.«

So ungefähr konnte man das wohl sagen, ja. Maike hielt den Bernsteinanhänger in der Hand und nickte.

Johann liebte seine Tochter über alles, aber manchmal konnte sie so verdammt stur sein. »Ich mach uns erst mal einen Tee.«

Als er mit dem Tablett zurück war, hatte sie sich beruhigt. Er strich ihr zärtlich über den Kopf. »Na, geht's wieder?« Mit seiner Teetasse in der Hand schaute er sie nachdenklich an. »Maike, dass Jan noch um seine Frau trauert, ist doch klar. Sei froh, dass dieser Mann so tiefe Gefühle entwickeln kann! Lass ihm Zeit, sich auf die neue Situation einzustellen. Dieser Mann ist dir sehr wichtig, ich spüre das. Behutsamkeit, vorsichtig, nachsichtig und sanft … Ich weiß, deine Lieblingsworte sind das nicht, aber diese Eigenschaften braucht man in einer Partnerschaft. Du sollst dich nicht verbiegen, aber wenn es die große Liebe ist, wird dir dein Herz sagen, was richtig und was falsch ist. Vertrau darauf! – Übrigens, der Altersunterschied zwischen euch stört mich nicht«, fügte er hinzu. »So kann ich mich wenigstens vernünftig mit ihm unterhalten. Wichtig ist, dass er dich glücklich macht. Und diese Chance besteht immer noch, nur lass es bitte langsam angehen.«

Maike strahlte übers ganze Gesicht. Sie stand auf und gab ihrem Vater einen dicken Kuss. »Du hast recht, Papa. Ich versuch's.«

Tag 4, abends
Unterwegs auf der Autobahn, Leer-West-Emstunnel-Weener-Bunde

Onno saß mit seinem Kollegen Klaas im Streifenbulli. Ihr Chef hatte die beiden gebeten, noch einmal alle Anhaltebuchten bis zur Grenze abzusuchen.

Die Buchten waren gepflasterte kleine Abstellflächen direkt an den Anschlussstellen. Davon gab es mehrere bis zur Grenze. Diese Anhaltebuchten nutzten die Kollegen der Bundespolizei, der Landespolizei und des Zolls gerne, um dort Personen- und Fahrzeugkontrollen durchzuführen.

»Na, wie war es in der Teppich-Etage?«, fragte Klaas.

»Tja, da denke ich gerade noch drüber nach. Ich hatte dir doch mal erzählt, wie ich zu den Narben im Gesicht gekommen bin.«

Klaas nickte. »Ja, wo du bei dieser Soko an der Ems mitgearbeitet hast.«

»Genau. Jetzt wird eine neue Soko auf unserer Dienststelle eingerichtet. Jan Broning soll sie leiten.«

»Aha. Daher weht der Wind. Du sollst mitmachen?« Klaas konnte sich denken, wie sich Onno entschieden hatte.

»Ich habe aber dankend abgelehnt.«

»Du hast Angst, dass du dir wieder etwas einfängst.«

Onno reagierte nicht auf Klaas' Vermutung. Inzwischen waren sie in den Emstunnel gefahren. Onno sah ständig nach links und rechts oben.

»Na, was suchen wir denn?«, fragte Klaas. »Ein Fresko von Michelangelo wird es hier wohl nicht geben.«

»Nee, aber 'ne ganze Menge Kameras, lieber Kollege.«

»Ja, und wenn du nicht aufpasst, wird wunderschön aufgezeichnet, wie wir gegen die Betonwand krachen.«

»Aufzeichnen, das ist das Stichwort, Klaas.«

»Ent-schul-di-gung! Ich kann dem feinen Herrn nicht folgen auf seinen geistigen Höhenflügen.«

»Klaas, Rolf Berger stand doch hinter dem Tunnel und wartete auf seinen nächsten Einsatz.«

»Ja, er stand in Fahrtrichtung Niederlande. – Aha! Du meinst die Kameraaufzeichnungen der Tunnelwarte.«

»Genau.«

»Da muss ich dich leider enttäuschen, Kaleu. Der Erfassungsbereich der Emstunnelkameras endet an der AS Jemgum. Die Aufzeichnungen sind im Übrigen von einer ganz miesen Qualität. Viel erkennen kannst du da nicht. Aber die Fahrt von Rolf Berger durch den Tunnel … Ja, die müsste drauf sein, wenn er nicht über die Jann-Berghaus-Brücke ins Rheiderland gefahren ist. Aber das war es dann auch schon.«

Onno seufzte. »Wär ja auch zu einfach gewesen. Die Aufnahmen sollte man trotzdem anfordern, bevor sie überspielt werden, oder was meinst du?«

»Ganz deiner Meinung. Siehst du, deshalb wollte Jan dich in der Soko haben. Irgendwie tickst du etwas anders, aber das Ergebnis zählt und nicht wie man dahin gekommen ist. Jetzt stellt sich nur die Frage: Wie sorgen wir dafür, dass die Aufzeichnungen gesichert werden?«

»Na, das ist doch wohl kein Problem. Wir fahren zur Tunnelwarte und holen sie uns.«

»Genau, lieber Onno, dann landest du mit Sicherheit in der Soko. Ich habe eine bessere Idee. Ich ruf Anton an. Du weißt ja, melden macht frei.« Klaas griff zum Handy.

Onno grinste, als er hörte, wie Klaas mit dem Chef sprach.

»Ach so, Anton, du hattest auch schon diese Idee. Na ja, besser zwei denken dran, als keiner.« Klaas grinste Onno an, beendete das Gespräch. »Erledigt!«

»Sehr elegant gelöst, werter Kollege. Hier …« Onno holte den Zettel von Jan aus der Tasche. »Jan hat mir das mitgegeben, wirf doch mal einen Blick drauf.«

Sein Kollege nahm ihn. Bei der Liste mit den Gemeinsamkeiten stutzte Klaas. »Bei beiden Toten haben sie diesen billigen Schmuck gefunden«, sinnierte er. »Autobahngold, würde ich sagen.«

Onnos Stirn legte sich in Falten. »Autobahngold? Sagt mir eigentlich nicht so viel.«

»So lange bist du ja auch noch nicht bei der Autobahnpolizei. Damit wirst du es auch irgendwann zu tun haben. Also, es gibt da eine mobile Landfahrergruppe, von denen es in einem Lied heißt, dass sie besonders lustig sein sollen. Sie täuschen eine Notlage vor. Ahnungslose Autofahrer wollen helfen und werden übers Ohr gehauen.«

»Und was hat das mit Autobahngold zu tun?«

»Gemach, Kollege. Also, diese fragwürdigen, zumeist osteuropäischen Elemente erklären ihrem ahnungslosen Gegenüber, dass sie zum Beispiel unbedingt Geld für Benzin benötigen. Als Tausch bieten sie Schmuck an. Dabei sind sie sehr aufdringlich, verweisen auf eingestanzte Echtheitsstempel. Natürlich ist es trotzdem nur minderwertiges Metall, das aber schön glänzt. Dass man sie reingelegt hatte, merkten die Geprellten erst später, dann sind die Schlingel natürlich längst über alle Berge. Sie nutzen dabei oft die Autobahnen, weil sie sich dann schnell verdünnisieren können. Immer wieder tauchen sie wie Gespenster auf, begehen ihre Betrügereien und sind genauso schnell wieder verschwunden.«

Onno runzelte die Stirn. »Das würde bedeuten, die bei den Toten aufgefundenen Schmuckstücke sind ein Hinweis auf Osteuropäer?«

»Es könnte ein wichtiges Indiz sein, aber genauso könnte es sich um einen Zufall handeln, oder die Toten haben eine Vorliebe für billigen Schmuck«, meinte Klaas. »Aber eins ist mir inzwischen klar geworden: Es ist wichtig, dass ein Autobahnpolizist an der Soko teilnimmt. Fangen wir mal mit der örtlichen Sachkenntnis an: Die

Kameraaufzeichnungen der Tunnelwarte – woher soll Jan davon wissen? Dann geht es weiter mit dem Autobahngold. Diese Delikte fallen in den Betrugsbereich. Jan arbeitet in einem anderen Fachbereich. Wenn überhaupt, dann könnte er nur zufällig von dieser sehr speziellen Masche gehört haben. Das siehst du doch ein, oder?«

»Klaas, was willst du mir damit sagen? Dass ich doch mitmachen soll? Vergiss es! Außerdem bin ich noch nicht so lange bei diesem Verein. Du wärst eigentlich der Richtige! Ein Autobahnpolizei-Urgestein!« Onno ahnte bereits, was nun kommen würde.

Natürlich: Die Arme von Klaas gingen nach oben. »Ent-schul-di-gung! Ich bin nur ein kleines Streifenhörnchen und kein Kriminaler.«

Onno grinste. »Na ja, Streifen sollen ja schlank machen. Aber Spaß beiseite, wir sollten Jan einen Hinweis auf das Autobahngold geben. Wir machen es ganz einfach. Du simst doch so gerne. Hier, die Nummer von Jan steht unten auf der Liste. Schreib doch einfach: *Billiger Schmuck könnte Autobahngold sein. Osteuropäer?*«

»Gute Idee. Den Rest kann er sich denken oder unten auf der Wache erfragen, und wir haben unsere Pflicht getan. Du weißt ja, melden macht frei.«

Inzwischen hatten sie die Autobahn an der AS Weener verlassen. Direkt vor der Kreuzung zur Bundesstraße befand sich die Anhaltebucht. Die Kollegen sahen sich den Platz, die Umgebung und die angrenzenden Gräben genau an, bevor sie sich wieder in den Bulli setzten und zur AS Bunde-West weiterfuhren. Dort lag die nächste Anhaltebucht. Diesmal direkt in der Kurve der Ausfahrt.

Die Kollegen mussten darüber nicht reden, aber sie teilten die Angst, den vermissten Kollegen in einem Graben oder dem angrenzenden Gelände der Anhaltebucht zu finden.

Aber sie fanden Rolf Berger nicht.

Tag 4, abends
Industriegebiet Bunde-West[28]

In Bunde kam den beiden Autobahnpolizisten ein niederländischer Lkw mit Anhänger entgegen. Er hatte rote Container geladen. Onno und der Lkw-Fahrer winkten sich zu.

Klaas überlegte angestrengt. Dann fiel ihm ein, woher Onno den Fahrer kannte. »Du, hatten wir den roten Lkw nicht letzte Woche in der Kontrolle?«

»Ja, die Überladung, weißt du noch? Der Lkw wird doch im Pendelverkehr zwischen Groningen und der Müllverbrennungsanlage in Weener eingesetzt.«

Klaas schlug sich mit der Handfläche gegen die Stirn. »Joh, der fährt immer den Müll aus Groningen spazieren. Der niederländische Fahrer hat die Geldstrafe wegen der Überladung mit Fassung getragen. Der wohnt doch hier in Bunde.«

»Ja, der war echt nett. Wir haben ihn aber auch anständig behandelt. Der lässt hier im Industriegebiet Bunde ab und zu seinen Lkw stehen, wenn seine Schicht um ist.«

Dienstgebäude der Autobahnpolizei[29]

Inzwischen hatte Jan Broning, direkt nach der SMS, damit begonnen, rund um den Begriff Autobahngold Informationen einzuholen. Er hatte im Fachkommissariat angerufen und die Kollegen kurz zum Thema befragt. Sie waren sich einig, dass es sich bei den Schmuckstücken um Autobahngold handeln könnte.

28) Punkt 8 auf der Karte
29) Punkt 14 auf der Karte

Dann hatte Anton, der Leiter der Autobahnpolizei, ihn angesprochen. »Jan, bei der Autobahnmeisterei befindet sich die Emstunnelwarte. Der Tunnel wird mit Kameras überwacht und die Aufnahmen werden kurzfristig gespeichert. Die Tunnelwarte liegt genau gegenüber von unserer Dienststelle. Lass uns doch rübergehen, dann erklärt sich das meiste von alleine.«

Tag 4, abends
Tunnelwarte der Autobahnmeisterei[30]

Anton und Jan gingen über die Straße zum Gelände der Autobahnmeisterei. In der Tunnelzentrale überwachte der Angestellte Kurt Delling die Monitore mit den verschiedenen Kamerabereichen. Die Kameras sendeten die Aufnahmen vom fließenden Verkehr direkt in die Zentrale.

Delling war die Ruhe selbst. Routiniert wanderte sein Blick über die Monitore auf der Suche nach liegengebliebenen Autos, Staus oder gefährlichen Gegenständen. Er hatte eine tiefe, kratzige Stimme. »Hallo, Anton, wen hast du denn mitgebracht?«

»Das ist der Kollege Jan Broning von der Kriminalpolizei. – Und der Herr mit der erotischen Stimme ist Kurt Delling.«

Jan gab Kurt die Hand und kam gleich zur Sache. »Ich möchte mich gerne mal umsehen. Insbesondere die Kameras interessieren mich.«

»Ho, ho, Nachtigall, ick hör dir trapsen«, dröhnte Kurts Stimme durch den Raum. »Ich seid sicher wegen eurem vermissten Kollegen hier.«

Anton bemerkte Jans erstaunten Gesichtsausdruck.

30) Punkt 14 auf der Karte, gegenüber der Autobahnpolizei

»Wir haben auch die Autobahnmeisterei um Unterstützung gebeten und ...«

»Gute Idee«, unterbrach Jan, »aber wie ist das nun mit den Kameras?« Er schaute ratlos von einem Monitor zum anderen. Alle zeigten verschiedene Einstellungen.

Kurt Delling hatte Mitleid mit ihm. Er erklärte die Kameraeinstellungen und stand auf, um Jan Broning auf dem Plan, der gegenüber von den Monitoren an der Wand hing, zu zeigen, wo sich die einzelnen Kameras befanden.

Der große Plan zeigte die gesamte Tunnelanlage. Jan blieb davor stehen und fuhr in Gedanken die Strecke nach, die Rolf Berger vermutlich gefahren war. Dabei sah er immer zu den Monitoren hinüber, damit er den Erfassungsbereich der Kameras einschätzen konnte. Die Fahrt des Kollegen durch die Nordröhre[31] war bestimmt aufgezeichnet worden. Der Streifenwagen auf Warteposition? Broning sah sich den entsprechenden Monitor an. Unwahrscheinlich, aber wie war das noch mit den Pferden und der Apotheke ...

Jan rechnete in Gedanken nach. »Herr Delling, ist es viel Arbeit, die Aufnahmen auf CD zu sichern, sagen wir mal ... die letzten vierundzwanzig Stunden?«

»Aber hallo, Herr Broning, das ist eine ganze Menge Material. Aber für seine Nachbarn tut man doch alles. Mein junger Kollege löst mich gleich ab, dann hat er ja die ganze Nacht Zeit. Also, wir sichern die letzten vierundzwanzig Stunden und ...«

»Es wäre schön, wenn Ihr Kollege mit der Zeit von circa null Uhr beginnt«, unterbrach Jan und zeigte mit dem Finger auf einen Monitor. »Das ist doch die Nordröhre?«

Kurt nickte. »Also vorrangig die Kameras der Nordröhre ab null Uhr. Zur Sicherheit bitte auch noch die Aufnahmen von der Südröhre.«

Kurt machte eine Notiz für die Ablösung. »Morgen

31) Fahrtrichtung Meppen/Niederlande

früh haben Sie die Aufnahmen der Nordröhre. Der Rest kommt nach, wird auf jeden Fall gesichert.«

»Das wäre super, Herr Delling. Damit helfen Sie uns sehr.« Broning schrieb seine Handynummer zu der Notiz von Kurt. »Sollte Ihr Kollege noch Fragen haben, kann er mich gerne anrufen. Nochmals besten Dank!«

Jan war zufrieden mit dem Erreichten, als sie die Tunnelwarte verließen und zur Dienststelle der Autobahnpolizei zurückgingen. Bei Dienstbeginn konnte die Soko die Kameraaufzeichnungen durchsehen. »Das war eine gute Idee von dir, Anton. Die Aufnahmen könnten sehr wichtig für uns sein!«

»Ehrlich gesagt, in dem ganzen Trubel hab ich ziemlich spät an die Tunnelkameras gedacht. Die Kollegen Elzinga und Leitmann haben mir auf die Sprünge geholfen.« Anton blieb stehen. »Soll ich noch einmal mit Onno sprechen, ob er nicht doch an der Soko teilnehmen kann?«

»Danke, Anton, aber lass es bitte! Ich warte noch auf die Kollegin Maike de Buhr. Sie hat immer gute Ideen.«

»Okay, wie geht's weiter? Was können wir noch tun? Verflucht, was soll ich gleich Frau Berger sagen?«

Jan hatte Mitleid mit Anton. »Das wird ein schwerer Gang für dich. Willst du gleich zu ihr?«

Anton atmete tief durch. »Die arme Frau sitzt da und hofft immer noch, dass ihr Mann gleich nach Hause kommt. Stattdessen muss ich ihr erklären, dass wir Rolf noch nicht gefunden haben.«

Ich kann dir nicht helfen, dachte Jan. Die Benachrichtigung von Angehörigen gehörte zu den schlimmsten Aufgaben, und dass es in diesem Fall einen Kollegen betraf, machte alles noch schlimmer.

Jans Magen rumorte auch deshalb. Außerdem war es spät und er hatte nur zwei Brötchen gegessen. »Anton, ich fahr nach Hause. Im Moment haben wir alles getan. Jetzt brauch ich erst mal eine Pause. Meine Handynummer hast du.«

Die Kollegen verabschiedeten sich.

In diesem Moment fiel Jan Broning ein, dass er sich noch nicht bei Onno und dessen Partner bedankt hatte. Wie hieß noch sein gemütlicher Streifenkollege? Ah ja. Klaas Leitmann.

Er griff zum Handy und schickte eine SMS an Onno und Klaas: *Danke für die wichtigen Hinweise. Der Name für die Soko: Autobahngold.*

Tag 4, 21.00 Uhr
Industriegebiet Bunde-West[32]

Gerd Haslers Handy klingelte. *Rufnummer unterdrückt* stand auf dem Display. »Hallo!« Stille am anderen Ende der Leitung. Sein Gesicht verzog sich. Dieser Kerl ging ihm mit seiner extremen Vorsicht gehörig auf die Nerven. Na gut, wenn der es denn so wollte ... »Was kosten die Tomaten in Holland?« Der vereinbarte Code.

»Die sind nicht zu bezahlen«, antwortete sein Geschäftspartner Piet de Jonge.

»Meinst du nicht, dass du es mit diesen blöden Code-Wörtern etwas übertreibst?«

Mit starkem holländischen Akzent antwortete die Stimme: »Sicher ist sicher. Ich hab keine Lust, im Knast zu landen wegen unserer kleinen Geschäfte. Du musst unbedingt eine Ladung Mist holen. Ich ersticke in der Scheiße.«

»Piet, hier ist der Teufel los.«

»Bist du bescheuert – du sollst doch keine Namen nennen! Was ist denn los bei euch?«

»Alles voller Polizei. Die kontrollieren alles, was Räder hat.«

---

32) Punkt 8 auf der Karte

Die Stimme des Niederländers klang verzweifelt. »Ich rede nicht lange drum herum. Dieser Scheißhaufen muss verschwinden. Egal wie.«

Gerd Hasler grinste, weil er die aufkommende Panik heraushören konnte. Sein Auftraggeber, der niederländische Landwirt, führte eine riesige Hühnerfarm. Die Hühner produzierten neben Eiern auch eine riesige Menge Hühnerkot. Eine Hühnerhaltung in Kleingruppenkäfigen und Volieren. Die niederländischen Kontrollbehörden hatten seinen Auftraggeber auf dem Kieker. Jetzt war der gewaltig unter Druck. Sein Vorteil.

»Hör mal, dann schmeiß doch den Hühnermist bei dir auf den Acker«, schlug Hasler lässig vor.

Sein Auftraggeber schrie wütend ins Telefon. »Du weißt genau, dass das nicht geht. So viel Ackerland habe ich nicht. Hör zu, den doppelten Preis, wenn du mir aus der Patsche hilfst.«

Gerd Hasler grinste. Na, es geht doch! Er überdachte das neue Angebot und schwieg für einen langen Moment. Endlich erlöste er den Niederländer. »Okay, ich helfe dir. Du musst mir aber mindestens dreißig Strohballen und eine dicke große Plastikplane besorgen.«

Gerd konnte Misstrauen aus der Stimme des Niederländers heraushören. »Was willst du denn damit?«

»Ich komm wieder mit dem großen Kasten-Auflieger[33]. Wir laden diesmal nicht komplett voll, sondern lassen oben Platz. Auf den Mist legen wir die Plane. Darauf eine Schicht Strohballen.«

»Schlaues Kerlchen!« Der Niederländer lachte erleichtert. »Von oben sieht man nur die obere Schicht Strohballen. Aber ein Problem hast du noch: der Gestank.«

»Ich weiß, aber ein bisschen Nervenkitzel muss auch sein. Pass auf, ich mach den Lkw klar und bin in etwa

33) Lkw mit Kasten, welcher von oben beladen wird

drei Stunden bei dir. Bis dahin musst du das Stroh mit der Plane zum Misthaufen bringen. Ist der Radlader einsatzbereit? Ach ja: Und vergiss die Kohle nicht.«

Die Stimme des Niederländers klang jetzt viel entspannter. »Du, dieser Misthaufen liegt an einer anderen Stelle als sonst. Aber ich weise dich ein. Kannst dich drauf verlassen. Bis später!«

Niederlande, eine Hühnerfarm in Friesland

Der Niederländer Piet de Jonge unterbrach die Leitung. Das doppelte Schmiergeld war die Sache wert. Dieses Teufelszeug musste vom Hof, bevor die Kontrolleure es bemerkten. Die Behörden waren aufmerksamer, seit sie die Bakterien im Hühnermist gefunden hatten. Den belasteten Mist hatte er auf seinem Gelände etwas versteckt zwischengelagert. Nicht auszudenken, wenn sie diesen Misthaufen entdeckten … Die jahrelange Arbeit würde zunichtegemacht.

Seine industrielle Hühnerfarm musste aber noch mindestens zehn Jahre laufen. Die Gewinne für die weißen Eier lagen bei drei bis fünf Cent pro Stück. Er konnte also nur über die Masse Geld verdienen. Erst nach drei Jahren wären die ersten Kredite bezahlt. Die Gewinnphase sollte dann eigentlich beginnen. Machten sie ihm den Laden dicht, wäre er ruiniert.

Ein Landwirt drückte die grüne Taste an seinem Handy. »Hallo!«

»Ich bin es. Es ist wieder so weit, ich bring dir eine Ladung Hühnermist.«

Gerd Hasler mal wieder … Misstrauisch fragte der Landwirt. »Wo hast du das ganze Zeug bloß her?«

»Du weißt doch, dass du keine Antworten von mir bekommst. Die Kohle gibt es in bar. An die alte Stelle? Ich schätze, in sieben Stunden bin ich da. Das Geld gibt es sofort, dafür musst du dich aber mit dem Verteilen beeilen.«

Die Gier kämpfte mit dem schlechten Gewissen des Landwirtes. »Mit dem Zeug ist doch alles in Ordnung?«, fragte er besorgt.

Die Gier hatte noch nicht gesiegt, aber Hasler legte nach. »Ich hab dir doch gesagt, dass mein Kunde nicht genug Ackerfläche hat. Du schon. Was willst du eigentlich? Der Mist düngt deine Kartoffeln. Keine Kosten für diesen Dünger, aber dafür Cash.«

Die Gier hatte den Kampf für sich entschieden. »Okay«, sagte der Landwirt. »Melde dich kurz vorher.«

Tag 4, 21.15 Uhr
Industriegebiet Bunde-West[34]

Gerd Hasler suchte seine Ausrüstung zusammen. Dabei bekam er Magenschmerzen. Das weckte prompt die verdrängten Erinnerungen an seine Kindheit.

34) Punkt 8 auf der Karte

Vergangenheit
Brandenburg

Seine Mutter saß vor dem Küchentisch. Die Arme lagen verschränkt auf dem Tisch. Ihr Körper war nach vorn gebeugt. Die Stirn hatte sie auf die Arme gelegt. Sie wollte nicht, dass ihr fünfjähriger Sohn sah, wie sie weinte.

Der kleine Junge saß wie so oft unter dem Küchentisch. Seine Wange brannte noch von der Ohrfeige seines Vaters.

Die Geräusche aus dem Schlafzimmer der kleinen Wohnung ängstigten ihn. Wieso stöhnten sein Vater und die grell bemalte Frau so? Der Junge umklammerte ängstlich die Beine seiner Mutter.

Was blieb von einem Menschen, wenn er gestorben war ... Nur Erinnerungen, sowohl gute als auch schlechte.

Seine Mutter hatte er über alles geliebt. Die arme Frau hatte so unter ihrem Mann gelitten! Ständig schleppte er, wenn er besoffen war, Nutten mit nach Hause. Der Vater amüsierte sich mit der ›Dame‹ im Schlafzimmer, Mutter und Sohn verbannte er in die Küche.

Den Schwimmunterricht in der Schule schwänzte der Junge aus Angst, dass die Lehrer die blauen Flecken an seinem Körper sahen. Immer wieder hatte ihm sein Vater den Zeigefinger gegen die Brust gestoßen. Darin hatte er eine besondere Technik entwickelt. Besonders schmerzhaft war es, wenn der schnelle, kräftige Stoß seinen Bauch traf.

Zu den körperlichen Misshandlungen kamen noch die seelischen Grausamkeiten. Besonders gerne schlug dieses Miststück seine Frau in Anwesenheit des Sohnes.

Mit den Jahren wünschte er seinem Vater nur eins: den Tod.

Als es endlich so weit war, hatte er alleine vor dem offenen Grab gestanden.

Die Flüche und Beschimpfungen konnte der Vater nicht mehr hören. »Ich hoffe du schmorst schon in der Hölle du Stück Schei…!« Der junge Mann spuckte auf den schwarzen Sarg, kehrte nie mehr zum Grab zurück.

Damals war er erst sechzehn gewesen, aber die Wut, die Ungerechtigkeit und der Hass hatten seine junge Seele bereits vergiftet. Er konnte nicht wie die anderen lachen. Ständig fühlte er sich wie ein Tier, das man in die Enge trieb.

Tag 4, 21.30 Uhr
Industriegebiet Bunde-West

Ein kalter Schauer lief durch den Körper von Gerd Hasler und brachte ihn in die Gegenwart zurück. Keine Zeit für sentimentale Gedanken! Schließlich hatte er einen Termin in Holland.

Er startete den kräftigen Motor des Sattelzuges. Der Auflieger, ein oben offener Kasten, war leer. Platz genug für fünfundzwanzig Tonnen besten niederländischen Hühnermist. In der Ablage steckten Tabletten für seinen Magen, der ihn in den letzten Tagen immer wieder gequält hatte.

Sicher die Aufregung. Die Sache mit dem Polizisten hätte nicht passieren dürfen. Das Beste wird sein, wir halten uns eine Zeitlang zurück, dachte er. Lisa war schweigsamer als sonst und brauchte unbedingt eine Auszeit. Danach konnte ihre gemeinsame Jagd auf diese Hurenböcke weitergehen.

Die Fahrt zu der riesigen Hühnerfarm verlief ohne Probleme. Er hatte viel Glück und geriet in keine Kontrolle.

Tag 5, 00.30 Uhr
Niederlande, eine Hühnerfarm in Friesland

Sein Auftraggeber in den Niederlanden wirkte nervös. Zunächst breiteten sie die Folie im Laderaum des Lkw aus. Die Flüssigkeit aus dem Dung sollte nicht durch die hintere Entladeklappe sickern. Die Oberfläche des Laderaumes deckten sie mühsam mit den Strohballen ab.

»Brauchst du die Folie und die Strohballen noch?«

Sein Auftraggeber war großzügig. »Kannst du behalten.«

»Apropos behalten. Mein Geld!« Gerd hielt die Hand fordernd auf.

Der Niederländer nahm ein Kuvert aus der Innentasche. »Hier ... wie vereinbart die doppelte Summe.«

Gerd Hasler steckte das Kuvert ein.

»Willst du nicht nachzählen?«, fragte Piet.

»Ich vertrau dir. Es würde dir schlecht bekommen, solltest du mich betrügen.«

Der Niederländer sah ihn an. Sein Gegenüber machte ihm Angst. Diese Drohung war ernstzunehmen. Er atmete durch, als der Lkw endlich davonfuhr.

Drei Stunden später fuhr der Lkw mit der Ladung Hühnermist über die Grenze bei Zwartemeer. Die verschiedenen Bakterien, darunter antibiotikaresistente Eitererreger sowie ESBL-bildende Darmkeime[35] verwandelten den Hühnermist in infektiösen Sondermüll. Und dieser brisante Sondermüll befand sich jetzt in Deutschland.

---

35) ESBL: spezielle Enzyme, die bestimmte Antibiotika, wie Penicillin und die modernen Nachfolgeprodukte der dritten und vierten Generation, unwirksam machen

Tag 5, 04.30 Uhr
Ein Bauernhof im Münsterland

In Höhe Vechta rief der Lkw-Fahrer Gerd Hasler seinen Kunden im Münsterland an. Sie trafen sich bei Goldenstedt. Der Landwirt fuhr voraus. Das Ziel lag am Rand eines Moorgebietes. Der Lkw-Fahrer entfernte die Strohballen, entriegelte die hintere Ladungsklappe und schaltete die Hydraulik ein, die den Kasten schräg anhob. Die Ladung Hühnermist rutschte heraus und fiel auf die Ackerfläche.

»Was ist mit der Plane und den Ballen?«

»Kannst du behalten«, antwortete Gerd Hasler. »Hier ist dein Geld. Bis zum nächsten Mal!«

Der Landwirt sah den roten Lichtern des davonfahrenden Lkw hinterher. In der Ferne grollte Donner. Ein Gewitter war im Anzug. Als er den Mist mit dem bereitstehenden Radlager grob verteilt hatte, blieb ihm gerade noch Zeit, die Strohballen mit der Plane abzudecken, bevor der Starkregen auf ihn herabprasselte.

Zunächst bildeten sich Pfützen auf der Ackerfläche, dann Rinnsale. Der Mist begann sich zu verflüssigen.

Die Mischung aus Darmbakterien und Mist versickerte zum größten Teil im Boden. Aber ein beachtlicher Teil der gefährlichen Mischung lief in einen Entwässerungsgraben und von dort weiter in das Flüsschen Hunte.

Der Landwirt war zufrieden. Leicht verdientes Geld und den Dünger gab es kostenlos dazu.

Was machte er mit dem Stroh?

Sein Nachbar, ebenfalls ein Landwirt, hatte immer Bedarf. Der legte gern Stroh zwischen die Erdbeerreihen. Was stand immer auf dessen Werbeschildern? *Erdbeeren zum Selberpflücken. Gesundheit direkt vom Acker.*

Kapitel 7

Tag 5, 06.45 Uhr
Polizeidienstgebäude der Autobahnpolizei am Emstunnel[36]

Maike de Buhr stellte ihren roten Mini auf dem Besucherparkplatz vor dem Gebäude der Autobahnpolizei ab. Sie sah auf die Uhr: Viertel vor sieben. Das Gespräch mit ihrem Vater hatte ihr gutgetan. Trotzdem hatte sie unruhig geschlafen.

Endlich würde sie Jan wieder gegenüberstehen. Etwas aufgeregt nahm sie ihre Umhängetasche vom Rücksitz. Sie zog die Tür zur Dienststelle auf und stand im kleinen Flur. Diese Schleuse war mit einer großen Glasscheibe von der Wache getrennt. Über eine Sprechanlage konnten die Beamten mit den Besuchern Kontakt aufnehmen. Die zweite Tür in das Dienstgebäude war verschlossen.

Mark Rode saß hinter dem Wachtresen. Na, das ist doch mal ein schöner Anblick, dachte er, als er die Frau mit den kurzen, dunklen Haaren und der roten Strähne vor der Glasscheibe sah. Nicht zu dünn und alles dran, was Mann gerne hat.

Irgendwo hatte Mark sie schon einmal gesehen.

»Hallo, ich bin eine Kollegin, Maike de Buhr, ich wollte zum Kollegen Broning von der Soko.«

Mark stand auf und drückte den Sprechknopf. »Moment, bitte!« Er ging zur Zwischentür und öffnete sie von innen. In der Schleuse gab er Maike die Hand. »Hallo, Kollegin. Mark Rode. Komm doch rein.«

Im Flur rief er: »Swantje, kannst du mal auf die Wache aufpassen?«

Aus einem Vernehmungsraum kam die Antwort. »Okay, Mark.«

---

36) Punkt 14 auf der Karte

Er lächelte Maike an. »Die Soko ist oben, ich bring dich hin!«

Tag 5, vormittags
Erste Etage Autobahnpolizei,
Büro der Soko Autobahngold

Jan schaute sich am Computerbildschirm die DVD mit den Aufzeichnungen der Tunnelkamera an. Sie waren von schlechter Qualität.

Er hatte sie sich wieder und wieder angesehen, insbesondere die Zeit vor dem Verschwinden des Kollegen Berger. Inzwischen hatte er viereckige Augen, aber keine Auffälligkeiten gefunden. Einen Mercedes-Streifenwagen, der den Tunnel durchfuhr, hatte er auch nicht entdeckt. Vielleicht war Berger ja gar nicht durch den Tunnel ins Rheiderland gefahren, sondern über die Emsbrücke.

Er stand auf und rieb sich gerade die Augen, als Mark und Maike den zur Zentrale der Soko umgebauten Sitzungsraum betraten. An der Tür hatte Jan einen großen Zettel mit der Beschriftung *Soko Autobahngold* befestigt.

Es war Maike egal, dass Mark dabei war, sie umarmte Jan heftig und drückte ihm einen Kuss auf die Wange.

Mark lächelte. »Vorzustellen brauche ich euch dann ja wohl nicht.« Er verließ den Raum, weil er hier, wie er grinsend dachte, mehr als flüssig war, nämlich überflüssig.

»Maike, du erdrückst mich ja!« Jans Protest klang nicht glaubwürdig. Die beiden sah sich in die Augen und …

»Hallo!«, klang es gut gelaunt von der Tür her. Stefan Gastmann stutzte, als er Jan und Maike so eng umschlungen sah. »Stör ich etwa?«

Die beiden gingen auf Abstand.

»Quatsch, Stefan, Maike und ich haben uns nur lange

nicht gesehen. Die Wiedersehensfreude hat uns wohl übermannt.«

Maike umarmte Stefan etwas steif. »Schön, dass du auch dabei bist.«

Er sah sich im Raum um. »Jetzt fehlen ja nur noch die beiden von der WSP, Onno und Ferdinand, dann haben wir die alte Besetzung.«

Jan nickte. »Fürs Erste sind wir drei die ganze Soko Autobahngold. Onno ist zufälligerweise jetzt hier bei der Autobahnpolizei gelandet. Ich habe ihn gefragt, ob er nicht auch dabei sein will.«

»Lass mich raten«, sagte Maike. »Wollte er nicht. Ist ja auch kein Wunder, er hatte bei unser letzten gemeinsamen Soko einiges abbekommen.«

Jan dachte an die Narben. Die Wunden im Gesicht waren verheilt. Aber was war mit den Wunden in Onnos Seele? »Ja, das war eine schlimme Sache. Aber im Grunde brauchen wir noch personelle Unterstützung. Am besten jemanden von der Autobahnpolizei. Ihr habt sicher schon gehört, dass ich hier der Vortänzer sein soll. Ich erzähle euch erst mal, was sich in den letzten Tagen ereignet hat.« Jan erklärte, wie es zur Bildung der Soko gekommen war.

Konzentriert hörten ihm Stefan und Maike zu. Ihr Leiter nahm während des Vortrags Fotos der Toten aus seiner Arbeitsmappe und befestigte sie an den Tafeln. Das erste Opfer, der inzwischen identifizierte Erich Schulte. Das zweite, noch unbekannte Opfer von gestern.

Jan zögerte einen Moment. Mit Abstand zu den beiden anderen Fotos befestigte er auch ein Bild des vermissten Kollegen. Es sollte sich nicht direkt neben denen der beiden Toten befinden. Ich bin doch abergläubisch, dachte Jan.

»Die Suchaktion nach Rolf Berger läuft noch auf vollen Touren«, erklärte er, »bis jetzt leider ohne eine Spur. Die Toten von den Parkplätzen und das rätselhafte

Verschwinden des Kollegen stehen meines Erachtens in Zusammenhang. Unsere Aufgabe wird es sein, diesen Zusammenhang aufzuklären. Mit anderen Worten, wo sind die Verbindungen? Eine auffällige Verbindung zwischen den beiden Toten auf den Parkplätzen ist dieser unechte Schmuck, auch Autobahngold genannt. Darauf gaben mir übrigens die beiden Autobahnpolizisten Klaas und Onno den Hinweis.« Links unter dem Foto von Schulte brachte Jan das Bild mit dem billigen Ring an, daneben unter dem des zweiten Opfers Klein ein Bild der Halskette.

Er drehte sich zu den Kollegen um. »Nun sollten wir uns für die nächsten Stunden gemeinsam überlegen, wie wir weiter vorgehen wollen. Übrigens, für heute Nachmittag haben wir eine Pressekonferenz angesetzt.« Maike und Stefan verzogen synchron das Gesicht. Jan Broning konnte seine Kollegen gut verstehen, aber sie brauchten die Öffentlichkeit.

Sie waren auch auf Beobachtungen eventueller Zeugen angewiesen. Ohne die Medienvertreter konnten sie die nicht erreichen. Das uralte Spiel zwischen der Presse und der Polizei, geben und nehmen.

»Stefan, du hast ja das Wichtigste live erlebt, fang doch einfach mal an.«

»Die Leichenschau beim zweiten Toten steht heute Morgen auf dem Programm«, sagte Stefan und fügte lächelnd hinzu: »Beim Sängerknaben Erdmann.«

»Sängerknabe?« Maike sah ihn fragend an.

»Der Bestatter ist ein hochmotivierter Laienprediger und Choralsänger«, erwiderte Stefan.

»Für wann habt ihr den Termin festgelegt?«, fragte Jan.

»Um neun Uhr soll es losgehen«, antwortete Stefan.

»Wir sollten die Identität des zweiten Toten klären«, schlug Maike vor. »Dazu müssen wir die Vermisstenanzeigen durchsehen.«

Jan nickte und dachte laut nach. »Gestern habe ich mit dem zuständigen Kollegen vom Fachkommissariat wegen der Schmuckstücke gesprochen. Er meinte, wir sollten damit einfach mal vorbeikommen. Den Ring und die Halskette haben wir ja bereits sichergestellt.« Er nahm die zwei durchsichtigen Plastiktüten mit dem Schmuck aus dem Spurensicherungskoffer. »Maike, kannst du diese Sachen dem Kollegen in der Stadt zeigen? Danach bitte die Vermisstenanzeigen durchsehen. Hier sind eine Beschreibung und einige Bilder vom Toten. Stefan und ich übernehmen die Leichenschau beim Sänger ... äh, Bestatter Erdmann. – Und bevor wir jetzt alle losrennen, zeige ich euch noch kurz die Dienststelle. Außerdem solltet ihr zumindest einige Kollegen hier kennenlernen.«

Nach dem Rundgang packte Maike die Fotos und den Schmuck in ihre Umhängetasche. Sie setzte sich in ihren roten Mini und fuhr zur Polizeidienststelle in der Stadt.

Tag 5, vormittags
Stadt Leer, Polizeidienstgebäude, Wache[37] *(s. K. 13)*

Maike umarmte ihren alten Kollegen Klaus Hensmann von der Wache. Im Sozialraum spülten sie den neuesten Tratsch mit einem heißen Kaffee herunter.

»So, Klaus, die Pflicht ruft. Ich komm später noch einmal vorbei.«

Klaus Hensmann sah seiner Kollegin hinterher. Sie sah zufrieden, ja, fast glücklich aus. Die Gerüchte über eine Beziehung zwischen Jan Broning und Maike waren bis zu seiner Wache gedrungen. Hoffentlich war was dran ... Klaus freute sich für die beiden. Ein schönes Paar und scheiß auf die paar Jahre Altersunterschied. Sollten die Kollegen es nur wagen, über die beiden herzuziehen ... Denen würde er es schon zeigen.

37) Punkt 13 auf der Karte

Inzwischen waren Jan und Stefan beim Bestatter Siegmund Erdmann eingetroffen. Eine gewisse Routine hatte sich bereits eingestellt. Erdmann summte im Hintergrund, als die Polizisten sich das zweite Opfer genau ansahen. Auch dieser Tote hatte abgerissene Fingernägel und Holzsplitter in den Fingerspitzen. Jan entfernte Proben mit der Pinzette und Stefan hielt ihm jeweils eine beschriftete kleine Plastiktüte für die Proben hin. Von jedem Finger und den Verletzungen an den Händen fertigte Stefan Fotos mit der Digitalkamera.

Jan Broning sah die Abdrücke am Nacken, als sie die Leiche vorsichtig auf die Seite gedreht hatten. Der Abstand der Stiche betrug, wie beim ersten Toten Erich Schulte, fünf bis sieben Zentimeter. Unter den Einstichen hatten sich kleine Hämatome gebildet. Die Wundränder an der rechten Hand waren ebenfalls identisch. Dasselbe Werkzeug war eingesetzt worden, um den Zeigefinger abzuschneiden.

Jan und Stefan beeilten sich, um dem Singsang des Bestatters zu entkommen. An der Außentür verabschiedeten sie sich.

»Herr Erdmann, bitte verfahren Sie mit diesem Toten wie mit der ersten Leiche«, sagte Jan. »Die Obduktion findet ebenfalls bei der Rechtsmedizin in Oldenburg statt.«

»Meine Herren ... Danke für Ihr Vertrauen. Ich hab da noch eine Kleinigkeit für Sie.« Erdmann überreichte ihm eine CD. »Hier, bitte, meine neueste CD mit Aufnahmen meiner Andachten. Außerdem eine Zusammenstellung von mir persönlich gesungener Choräle. Es sind sogar einige Gospels dabei. Viel Vergnügen.«

Stefan presste die Lippen fest aufeinander. Er senkte den Kopf und marschierte schnell zum Bulli.

Jan war sprachlos, biss sich auf die Zunge. Er nickte nur, versuchte das aufsteigende Lachen zu unterdrücken.

Der Bulli entfernte sich in Rekordzeit von der Auffahrt. Jan hoffte nur, dass Erdmann das brüllende Gelächter nicht mehr gehört hatte.

Stefan hatte akute Atemnot. »Oh nee, schau dir mal das Cover auf der CD an. Erdmann vor einer strahlenden Sonne.«

Jan liefen die Tränen an der Wange herab. »Das sieht ja aus wie ein Heiligenschein.«

Tag 5, mittags
Polizeidienstgebäude der Autobahnpolizei am Emstunnel[38]

Die Stimmung bei den Kollegen der Autobahnpolizei war gedrückt. Die Suche nach dem vermissten Kollegen lief auf Hochtouren und noch immer keine Spur vom Kollegen Berger.

Onno saß im Vernehmungsbüro, als Maikes roter Mini auf den Besucherparkplatz fuhr. Sie stieg aus und holte einen großen Karton aus dem Kofferraum. Onno schob den Stuhl nach hinten. »Klaas, ich bin mal kurz draußen«, rief er seinem Kollegen im Nebenraum zu.

Er ging durch die Schleuse. Die Sicherungstür hatte er mit einem Stuhl festgeklemmt. »Hallo, Maike, soll ich dir helfen?«

»Hey, Onno, lass dich erst mal drücken.« Maike setzte den Karton ab, nahm Onno in die Arme. »Na, wie geht's dir auf dem Trockenen? Ich war ganz überrascht, als ich hörte, dass du jetzt hier bist.«

»Ja, Maike, eine lange Geschichte. Das sind sicher

38) Punkt 14 auf der Karte

alles Sachen für die Soko?« Onno zeigte auf den vollen Kofferraum.

»Ja, da oben haben wir ja noch nichts. Da habe ich ein bisschen organisiert.«

Onno nahm sich den schwersten Karton. Maike hatte sich Aktenordner unter einen Arm geklemmt. Mit der freien Hand öffnete sie für Onno die Türen. Kurz darauf setzte Onno den Karton im Büro der Soko ab. Sein Blick fiel auf die Tafeln.

»Ihr habt eine schöne Dienststelle hier«, hörte er Maike hinter sich sagen.

»Ja, besonders wichtig ist die Entfernung zur Stadt«, sagte Onno mit leiser Stimme.

Maike lachte. »Du meinst zum Mutterhaus.«

Onno lachte nun auch.

»Du, Onno, ich hab gehört, dass du nicht bei der Soko mitmachen möchtest. Was ich übrigens gut verstehen kann.« Sie beobachtete, wie er sich unbewusst über sein Gesicht strich. »Aber weißt du, wir brauchen dich hier. Bei dem letzten gemeinsamen Fall haben wir alle einstecken müssen, denk doch nur an Jan. Er hat heute noch Albträume von seinem Todeskampf im Dollart. Von mir will ich gar nicht sprechen. Jan möchte unbedingt einen Kollegen von der Autobahnpolizei in der Soko haben. Aber er hat die Stelle noch nicht besetzt. Und weißt du, warum? Er hofft, dass du dir es noch anders überlegst.«

Maike sah, dass Onno einen inneren Kampf führte. Wenigstens hatte er ihr nicht rundheraus abgesagt. Es bestand also noch Hoffnung.

»Onno, du kannst es dir ja noch einmal überlegen. Aber nun erzähl mal, was ist passiert, seitdem wir uns das letzte Mal gesehen haben?«

Eine laute Stimme im Treppenaufgang unterbrach die Unterhaltung. »Hey, Kaleu, Einsatz! Wir müssen raus!«

»Sorry, Maike, ich muss los.«

»Okay, aber versprich mir, dass du wenigstens darüber nachdenkst!«

»Mach ich – tschüss!«

Klaas wartete unten bereits auf seinen Kollegen. »Kurt Delling von der Tunnelzentrale hat angerufen. Wir haben einen Gegenstand auf der Fahrbahn vor dem Tunnel, vermutlich ein Spanngurt. Ich hab schon alles im Bulli. Wir müssen Richtung Niederlande.«

An der Kreuzung vor der Dienststelle kam ihnen der weiße Bulli der Spurensicherung entgegen. Darin saßen Jan und Stefan. Die vier Kollegen winkten sich im Vorüberfahren zu.

*

Der weiße Bulli blieb mit laufendem Motor vor dem Tor zum Innenhof der Autobahnpolizei stehen. Stefan wunderte sich, als er auf den Parkplatz sah. »Sag mal, Jan, wo steht eigentlich dein Mercedes? Draußen habe ich ihn doch auch nicht gesehen.«

Jan schmunzelte. »Ich bin mit dem Fahrrad hier. Ja, da staunst du. Genauer gesagt mit meinem neuen E-Bike.« Jan sah, wie sich Stefans Gesicht verzog. »Ja! Ja, ich weiß, das sieht im Moment nicht so sportlich aus. Aber mein linkes Knie ... Ich soll mich mehr bewegen und die paar Kilometer hier zur Autobahnpolizei sind eine gute Gelegenheit dafür.«

Das Tor öffnete sich und sie fuhren in den Innenhof, stiegen aus und gingen die Treppen hinauf zum Büro der Soko. Der Duft von frischem Kaffee wehte ihnen entgegen.

»Hallo, Maike, du bist ein Engel. Genau das Richtige: eine schöne Tasse Kaffee!« Jan verkniff es sich, Maike zu küssen.

»Na, wie war es beim Bestatter?« Maike grinste.

Stefan wedelte mit der CD. »Noch ein Wort und ich besorg mir ein Abspielgerät.« Er gab ihr die CD und freute sich, weil sie sprachlos war.

Jan Broning erzählte ihr, wie ihr Termin bei Erdmann abgelaufen war. »Die Inaugenscheinnahme des Toten war sehr aufschlussreich. Wir haben sehr viele Übereinstimmungen zu dem ersten Toten gefunden. Insbesondere weist die rote Gesichtsfarbe auf die vermutete Todesursache Kohlenmonoxid-Vergiftung hin. Dann ist da natürlich der fehlende Zeigefinger. Die Verletzungen an den Händen sind auch sehr auffällig. Wie beim ersten Toten Holzsplitter unter den abgebrochenen Fingernägeln. Außerdem auch wieder die Abdrücke im Nacken unseres unbekannten Toten.«

»Unbekannt ist er nicht mehr«, sagte Maike. »Hier, die Vermisstenakte von Kalle Klein. Seine Frau hat ihn gestern als vermisst gemeldet. Klein war mit einem Zigarettentransporter unterwegs. Seine Arbeit besteht darin, Zigarettenautomaten zu füllen. Hier ...« Sie legte mehrere Fotos auf den Tisch. »Fotos von Kalle Klein und dem Wagen. Der Arbeitgeber hatte sich auch schon gemeldet. Der auffällige Transporter ist ebenfalls verschwunden.«

Jan befestigte das Foto vom Zigarettentransporter unter dem Foto von Kalle Klein an der Tafel. »Sehr schön, Maike. Jetzt wissen wir wenigstens, um wenn es sich bei dem zweiten Toten handelt. Die Identifizierung ist jetzt natürlich vorrangig.«

Maike seufzte. »Ich fahr gleich zur seiner Ehefrau. Die Gegenüberstellung, kann die bei Erdmann erfolgen?«

»Ich ruf ihn an«, versprach Jan. »Maike, dieser Schmuck ... Hast du noch mit dem Kollegen sprechen können?«

»Ja, hab ich, aber irgendwie passt da einiges nicht zusammen. Ich gebe dir mal die Kurzversion. Also, bei diesen Betrügereien mit Autobahngold handelt es sich tatsächlich um osteuropäische Täter. Sie sind auch in diesem Bereich aufgefallen, aber es handelt sich um, sagen wir mal, kleinere Delikte. In Zusammenhang mit getöteten Personen oder, wenn man so will, Schwerstkriminalität ist dieses Autobahngold noch nicht aufgetaucht. Der Kollege war sich aber sicher, dass es sich um Autobahngold handelt. Er hat die Schmuckstücke fotografiert und will sich umhören.«

»Das läuft also«, sagte Jan. »Sobald wir den Toten offiziell identifiziert haben, wartet noch einiger Papierkram auf uns. Aber lasst uns erst mal in Ruhe den Kaffee austrinken, dann geht es weiter.«

Tag 5, mittags
AS Leer-West Rtg. Mep./Ndl.,
kurz vor dem Emstunnel[39]

Klaas hielt sich an dem oberen Haltegriff fest, als der Bulli mit hoher Geschwindigkeit durch die scharfe Kurve an der AS Leer-West fuhr.

Ein Gegenstand auf der Fahrbahn war nicht ungefährlich. Wilde Ausweichmanöver und Reifenplatzer, verursacht durch das Überfahren der Gegenstände, waren oft die Ursache für Unfälle. Eile war also geboten.

Auf dem Überholfahrstreifen lag der Spanngurt eines Lkw. Damit sicherten die Fahrer Ladung auf den Fahrzeugen. Solche Gurte lösten sich leider oft, wenn die Fahrer nicht rechtzeitig nachspannten. An dem langen Gurt befand sich eine schwere Ratsche aus Metall. Solche Ratschen hatten scharfe Ecken und Kanten.

Onno Elzinga hatte den Streifenwagen mit eingeschaltetem Blaulicht auf dem Beschleunigungsstreifen vor dem Tunnel abgestellt. Klaas wollte aussteigen, aber Onno sagte: »Lass man, ich mach das.«

Er zog die gelbe Warnweste über. Klaas beobachtete im

39) Punkt 19 auf der Karte

zweiten Rückspiegel den anrollenden Verkehr. Der war dicht, und die Verkehrsteilnehmer sahen den Spanngurt zu spät. Oha, dachte Klaas, wenn das man gut geht … Im letzten Moment versuchten die Fahrzeugführer dem Gurt auszuweichen.

Onno wartete auf die erhoffte Lücke im dichten Verkehr. Plötzlich sprang er aus dem Bulli, rannte zum Überholfahrsteifen.

Klaas' Nackenhaare sträubten sich. Mein Gott, Onno, beeil dich.

Sein Kollege bückte sich und hob den Spanngurt auf. Oh, nee, was machte Onno denn jetzt … »Scheiße!« Der Stahlhaken am Ende des Gurtes saß offensichtlich fest. Ein Fahrzeug hatte den Haken überfahren und tief in den Asphalt gedrückt. Onno riss und zerrte. Wertvolle Sekunden verstrichen. Eine Windbö aus dem Tunnel wirbelte den langen Gurt hoch. Eine Schlaufe schlang sich um Onnos Beine.

Klaas vergaß zu atmen, als er aus dem Bulli sprang. »Onno, lass den Scheißgurt liegen, pass auf! Hinter dir!«

Von hinten näherten sich mehrere Autos auf der rechten Spur. Ein Lastkraftwagen befand sich auf der linken Spur und überholte die Pkw. Der Lkw-Fahrer nutzte das Gefälle vor dem Tunnel, um zu beschleunigen. Klaas sah, wie Onno sich halb umdrehte. Offensichtlich wollte er nach hinten zu den Mittelschutzplanken laufen. Dabei verhedderte sich ein Bein in dem Gurt. Klaas beobachte mit Entsetzen, wie Onno auf den Überholfahrstreifen stürzte. Instinktiv machte sein Kollege das Richtige: Er versuchte nicht aufzustehen, sondern rollte zur Seite weg. Für einen Moment verlor Klaas ihn aus den Augen, weil der Lkw die Sicht versperrte.

Gott sein Dank! Klaas atmete erleichtert auf, als er sah, wie sich Onno aufrappelte und den verfluchten Spanngurt aufwickelte. Dann ein kurzer Sprint, und sein Kollege war zurück am Einsatzfahrzeug.

Klaas stand mit aschfahlem Gesicht am Bulli und brüllte seinen Kollegen an: »Mein Gott, Onno, musst du mich so erschrecken? Alles klar bei dir?«

Onnos Gesicht war rot, als er gegen den Lärm des vorbeifließenden Verkehrs schrie: »Los, Klaas, den schnappen wir uns, dieses Arschloch!« Er riss die Fahrertür auf und sprang in den Bulli.

Klaas konnte gerade noch einsteigen, bevor sie mit quietschenden Reifen losrasten. Onno warf den Spanngurt nach hinten. Der Motor heulte auf, als er den Bulli auf der Standspur stark beschleunigte. Als die Geschwindigkeit ausreichte, lenkte Onno den Bulli auf den Hauptfahrstreifen und gab weiter Gas.

Klass warf ihm einen Seitenblick zu. So hatte er seinen Kollegen noch nicht erlebt. Mann, war der sauer. Die Lippen hatte Onno fest aufeinandergepresst. An der Tunnelausfahrt befanden sie sich bereits auf dem Überholfahrstreifen, hinter dem niederländischen Sattelzug.

Der Fahrer des Sattelzuges fuhr nach rechts auf den Hauptfahrstreifen. Onno beschleunigte den Bulli. Nun befanden sich der Fahrer des Sattelzuges und Klaas nebeneinander. Der Fahrer sah mit gequältem Gesichtsausdruck in den Einsatzwagen. Klaas gab ihm ein Zeichen, dass er ihnen folgen sollte. Der Lkw-Fahrer hatte verstanden, er nickte.

Der Einsatzwagen setzte sich vor den Lkw. Klaas hielt zur Sicherheit kurz die Anhaltekelle aus dem Fenster.

Tag 5, mittags
PP Rheiderland, Rtg. Mep./Ndl.[40]

Auf dem Lkw-Bereich des Parkplatzes Rheiderland hielt Onno den Bulli an. Klaas wartete, bis der Lkw neben ihnen hielt. Die beiden Polizisten stiegen aus.

Die Fahrertür des Lkw öffnete sich einen Spalt.

»Ich bin so blöd!«, drang die verzweifelte Stimme des Fahrer aus dem Führerhaus. »Ich bin so blöd!«

Onno war stinksauer. Vor und im Tunnel herrschte absolutes Überholverbot für Lkw. Er schaute ins Führerhaus.

Der Fahrer hatte die Ellbogen auf das Lenkrad gestützt. Seine Hände lagen seitlich am Kopf. »Ich bin so blöd!«

Inzwischen hatte Onno sich wieder etwas beruhigt. Nur seine Hände zitterten noch etwas.

Klaas sprach mal wieder aus, was alle Anwesenden dachten. »Ich stimme Ihnen absolut zu! Wie kann man so bescheuert sein und überholen, wo es verboten ist, in Anwesenheit der Polizei?! Das eingeschaltete Blaulicht war doch wohl nicht zu übersehen. Fast hätten Sie meinen Kollegen überfahren.«

Der Fahrer richtete sich auf, drehte sich zu den Polizisten um.

»Moment mal …« Onno wollte es nicht glauben. »Sie schon wieder, Herr Zijlstra! Das kann nicht wahr sein. Ich hatte Sie doch erst letzte Woche verwarnt, weil Sie im Tunnel so dicht aufgefahren waren.«

Henk Zijlstra verzog das Gesicht und atmete tief durch. Jetzt hatte er ein Problem. »Ich hab Scheiße gebaut, aber dieser Kerl vor mir … So ein Verkehrslehrer… fährt siebzig, wo er doch achtzig fahren kann. Ich brauch doch ein bisschen Schwung für die Steigung.«

Am Gesichtsausdruck der Polizisten konnte er ablesen, dass seine Entschuldigung sie nicht beeindruckt hatte.

40) Punkt 4 auf der Karte

»Herr Zijlstra, wenn Sie ein Polizist schon mit Namen kennt, ist das oft kein gutes Zeichen«, mahnte Onno und ergänzte: »Ihren Führerschein und die Fahrzeugscheine! Außerdem hätte ich gerne einen Tagesausdruck aus dem Kontrollgerät.«

Der Fahrer drückte etwas nervös einige Knöpfe an dem Gerät über seinem Kopf, das die Lenk- und Ruhezeiten digital aufzeichnete. Der wie ein Kassenzettel aus dem Supermarkt aussehende Tagesdruck tickerte heraus. Er reichte ihn dem Polizisten zusammen mit den verlangten Dokumenten.

Ein kurzer Blick von Onno auf den Ausdruck genügte. »Sie wollten sicher noch schnell nach Hause, bevor die zulässige Tageslenkzeit abläuft. Na, mein Kollege lädt mal die Daten vom Kontrollgerät runter. Ich fang schon mal an zu schreiben.«

Klaas holte die Tasche mit dem Laptop aus dem Bulli und setzte sich zum Lkw-Fahrer ins Führerhaus. Nach einigen Minuten war der Datendownload am Kontrollgerät beendet und alle Sünden des Fahrers waren im Polizei-Laptop gespeichert. Klaas trennte die Verbindung und nahm seine Kontrollkarte aus dem Gerät.

Er ging mit dem Lkw-Fahrer im Schlepp zum Polizei-Bulli. Die Schiebetür stand offen. Onno saß bereits an dem kleinen Tisch und schrieb die Personalien für eine Owi.-Anzeige auf.

»Und?« Onno sah Klaus fragend an.

»Alles dabei. Lenkzeitüberschreitungen, Pausen zu kurz … Wie gesagt, von allem etwas viel und häufig.«

Der Lkw-Fahrer hatte mitgehört und begann zu schwitzen. »Hört mal, Jongens, es tut mir echt leid. Könnt ihr nicht einfach das mit dem Überholverbot aufschreiben und das andere vergessen?«

Onnos Gesichtsausdruck verhärtete sich. Henk Zijlstra hatte letztes Mal Glück gehabt. Es war nur bei einer Verwarnung geblieben. Diesmal hätte ihn der Kerl fast überfahren. Die Missachtung des Überholverbotes kostete den Lkw-Fahrer nur ein Bußgeld von rund hundert Euro. Aber die etlichen Verstöße gegen die zulässigen Lenkzeiten, das war eine andere Sache. Onno hatte die heruntergeladenen Daten durchgesehen. Ständig hatte Zijlstra die Lenkzeiten überschritten. Die Pausen hatte er auch nicht eingehalten.

Dies war ein Fahrer, der wegen Übermüdung irgendwann im Straßengraben landen oder, noch schlimmer, ein Stauende zu spät erkennen würde.

Die Folgen waren bekannt.

Die Geldstrafen für Verstöße gegen Lenk- und Ruhevorschriften waren drakonisch. Das wusste Zijlstra sicher schon sehr genau. Wahrscheinlich hatte er bereits einen eigenen Ordner bei der Bußgeldbehörde.

»Herr Zijlstra, Sie wollen uns doch wohl nicht zu einem Dienstvergehen überreden.« Onno bemühte sich, ruhig zu bleiben. »Vergessen Sie das ganz schnell. Sie haben Mist gebaut und sind erwischt worden. Jetzt sind Sie gerade dabei, es noch schlimmer zu machen.«

Die Stimmung des Lkw-Fahrers änderte sich. Er trat gegen den Reifen des Bullis. »Gott verdammich! Hören Sie, was soll ich denn machen?! Mein Chef verlangt von mir, die Lenkzeiten zu überschreiten. Ich habe es nicht so gut wie Sie, bin nicht unkündbar.«

»Aha, Ihr Chef verlangt das von Ihnen. Das werde ich in der Anzeige vermerken.« Onno war immer noch sauer.

Jetzt platzte dem Lkw-Fahrer der Kragen. »Ihr treibt euch hier nachts mit Weibern rum, während ich mir die Brötchen verdienen muss!«

»Was haben Sie da gesagt?« Ein ungutes Gefühl breitete sich in Onnos Magen aus.

Zijlstra grinste gemein. »Gestern habe ich gesehen, wie sich ein Kollege von euch mit einer … sagen wir mal: sehr schönen Dame getroffen hat.« Seine Stimme klang zynisch. »Wird sicher seine Frau gewesen sein.«

Onno und Klaas sahen sich entsetzt an.

Henk bemerkte, dass er ins Schwarze getroffen hatte. »Bei der Frau wäre ich auch schwach geworden«, sagte er mit süffisantem Unterton.

»Moment, Moment, noch mal von vorn. Was genau haben Sie gesehen?« Onno war wie elektrisiert.

Henk ließ ihn etwas zappeln, weil er die Situation genoss. »Ich hab es genau gesehen. Euer Kollege stand dort ganz alleine mit ihr. Hat sich nett mit ihr unterhalten.«

Es folgte eine lange Unterhaltung mit Henk Zijlstra. Die Anzeigen waren zur Nebensache geworden. Der Lkw-Fahrer hatte in der Nacht den vermissten Kollegen Berger im Gespräch mit einer Frau beobachtet.

Onno fiel die Notiz auf der Ablage des Streifenwagens ein. Sie hatten noch keine Spur von Rolf gefunden. Vielleicht hatte der sich tatsächlich abgesetzt? Dieser Gedanke hielt sich nicht lange. Nein! Unsinn! Es musste eine andere Erklärung geben.

Mein Gott, wenn das die Kollegen hörten ... Die Gerüchteküche war sowieso schon sehr aktiv.

Auf dem Weg zur Dienststelle bearbeiteten die Füße von Klaas unruhig das Bodenblech ihres Bullis. »Was für ein Mist! Hat Rolf sich tatsächlich mit einer Frau abgesetzt? Haben wir ihn deswegen nirgends finden können? – Quatsch, Unsinn, glaub ich nicht!«

»Da sind wir schon zwei«, erwiderte Onno.

»Aber wir müssen es sofort melden«, sagte Klaas. »Du weißt, was das bedeutet. Nicht alle haben so eine gute Meinung von Rolf.«

»Du meinst die Gerüchteküche?«

»Ja, Rolf braucht einen Fürsprecher. Am besten als Mitglied in der Soko.« Klaas sah Onno direkt an.

»Du weißt doch ...«

Klaas ließ Onno nicht ausreden. »Ich weiß, du willst nicht mitmachen in der Soko. Das Risiko, und da ist sicher noch etwas anderes, was mich aber nichts angeht.

Aber denk doch mal an die Sache mit dem Spanngurt. Ein Routineeinsatz wie viele andere auch. Plötzlich bist du in Lebensgefahr wegen so einem Scheißspanngurt. Was ich dir eigentlich sagen möchte ... Es kann uns überall erwischen, zu jeder Zeit. Man kann seinem Schicksal nicht aus dem Wege gehen.«

Onno dachte nach. Die Landschaft flog am Einsatzwagen vorbei. Klaas hatte wieder die richtigen Worte gefunden.

»Ich hab auch schon drüber nachgedacht, aber wer soll dann auf mich aufpassen?« Onno sah Klaas unschuldig an.

Klaas lachte.

Na warte, dachte Onno. »Okay«, sagte er. »Ich mach mit, unter einer Bedingung: Du, mein lieber Klaas, bist auch mit dabei. Dann kannst du auf mich aufpassen.«

Das Lachen blieb Klaas im Halse stecken. Unglücklich sah er zu seinem Kollegen hinüber. Onno schaute konzentriert auf die Straße. Er meinte es offensichtlich ernst.

Klaas' Gesichtszüge entgleisten.

*

Der Lkw-Fahrer Henk Zijlstra war immer noch sauer. Die Polizisten hatten ihm jede Kleinigkeit über seine Beobachtung nachts auf dem Parkplatz aus der Nase gezogen. Henk hatte die Aussage unterschrieben, alle Telefonnummern hinterlassen.

Insgeheim hatte er gehofft, dass die Anzeigen gegen ihn fallengelassen würden. Aber da hatte er sich wohl getäuscht. Der Polizist hatte nur zugesagt, dass er im Vorgang Henks Kooperation positiv hervorheben wolle. Ob dies etwas ändern würde, konnte der Polizist nicht versprechen.

Das CB-Funkgerät war eingeschaltet. Mehrere Berufskollegen beschwerten sich gerade über die vielen gründlichen Kontrollen und hohe Polizeipräsenz. Ein

Fahrer hatte zufällig den Grund dafür aufgeschnappt. Ein vermisster Polizist! Daher weht der Wind, dachte Henk.

Er griff das Mikrophon und drückte die Sprechtaste. »Kollegen, ich habe da auch noch eine Kleinigkeit zum Thema. Dieser gesuchte Polizist war alleine unterwegs. Er hat sich mit einer Granate von Frau auf dem Parkplatz getroffen. Stellt euch vor, die sind wahrscheinlich durchgebrannt.«

Das Gerücht ging wie ein Lauffeuer um. Zunächst über den CB-Funk, dann über das Internet. Schließlich gelangte es an die Medien.

Tag 5, 13.30 Uhr
Dienstgebäude Autobahnpolizei
am Emstunnel

Onno und Klaas saßen Anton im Schichtleiterbüro der Autobahnpolizei gegenüber. Er hatte sich aufmerksam die Geschichte vom Lkw-Fahrer Henk angehört. Nun dachte er über die Bedeutung nach.

»Ich glaube, wir haben da ein ernstes Problem«, sagte Anton. »Rolf und diese unbekannte Frau … Was hat das zu bedeuten?«

Onno stellte Blickkontakt mit Klaas her.

Klaas nickte auffordernd.

»Anton, für uns gibt es nur eine Option«, sagte Onno entschieden. »Rolf hat diese Frau überprüft. Was hat denn dieser Lkw-Fahrer eigentlich gesehen? Doch nur, dass Rolf sich mit einer Frau unterhalten hat.«

Klaas ergänzte: »Wenn das eine ältere Dame gewesen wäre, kein Mensch wäre auf die blöde Idee mit dem Durchbrennen gekommen.«

Anton massierte seine Stirn. Er klang verbittert.

»Könnt ihr euch vorstellen, was passiert, wenn diese Geschichte die Runde macht?«

»Oh ja!«, sagte Onno mit finsterer Miene.

Klaas' Reaktion war nicht so zurückhaltend. Sein Gesicht war rot angelaufen. Er schlug mit der Hand auf den Schreibtisch. Seine Stimme klang wütend und viel zu laut. »Sie werden sagen, haben wir doch gleich gesagt, Rolf hat sich auf dem Parkplatz mit seiner heimlichen Liebe getroffen. Diese Tratschmäuler lieben solche Geschichten. Aber wir sind uns doch wohl einig, dass das Bockmist ist. Rolf hat sich nicht heimlich mit der Frau getroffen. Er hat sie aus irgendeinem Grund überprüft. Allen anderen Gerüchten müssen wir entschieden entgegentreten. Stell dir vor, Rolfs Frau kommt dieser Mist zu Ohren!«

Anton nickte und hob beschwichtigend die Hände. »Ihr habt recht, wir sind aber hoffentlich nicht alleine mit unserer Meinung. Zufällig weiß ich von Jan Broning, dass er auch von einer Entführung ausgeht.«

»Jetzt sind wir beim nächsten Thema«, warf Onno ein, »der Soko. Also, wenn die Möglichkeit besteht, wollten Klaas und ich da teilnehmen. Jan hatte mich bereits gefragt, und ich bin der Meinung, wir brauchen noch einen Kollegen, der reichlich Erfahrung bei der Autobahnpolizei hat und sich hier gut auskennt. Ich bin ja noch nicht so lange hier.«

Onno und Klaas konnten den Gesichtsausdruck ihres Chefs nicht deuten. Es dauerte einen Moment, bis Anton zu einem Entschluss gekommen war.

»Na gut. Ich bin einverstanden. Es wäre aber schön, wenn wir den Kontakt miteinander nicht abreißen lassen. Soll ich mit Jan sprechen?«

»Nein danke, das machen wir!« Onno stand auf und verließ mit Klaas das Büro. »Nun ist es raus, Klaas, kein Weg zurück!« Onno grinste, als er Klaas' Schnute sah. »So schlimm wird es nicht, die Kollegen von der Soko sind alle sehr nett. Den Leiter Jan Broning wirst du auch mögen.«

Klaas stöhnte. »Ich hör schon das Geläster der Kollegen. Von wegen ›Klaas will hoch hinaus. Meint, er ist Kriminalbeamter‹ und so.«

Onno blieb stehen. »Klaas, ich bin froh, wenn wir zusammenarbeiten können. Sieh es positiv: mal was anderes als immer nur Lkw.«

Inzwischen standen die Kollegen vor dem Treppenaufgang. Klaas zögerte und für einen Moment sah es so aus, als würde er umdrehen.

Onno bemerkte es und legte ihm eine Hand auf die Schulter. »Klaas, wenn du nicht mitmachen möchtest, ist das auch in Ordnung.«

»Und wer passt dann auf dich auf? Hauptsache, die da oben machen auch mal 'ne Pause.«

Wehe wenn nicht, dachte Onno, als sie gemeinsam die Treppe hochgingen.

Dienstgebäude der Autobahnpolizei
Erste Etage, Büro der Soko Autobahngold

Jan stand mit Stefan vor den weißen Tafeln, als es an der Tür klopfte, die einen Spalt offen stand. »Hereinspaziert!«, rief er gut gelaunt.

Onno und Klaas betraten den Raum.

»Hallo, Jan, Stefan … Ich wollte euch meinen besten Kollegen und Freund Klaas Leitmann vorstellen.« Die Kollegen gaben sich die Hand. »Klaas, das sind Jan Broning und Stefan Gastmann.« Onno schmunzelte, als er sagte: »Klaas und meine Wenigkeit wollten bei der Soko anheuern, falls das Angebot noch steht?«

Die Freude in Jan Bronings Gesicht war echt.

Er klopfte Jan und Klaas abwechselnd auf die Schulter. »Super. Na klar, ihr seid herzlich willkommen. Ich dachte schon, ich müsste jemanden schanghaien. Ich mach uns mal einen Tee. Maike wird sich auch sehr freuen. Sie hat gerade angerufen und meinte, nach diesem Erdmann braucht sie erst mal Nervennahrung. Ich glaube, sie wollte Berliner mitbringen.«

Klaas entspannte sich ein wenig. Ein Chef, der selber Tee machte, und dann diese Sache mit den Berlinern … Das fing gut an.

*

Jan Broning stand allein in der kleinen Teeküche. Er hatte Maike eine SMS geschickt. *Haben Personalverstärkung bekommen, bitte zehn Berliner mitbringen.* Schön, dass die beiden Autobahnpolizisten jetzt zum Team gehörten. Besonders Onno. Sie waren jetzt zu fünft in der Soko, also konnten sie zwei Zweierteams bilden. Einer oder eine konnte im Büro präsent bleiben, während die Teams draußen ermittelten.

Jetzt war es wichtig, die Neuen über den aktuellen Stand der Ermittlungen ins Bild zu setzen. Dies würde er bei Onno und Klaas gleich nach dem Tee selber übernehmen.

Im Büro warf Maike die Berlinertüte auf den Tisch, rannte zu Onno und umarmte ihn. »Ich freu mich so!« Dann fokussierte ihr Blick sich auf Klaas. Sie musste direkt an ihren alten Lieblingsteddy denken. »Hallo, Maike de Buhr!« Sie drückte ihm die Hand.

»Klaas Leitmann, freut mich, dich kennenzulernen.«

Maike lachte. »Da habt ihr ja Glück, dass ich unbedingt etwas Süßes brauchte … Ihr mögt doch sicher Berliner.«

Klaas nickte heftig.

Tag 5, 14.30 Uhr
Büro der Soko Autobahngold

Die Kollegen hatten zwei Tische zusammengeschoben und Tassen und Teller verteilt. Der Tee dampfte in den Tassen und die Berliner schmeckten offensichtlich. Klaas' gute Laune steckte die anderen an. Endlich verbreitete sich wieder einmal eine gute Stimmung, als er Döntjes zum Besten gab.

Ferdinand haben wir gegen Klaas getauscht. Sonst sind wir wieder das alte Team, dachte Jan zufrieden.

Klaas hatte einen guten Einstieg. Maike hatte er auf charmante Art gleich um den Finger gewickelt. Aber es half nichts, Jan musste die gute Stimmung trüben. Er erkundigte sich, was die neuen Kollegen bis jetzt von der Entführung Rolf Bergers wussten. Die Lücken füllte Jan mit kurzen Sätzen auf. Er benutzte auch die Tafeln, um seine Erklärungen abzugeben. Die Zwischenfragen der Neuen bewiesen, dass sie sich voll auf den Fall konzentrierten.

»So, Onno und Klaas, jetzt seid ihr auf dem neuesten Stand der Ermittlungen«, beendete Jan seinen kleinen Vortrag.

»Es gibt da noch eine neue Entwicklung«, erwiderte Onno. »Wir haben gerade zufällig einen wichtigen Hinweis von einem Lkw-Fahrer erhalten.« Er schilderte, wie es zu der Aussage gekommen war. »Die Erreichbarkeit des Fahrers haben wir sichergestellt. Seine Aussage haben wir, wie früher, im Merkbuch notiert.« Onno legte zwei Seiten eines Berichtes auf den Tisch. »Hier ist die Leseabschrift. Klaas und ich sind der Ansicht, dass es Probleme geben könnte.«

Klaas bemerkte Jans fragenden Gesichtsausdruck. »Es ist so: Unser Zeuge, der Lkw-Fahrer, ist sauer, weil wir ihn wegen zwei Verstößen angezeigt haben. Könnte sein, dass er versucht, uns eins auszuwischen. Ihm ist natürlich aufgefallen, dass wir uns sehr für seine Beobachtungen interessiert haben. Außerdem mussten wir ihn vor seiner Zeugenaussage belehren. Blöd ist der nicht, kann eins und eins zusammenzählen. Klartext: Der wird nicht dichthalten, so wie er es uns versprochen hat.«

Jan hatte verstanden und nickte. »Ja, mit diesem Klatsch und Tratsch hatten wir ja schon mal schlechte Erfahrungen.« Er zwang sich, Onno nicht dabei anzusehen. Im letzten gemeinsamen Fall hatte ein Reporter Gerüchte in einer Zeitung verbreitet. Onnos Name war in dem Artikel erwähnt worden, und der damalige Täter hatte sich provoziert gefühlt. Die Narben in Onnos Gesicht erinnerten an die Folgen.

»Wir gehen diesmal offensiv mit den Medien um. Außerdem brauchen wir sie für die Öffentlichkeitsfahndung. Bei den bisherigen Anfragen der Medienvertreter haben wir auf eine Pressekonferenz verwiesen, sie soll heute Nachmittag stattfinden. Bis dahin haben wir noch etwas Zeit und können noch einmal den Fall durchgehen. Danach machen wir uns gemeinsam Gedanken, was wir an die Reporter weitergeben wollen. – Maike, du warst mit der Frau des zweiten Toten in der Leichenhalle. Erzähl doch mal.«

»Also, ich war erst zu Hause bei Frau Klein. Sie war einigermaßen gefasst, als sie mir Fotos ihres Mannes gezeigt hat. Ich hatte die ganze Zeit das Gefühl, dass sie mir irgendetwas verheimlichte, aber dazu später. Zum Glück hatte sie auch ein Foto von dem Zigarettentransporter. Die Bilder habe ich mitgenommen. Gemeinsam mit Frau Klein sind wir zum Bestatter gefahren.«

Stefan grinste Jan an und kniff ein Auge zu.

Maike war seine Reaktion nicht entgangen. »Hört mal, so schlimm fand ich den Erdmann nicht. Er war sehr einfühlsam. Ja! Ja ... Er hat auch gesummt. Aber als ich ihn gebeten habe, das zu unterlassen, blieb er trotzdem sehr freundlich, aber still. – Jedenfalls hat Frau Klein den Toten als ihren Ehemann identifiziert. Am Anfang war sie noch sehr gefasst. Aber dann ist sie zusammengebrochen. Wie gesagt, der Erdmann war sehr nett.«

Sie sah, wie Stefan das Gesicht verzog. Maike schüttelte missbilligend den Kopf, sah zur Decke und erzählte weiter. »Gemeinsam haben wir sie dann in einen Nebenraum gebracht. Erdmann hat uns allein gelassen, und sie hat mir alles erzählt. Ihr Mann hat sie ständig betrogen. Das wenige Geld hat er fürs Saufen und Prostituierte ausgegeben. Deshalb war sie auch nicht so erschüttert, als sie von seinem Tod erfuhr.«

Maike unterbrach ihre Schilderung und suchte nach den richtigen Worten.

»Wisst ihr, ich hatte den Eindruck, dass sie sogar froh war, ihn los zu sein. Allerdings ... als sie ihn beim Bestatter daliegen sah, sind wohl die Erinnerungen an die guten Zeiten mit ihm wieder hochgekommen. Ich weiß nicht, hat sie so geweint über den Tod ihres Mannes oder über die verlorene Zeit, die sie mit ihm verbracht hatte? Ist ja auch egal. Der Bestatter hat sich jedenfalls dann um sie gekümmert. Er hat sich wirklich Mühe gegeben. Ein guter und sensibler Mann, dieser Erdmann.« Maike sah Jan und Stefan an. »So viel zu eurem Bestatter!«

Jan stellte wieder einmal fest, wie sehr sich die Einschätzungen von Männern und Frauen doch unterscheiden konnten. Aber vielleicht hatte sie recht. »Danke, Maike! Die zweite Leiche ist also als Karl Klein identifiziert worden. Damit sind wir einen Schritt weiter. Wir wissen jetzt, um wen es sich bei den zwei Toten handelt. Lasst mich kurz zusammenfassen. Wo liegen die Gemeinsamkeiten?« Jan schrieb *Gemeinsamkeiten* oben auf die zweite Tafel.

Onno begann. »Die Toten waren auf der Autobahn spät und alleine unterwegs.«

Jan schrieb unter Gemeinsamkeiten: *1. Opfer allein*

auf der Autobahn unterwegs. Er drehte sich zu seinen Kollegen um. »Der oder die Täter haben sich ihre Opfer ausgesucht, weil sie alleine unterwegs waren. Das setzt ein geplantes Handeln der Täter voraus.«

Klaas meldete sich zu Wort. »Die Toten fand man auf Autobahnparkplätzen. Dazu fällt mir ein, dass beide Parkplätze, sowohl Uplengen als auch Rhede, von einem großen Grüngürtel aus Büschen, Bäumen und Sträuchern umgeben sind.«

»Du meinst, der oder die Täter kennen sich gut aus an der Autobahn.« Jan schrieb an die Tafel: *2. Tatort ?/ Abladeort Parkplätze an der Autobahn. Ortskenntnisse?*

Jan hörte Stefans Stimme hinter sich. »Die abgeschnittenen Zeigefinger der Opfer, schnipp, schnapp ...« Zwischen Stefans linkem Zeige- und Mittelfinger lag sein rechter Zeigefinger. Er ergänzte: »Die rote Gesichtsfarbe: Beide Leichen weisen diese Anzeichen von Kohlenmonoxid-Vergiftung auf.«

»Sehr schön!«, kommentierte Jan und schrieb auf: *3. Zeigefinger der rechten Hand fehlt. 4. Rote Gesichtsfarbe, Kohlenmonoxid-Vergiftung?* Er überlegte. »Dann sind da noch diese parallelen Einstiche im Nacken der Toten und die verletzten Hände, die Fingernägel waren teilweise abgerissen, Holzsplitter.«

»Dieser billige Schmuck, das Autobahngold, fehlt auch noch.«

»Danke, Maike.« Jan schrieb *5. Einstiche im Nacken, Fingernägel abgerissen, Holzsplitter. Autobahngold Ring/ Halskette.* Er trat einige Schritte zurück und sah auf die Tafeln. Auf der ersten befanden sich die Fotos der Leichen. Direkt darunter die der bei den Toten aufgefundenen Schmuckstücke, und darunter die der Fahrzeuge, mit denen die Opfer unterwegs gewesen waren, also ein Mercedes neben einem Zigarettentransporter. »Das sieht doch schon gut aus. Als Nächstes sollten wir eine Zeitschiene anlegen.« Er drehte sich zu den anderen um. »Jetzt die entscheidende Frage: Wie passt unser vermisster Kollege da rein?«

Onno war immer noch erstaunt über Jans Wandlung. Sicher, am Ende des letzten gemeinsamen Falles war der auch gut drauf gewesen. Aber dieser neue Jan … nicht zu glauben! Onno war schwer beeindruckt.

Klaas meldete sich zu Wort. »Also, Onno und ich sind fest davon überzeugt, dass unser Kollege dem oder den Tätern in die Quere gekommen ist. Der Zeitpunkt seines Verschwindens liegt sehr nahe am Todeszeitpunkt des zweiten Opfers. Oder? Und zu dieser Geschichte mit der angeblichen Freundin: Das können wir ja wohl absolut vergessen.«

Jan war schon wieder einen Schritt weiter. »Ich stimme dir zu. Aber was bedeutet das für unseren vermissten Kollegen? Es gibt noch keine Spur von Berger. Ich möchte den Teufel nicht an die Wand malen, aber …«

Alle wussten, worauf Jan hinauswollte. Lebte Berger noch? Was sie bis jetzt über die Täter wussten, ließ die Hoffnung auf ein glückliches Ende für den Kollegen schwinden.

Mit den Worten »Die Hoffnung stirbt zuletzt« unterbrach Jan die Stille. »Wir müssen positiv denken! Wie geht es weiter? Die Fahrzeugbeschreibung und die Fahrzeugdaten des Zigarettentransporters müssen in die Fahndung. Onno, kannst du dich bitte darum kümmern?«

Jan sah nun Klaas an. »Klaas, wir brauchen digitalisierte Fotos der Opfer und der dazugehörenden Fahrzeuge. Dann noch Fotos vom Kollegen Berger und seinem Einsatzwagen. Pro Opfer bitte eine Seite. Oben das Bild vom Opfer, unten das dazugehörende Fahrzeug. Alle bitte im JPEG-Format auf eine CD-ROM. Diese Bilder gehen unkommentiert raus über den Presseverteiler, per E-Mail.«

Klaas überlegte kurz. »Okay, das krieg ich, glaub ich, hin. Kein Problem.«

Jan war das Zögern nicht entgangen. »Danke, Klaas. Solltest du trotzdem Probleme bekommen, einfach die Kollegen fragen. Das gilt natürlich für auch für die anderen.« Jan sah kurz in Runde und vergab den nächsten Auftrag. »Stefan und Maike, wir brauchen eine Presseerklärung. Darin verweisen wir auf die Fotos, die an den Verteiler rausgehen. Diese Erklärung erarbeiten wir jetzt gemeinsam.«

Stefan und Maike verzogen die Gesichter. Pressearbeit war erforderlich, aber nicht angenehm. Die Medienvertreter witterten sicher schon die große Story. Aber die Ermittler brauchten die Medien für die Öffentlichkeitsfahndung.

Nur nicht zu viel preisgeben von den Ermittlungen. Na, mal abwarten, wie es läuft, dachte Jan.

Eine Stunde später war er zufrieden mit den Ergebnissen. Die Fahndung nach dem Zigarettentransporter war raus. Nun standen die Fahrzeuge auf den nationalen und internationalen Fahndungslisten.

Die Fotos der Opfer, des vermissten Kollegen und der benutzten Fahrzeuge hatte Klaas zusammen auf CD gebrannt und als E-Mail an die Medien versandt.

Mit der Presseerklärung war Jan ebenfalls zufrieden. Die Kopien sollten später während der Pressekonferenz verteilt werden.

Stefan sollte im Büro die Stellung halten. Onno und Klaas schickte Jan nach Hause. »Ihr hattet Frühdienst, ruht euch aus, morgen sehen wir uns hier um sieben Uhr.«

Dann sah er Maike mit Dackelblick an.

Sie zwang sich zu einem Lächeln. »Lass mich raten. Ich darf dich auf die Pressekonferenz begleiten.«

»Ja, dann können wir uns noch ein bisschen über den Fall unterhalten und abstimmen.« In Gedanken fügte Jan hinzu: Auch über unser Privatleben.

Diese Hoffnung erfüllte sich nicht. Anton bat die beiden Kriminalbeamten, ihn zur Pressekonferenz in der

Stadt mitzunehmen. Nun saßen die drei schweigend im Zivilwagen und fuhren zum Polizeidienstgebäude.

Parkplatz, Innenhof der Autobahnpolizei

Auf dem Parkplatz verabschiedete sich Onno von Klaas.

»Na, was meinst du?«

»Onno, die Kollegen sind echt nett. Wir warten erst mal ab.« Klaas sah auf seine Uhr. »Langer Tag geworden. Es wird Zeit, dass wir etwas zu essen bekommen.«

»Meine Frau arbeitet noch. Ich werde gleich einkaufen und uns was Schönes kochen.«

Klaas lachte. »Du willst wohl vor der Beichte für gute Stimmung sorgen?«

»Wenn meine Frau erfährt, dass ich bei der Soko mitmache, hilft auch kein gutes Essen mehr«, seufzte Onno. Er setzte seinen Helm auf und startete den Roller. »Tschüss, bis morgen.«

Im Supermarkt kaufte Onno einen Weißkohl, Kartoffeln und ein Kilo Mett. Außerdem ihren Lieblingsvanillepudding mit diesen kleinen Mandelstückchen.

Wohnhaus der Familie Elzinga

Zu Hause wollte erst mal Mikesch gekrault werden.

Onnos Frau Anke war Verkäuferin und hatte Spätschicht. Für den Buskohl brauchte er zwei Stunden. Auch der Pudding benötigte seine Zeit und Sorgfalt.

Es war kühl im Haus. Früher hatte er immer gern

den Schwedenofen angemacht. Aber seit ihm der erste um die Ohren geflogen war, hatten sie den neuen noch nicht benutzt.

Als Anke ins Haus kam, roch sie den Weißkohleintopf. Sie küsste ihren Mann zur Begrüßung und stellte mit offensichtlichem Vergnügen fest, dass die Glasschälchen auf dem Tisch standen, daneben die kleine Flasche mit der Kirschsoße. Sie hatte ordentlich Hunger und der Buskohl schmeckte ihr sichtlich sehr gut. Als Onno den Vanillepudding aus dem Kühlschrank nahm, leuchteten ihre Augen.

Plötzlich sah sie ihren Mann skeptisch an. »Onno, was hast du ausgefressen?«

Er tat, als hätte er sie nicht gehört. »Der Pudding ist auch nicht angebrannt, und keine Klümpchen drin.«

Anke schob den Pudding zur Seite. »Du sagst mir zuerst, was los ist – und lenk nicht wieder ab!«

Onno beichtete seiner Frau, dass er trotz aller Versprechungen wieder in einer Soko arbeitete. Auch der Pudding konnte Onno nicht mehr retten.

Tag 5, nachmittags
Im Münsterland am Fluss Hunte

Nach dem Gewitter war die Abkühlung nur von kurzer Dauer. Am Nachmittag nahm die Hitze wieder zu. Die beiden Kinder Kevin und Malte wollten deshalb in der Hunte baden. Sie hatten sich einen großen Schlauch vom Trecker besorgt und an der Tankstelle mit Druckluft gefüllt. Gemeinsam trugen sie ihn an die Hunte. Sie saßen abwechselnd in dem Schlauch und ließen sich auf dem kleinen Fluss treiben.

Als Malte wieder im Schlauch saß, tauchte Kevin.

Plötzlich schoss er wieder aus dem Wasser, packte Maltes Füße und hob sie so weit hoch, dass Malte samt Schlauch eine Rolle nach hinten machte. Malte drehte sich unter Wasser und nahm einen ordentlichen Schluck Huntewasser. Er lachte und hustete gleichzeitig, als er auftauchte.

*

Der Erdbeeranbauer hatte einen Spottpreis für die Strohballen von seinem Nachbarn bezahlt. Sie waren an einer Seite mit Hühnerkot verschmutzt, deshalb hatte er ihn runterhandeln können. Den Erdbeeren war es schließlich egal, ob das Stroh ein wenig roch.

*

Die Hitze verdunstete das Wasser auf dem Acker. Die Sonne trocknete den aufgebrachten Hühnermist schnell. Als der Wind einsetzte, wehten Teile des infektiösen Trockenkots auf die benachbarten Wiesen eines Ökobauern.

Er war stolz auf seine Freilandhühner. Seine Tiere waren gesund, somit war der Einsatz von Antibiotika überflüssig. Den anfallenden Hühnermist konnte er unbesorgt auf seinen Ackerflächen als Dünger einsetzen.

Der gefährliche Trockenkot vom Nachbarn fiel auf die Wiesen, wo die Hühner nach Futter suchten.

Tag 5, später Nachmittag
Stadt Leer, Polizeidienstgebäude[41], großer Sitzungssaal

Rechts außen am langen Tisch im großen Sitzungssaal des Polizeigebäudes hatte der Polizeichef der Stadt, Thomas Sprengel, Platz genommen, neben ihm Anton Martens von der Autobahnpolizei, Jan und Maike.

Die vier Polizisten hatten sich vor der Pressekonferenz kurz abgesprochen. Jan sollte die Konferenz leiten. Maike hatte in ihrem Laptop die Fotos für die Fahndung gespeichert. Sie schloss den Computer an den Beamer im Sitzungssaal an. So konnte sie während Jans Vortrag die Fotos für alle sichtbar zeigen.

Vor den Tisch, hinter dem die Polizisten saßen, hatte man etliche Stühle für die Pressevertreter gestellt. Nun saßen sich Reporter und Polizisten gegenüber.

Jan übernahm die Begrüßung.

»Meine Damen und Herren, zunächst verteilen wir eine schriftliche Presseerklärung. Ich möchte Sie darauf hinweisen, dass wir Fotos dazu an den Presseverteiler weitergeleitet haben. Es handelt sich um Bilder im JPEG-Format.«

Jan wartete ab, bis alle Anwesenden eine Presseerklärung in der Hand hielten. Die Medienvertreter überflogen den Text, und wie erwartet überhäuften sie die Ermittler mit Fragen.

Er blieb ruhig. »Lassen Sie mich bitte erst einige Erklärungen abgeben. Die Fragen beantworte ich dann anschließend. Beginnen möchte ich mit der Bitte um eine Öffentlichkeitsfahndung, die Sie in den Medien verbreiten sollen. Deshalb auch die Fotos. Es könnte sein, dass wir so wertvolle Hinweise von Bürgern erhalten. Die Fragen haben wir im Schreiben, das ihnen vorliegt, formuliert.«

41) Punkt 13 auf der Karte

Eine Dame hielt es nicht mehr auf dem Stuhl. Ihr Gesicht war rot angelaufen, ihre Stimme klang wütend. »Das ist ja wohl eine Frechheit! Sie wollen unsere Mithilfe und haben Informationen bewusst vorenthalten. Sie hätten uns spätestens nach dem ersten Toten informieren *müssen.*« Das letzte Wort betonte sie mit sehr lauter Stimme.

Jan hatte diesen Verlauf geahnt und durch die Verteilung der Erklärung sicherstellen wollen, dass wenigstens die Fragen und Daten für die Öffentlichkeitsfahndung übermittelt wurden. War man gezwungen, die Konferenz vorzeitig abzubrechen, so waren dann wenigstens die wesentlichen Fakten weitergegeben worden.

Die Reporterin drehte richtig auf. Sie zeigte mit erhobenem Arm in Richtung der Polizisten. »Jetzt haben wir schon zwei Tote. Hier treibt offensichtlich ein Serienmörder sein Unwesen und Sie halten es nicht für nötig, die Presse zu informieren.« Jetzt klang ihre Stimme richtig giftig. Sie drehte sich zu ihren Kollegen um. »Ihr wisst sicher auch schon, was gleich passiert.« Sie wandte sich wieder nach vorn und sprach die Polizisten an, ihre Stimme war nicht mehr so laut, aber dafür zynisch. »Gleich werden Sie die nächsten Informationen zurückhalten, um die Ermittlungen nicht zu gefährden. Das kennen wir schon zur Genüge.« Jetzt zeigte sie mit dem Finger direkt auf Jan Broning und schrie: »Ich werde mich höheren Ortes über Sie beschweren, Herr Broning! Wir haben schließlich ein Recht auf Information.«

Jan atmete tief durch. Tatsächlich hatte die Reporterin nicht unrecht. Die Presse war auch nicht zufällig erst so spät eingeschaltet worden. Die Journalistenmeute hätten die ersten Ermittlungen, insbesondere die Suche nach dem Kollegen, nicht erleichtert.

Die Gelassenheit, die Jan ausstrahlte, schien die Reporterin zu provozieren. Jetzt erschien ein grimmiges Lächeln auf ihrem Gesicht, und ihre Stimme triefte vor Sarkasmus. »Was würden Sie denn sagen, wenn mir eine anonyme Quelle mitgeteilt hat, dass Ihr vermisster Kollege mit einer schönen Frau durchgebrannt ist? Sie veranstalten doch eine Geisterjagd!«

Diese Frage versetzte alle Anwesenden in Aufregung. Ein Murmeln ging durch den Saal. Jan fluchte lautlos. Er ahnte, woher die Reporterin diese Informationen hatte: der von Onno und Klaas kontrollierte Lkw-Fahrer.

Er räusperte sich. Nur nicht provozieren lassen. »Meine Damen und Herren, ich darf Ihnen versichern, dass unser Kollege gegen seinen Willen entführt wurde. Dieses Gerücht von einer anonymen Quelle – ich bitte Sie. Das ist ja wohl nicht Ihr Ernst. Wir halten uns an Fakten und nicht an Gerüchte. Diese Fakten beweisen, dass es kein derartiges … wie haben Sie sich ausgedrückt … Durchbrennen gibt. Vielleicht können wir nun etwas sachlicher fortfahren. Denken Sie doch auch bitte an die Ehefrau des Kollegen, bevor Sie Gerüchte in den Medien verbreiten.«

Maike beobachtete, wie Jan tapfer den Fragen und Vorwürfen der Reporter standhielt. Er blieb ruhig und sachlich. Sie konnten ihm keine weiteren Einzelheiten entlocken.

Sie war stolz auf ihn und konnte es nicht erwarten, mit Jan ungestört zu sein.

Er beendete die Konferenz mit dem Hinweis auf die gegründete Soko. Den Namen gab er nicht bekannt, weil er zu Recht befürchtete, dann Fragen zum Namen Autobahngold beantworten zu müssen.

Tag 5, abends
Fahrt vom Polizeidienstgebäude in der Stadt
zur Autobahnpolizei.

Auf der Rückfahrt mit Jan und Maike machte sich Anton Martens Sorgen. »Wie kommt diese Reporterin nur auf diese Geschichte mit der angeblichen Freundin von Berger? Gerüchte und Tratsch, verbreitet durch diesen Lkw-Fahrer. Ich will die Stimmung nicht noch mehr versauen, aber was passiert, wenn Frau Berger diesen Mist morgen in der Zeitung liest?«

»Verhindern können wir es nicht«, sagte Jan. »Ich hab ja schon an das Gewissen der Reporter appelliert.«

Anton sah Maike hoffnungsvoll an, als er sagte: »Vielleicht sollten wir Frau Berger besuchen und sie vorwarnen. Dabei sollte natürlich sehr vorsichtig und einfühlsam vorgegangen werden. Am besten von Frau zu Frau.«

Maike warf Jan einen kurzen Seitenblick zu. Er nickte, beide dachten dasselbe. Da geht er hin, unser gemeinsamer Abend.

»Okay«, sagte Maike. »Ich fahr zu Frau Berger.«

Die Erleichterung war Antons Stimme deutlich anzuhören. »Danke, Maike. Ich fahr natürlich mit, aber ich wäre dir sehr dankbar, wenn du die Gesprächsführung übernimmst. Sollte ich euch stören, gibst du mir einfach ein Zeichen. Ich lass euch dann allein.«

Auf dem Parkplatz der Autobahnpolizei stieg Maike in ihren roten Mini und folgte Antons Zivilwagen.

Jan ging ins Büro der Soko.

Stefan war gerade dabei, die Unterlagen zu studieren. »Na, wie war die Pressekonferenz?«

»Es lief eigentlich ganz gut, bis mir dann eine sehr motivierte Reporterin ordentlich Feuer unterm Hintern gemacht hat. Leider sind immer noch diese blöden Gerüchte über diese angebliche Freundin von Berger im Umlauf. Die Reporterin hat mich darauf angesprochen.«

»Fehlt nur noch, dass sie das in der Zeitung drucken«, sagte Stefan nachdenklich.

»Deswegen sind Maike und Anton unterwegs zu Frau Berger, um sie vorzuwarnen. Die arme Frau wird sicher fast verrückt aus Sorge um ihren Mann – und dann so ein Bockmist!«, sagte Jan zornig.

Beide dachten für einen Moment an Maike. Keine leichte Aufgabe für sie.

Stefan räusperte sich. »Jan, wir haben für morgen früh einen Termin bei der Rechtsmedizin. Der Bestatter sorgt dafür, dass die Leichen rechtzeitig nach Oldenburg gebracht werden. Sie sollen nacheinander obduziert werden. Sozusagen ein Abwasch.«

»Sehr schön, dann haben wir es gleich hinter uns. Ich glaube, für heute reicht es. Morgen früh um sieben Uhr geht es weiter. Fahr nach Hause, Stefan.«

Tag 5, später Abend
Haus der Familie Berger

Anton klingelte an der Eingangstür. Er wirkte nervös, als Frau Berger die Tür öffnete. Zunächst schaute sie die beiden Polizisten hoffnungsvoll an, sah aber ihren Gesichtern sofort an, dass es keine guten Nachrichten gab. Sie fiel regelrecht in sich zusammen. Maike war vorbereitet, konnte sie gerade noch auffangen.

Gemeinsam brachten sie Frau Berger in die Küche und dirigierten sie behutsam auf ein altes Ostfriesensofa.

»Ihr habt Rolf noch nicht gefunden«, stellte sie mit leiser Stimme fest.

Anton atmete tief durch. »Nein, leider nicht. Du, das

ist meine Kollegin Maike de Buhr. Sie hilft uns bei der Suche nach Rolf.«

Frau Berger sah Maike an. »Danke, Frau de Buhr. Soll ich uns einen Tee machen?«

Maike wollte schon ablehnen. Aber dann dachte sie, dass diese Ablenkung gut für Frau Berger war, und ließ sie gewähren.

Das Klappern des Geschirrs unterbrach die Stille im Raum. Anton sah etwas verzweifelt Maike an. Seine Kollegin schüttelte leicht den Kopf.

Schließlich begann Frau Berger zu reden. »Wissen Sie, ich hab es in der Nacht gleich gewusst, dass Rolf etwas passiert ist. Immer, wenn Rolf Nachtdienst hat, schlafe ich sehr schlecht. Ich habe einfach Angst, dass ihm etwas zustößt. Irgendwann in der Nacht bin ich dann doch kurz eingeschlafen. Gegen halb vier war es, glaube ich wenigstens. Es war so unwirklich, verstehen Sie, ich wusste nicht, ob ich noch schlafe oder schon wach bin.« Frau Bergers Stimme brach, als sie weitersprach. »Rolf …! Er stand vor meinem Bett und sah mich traurig an.«

Ein Weinkrampf schüttelte sie. Maike stand auf und nahm sie in die Arme. Ihre warmen Tränen liefen Maike in den Nacken.

Sie ließ sie weinen.

Nach einer Weile sagte Maike: »Setzten Sie sich aufs Sofa, ich mach das hier weiter.«

Irgendwie wollte der Tee nicht schmecken. Anton rutschte hilflos auf seinem Stuhl hin und her. Als Maike ihm ein Zeichen gab, stand er auf. »Ich lass euch dann mal alleine. Sobald wir etwas Neues haben, melden wir uns. Wenn du irgendetwas brauchst, melde dich bitte. Egal was es ist.« Frau Berger nickte nur. »Bleibt ruhig sitzen, ich finde alleine raus.«

Du hast es gut, dachte Maike, als sie hörte, wie der Wagen von der Auffahrt fuhr. Sofort ärgerte sie sich über sich selbst.

»Übrigens, ich heiße Maike.«

»Astrid«, kam es schwach vom Sofa.

»Hör mal, Astrid, wann hast du denn das letzte Mal etwas gegessen?«

Astrid hob hilflos die Schultern.

Maike hatte sich in der Küche und im Vorratsraum umgesehen. »Wie wäre es mit ein paar Bratkartoffeln und Spiegelei?«

Die Andeutung eines Lächelns, mehr bekam sie nicht als Antwort.

Sie räumten gemeinsam das Geschirr in die Spülmaschine und begannen zu kochen. Über diesen gewohnten Arbeiten entwickelte sich langsam ein Gespräch. Es gelang Maike, Astrid behutsam zu befragen. Sie erkannte schnell, dass zwischen Astrid und Rolf Berger kein Stück Papier passte. Die Eheleute verstanden sich sehr gut. Alles im Lot, würde ihr Vater Johann sagen.

Nach dem Essen ging es Astrid sehr viel besser. Die Gesellschaft und das Essen taten ihr gut. Maike bedauerte, dass sie mit ihr noch über dieses Gerücht sprechen musste, der angeblichen Freundin von Rolf.

Sie erzählte von den Beobachtungen des niederländischen Lkw-Fahrers auf dem Parkplatz Rheiderland. Dabei beobachtete Maike genau Astrids Reaktion. Nicht für einen Moment glaubte Astrid an etwas anderes, als dass ihr Mann die geheimnisvolle Frau kontrolliert hatte.

Maike ließ auch die Sache mit den Gerüchten nicht aus. Astrids Stimme war fest, als sie sagte: »Ich vertrau meinem Rolf. Egal, was die Leute sagen!« Die Frau hielt sich tapfer, und Maike war froh darüber.

Astrid sah erschrocken auf die Uhr. »Sag mal, Maike, hast du denn nichts vor?«

»Nein, kein Problem, Astrid – mach dir keinen Kopf. Mein Vater kann sich selbst versorgen.« Und Jan brauchte Maikes Gesellschaft nicht so sehr wie diese arme Frau.

Sie schickte eine SMS an Jan und eine zweite an ihren Vater. »Weißt du was, Astrid, ich schlaf heute bei dir. Du hast ja sicher ein Gästezimmer. Zur Not tut es auch das Ostfriesensofa. Ich hab noch eine schöne Flasche Wein im Kofferraum.«

Astrid widersprach nur halbherzig. Sie war offensichtlich froh, die Nacht nicht allein verbringen zu müssen.

Kapitel 8

Tag 6, 06.30 Uhr
Altstadt Leer

Jan schwang sich auf sein Fahrrad. Das linke Knie knackte auf den ersten Kilometern. Ohne E-Bike würde er bestimmt nicht die sechs Kilometer zur Autobahnpolizei schaffen. Als sein Knie warmgelaufen war, schaltete er den elektrischen Vorschub herunter.

Neben dem Fahrradständer stellte gerade Onno seinen Motorroller ab. »Guten Morgen, Onno, alles klar?«

»Moin, Jan, alles klar. Hast du auch eins von diesen E-Bikes … Praktisch, oder?«

Jan lachte. »Joh, vor allem wenn man Gesundheitsprobleme hat.«

»Knie?«, fragte Onno.

»Genau, Fußball ist nicht mehr!«

Onno lächelte. »Wir sind eben in einem besonders knackigen Alter. Besonders in den Gelenken.«

Sie betraten gemeinsam das Dienstgebäude und begrüßten im Büro der Soko die Kollegen Klaas, Stefan und Maike.

Jan erzählte von der Pressekonferenz. »Stellt euch vor, da wärmt diese Reporterin die Gerüchte wegen dieser geheimnisvollen Frau auf! ›Geisterjagd‹ hat sie unsere Fahndung nach Rolf genannt. Maike war so nett und hat mit Frau Berger gesprochen, die ist also vorgewarnt.« Jan verteilte einige Ausgaben der aktuellen Zeitungen an die Kollegen. »Die Medienvertreter haben sich aber zurückgehalten. Kein Wort über das angebliche Treffen des vermissten Kollegen mit der geheimnisvollen schönen Frau geschrieben.«

Jan blätterte durch die Zeitungen. »Die Sachfahndung

ist drin. Die Fotos sind offensichtlich auch angekommen. Sehr schön. – Maike und ich müssen gleich zur Obduktion nach Oldenburg.«

»Ich muss nur noch schnell mal telefonieren.« Maike nahm den Hörer in die Hand. »Dann können wir los.«

Jan stellte fest, dass Maikes Stimme am Telefon immer unfreundlicher klang. Ihr Gesicht lief rot an, als sie sagte: »Was fällt Ihnen ein, Ihre Mutter in einer solchen Situation alleinzulassen! Das ist ja wohl unglaublich! Also, ich erwarte, dass Sie spätestens heute Mittag bei Ihrer Mutter aufschlagen. Tschüss!«

Maike knallte den Hörer auf. »Stell euch vor, die arme Frau Berger ist ganz alleine zu Hause. Ihr feiner Sohn hat keine Zeit, sich um sie zu kümmern. Dem hab ich Dampf gemacht!«

Tag 6, vormittags
Unterwegs zur Obduktion in Oldenburg

Maike und Jan saßen im Zivilwagen und überlegten beide, wie sie das Gespräch beginnen sollten.

»Komische Situation«, sagte Maike.

»Was meinst du damit?« Jan sah sie fragend an.

»Na ja, wie soll ich es sagen ... Romantische Gedanken wollen sich bei der bevorstehenden Obduktion nicht einstellen.«

»Maike, wenn es sich um unsere schöne Zeit in Sankt Peter-Ording handelt ...«

»Genauer gesagt um das abrupte Ende.« Sie lächelte unsicher.

Jan sah sie kurz direkt an. »Habe ich dort etwas Falsches gesagt oder getan?«

Maike schüttelte den Kopf. Sie drückte sanft seine rechte Hand. »Jan, lass uns später darüber reden. Diese Obduktion drückt mir ein bisschen auf die Stimmung.«

Tag 6, 10.00 Uhr
Gerichtsmedizin Oldenburg

Die beiden Polizisten begrüßten die Rechtsmediziner Dr. Knoche und Dr. Andresen. In dem gefliesten, nüchtern eingerichteten und kühlen Raum standen nebeneinander drei große Obduktionstische. Die Leichen von Erich Schulte und Kalle Klein lagen nackt auf den Arbeitsflächen. Am Ende der Tische befanden sich große Spülbecken. Die medizinischen Geräte warteten griffbereit auf einer kleinen Ablage über den Leichen. Rund um die Tische waren Ablaufrinnen eingelassen. Maike überlegte, woran sie dieser Raum erinnerte – eine Mischung aus Krankenhaus und Metzgerei.

Die Anwesenheit der Polizisten war für die bevorstehende Obduktion vorgeschrieben. Für den Rechtsmediziner war dies Alltag. Im Gegensatz zu den Polizisten würde er nicht tagelang die schrecklichen Bilder vor Augen haben.

Dr. Knoche hatte sich gut vorbereitet. Es waren nur noch einige Ergänzungen von Jan nötig. Der vorgeschriebene zweite Obduzent Dr. Andresen sollte Dr. Knoche unterstützen.

»Ich möchte mit dem ersten Toten, Erich Schulte, beginnen.« Routiniert ging Dr. Knoche an seine Arbeit. Er begann mit der äußeren Leichenschau, danach folgte die innere. Die beiden Obduzenten arbeiteten als Team zusammen. Dr. Knoche sprach alle Ergebnisse auf ein Aufzeichnungsgerät. Die gerichtsmedizinische Assistentin würde später anhand dieser Aufzeichnung das Protokoll schreiben, das dann beide Obduzenten unterschreiben mussten.

Bei der äußeren Leichenschau hatte Jan Broning auf die Einstiche im Nacken des Toten hingewiesen. Dr. Knoche wollte sich diese bei der inneren Leichenschau genauer ansehen, weil er dazu die Haut in diesem Bereich aufschneiden musste.

Die innere Leichenschau oder auch Sektion[42] begann am Kopf. Dr. Andresen hielt die elektrische Pendelsäge in der Hand und setzte sie am Schädel an.

Er entnahm das Gehirn und legte es auf den höher gelegenen Organtisch. Es folgte der Ypsilon-Schnitt in der Brust des Toten. Als der Rechtsmediziner nach der großen Schere für die Rippen griff, sah Maike auf den Fußboden. Dies war einer der seltenen Momente, in denen sie ihre Berufswahl in Frage stellte. In Gedanken ließ sie einen schönen Urlaub mit ihrer Freundin Revue passieren. Die Kommentare Dr. Knoches für das Protokoll und die schrecklichen Geräusche seiner Arbeit begleiteten sie auf ihrer gedanklichen Reise.

Jan machte es offensichtlich nicht so viel aus. Aufmerksam betrachtete er die Fortschritte der Obduktion.

»Wie Sie bereits vermutet hatten, Herr Broning: eindeutig Kohlenmonoxid-Vergiftung. Wie aus dem Lehrbuch. Alles da, angefangen vom kirschroten Leichenblut, dann die lachsrote Verfärbung der Muskulatur. Die chemisch-toxikologische Untersuchung wird die allerletzten Zweifel beseitigen. Ich bin mir absolut sicher, im Herzblut von Erich Schulte wird ein hoher Kohlenmonoxid-Wert festgestellt werden.«

Die Bilder und Geräusche, als die Organe nacheinander auf den Organtisch gelegt wurden, waren zu viel für

42) von ›schneiden‹ abgeleitet

Maike. Auch die Ablenkung half nicht mehr. »Jan, ich muss mal kurz an die Luft!«

Ihr Kollege sah sie mit blassem Gesicht an. »Okay. Es reicht, wenn ich hier anwesend bin.«

Sie nickte dankbar, verließ schnell den Raum. Gleichzeitig ärgerte sie sich über ihre Empfindlichkeit.

Heute war nicht ihr Tag, zumindest was Obduktionen anging.

Draußen vor dem Gebäude atmete sie tief durch. Nach einigen Minuten hatte sie sich etwas erholt. Reiß dich zusammen, dachte sie, als sie zurückging. Jan sah sie fragend an. Sie nickte nur.

Der zweite Obduzent spülte die Körperflüssigkeiten mit einer Handbrause in die Ablaufrinne des Tisches. Anschließend drehte er mit Dr. Knoches Unterstützung den Toten vorsichtig auf die Seite.

Jan wies noch einmal auf die Einstiche im Nacken.

Mit der Digitalkamera machte er einige Nahaufnahmen von dieser Stelle. Maike hielt dabei ein Lineal mit Zentimetereinteilung an die Einstiche. So konnten sie später auf den Fotos den genauen Abstand dazwischen erkennen.

Dr. Knoche betrachtete die Einstiche durch ein Vergrößerungsglas. Dann nahm er ein Skalpell, durchtrennte im Bereich der Stichwunden die Haut und zog sie mit beiden Händen vorsichtig auseinander. »Es sieht aus wie eine Strommarke«, flüsterte er vor sich hin.

Jan dachte nach. »Strommarken … Könnte ein Elektroschocker eingesetzt worden sein?«

Dr. Knoche verzog nachdenklich sein Gesicht. »Ich bin mir nicht sicher. Normalerweise hinterlassen die Elektroschocker keine Spuren. Es sei denn, man hätte die Stromstärke der üblichen Schocker erhöht. Außerdem wurden die Kontakte dann mit großer Gewalt in den Nacken gedrückt. Sie haben die Haut durchstochen. Bei der Einblutung handelt es sich um ein Vitalzeichen.«

»Im Klartext, dieser blaue Fleck entstand durch äußere Gewalteinwirkung und das Opfer lebte zu diesem Zeitpunkt noch?«, fragte Jan nach.

Dr. Knoche lächelte ihn an. »Nichts anderes habe ich gesagt!«

Maike räusperte sich ausgiebig. »Wie wirkt denn so ein Elektroschocker mit erhöhter Stromstärke? Kann man damit einen Menschen töten?«

»Ja, das kann man, dafür müssen allerdings noch verschiedene Faktoren berücksichtigt werden. Aber dieser arme Kerl hier war sicher für einige Minuten bewusstlos.«

In Gedanken sah Maike, wie der Täter den Elektroschocker in Erich Schultes Nacken drückte und den Abzug betätigte.

Die Rechtsmediziner drehten den Toten wieder in Rückenlage.

Dr. Knoche hob den rechten Arm des Toten auf. »Vitalzeichen in Form von Hämatomen sehen wir auch hier an den Händen und Fingern. An den Handgelenken sind ebenfalls Abschürfungen und Hämatome zu erkennen.«

Jan Broning unterbrach ihn. »Diese Verletzungen hat sich das Opfer im Todeskampf wahrscheinlich selber zugefügt, oder es sind Abwehrverletzungen, was meinen Sie?«

»Sehen wir mal weiter, Herr Broning. Im Gegensatz zu diesen Verletzungen ist der Zeigefinger erst nach dem Tod abgetrennt worden, mit einer Art Schere.«

Die Kommentare des Rechtsmediziners verursachten bei Maike eine Gänsehaut. In Gedanken hörte sie, wie der Knochen knackte.

Der Rechtsmediziner betrachtete noch einmal genau die Finger. »Die Fingernägel sind abgerissen. Die Kuppen der Finger aufgerissen.« Er sah Jan fragend an. »Sie erwähnten Holzsplitter …?«

»Ja, wir haben bei der Inaugenscheinnahme der Leiche

einige Splitter unter den Nägeln der beiden Toten gefunden.«

Der sonst so kühl wirkende Rechtsmediziner wirkte für einen Moment entsetzt. Mitfühlend sah er den Toten an. »Der arme Kerl, was für ein schrecklicher Tod. Ich ahne, wie das abgelaufen ist.«

»Was meinen Sie, Herr Doktor?«

Es entstand eine Pause. Der Rechtsmediziner überlegte wohl, ob er seine Gedanken aussprechen sollte. »Nicht, dass Sie mich für einen von diesen cleveren Spezialisten aus den amerikanischen CSI-Serien halten. Die lösen ja alle Fälle im Handumdrehen.« Sein Gesicht sprach Bände. Offensichtlich hielt Dr. Knoche nicht viel von diesen Fernsehproduktionen. »Im Grunde wissen Sie doch auch, was passiert sein könnte. Was haben wir denn bis jetzt?« Er zählte auf. »Elektroschocker im Nacken. Alle Fingernägel sind abgebrochen. Die Knöchel und Kuppen der Finger eingerissen. Dieser arme Kerl hat im Todeskampf versucht, sich zu befreien. Dann die Holzsplitter unter den Nägeln. Vermutlich lag er auf dem Rücken, dazu passen die Leichenflecken auf der gesamten Rückseite des Toten. Über ihm wird sich eine Barriere aus Holz befunden haben.«

»Ein Sarg?«, fragte Maike.

»Eine von vielen Möglichkeiten, Frau de Buhr«, erwiderte der Rechtsmediziner. »Er befand sich in einer Art Holzkiste oder einer Grube mit Holzdeckel während der Vergiftung mit Kohlenmonoxid. Im Todeskampf hat er sich die Verletzungen zugezogen.« Er wies die Polizisten auf Abschürfungen und weitere Hämatome an der Stirn des Toten hin. »Er stieß dabei auch mit der Stirn gegen das Holzhindernis. Es befand sich vermutlich direkt über dem Kopf.« Er sah Maike an. »Ähnlich wie bei einer Holzkiste.«

In Gedanken sah Maike, wie Erich Schulte mit dem Kopf gegen den Deckel schlug. Seine Hände kratzten verzweifelt an der Innenseite des Deckels. Ihre Nackenhärchen stellten sich auf.

»Trug der Tote Handschellen, als man ihn fand?«, fragte Dr. Knoch.

»Nein«, antwortete Jan, »die Hände waren bei der Auffindung der Leiche in keiner Weise gefesselt.«

»Okay, Herr Broning, vermutlich entfernte der Täter die Handschellen später. Diese runden Verletzungen«, Dr. Knoche zeigte auf die Handgelenke des Toten, »da bin ich mir sicher: durch Handschellen verursacht.«

Die Obduktion des zweiten Toten Karl Klein verlief ähnlich. Maike hatte sich inzwischen daran gewöhnt und hielt tapfer durch.

Die äußeren Verletzungen waren identisch mit denen der ersten Leiche: Einstiche im Nacken, Abschürfungen an der Stirn, den Handgelenken und den Fingern, Risse in der Haut an den Knöcheln und Fingerkuppen.

Der Rechtsmediziner hatte einige Proben entnommen. Das schriftliche Ergebnis der Obduktion, mit allen Fotos und dem Ergebnis der forensischen Toxikologie, würde später eintreffen.

Bedrückt verabschiedeten sich die Polizisten und verließen erleichtert das Gebäude der Rechtsmedizin.

Im Auto rieb sich Jan die Stirn. »Mein Gott, wie schrecklich! Diese armen Männer, was für ein entsetzlicher Tod.« Er startete den Wagen und fuhr vom Parkplatz. »So, Maike, hier brauchen wir so schnell nicht mehr hin. Zwei Obduktionen hintereinander, das war echt zu viel.«

»Ich hoffe du hast recht, Jan …«

»Weibliche Intuition?«

Ihre Stimme klang nachdenklich. »Nur so ein ungutes Gefühl, dass wir bald wieder hier sein werden.«

»Kollege Berger?«, sinnierte Jan. »Mal den Teufel nicht an die Wand.«

»Jan, du hast doch gerade gesehen, wozu die oder der

Täter fähig sind. Was glaubst du denn, was sie mit dem Kollegen gemacht haben?!«

Sie schwiegen die meiste Zeit, während der Fahrt nach Leer. Zum einen machten sie sich Sorgen um Rolf Berger, zum anderen hatten sie die zwei Obduktionen noch nicht verdaut. Die schrecklichen Bilder zusammen mit den Gerüchen und Geräuschen der Instrumente hatten sich in ihr Gedächtnis gebrannt.

Tag 6, mittags
Dienstgebäude der Autobahnpolizei
Büro der Soko Autobahngold

Onno und Klaas kamen aus dem Büro ihres Chefs Anton Martens. Im Flur trafen sie Jan und Maike. Die beiden Autobahnpolizisten bemerkten sofort, dass die Obduktionen die beiden mitgenommen hatten. Ihre Gesichter waren blass, die Stimmung – vorsichtig formuliert – getrübt.

Klaas war froh, dass er nicht an diesen Obduktionen teilnehmen musste. Einmal war er auch bei einer gewesen. Die Gewissheit, dass wir alle sterben müssen, hatte sich ihm unvergesslich ins Gedächtnis eingebrannt.

»Normalerweise sollte man jetzt einen ordentlichen Schnaps trinken«, sagte er. »Aber Tee ist auch gut, was meint ihr?«

Nun saßen sie in der Runde im kleinen Sozialraum direkt neben dem Büro der Soko. Die Stimmung war gedrückt und so hörte man das Knurren von Klaas' Magen überdeutlich. »Kollegen, ich hab Kohldampf. Ich hol uns was – los, gebt euch einen Ruck, ihr wisst doch: Essen hält Leib und Seele zusammen.«

Jan verzog sein Gesicht. »Du kannst gerne etwas zu essen besorgen, auch wenn ich passen muss.«

»Bist du so lieb und bringst mir etwas Süßes mit?«, bat Maike. »Ich brauch unbedingt Nervennahrung.«

Klaas strahlte übers ganze Gesicht. »So will ich dich hören, Maike, das ist sehr vernünftig. Was darf ich den anderen Herren denn mitbringen?«

Polizisten, insbesondere Klaas, wussten immer ganz genau, wo es leckeres Essen gab. Maike begnügte sich mit zwei Sahnestücken vom Bäcker. Die anderen Kollegen hatten Schnitzel und Bratkartoffeln.

Onno strich sich über den vollen Bauch. »Das war echt lecker. Jetzt ein Stündchen auf mein Ostfriesensofa.«

Gemeinsam räumten sie die Teller und das Besteck in die Spülmaschine.

»Pause beendet, lass uns rübergehen, an die Arbeit!«, sagte Jan Broning mit einem Lächeln.

Drüben stand er vor den weißen Tafeln, seine Kollegen saßen auf Bürostühlen davor und warteten schweigend ab. Ihre Blicke wanderten über die Fotos und Notizen.

Jan stellte zufrieden fest, dass Stefan bereits mit der Zeitschiene begonnen hatte. Er hatte dafür die Tafeln zusammengeschoben, damit er ganz oben in der Länge mehr Platz hatte. Ganz links stand an der langen Linie: *Tag 1, ca. 23.00 Uhr, Tatausführung Erich Schulte.*

Das Foto von Erich Schulte mit dem Mercedes hatte Stefan unter dieser ersten Zeiteintragung angebracht. Als nächste Zeitmarke hatte er den Tag 3, 05.00 Uhr aufgeschrieben. Die Leiche von Erich Schulte war zu dieser Zeit aufgefunden worden. An diesem Tag gegen 23.30 Uhr war auch das zweite Opfer, Karl Klein, getötet worden. Die Fotos von ihm und dem Zigarettentransporter befanden sich unter diesem Zeiteintrag. Es folgte der Tag 4., 2.00 bis 3.15 Uhr. Zu dieser Zeit war der Kollege Rolf Berger verschwunden. Sein Foto befand sich darunter. Als letzten Eintrag hatte Stefan für den

Tag 4. 12.00 Uhr aufgeschrieben: *Auffindung des zweiten Opfers Karl Klein.*

Rechts unter der Zeitschiene hatten sie bereits unter der Überschrift *Gemeinsamkeiten* sechs wesentliche Übereinstimmungen notiert.

Jan drehte sich zu seinen Kollegen um. »Stefan, die Zeitschiene ist super!« Er nickte anerkennend. »Das hilft uns, die Abläufe besser zu verstehen. Onno, kannst du uns eine Karte von der Autobahn in diesem Bereich besorgen? Darauf können wir die Fundorte der Leichen markieren. Zusammen mit den Luftbildern des Polizeihubschraubers haben wir dann eine bessere Übersicht.«

»Kein Problem, hänge ich dann rechts neben die Tafel«, schlug Onno vor.

»Okay, mach es so«, sagte Jan und fuhr fort: »Die Obduktionen haben sehr wichtige Erkenntnisse ergeben.« Er sah in die Runde, er hatte die Aufmerksamkeit der Kollegen.

Onno konnte sich das Lästern nicht verkneifen. »Lass mich raten … Dr. Knoche hat auf einer Leiche zufällig einen Fingerabdruck entdeckt. Dieser Abdruck, aufgenommen mit der Lifescan-Technik, digital, ohne Druckerschwärze und schmutzige Finger, ins Suchprogramm des Polizeicomputers und schwupps: Der Täter mit Bild und Adresse erscheint auf dem Monitor.«

Jan grinste. »Du hast wohl zu viele von diesen CSI-Sendungen gesehen. Nein, so war es leider nicht. Die neuen Erkenntnisse aus den Obduktionen müssen wir natürlich für unsere Ermittlungen berücksichtigen. Da wäre zum Beispiel, dass Dr. Knoche eine gute Idee zu den parallelen Einstichen im Nacken der Opfer hatte. Er ist der Meinung, dass ein Elektroschocker diese Verletzungen verursacht hat. Diese Theorie ist einleuchtend. Lasst uns überlegen, wie es abgelaufen sein könnte.«

Stefan begann. »Der oder die Täter, wir wissen ja nicht, ob es ein oder mehrere waren, also der Täter schleicht sich hinten unbemerkt an das Opfer heran.« Stefans Mittel- und Zeigefinger bildeten ein V, dann drückte er den so dargestellten Elektroschocker fest in den Nacken des Opfers und drückte ab. »Bzzz ... Jetzt kann ich nur noch spekulieren: Das bewusstlose Opfer wird mit Handschellen gefesselt und landet in einer Art Grube oder Kiste. Jedenfalls mit Holzdeckel. Die Tötung erfolgte mit Kohlenmonoxid. Das könnte von einem Holzkohlegrill oder einem Verbrennungsmotor stammen, Holzkohlegrills sind ja im Moment bei Suiziden angesagt. Die Opfer werden auf Autobahnparkplätzen entsorgt.«

Jan hatte aufmerksam zugehört. »Ich sehe das ähnlich. Du sprachst die Zahl der Täter an. Handelte der Täter alleine, was meint ihr?«

»Es sind mindestens zwei«, antwortete Maike. »Ich kann dir auch sagen, wieso. Erstens: Die Attacke auf das Opfer erfolgte von hinten. Es wäre doch logisch, wenn ein Täter das Opfer anspricht und ablenkt. Der zweite Täter kann sich dann von hinten anschleichen. Zweitens: Die Autos der Opfer sind verschwunden. Und der Täter muss ja auch mit irgendeinem Fahrzeug unterwegs sein. Drittens: Wie lief das mit dem Abtransport der Opfer? Alleine stell ich mir das schwierig vor.«

Nun meldete sich Onno zu Wort. »Ich muss dir leider widersprechen, Maike. Stell dir vor, Schulte oder Klein haben einen Anhalter mitgenommen. Der Anhalter sitzt auf dem Beifahrersitz oder der Rückbank. Er könnte dem Opfer bei stehendem Auto, zum Beispiel auf einem Parkplatz, den Schocker ins Genick drücken.«

»Daran hab ich noch nicht gedacht«, gab ihm Maike recht. »Das Opfer befindet sich schon im Fahrzeug. Der Täter bräuchte den betäubten Fahrer nur noch zur Seite zu ziehen. Er fährt mit dem Auto samt Opfer davon. – Also bleiben wir bei ›der oder die Täter‹.«

Klaas schleimte sich wieder bei Maike ein. »Maike, du

hast gerade gesagt, dass zwei Täter von Vorteil sind. Der eine lenkt das Opfer ab, während der zweite zuschlägt. Dies ist rein zufällig die Masche, mit der die Autobahngoldbetrüger sehr erfolgreich arbeiten. Diese Burschen sollten wir nicht aus dem Auge verlieren.«

Jan schaltete sich ein. »Du hattest doch bereits mit dem zuständigen Kollegen wegen der Autobahngold-Betrüger gesprochen, Maike. Und Onno und Klaas wollten sich noch auf der Autobahnpolizeischiene erkundigen.«

Klaas ließ Maike zuerst sprechen. Sie blätterte in ihren Unterlagen. »Die kurze Version hatte ich euch ja schon mitgeteilt. Inzwischen ist absolut sicher, dass es sich um Autobahngold handelt. Es ist wertloser Schmuck mit einem eingestanzten Echtheitsstempel. Er wird irgendwo in Südosteuropa hergestellt. Leider konnten wir keine Spuren auf den Schmuckstücken feststellen. Aussehen und Formgebung entspricht genau dem bei anderen Fällen sichergestellten Schmuck. Die Vorgehensweise dieser Betrüger ist immer ähnlich. Meist wird mit einem leeren Benzinkanister gewinkt oder man täuscht eine Panne vor. Dem helfenden Verkehrsteilnehmer wird eine finanzielle Notlage vorgetäuscht. Man bittet um Bargeld und bietet im Tausch dieses Autobahngold an. Dabei gehen sie zum Teil sehr aggressiv vor. Bei Zweifeln an der Echtheit des Goldes weisen sie immer auf die Echtheitsstempel hin, die sie selber eingestanzt haben. Dies in Zusammenhang mit der einsetzenden Gier macht die Verkehrsteilnehmer leichtsinnig. Sie zahlen Geldsummen bis zu zweihundert Euro und erhalten dafür den wertlosen Schmuck.«

»Klaas und Onno, was habt ihr noch herausbekommen?«, fragte Jan.

Klaas sah auf seine Notizen. »Also, Maike hat schon vieles von dem, was wir herausgefunden haben, gesagt. Hinzufügen können wir noch, dass es hier in unserem Bereich nur selten zu solchen Betrügereien gekommen ist. Allerdings hatten Onno und ich einen Fall von

Autobahngoldbetrug, in dem wir die Täter festnehmen konnten. Es waren zwei Pkw mit englischen Kennzeichen in unserem Bereich unterwegs gewesen, und wir hatten immer wieder Meldungen bekommen, dass sich Verkehrsteilnehmer über Anhalter beschwerten, die sie zunächst aggressiv angehalten und dann bedrängt hatten. Diese Deivels[43] waren anschließend immer sehr schnell verschwunden.«

Klaas unterbrach seine Schilderung für einen Moment. Er presste die Lippen zusammen und seine Augen verengten sich. Offensichtlich spiegelte sich eine Erinnerung in seinem Gesicht wider. Auch seine Stimme klang jetzt energischer. »An einem Tag waren wir hochmotiviert, im Klartext: Uns ist der Kragen geplatzt. Außerdem hatten wir auch ein bisschen Glück. Nach einer Meldung haben wir mit zwei Streifenwagen die beiden gesuchten Fahrzeuge in die Zange genommen. Also ein Streifenwagen vor den beiden Autos mit den Betrügern, der zweite fuhr hinter den beiden Fahrzeugen dicht auf.«

Onno nickte, weil er sich gut an diese Situation erinnern konnte. »Seitdem ist doch der Haltegriff auf der Beifahrerseite der alten Karre kaputt«, lästerte er gut gelaunt. Bei diesem Einsatz hatte Onno aus dem alten Mercedes-Streifenwagen das Letzte herausgeholt. Klaas auf dem Beifahrersitz hatte sich verzweifelt an den Haltegriff an der Decke des Wagens geklammert.

Das Grinsen auf Onnos Gesicht wollte einfach nicht verschwinden. Klaas sah seinen Streifenpartner grimmig an. »So, so, Herr Elzinga ...« Er zwang sich, wegzuschauen. »Wo war ich stehen geblieben?«

Onnos rechte Hand umklammerte einen imaginären Griff und seine Augen hatte er weit aufgerissen. »Verfolgungsfahrt!«, sagte er und versuchte, ernst zu bleiben.

Klaas fixierte ihn und murmelte einen Fluch. »Ach ja ...« Er atmete tief durch. »Also, kurz gesagt handelte

43) Teufel

es sich um eine ganze Familie von Südosteuropäern. Die waren ganz schön selbstbewusst, also rotzfrech. Das änderte sich allerdings schnell, als wir die falschen Klunker im Auto fanden. Die Leute waren auch nicht unbekannt, sie hatten alle eine Latte von Einträgen im Polizeicomputer. – Jedenfalls kommt diese Art von Vorfällen zum Glück nicht so oft vor. Die Kollegen meinten, dass Betrüger mit dieser Masche mehr im Bereich der Autobahnen Richtung Osten anzutreffen sind.«

Onno nahm den Faden auf. »Die Kollegen von den anderen Autobahndienststellen waren sich in einer Sache sicher: Diese Betrüger überschreiten nie eine gewisse Grenze von krimineller Energie. Da haben wir folgende Straftaten: Gefährdung des Straßenverkehrs mit Nötigung, weil sie Verkehrsteilnehmer zu einer Notbremsung zwingen. Betrug, Missbrauch von Echtheitsstempeln, Kennzeichenmissbrauch. Das sind alles Delikte, die ich ihnen zutraue. Ich will diese Delikte auch nicht verharmlosen, aber einen Raub, Entführung oder Morde, wie in unserem aktuellen Fall, hat es bis jetzt noch nicht gegeben.«

Maike ergänzte: »Der zuständige Sachbearbeiter im Fachkommissariat ist derselben Meinung. Die Morde passen nicht zu diesen Betrügern.«

»Das Autobahngold bei den Leichen sollte uns vielleicht von den eigentlichen Tätern ablenken. Sehr clever«, sinnierte Jan und sah in die Runde. »Aber denkt auch an das Notizbuch auf der Ablage im Streifenwagen. Die angebliche Freundin. Ebenfalls ein Ablenkungsmanöver. Wir haben es leider mit einem intelligenten Täter zu tun, der gezielt falsche Spuren legt. Ihr wisst, was das für unsere Ermittlungen bedeutet.«

Jan nahm den Stift und schrieb unter die Überschrift Täterprofil: *Ein oder zwei Täter. Legt falsche Spuren: Stichwort Autobahngold/Notizbuch. Intelligent.*

Er zeigte auf die Tafel. «Wir hatten uns ja schon Gedanken über die Gemeinsamkeiten bei den Morden an Erich Schulte und Kalle Klein gemacht. Jetzt sollten wir uns das Motiv vornehmen.« Jan schrieb *Motiv* an die Tafel und unterstrich das Wort.

»Materieller Gewinn«, schlug Stefan vor. »Der Mercedes vom Vertreter Schulte ist verschwunden. Was mag so ein Wagen wert sein?«

»Vierzigtausend Euro«, schlug Onno vor.

»Und dann haben wir den Zigarettentransporter«, ergänzte Stefan. »Da waren die Ladung Zigaretten und das Automatengeld das Ziel.«

Onno ging zu einem Schreibtisch, wühlte in den Unterlagen. »Hier, ich hab es … Der Chef von Klein gab eine Summe von zwanzigtausend Euro an. Das sind die Zigaretten und das Münzgeld. Der Transporter kommt noch dazu.«

Jan schrieb unter Motiv: *Gesamtwert der Fahrzeuge/ Ladung 70 000 Euro.*

»Eins versteh ich nicht«, sagte Klaas. »Wieso bringen der oder die Täter die Opfer um? Ich meine, es hätte doch gereicht, die Männer zu betäuben. Warum sie mit so viel Aufwand töten?«

Onno saß wieder neben Klaas und nahm den Gedanken auf. »Die Geschichte mit den abgeschnittenen Fingern passt auch nicht wirklich, falls es nur um den materiellen Gewinn geht.«

»Ihr habt recht. Irgendetwas übersehen wir.« Jan klopfte mit dem Stift leicht gegen die Tafel, offensichtlich war er hochkonzentriert. Es war für einen langen Moment still im Büro.

»Die Tötung der Opfer ergibt doch nur einen Sinn, wenn die Täter befürchten, dass ihre Opfer sie identifizieren könnten«, sagte Jan und drehte sich zu seinen Kollegen um.

Maike hatte eine andere Meinung. »So blöd ist doch keiner, dass er so einen Überfall ohne Maskierung durchführt. Falls beim ersten Überfall auf Schulte etwas schiefgegangen ist … Sagen wir mal, Schulte riss dem Täter die Maske herunter. Der Täter bringt ihn um, weil er Angst hat, Schulte würde ihn wiedererkennen. Aber dann kommt der Gedankenfehler: Wieso bringt er auch das zweite Opfer Klein um? Noch einmal so ein Missgeschick? Nein, das halt ich für unwahrscheinlich.«

Jan notierte: Angst vor Entdeckung mit einem Fragezeichen. »Ich hab immer noch das Gefühl, wir übersehen etwas. Könnte der oder die Täter aus reiner Mordlust getötet haben?« Er suchte nach einem Beispiel. »Nehmen wir mal an, der Mercedesfahrer Schulte ist ihm zu dicht aufgefahren, oder Kalle Klein hat ihm einen Vogel gezeigt. Wir wissen doch, dass die Aggressivität im Straßenverkehr immer mehr zunimmt.«

Onno nickte. »Das können Klaas und ich bestätigen. Unglaublich, was sich da draußen abspielt. Aber solche Situationen, die du beschrieben hast, finden spontan statt. Da wird beschimpft, beleidigt, gegen das Auto getreten oder es gibt eine Ohrfeige. So eine Situation wie in dem amerikanischen Film, wo der gestresste Autofahrer im Stau steht – irgendwann greift er, glaube ich, zur Maschinenpistole und ballert wild um sich … Nee, kann ich mir nicht vorstellen. – Ich brauch erst mal eine Tasse Tee.« Er sah Jan fragend an.

»Okay, den Tee können wir ja zwischendurch trinken«, sagte Jan.

Onno ging in die kleine Küche. Als er mit dem Tablett in der Hand zurück war, verteilte er die Tassen.

Jan legte den Stift in die Ablage der Tafel und ging auf Abstand, so hatte er einen besseren Überblick. Die Kollegen schenkten sich ein.

»Mein Gott, ist das Tee oder Kaffee?«, fragte Stefan.

»Bordmischung«, antwortete Onno. »Schön kräftig.«

Jan nahm einen Schluck. Der Tee hinterließ einen pelzigen Belag auf der Zunge, und sein Magen nahm ihn übel. Er räusperte sich ausgiebig, bevor er sprechen konnte. »Also, ich bin sehr zufrieden mit unseren Ermittlungen. Wir sind heute einen guten Schritt vorangekommen. Beim Motiv kommen wir im Moment nicht weiter.« Er sah auf die Uhr. Es war später Nachmittag. »Geht nach Hause und erholt euch. Morgen um sieben Uhr geht's hier weiter.«

Die Kollegen räumten ihre Schreibtische auf, schalteten die Computer aus. Maike rief noch kurz bei Astrid Berger an und war erleichtert. Der Sohn war jetzt bei ihr. Eine Sorge weniger.

Auf dem Parkplatz verabschiedete sich Jan von ihr. »Du, heute war irgendwie ein stressiger Tag. Wollen wir nicht morgen einen kleinen Spaziergang machen, dann haben wir auch ein wenig Abstand zu diesen schrecklichen Obduktionen.«

Sie lächelte. »Ja, gerne. Du siehst ganz schön mitgenommen aus. Ist dir Onnos Tee nicht bekommen? – Ich fahr jetzt zu meinem Vater, mal sehen, was der so treibt.«

Jan wollte sie spontan küssen, aber mit Sicherheit würde genau das jemand beobachten. Diesen Tratsch wollte er Maike und sich ersparen. »Also ... bis morgen!«

Tag 6, später Nachmittag
Uphuser Meer bei Emden,
Ferienhaus der Familie de Buhr

Maike stellte den Motor ihres Mini-Cooper aus. Das Auto ihres Vaters stand auf der Auffahrt. Als sie die Eingangstür aufschloss, bemerkte sie die abgestandene Luft im Haus.

Sie rief nach ihrem Vater, erhielt aber keine Antwort. Besorgt ging sie durch alle Räume. Keine Spur von

Johann de Buhr. Er wird irgendwo angeln, dachte sie, oder er klütert[44] in der Werkstatt.

Maike ging über die Holzterrasse in den Anbau. In der Werkstatt befand sich das komplette Angelzeug. Seine Arbeitsklamotten hingen hinter der Tür. Das Werkzeug war vollzählig und ordentlich sortiert in den Regalen. Keine Lücken bei den Werkzeugkisten. Ist ja merkwürdig, dachte sie.

In der einsamen Umgebung des Ferienhauses gab es nur noch andere Ferienhäuser und ein Fischrestaurant.

Sie ging zurück ins Haus und öffnete erst einmal die Fenster. Dann griff sie zum Telefon und wählte die Handynummer ihres Vaters. Es dauerte lange, bis sich Johann de Buhr meldete. »Hallo, Papa. Alles in Ordnung bei dir? Ich wollte dich schon zur Fahndung ausschreiben.«

»Hallo, mein Schatz. Brauchst du nicht. Alles in Ordnung.«

Misstrauisch geworden fragte Maike nach. »Wo treibst du dich denn rum?«

Johann de Buhr ließ sich Zeit mit der Antwort. »Du, äh, ich … äh, bin bei einem Freund. Ein technisches Problem. Hast du schon was gegessen? Ich bin einer Stunde bei dir, bis gleich.«

Merkwürdig. Ihr Vater hatte einfach aufgelegt.

Sie hatte ordentlich Hunger und inspizierte den Kühlschrank. Neben einer Schale mit Matjes stand eine Schüssel mit Bratkartoffeln.

Moment, dachte Maike, diese Sachen stehen seit gestern Morgen unverändert im Kühlschrank.

Sehr mysteriös, dieses Verhalten ihres Vaters.

---

44) bastelt

Das kleine Schlafzimmer war spartanisch eingerichtet. Ein wackeliger Kleiderschrank, ein altes Bett aus Bundeswehrbeständen und ein kleiner Nachttisch. Gerd Hasler lag im Bett und hielt den Beutel in der Hand. Ein letzter Blick auf die abgeschnittenen Finger darin, dann stand er auf, ging zum Kühlschrank in der Küche und legte den Beutel zurück ins Gefrierfach. Im Kühlschrank stand eine fast leere Schnapsflasche. Er setzte sie an die Lippen. Vielleicht half der Alkohol und er konnte endlich besser schlafen.

Er ging wieder ins Bett, aber Schlaf wollte sich immer noch nicht einstellen. Drei Finger sollten im Beutel sein, nicht nur zwei. Wieso hatte er dem Polizisten nicht den Finger abgeschnitten? Seine Gedanken gingen zurück in diese Nacht.

Gemeinsam hatten sie den Polizisten in die Kiste gelegt. Dann war er mit seinem unfreiwilligen Fahrgast alleine im Transporter gewesen. Aus dem Laderaum glaubte er dumpfe Schläge von Fäusten zu hören, die an den Deckel der Kiste schlugen.

Das Ziel der Fahrt war das Industriegebiet Bunde-West. Es lag direkt an der Autobahn, kurz vor der niederländischen Grenze. Als Gerd die Autobahn verlassen hatte, hielt er auf der Anhöhe kurz an. Von dort hatte er einen guten Überblick. Alles ruhig, weit und breit kein Scheinwerferlicht von Autos. Er musste sich beeilen, wenn er noch die Dunkelheit auszunutzen wollte.

Wie erwartet stand in einer abgelegenen Seitenstraße der Lkw-Anhänger mit dem roten Müllcontainer.

Draußen blieb alles ruhig, als Gerd ein langes Seil längs über den Container warf. Er löste die Verriegelung der Kiste. Die Auspuffgase strömten heraus. Die Pistole hielt er in der rechten Hand, als er in die Kiste schaute.

In der rechten Hand des Polizisten lag ein blutiges, aufgeklapptes Taschenmesser. Er hatte offensichtlich versucht, ein Loch in den Holzdeckel zu schneiden oder zu stechen. Dabei war er wahrscheinlich mit der Klinge abgerutscht und hatte sich an der Hand verletzt.

Tatsächlich fehlte ein Stück Holz aus dem Deckel, direkt über dem Gesicht des Polizisten. Gerd Hasler verfluchte seine Nachlässigkeit. Auf dem Parkplatz hatte alles so schnell gehen müssen, da hatte er den Mann nicht gründlich durchsucht. Was wäre geschehen, wenn der den Holzdeckel mit seinem Messer wirklich durchlöchert hätte?

Aber der Kistendeckel hatte den verzweifelten Bemühungen standgehalten. Hasler sah in das verzerrte Gesicht des Polizisten und murmelte: »Pech gehabt!«

Schweißperlen traten auf seine Stirn, als er ihn aus der Kiste wuchtete. Mit dem Rettungsgriff unter den Achseln zog Gerd Hasler den Körper bis zur Rückseite des Anhängers und lehnte ihn in Sitzposition gegen den Unterfahrschutz. Er schlang das Ende des Seils unter die Achseln des Mannes und überprüfte mit einem kräftigen Zug, ob der Knoten hielt.

Sein Blick richtete sich auf die blutige Hand. Sollte er den Finger nehmen?

Nein. Das tat er nur, wenn seine Opfer es verdient hatten. Dieser Mann war ihm lediglich in die Quere gekommen. Am falschen Ort und zur falschen Zeit.

Gleich hatte er es geschafft. Nur noch den Transporter auf die Vorderseite des Anhängers fahren. Danach befestigte er das andere Ende des Seils an seiner Anhängerkupplung.

Zur Probe spannte er das Seil. Es durfte sich nicht festklemmen, deshalb überprüfte er noch einmal die Lage des Seils auf der Oberseite des Containers. Vorsichtig stieg er die Stufen vom Container wieder herunter und setzte sich hinter das Lenkrad des Transporters.

Er fuhr langsam nach vorn. Im Rückspiegel beobachtete Gerd, wie sich das Seil stärker spannte. Behutsam gab er weiter Gas.

Auf der anderen Seite des Anhängers zog das Seil den Polizisten nach oben. Der Körper richtete sich wie durch Geisterhand an der Rückseite des Containers auf.

Das Seil zog den Körper weiter hinauf, bis er über die Kante in den Container fiel.

Gerd stieg aus und stellte fest, dass es funktioniert hatte. Er stieg noch einmal die Stufen an der Rückseite des Containers hinauf. Die Dienstmütze hatte er in die Jacke des Polizisten eingewickelt. Er warf sie in den Container. Mit den Händen stützte er sich an der Oberkante ab und ließ sich hineinfallen. Der Seilknoten an den Füßen des Körpers war schwer wieder zu lösen. Die Uniformjacke, die Dienstmütze und die Pistole lagen neben dem Polizisten.

Sein Gesicht verzog sich vor Ekel, als er in den Müll griff, um den Körper damit zu bedecken. Nur das Gesicht war noch zu sehen.

Die Erinnerungen von Gerd Hasler an diese Nacht verblassten. Er lag auf dem schmutzigen Bett und war fest eingeschlafen. Sein Gewissen plagte ihn wieder mit einem Albtraum. Der folgte unerbittlich den Regieanweisungen seines Unterbewusstseins. Gerd konnte sich während des Traums selbst von außen beobachten. Wie ein unsichtbarer Zeuge der Ereignisse.

In seinem Traum war er wieder bei dem Polizisten im Container. Der Albtraum erreichte seinen Höhepunkt, als sich die Augen des Polizisten plötzlich öffneten. Mit einer Hand griff er nach Gerds Handgelenk. Die andere Hand tauchte aus dem Müll auf und hielt eine Schere. Als sie in Gerds Finger schnitt, erwachte er schweißgebadet. Er brauchte einen Moment, um den entsetzlichen Traum abzuschütteln. Wieso quälte ihn dieser Polizist so? Er sollte doch längst verbrannt sein.

Kapitel 9

Tag 6, später Nachmittag
Kraftwerk Weener[45]

Rainer Tergast, der Leiter des Kraftwerkes Weener, hatte persönlich die Führung durch das Werk übernommen. Die kleine Gruppe bestand aus sechs Technikern aus Süddeutschland. Vor dem Gebäude erklärte er zunächst, dass das Werk für die Versorgung einer Papierfabrik gebaut worden war. Eine 1,8 Kilometer lange Rohrleitung verband es mit der Fabrik. Als die Techniker nach der Leistung fragten, verkündete er stolz: »Ja, meine Herren: 93,5 Tonnen Dampf pro Stunde. Dafür benötigen wir im Kessel ja auch circa 22 Tonnen Ersatzbrennstoffe in der Stunde.«

Zwei Lastkraftwagen fuhren in Richtung des Haupttores vorbei. »Da kommt schon der Nachschub!«, sagte einer der Techniker mit schwäbischem Akzent.

Der Kraftwerksleiter zeigte auf das Haupttor. »Dort ist unsere moderne Brückenwaage. Alle ankommenden und abfahrenden Lkw werden genau verwogen. Bitte folgen Sie mir jetzt ins Gebäude. Ich zeige Ihnen den Steuerstand. Von da aus haben wir einen guten Überblick.«

Als die Männer den Fahrstuhl verließen, sahen einige aus einem Flurfenster nach draußen. »Ganz schön hoch! Hier kann man ja bis nach Holland schauen.« – »Guck mal, Horst, alles flach. Ein paar Bäume, keine Hügel, nur Wiesen.«

»Die Hügel haben uns gestört und wir haben sie begradigt«, flunkerte Tergast lächelnd. »Ostfriesen brauchen den weiten Blick. Toleriert werden nur Deiche.«

Die Männer lachten und folgten ihm in den Steuerstand.

45) Punkt 9 auf der Karte

»Meine Herren, darf ich vorstellen, die Spätschicht unserer Kraftwerker: Heiko Buntjes und Eilert Haats. – Kollegen, dies sind Techniker aus Schwaben. Sie möchten sich gerne unser Werk ansehen.« Tergast zeigte auf die große Glaswand an der rechten Seite des Raumes, vor der Heiko Buntjes auf einem erhöhten Stuhl mit seitlich angebrachten Steuerungshebeln saß. »Kommen Sie bitte bis an die Scheibe. Draußen hatten wir ja bereits gesehen, dass die Ersatzbrennstoffe per Lkw angeliefert werden.«

Ein Techniker wollte es genau wissen. »Ersatzbrennstoffe, woraus bestehen die?«

»Zunächst Reste aus der Fabrik und aufbereiteter Siedlungsabfall.«

Etwas skeptisch hakte der Techniker nach. »Und was ist mit dem Umweltschutz?«

»Das Kraftwerk verfügt über eine Rauchgasreinigungsanlage der neuesten Generation. Sie erfüllt die strengsten Immissions-Schutzvorschriften. Außerdem: Bedenken Sie, wie viel fossile Energie eingespart wird.«

Der Techniker war zufrieden. Tergast zeigte nach links unten. »Bei der Anlieferung der Brennstoffe fahren die Lkw rückwärts an den Abkippbunker. Neben dem befindet sich der Mischbunker.«

Mit offenem Mund sah ein Techniker durch das Glas in den riesigen Bunker.

»Ja, da staunen Sie, was?«, sagte Tergast. »Das Fassungsvermögen dieses Bunkers beträgt zweitausend Tonnen Brennstoffe. Die beiden Bunker sind durch diese massive, zwanzig Meter hohe Betonwand voneinander getrennt. Herr Buntjes hat von seinem Thron den besten Überblick. Den braucht er auch, weil er den Kran bedienen muss.« Tergast zeigte nach oben auf eine riesige Krananlage. Jetzt kam seine Lieblingsstelle. »Dieser Greifer da hat ein Fassungsvermögen von zwölf Kubikmetern.«

Die Techniker waren beeindruckt.

»Herr Buntjes bedient den Greifer von seinem Steuerstuhl aus.«

Alle beobachteten, wie der Greifer nach links dirigiert wurde. Dort senkte er sich in den Abkippbunker. Die Krallen schlossen sich um zwölf Kubikmeter Brennstoff. Buntjes drückte einen Hebel und der Greifer ging nach oben.

»Meine Herren, Herr Buntjes wird jetzt den vollen Greifer über die zwanzig Meter hohe Betontrennwand hinweg nach rechts dirigieren.«

Über dem Mischbunker öffneten sich die Krallen. Die verschiedenen Brennstoffe fielen in den Mischbunker.

»Die Brennstoffe werden jetzt mit diesem Greifer gemischt. Heiko, kannst du mal eine Ladung in den Schacht geben?«

Buntjes nickte. Der Greifer senkte sich in den riesigen Mischbunker und hob sich mit einer Ladung. Buntjes dirigierte ihn weiter nach rechts. Über einem großen Trichter öffnete sich der Greifer.

»Dies ist jetzt unser Aufgabetrichter. Dort fällt jetzt der Brennstoff hinein.« Tergast zeigte auf einen Monitor an der Wand. »Die Kamera hilft unserem Kollegen bei der Überwachung der Befüllung dieses Trichters. Den weiteren Verlauf können Sie nicht sehen. Von diesem Trichter führt ein Schacht zum Kessel. Der Brennstoff wird auf einen Feuerungsrost geleitet. Mit einem Aufgabeschieber wird die Menge des Brennstoffes geregelt.«

Ein Techniker unterbrach Tergast. »Wie lange bleibt der Brennstoff auf dem Rost?«

»Die Verweildauer beträgt fünfundvierzig Minuten, bei einer Temperatur von fünfhundert bis tausend Grad.« Tergast zeigte auf das Steuerpult, wo sein Kollege Haats die Anzeigen überwachte. Über dem Pult befanden sich mehrere Überwachungs-Monitore. Dazu gehörte auch ein großer Bildschirm.

Die Kamera übertrug ein Bild von einem Förderband, auf dem Aschereste lagen. »Nach etwa acht Stunden landen die verbrannten Rückstände auf diesem Förderband. Aus den Resten wird noch das Metall heraussortiert. Die Schlacke landet im Schlackensilo und wird später per Lkw abtransportiert. – So, meine Herren, ich darf Sie noch auf einen Kaffee einladen. Falls Sie Fragen haben, können wir die dann besprechen. Außerdem möchte ich meine Mitarbeiter hier nicht weiter stören.«

*

Heiko Buntjes beobachtete nur mit einem kurzen Seitenblick, wie die kleine Gruppe den Raum verließ. Er durfte sich nicht ablenken lassen. Die Steuerung des Greifers erforderte höchste Konzentration.

Sein Kollege Eilert Haats stand jetzt neben dem Steuerstuhl. »Na, Heiko, die Herren Techniker haben wir wieder mal stark beeindruckt … – Sag mal, hast du schon in der Zeitung von den Leichen gelesen, die auf den Parkplätzen gefunden wurden? Das ist ja wohl ein Ding! Ein Serienmörder in unserem beschaulichen Ostfriesland. Ein Polizist aus unserer Gegend wird auch vermisst«, plapperte Eilerts weiter. »Der kann sich doch nicht in Luft auflösen. So was passiert in den Abendkrimis, aber doch nicht hier.«

Die beiden Kraftwerker ahnten zu diesem Zeitpunkt nicht, dass der gesuchte Polizist direkt vor ihnen im zwanzig Meter tiefen Mischbunker lag.

*

Es war kurz vor Ende der Spätschicht. Heiko senkte den Greifer in den Mischbunker. Die Krallen schlossen sich um zwölf Kubikmeter Brennstoff. Heiko drückte den Steuerungshebel für die Hebung und dirigierte den Greifer nach rechts, über den Aufgabetrichter. Die Krallen öffneten sich. Der Brennstoff begann in den Trichter zu fallen. Heikos Augen waren auf dem Überwachungsmonitor gerichtet.

Später sollte er sich immer wieder an den folgenden Augenblick erinnern.

Ein kurzes silbriges Aufleuchten lenkte seine Augen auf eine bestimmte Stelle in dem herabfallenden Brennstoff, aber als er genauer hinschaute, erkannte er nichts Silberfarbenes mehr. Ein schwarz gekleideter Mensch fiel aus dem Greifer in den Trichter.

Heiko schrie auf. »Oh mein Gott!«

Eilert schrak heftig zusammen. »Was ist denn los, hast du den Greifer verrissen?«

Heikos Stimme versagte. Sein Gesicht war bleich. Er zeigte auf den Monitor. Gerade fielen die letzten Brennstoffreste in den Trichter.

Eilert schüttelte den Kopf. Der Greifer hing unbeschädigt über dem Trichter, was zum Teufel sollte denn los sein?

Heiko fand die Stimme wieder. »Da ist gerade ein Mensch in den Trichter gefallen!«

»Hör mal, Heiko, wenn du mich verarschen willst …«

»Wir müssen die Anlage anhalten!,« schrie Heiko.

Die Nervosität steckte Eilert an. Ein Scherz konnte das nicht sein, so ein guter Schauspieler war Heiko nicht. »Hier wird nichts abgeschaltet, bist du bescheuert?! Du hast Gespenster gesehen. Diese Geschichte aus der Zeitung spukt dir im Kopf rum!«

Heiko war verunsichert. »Da war so ein helles Aufblitzen und dann fiel dieses schwarze Ding in den Trichter.«

»Aha, Aufblitzen, schwarzes Ding, das klingt ja schon ganz anders.« Eilert klopfte ihm beruhigend auf die Schulter. »Deine Nerven haben dir einen Streich gespielt. Diese ständige Konzentration ist eine Belastung. Die Schicht ist gleich zu Ende, du bist einfach müde.«

Die Anlage anzuhalten, war mit erheblichem Aufwand verbunden, das wusste Heiko. Dieser schwarze

Gegenstand war gleich nach Öffnen des Greifers in den Trichter gefallen. Der Schacht war mehr als zehn Meter tief, und die größte Menge aus dem Greifer lag jetzt über dem Gegenstand.

Wie sollte er seinem Chef erklären, dass sie die Versorgung des riesigen Kessels unterbrochen hatten, nur weil er angeblich einen Menschen gesehen hatte? Heiko dachte über seine Beobachtung nach. Den Menschen, falls es denn überhaupt einer gewesen war, hatte er nur für einen Sekundenbruchteil sehen können.

Die Geschichte von dem vermissten Polizisten hatte ihn wahrscheinlich tatsächlich stark beschäftigt.

»Vergiss es Eilert, ich hab Gespenster gesehen!«

Als die Schicht zu Ende war, fuhr Heiko nach Hause. Er ging früh zu Bett, weil er morgen Frühschicht hatte. Im Traum fiel er aus dem Greifer in den Schacht. Verzweifelt versuchte er hinauszuklettern. Immer wieder rutschte er den Schacht hinunter. Plötzlich hörte er unter sich, wie sich der Aufgabeschieber öffnete. Er rutschte ab und fiel auf den Feuerrost.

An dieser Stelle wachte er zum Glück schweißgebadet auf.

Er nahm sich vor, gleich morgen früh mit seinem Chef Rainer Tergast über den Vorfall zu sprechen.

Tag 7, 6.00 Uhr
Steuerstand des Kraftwerks Weener[46]

Reiner Tergast war Frühaufsteher und ebenfalls schon anwesend, als Eilert Haats und Heiko Buntjes zur Frühschicht antraten.

Eilert überwachte die Instrumente am Steuerstand. Rainer stand vor dem Monitor mit dem Ascheförderband. Heiko hatte sich ihm zugewandt und stand mit dem Rücken zu den Monitoren, während er von seiner gestrigen Beobachtung erzählte. »Rainer, ich hätte wirklich schwören können, dass da ein Mensch aus dem Greifer gefallen ist.«

Erst kam überhaupt keine Reaktion. Rainer Tergast konzentrierte sich voll und ganz auf den Monitor für das Ascheförderband. Dann weiteten sich seine Augen. Rainers Mund öffnete sich zu einem lautlosen Schrei. Heiko befürchtete schon eine heftige Antwort, aber der entsetzte Gesichtsausdruck seines Chefs passte nicht. Heiko drehte sich um und schaute auf den Monitor. Sein Verstand brauchte einen Augenblick, um die Informationen seiner Augen zu verarbeiten.

Auf dem Förderband lag der verbrannte Körper eines Menschen auf der Seite. Die Arme und Beine waren wie bei einem Embryo angezogen. Der Kopf war das Schlimmste. Der Mund stand offen wie zu einem stummen Schrei.

Heiko stieg das Frühstück die Speiseröhre hoch. Er rannte nach draußen.

Die verbrannte Leiche setzte ihre kurze Reise fort und verschwand schließlich aus dem Erfassungsbereich der Kamera. Mit zitternden Händen griff Rainer zum Telefon.

---

46) Punkt 9 auf der Karte

Tag 7
Altstadt Leer, Wohnung von Jan Broning

Jan wollte gerade seine Wohnung verlassen, als das Telefon klingelte. Er stellte die Fahrradtasche wieder auf den Boden und nahm den Hörer ab. »Broning.«

»Hallo, Jan, hier ist Klaus Hensmann«, dröhnte die Stimme aus dem Hörer. »Wir haben gerade eine wichtige Meldung reinbekommen. Es kann sein, dass wir einen Leichenfund beim Kraftwerk in Weener haben. Es ist sehr eilig, weil die Gefahr besteht, dass die Leiche unter einem Ascheberg verschüttet wird.« Aufgeregt schilderte Klaus, was Rainer Tergast soeben über die Notrufnummer mitgeteilt hatte.

»Klaus, bitte teil dem Kollegen Dirksen mit, dass ich zum Kraftwerk rausfahre. Allerdings muss ich erst zur Autobahnpolizei.« Jan griff nach den Autoschlüsseln.

Sein alter Mercedes sprang sofort an. Zu dieser Zeit kam er auch noch gut durch den Berufsverkehr.

Tag 7, morgens
Dienstgebäude der Autobahnpolizei[47]

Zeitgleich mit Jan traf auch Onno bei der Autobahnpolizei ein. Er wollte gerade seinen Helm ins Staufach des Rollers legen, als neben ihm der alte Mercedes stehenblieb. Onno sah durch das geöffnete Seitenfenster. »Hallo, Jan, heute mit dem Auto?«

»Steig bitte ein, wir haben es eilig!«

Im Auto gaben sich die Kollegen die Hand. »Kraftwerk in Weener?« Jan sah Onno fragend an. »Weißt du, wo das ist?«

47) Punkt 14 auf der Karte

Onno nickte. »Weiß ich, fahr man los, Jan. Erst mal Richtung Weener. Am besten über die Jann-Berghaus-Brücke.« Er sah sich im Auto um. »Welche Ehre, dass ich mal in deinem Oldtimer mitfahren darf.«

Jan grinste, als er Onno sein Handy gab. »Kannst dir was drauf einbilden. Ruf bitte beim Büro der Soko an und teile ihnen mit, dass wir unterwegs zum Kraftwerk sind. Dort hat man eine Leiche gefunden.«

Onno sah Jan mit großen Augen an. »Ach du Schei…!« Er wählte die Nummer der Soko. »Hallo, Stefan, hier ist Onno. Du, ich sitz bei Jan im Auto. Wir sind unterwegs zum Kraftwerk in Weener. Vermutlicher Leichenfund. Sobald wir Genaueres wissen, melden wir uns. Ja, du kannst uns unter dieser Handynummer erreichen.« Er gab Jan sein Handy zurück.

»Danke, Onno. Dein Pech, dass ich dich als Ersten erwischt habe.« Jan sah ihn schuldbewusst an.

»Kein Problem. Wieso haben wir es denn so eilig?«

»Angeblich besteht die Gefahr, dass die Leiche in einem Ascheberg verschüttet wird. Mehr weiß ich auch nicht.« Jan drückte nach der Brücke das Gaspedal durch. Vor der Stadt Weener bogen sie nach rechts ins Industriegebiet ab.

Kraftwerk in Weener[48]

Onno dirigierte Jan direkt auf das Betriebsgelände.

Draußen erwartete sie ein aufgeregter Mann. »Moin, ich bin hier der Kraftwerksleiter, Rainer Tergast. Sind Sie von der Polizei ?«

»Sind wir«, bestätigte Jan und stellte sich und Onno vor. »Wir sind so schnell wie möglich hierher gefahren.«

Tergast schilderte seine grässliche Beobachtung. »Die Leiche ist vermutlich auf den Ascheberg gefallen. Das

48) Punkt 9 auf der Karte

Beste wird sein, Sie kommen mit und sehen sich den Aschesilo an, dann wissen Sie, wo das Problem liegt.«

Kurz darauf standen sie vor dem riesigen Hügel.

»Wir haben das Kraftwerk, soweit es ging, runtergefahren. Aber die Asche läuft noch langsam weiter und fällt, genau wie die Leiche, oben auf den Aschehügel. Vom oberen Ende des Förderbandes kommen wir nicht an die Leiche heran.«

Jan rieb sich grübelnd die Stirn. »Ich verstehe ... Entweder wird sie von der nachfolgenden Asche verschüttet, oder wenn wir da hochklettern gerät der ganze Haufen ins Rutschen. Mist!«

Onno sah sich um. Außerhalb der Halle stand ein großer Radlader. Das Spezialfahrzeug war mit einer großen, breiten Schaufel ausgestattet, die auf Bodenniveau abgesenkt und per Hydraulik mehrere Meter angehoben werden konnte. »Ich glaub, ich weiß, wie wir da rankommen. Käme man mit der Schaufel des Radladers bis an die Spitze des Aschehügels?«

»Normalerweise ist der Bunker voll. Aber bei diesem Füllstand ... Das wird zwar eng, könnte aber funktionieren«, meinte Tergast.

»Okay, ich stell mich in die Schaufel und komme vielleicht so an die Leiche«, erklärte Onno seinen Plan.

Tergast blickte skeptisch in die Runde. »Das können Sie vergessen. Stellen Sie sich vor, Ihnen passiert etwas bei dieser Aktion.«

»Ich verspreche Ihnen, dass ich auf mich Acht gebe«, versuchte Onno den berechtigten Einwand zu zerstreuen. »Wir müssen aber irgendwie an die Leiche kommen. Sobald wir die Spuren gesichert haben, können Sie Ihre Anlage wieder hochfahren.«

Jan mischte sich ein. »Herr Tergast, dies ist eine besondere Situation. Sie erfordert deshalb auch außergewöhnliche Maßnahmen. Mir ist allerdings auch nicht wohl bei dieser Aktion. Onno, ist das nicht zu riskant?«

»Der Radladerfahrer soll mich da oben ja nicht auskippen. Die können mit ihren Geräten sicher gut umgehen. Ich verspreche, dass ich kein unnötiges Risiko eingehe.«

Jan atmete tief durch. »Herr Tergast, wenn es Ihnen die Entscheidung leichter macht, kann ich diese Aktion anordnen. Die Verantwortung liegt dann bei mir. Die Sicherung des Beweismittels, in diesem Fall die Leiche, ist sehr wichtig.«

»Okay, Herr Broning. Auf Ihre Verantwortung. Aber ich bestehe darauf, dass Ihr Kollege ein Sicherungsseil umlegt.« Rainer Tergast griff zum Telefon. »Eilert, wir brauchen dich hier beim Radlader. Bitte bring noch ein Sicherungsseil, einen Helm und ein großes Stück sauberer Plastikfolie mit.«

Kurz darauf fuhr Eilert Haats mit dem Radlader vor. Onno sprach mit ihm über die geplante Aktion. Tergast hatte noch zwei kleine Funkgeräte bereitgestellt. Eilert nahm sich eins und stieg in die Kabine. Er drückte mit viel Gefühl einen Steuerungshebel und die große Schaufel drehte sich mit der Öffnung nach oben.

Eilert drückte den Hebel nach vorn und die Schaufel senkte sich auf den Boden. Onno setzte den Helm auf, zog seine Lederhandschuhe an und legte das Sicherungsseil um.

Jan beobachtete, wie Onno in die Schaufel kletterte, und reichte ihm die Plastikplane. »Da wäre ich mit meinem blöden Knie nie reingekommen. Brauchst du noch was, Onno?«

»Erst mal nicht.« Onno befestigte das andere Ende des Sicherungsseils an einem Teil des Auslegers. Jan und Onno sahen sich einen langen Moment an. »Jan, vor der Fahrt mit dem Radlader habe ich keine Angst.« Onno hatte einen Frosch im Hals und räusperte sich. »Aber wenn das da oben Rolf ist ...«

»Daran denke ich auch die ganze Zeit.« Jan sah hinauf

zum Hügel. »Aber wir müssen Gewissheit haben. Trotzdem, Onno, du musst das nicht machen!«

»Ich will es auch wissen.« Onno drückte entschlossen die Sprechtaste des Funkgerätes. »Hallo, Herr Haats, können Sie mich hören?«

»Ja, kann ich und bitte nicht so förmlich. Ich heiß Eilert, zumindest über Funk.«

»Okay, Eilert, ich heiß Onno. Dann man nach oben!«

Langsam hob sich die Schaufel. Gleichzeitig fuhr der Radlader an einem Kranausleger vorbei in Richtung der Mitte des Aschehügels. Onno hielt sich an der Kante der Schaufel fest.

Alles lief perfekt. Er drückte die Sprechtaste und sagte Eilert, dass er höher wollte. Die Schaufel hob sich. »Okay, Eilert, circa zwei Meter nach vorn.« Bisschen wie Gallimarkt, dachte Onno.

Im nächsten Moment sah er den Toten oben auf dem Aschehügel. Der verbrannte Körper eines Menschen, aber war es sein Kollege Rolf? Er konnte ihn nicht erkennen und er wollte auch nicht länger in dieses total verbrannte Gesicht sehen. Onno schaute auf die besorgten Mienen von Jan und Tergast herunter. »Alles in Ordnung. Ich kann die Leiche sehen. Soll ich sie in die Schaufel ziehen?«

»Ja, aber nur, wenn es für dich ungefährlich ist. Sonst lass es«, rief Jan hoch.

Onno bat Eilert über Funk, weiter nach vorn zu fahren. Als sich die Leiche direkt an der Schaufelkante befand, sagte er «Stopp!«

Die Nähe zu dem Toten machte Onno zu schaffen. Er breitete erst einmal die Folie in der Baggerschaufel aus. Eine Seite der Folie ließ er über die Kante hinaushängen. Ihm graute vor der nächsten Arbeit. Denk nicht dran, dass es ein Mensch ist.

Die Beine der Leiche waren bereits mit Asche bedeckt. Vorsichtig schob er das Zeug mit den Händen herunter und verzog das Gesicht vor Ekel. Er schob die Hände unter den verbrannten Körper, der aussah wie ein Boxer in der Grundstellung. Die Arme der Leiche bewegten sich dabei etwas.

Der Körper rutschte leicht über die Asche. Vorsichtig zog er die Leiche auf die Plastikfolie und ließ sie langsam in die Schaufel herunter. Sie war vollständig. Es fehlten keine Körperteile. Onno warf einen letzten Blick auf die Oberseite des Hügels. Nur Asche und Schlacke, soweit er sehen konnte.

Er griff zum Funkgerät. »Eilert, lass mich wieder runter.« Der Radlager fuhr ein Stück rückwärts, dann senkte sich die Schaufel. Onno stieg heraus.

Jan sah sich sofort die Leiche an. Konnte dieser verbrannte Mensch ihr gesuchter Kollege sein?

Onno stand neben ihm und sah ebenfalls in die Schaufel. »Jan, ist es Rolf?« Onno rieb sich die Augen, Aschestaub brannte darin. »Erkennen kann ich ihn nicht, aber mein Gefühl sagt mir, dass er es ist.«

Eilert war ausgestiegen. Er vermied es, in die Schaufel zu sehen. »Wie geht's weiter?«, fragte er Onno.

»Erst mal danke für die sehr gefühlvolle Steuerung der Schaufel, Eilert. – Jan, was meinst du, sollen wir die Leiche dort ablegen?« Onno zeigte in eine abgelegene Ecke in der Halle.

»So machen wir es. Hast du da oben noch etwas Interessantes gesehen?«

»Nein, nur Asche und Schlacke.«

Der Kraftwerksleiter Rainer Tergast blieb auf Abstand, als er fragte: »Herr Broning, können wir die Anlage jetzt wieder hochfahren?«

»Eine Sache wäre da noch, Herr Tergast. Können wir die Leiche dort in der Ecke ablegen? Und dann brauchen wir noch die oberste Schicht vom Aschehügel. Könnte der Radlader eine Schicht oben abnehmen und in der Nähe ablegen?«

»Sie möchten noch einmal die Schicht durchsuchen, in der die Leiche lag?«

»Genau. Danach können Sie die Anlage wieder hochfahren. Allerdings sind wir noch einige Stunden hier auf dem Gelände.«

Der Leiter war sehr erleichtert. »Eilert bleibt noch hier, und falls Sie sonst noch irgendetwas benötigen: Hier ist meine Handynummer, rufen Sie mich einfach an.« Tergast gab Jan einen Zettel mit seiner Telefonnummer.

Eilert Haats fuhr den Radlader in die Ecke der Halle und drehte die Schaufel. Jan und Onno brauchten die Leiche nur noch herauszuziehen. Dann fuhr Eilert zurück zum Aschehügel und entnahm vorsichtig die oberste Schicht. Diese Ladung kippte er etwas entfernt auf den Hallenboden, bevor er hastig aus dem Führerhaus stieg. Er wollte offensichtlich nur noch eins: schnell weg.

Onno hielt ihn jedoch auf. »Noch mal Danke für deine Unterstützung. Ich hab da noch eine Frage. Ist dies der einzige Ort, wo Reste aus dem Feuer landen?«

»Nein, die Metallreste aus der Schlacke werden per Magnet aussortiert. Die befinden sich in einem Container. Sie werden gesondert entsorgt.«

»Kannst du mir den zeigen?«

»Ja, gerne. Hauptsache weg von hier!«, sagte Eilert mit einem Seitenblick zu der Stelle, wo die Leiche lag.

»Ich bin gleich zurück«, rief Onno Jan zu. »Will mir nur kurz was ansehen.«

Jan kniete bereits neben der Leiche. »Okay, bis gleich.«

Onno folgte Eilert zu einem großen Container, in dem alle möglichen Metallreste lagen. »Bitte sehr, Onno! Brauchst du Hilfe?«

»Nein danke, Eilert, du hast schon mehr als genug für uns getan. Den Rest schaff ich alleine.«

Eilert ging davon, drehte sich aber noch einmal um. »Wollt ihr noch mit meinem Kollegen Heiko Buntjes sprechen? Er hat gestern Abend gesehen, wie die Leiche in den Trichter fiel.«

Diese Information war wohl in der Hektik nicht bei den Polizisten angekommen.

»Ja, kannst du ihn zu uns runterschicken?«

»Mach ich, Onno«, antwortete Eilert und hatte es dann eilig, zu verschwinden.

Onno sah an sich herunter. Die Klamotten waren eh eingesaut. Er kletterte in den Container und begann mit seiner Suche.

Jan Broning schaute sich unwillkürlich zuerst die rechte Hand des Toten an. Die Finger waren aber vollzählig.

Durch die Feuereinwirkung hatten sich die Sehnen verkürzt, deshalb waren Arme und Beine angezogen. Der Knochenaufbau wies auf einen Mann hin. Lag vor ihm der vermisste Kollege? Jan stutzte, als er sich den Hüftbereich des Toten ansah. Dort hatten sich rundherum Plastikreste eingebrannt.

Mit einem lauten Knacken im linken Knie stand Jan auf. Er griff zum Telefon und wählte die Nummer der Soko. »Hallo, Stefan, hier ist Jan. Wir haben eine verbrannte Leiche im Kraftwerk gefunden. Wir brauchen hier die Spurensicherung und einen Bestatter. Ruf bitte auch Dirksen an. Onno und ich warten hier auf die Kollegen.« Er beendete das Gespräch.

Onno kam auf ihn zu. Er klang traurig. »Jan, ich habe etwas in diesem Metallcontainer gefunden. – Eilert hat mir erzählt, dass über dem Förderband mit der Asche ein starker Magnet angebracht ist«, erklärte er auf Jans fragenden Blick hin. »Metallreste werden so da raussortiert. Hier, sieh mal.« Er gab seinem Kollegen mehrere Metallstücke.

Jan brauchte einen Moment, um zu erkennen, was er in der Hand hielt. An den Metallstücken befanden sich verschmorte Plastikreste. Das größere Stück hatte eine längliche Form. Daran befanden sich auf der einer Seite eine Kimme und ein Korn. Die Zieleinrichtung einer Pistole.

Die beiden Männer sahen sich an.

»Ja, ich hab auch einen Moment gebraucht, um es zu erkennen.« Onno zeigte auf die anderen Metallteile. »Das hier sind die Reste der Magazine. Die Patronen sind sicher bei der Hitze explodiert. Dabei sind die Magazine zerrissen.«

»Rund um die Hüfte der Leiche sind Plastikreste eingebrannt«, sagte Jan. »Das könnten die Reste eines Pistolengürtels sein.«

Onno sah niedergeschlagen auf die Leiche herunter. »Jan, du weißt, was das bedeuten würde.«

»Ja, Onno. Wir haben womöglich unseren vermissten Kollegen Rolf gefunden.«

Aus Richtung der Zentrale kam ein Mann auf sie zu. »Moin, ich bin Heiko Buntjes, ich soll mich bei Ihnen melden.«

Onno stellte sich und Jan vor. »Ihr Kollege Eilert hat mir erzählt, dass Sie gestern in der Spätschicht gesehen haben, wie ein menschlicher Körper aus dem Greifer in den Aufgabetrichter gefallen ist?«

Jan sah Onno überrascht an. Diese Info war neu für ihn.

Buntjes war nervös, dass konnte man an seiner Körpersprache erkennen. »Ja, das ist so gewesen: Als der Brennstoff aus dem Greifer fiel, leuchtete es kurz hell auf. Dann sah ich, nur für einen Augenblick, wie der Körper aus dem Greifer fiel«, berichtete er verzagt. »Ich dachte ja, ich hätte mir das bloß eingebildet, aber ...«

»Kein Problem, Herr Buntjes!«, unterbrach Onno ihn. »Machen Sie sich deshalb keine Vorwürfe.«

Jan sprach seinen Gedanken aus. »Das kurze helle Aufleuchten, ich glaube, das waren die Reflexionsstreifen auf der Uniform.«

Onno nickte ihm niedergeschlagen zu.

Heiko Buntjes war froh, dass er nach der kurzen Befragung zurück an seine Arbeit durfte. Jan griff zum Zettel mit der Telefonnummer des Kraftwerksleiters.

»Kraftwerk Weener, Tergast am Apparat!«

»Broning von der Polizei. Herr Tergast, wir hatten gerade mit dem Herrn Buntjes darüber gesprochen, dass der Körper aus dem Greifer gefallen ist. Jetzt stellt sich mir natürlich die Frage, wie ist der in den Brennstoffbunker gelangt?«

»Es gibt eigentlich nur einen Weg. Die Leiche muss im Laderaum eines Lkw gewesen sein.«

»Können wir denn irgendwie feststellen, in welchem Lkw sie sich befunden haben könnte?«

»Herr Broning, ich überlege, wie wir die Suche eingrenzen können. Aber grundsätzlich werden die Daten der anliefernden Lkw festgehalten. Nur … es sind enorm viele.«

»Könnten Sie mir trotzdem eine entsprechende Liste zusammenstellen?«, fragte Jan.

»Können wir machen. Aber das dauert eine Weile, sagen wir heute Nachmittag.«

»Danke, das reicht uns. Ein Kollege holt sie dann ab.« Jan beendete das Gespräch.

*

Der weiße Bulli der Spurensicherung traf ein. Die Kollegen arbeiteten in gedrückter Stimmung. Die Untersuchung der abgetragenen oberen Ascheschicht und des Metallcontainers verlief enttäuschend.

Ein Zivilwagen fuhr auf das Kraftwerksgelände. Jans Chef Dirksen stieg aus dem Fahrzeug. Er ließ sich den Sachverhalt erklären.

»Jan, wie sicher können wir sein, dass es sich um den Kollegen Berger handelt?«

»Letzte Sicherheit werden die Überprüfung der Zahnarztunterlagen und ein DNA–Test bringen. Ich bin mir aber bereits völlig darüber im Klaren, dass es unser Kollege ist. Leider!«

Der Bestatter Erdmann legte zusammen mit seinem Assistenten die Leiche vorsichtig in einen Zinksarg. Jan vereinbarte mit ihm für den Nachmittag einen Termin in seinem Institut. Er wollte sich die Leiche vor der Überführung zur Gerichtsmedizin in Oldenburg noch einmal in Ruhe ansehen.

Er ging zum Kollegen Albert Brede von der Spurensicherung. »Ihr braucht sicher noch etwas Zeit. Onno und ich wollten jetzt zurück zur Autobahndienststelle, wenn du nichts dagegen hast.«

»Könnt fahren, noch viel Arbeit hier, melde mich«, erwiderte Albert in seiner sehr speziellen Sprechweise.

»Onno, wir fahren zurück zur Dienststelle«, rief Jan.

Onno sah an sich herunter. »Bist du sicher, dass du mich so mitnehmen willst? Ich hab mich total eingesaut.«

»Ich habe eine alte Decke im Auto. Kannst dich ja draufsetzen.«

Die Fahrt verlief still. Sie dachten an ihren Kollegen Rolf. Was für ein schreckliches Ende.

Der größte Schrecken stand jedoch noch bevor. Astrid Berger musste informiert werden.

Tag 7, mittags
Dienstgebäude der Autobahnpolizei,
Büro der Soko Autobahngold

Im Büro der Soko trafen Jan und Onno ihre Kollegen Maike, Klaas und Stefan. Alle waren niedergeschlagen. Bis zuletzt hatten sie gehofft, ihren vermissten Kollegen doch noch wohlbehalten aufzufinden. Mit Entsetzen hörten sie sich angehört, wie man ihn entdeckt hatte.

»Wie zum Teufel ist die Leiche überhaupt in den Brennstoffbunker gelangt?«, wollte Maike wissen.

»Mit einem Lkw. Versteckt im Müll. Der Täter wollte die Leiche auf diese Weise entsorgen«, vermutete Jan. »Vermutlich dachte er, dass sie vollständig verbrennen würde. Aber das Kraftwerk ist kein Krematorium. Die Hitze ist nicht hoch genug und die Verweildauer in den Flammen zu kurz.«

Stefan wirkte sehr nachdenklich. »Jan, du hast gesagt, dass alle Finger an der Leiche vollzählig waren. War es unser gesuchter Täter? Also derselbe, der die anderen zwei Opfer getötet hat? Dann würde doch der rechte Zeigfinger fehlen?«

»Das gab mir auch zu denken, aber aus irgendeinem Grund hat unser Täter es diesmal nicht getan. Ich bin mir aber trotzdem sicher, dass es derselbe war«, antwortete Jan. »Lasst uns doch einmal davon ausgehen, dass es sich bei der verbrannten Leiche um unseren Kollegen handelt. Rolf ist direkt nach dem zweiten Mord verschwunden. Er war am falschen Ort zur falschen Zeit und ist dem Mörder über den Weg gelaufen.«

»Astrid Berger!«, sagte Maike. »Wir müssen sie benachrichtigen. Seid ihr wirklich sicher, dass es Rolf ist?«

Jan massierte seine Schläfe, danach war die Stirn an der Reihe. Sichere Zeichen, dass er konzentriert nachdachte. »Du hast recht. Was können wir tun, um bei der Identifikation auf Nummer sicher zu gehen? Der Körper ist total verbrannt. Natürlich werden noch die Zahnarztunterlagen von Rolf mit dem Gebiss der Leiche verglichen. Außerdem können wir einen DNA-Test machen, aber dafür brauchen wir Zeit und Vergleichsmaterial.«

»Wir können die Pistolennummer von dem aufgefundenen Verschlussstück vergleichen«, sagte Klaas. »Die Nummer haben wir doch sicher irgendwo in den Unterlagen. Der Sachbearbeiter Waffen und Gerät beim Mutterhaus hat die bestimmt im Computer.« Er sah Onno mit bedrückter Miene an. »Weißt du noch, was Rolf immer für einen Aufwand von seinem Stiftzahn gemacht hat?«

Onno lachte bitter. »Ja, einmal hat er doch noch in diesen harten Apfel gebissen und der Zahn blieb darin stecken.«

»Welcher Zahn war es denn?«, fragte Jan.

Klaas tippte sich auf den linken oberen Eckzahn. »Der hier. Mit seinem wackeligen Vampirzahn haben wir ihn manchmal verarscht.«

»Seid ihr sicher?«, fragte Jan. Klaas und Onno nickten gleichzeitig. Jan sah in die Runde. »Das hilft uns weiter. Stefan und ich fahren zum Bestatter Erdmann. Wir ziehen die Leichenschau etwas vor. Ich will mir das Gebiss des Toten noch einmal genau ansehen. Maike, kannst du die Pistolennummer vom Kollegen Rolf ermitteln? Klaas und Onno, fahrt ihr bitte noch einmal zum Kraftwerk. Befragt noch mal alle Mitarbeiter, wegen den Anlieferung der Brennstoffe mit Lkw. Seht nach, ob die Kameraaufzeichnungen haben. Der Leiter, Herr Tergast, hat dann noch eine Liste für euch.« Er nickte Maike zu. »Wir brauchen unbedingt Sicherheit, was die Identifikation des Toten angeht, und zwar bevor wir die Ehefrau unseres Kollegen informieren.«

Tag 7, nachmittags
Stadtgebiet Leer, Bestattungsinstitut Erdmann

Im gekühlten Raum des Bestatters summte Erdmann vor sich hin. »Hatten die Herren schon Zeit, sich meine CD anzuhören?«

»Nein, Herr Erdmann. Leider hatten wir noch keine Gelegenheit dazu«, antwortete Jan. Dabei sah er seinen Kollegen Stefan grimmig an. Stefan verstand, grinste nicht und gab keinen Laut von sich.

»Herr Erdmann, wir möchten uns die verbrannte Leiche noch einmal genau ansehen. Wir haben natürlich Probleme mit der Identifikation«, erklärte Jan ihr frühzeitiges Erscheinen.

»Hab ich mir schon gedacht. Vermutlich wollen Sie sich das Gebiss des Toten ansehen.«

»Genau, Herr Erdmann. Können wir den Toten auf den Rücken legen?«

»Kein Problem, wenn Ihr Kollege mir hilft.«

Stefan half Erdmann, den Toten vorsichtig auf den Rücken zu drehen, damit Jan von oben auf das Gebiss sehen konnte. Das Fleisch im Kiefer war verbrannt. So ließ sich die Metallhalterung für den linken oberen Eckzahn deutlich erkennen.

Es gab keinen Zweifel mehr, vor ihnen lag die Leiche des vermissten Kollegen Rolf.

Jan machte einige Fotos vom Gebiss. »So, Sie können ihn jetzt wieder auf die Seite legen«, sagte er leise. Gemeinsam mit Stefan sah er sich die Leiche noch einmal genau an. Mit dem starken Licht konnte man die verbrannten Kunststoffreste um die Hüfte herum besser erkennen.

Als sie zur Autobahnpolizei zurückfuhren, sagte Jan: »Jetzt haben wir wenigstens Gewissheit. Frau Berger sollte den Toten nicht sehen. Sie soll ihren Mann nicht so in Erinnerung behalten.«

Dienstgebäude der Autobahnpolizei,
Büro der Soko Autobahngold (s. K. 14)

Im Büro der Soko hatte Maike Rolf Bergers Pistolennummer ermittelt. Vorsichtig entfernte sie den Schmutz vom aufgefundenen Verschlussstück. Die Nummern waren identisch. Dieses verbrannte Metallteil war einmal die Pistole ihres Kollegen gewesen.

Als Stefan und Jan im Büro eintrafen, informierte sie die beiden, dass es ich um einen Teil von Rolfs Waffe handelte, und Jan berichtete, dass sie im Gebiss des Toten den von Klaas und Onno beschriebenen Eckzahn gefunden hatten.

Maike atmete tief durch. »Dann sind wir uns jetzt sicher. Ich fahre zu Frau Berger.«

»Aber nicht allein«, sagte Jan. »Ich komme mit. – Stefan, bitte benachrichtige die Kollegen und den Staatsanwalt, aber halt dich mit der Presse zurück. Unsere Suchaktion am Kraftwerk ist den Medien sicher nicht entgangen.«

»Geht klar!« Stefans Stimme konnte man anhören, wie erleichtert er über seine vergleichsweise einfache Aufgabe war. Er hatte Mitleid mit seinen Kollegen, die jetzt der Witwe die Nachricht überbringen mussten.

»Lass uns bitte getrennt zu Frau Berger fahren«, schlug Maike vor. »Das letzte Mal habe ich bei ihr übernachtet. Diesmal wird es nicht leichter werden, und wenn ich mit meinem Wagen fahre, bin ich unabhängig.«

Jan folgte Maikes Mini im Zivilwagen. Er fluchte leise vor sich hin. Es ergab sich einfach keine gute Gelegenheit für ein Gespräch mit ihr. Entweder hatten sie gerade einen Toten gefunden, waren unterwegs zur Obduktion, oder wie jetzt unterwegs zur Überbringung einer Todesnachricht. Der Nachmittag heute hatte eigentlich ganz anders verlaufen sollen. Wie schnell sich alles ändern konnte, sah man jetzt.

Für den armen Kollegen gab es kein Wiedersehen mit seiner Frau.

Auf der Auffahrt vor dem Haus der Bergers stiegen sie aus. Jan nahm Maikes Hand. Beide sahen sich an. »Wir müssen da jetzt durch«, sagte Jan.

»Ich weiß«, sagte sie.

Jan klingelte. Frau Berger öffnete die Tür.

»Hallo, Astrid«, sagte Maike und stellte vor: »Mein Kollege Jan Broning.« Für einen Moment herrschte Stille, weil sie nach den richtigen Worten suchte.

Astrid Berger klammerte sich an den Türrahmen. Ihre Unterlippe bebte, als sie sagte: »Ich weiß, Rolf ist tot. Habt ihr ihn gefunden?«

Maike nahm sie in die Arme. »Ja, wir haben Rolf gefunden.«

Tag 7, nachmittags
Auf der Fahrt zum Kraftwerk Weener (s. K. 9)

Klaas und Onno hatten sich ihren Lieblingsbulli ausgeborgt und waren unterwegs zum Kraftwerk. Klaas hatte gerade mit Stefan gesprochen. Nun legte er das Handy in die Ablage. »Sie haben die Pistolennummer verglichen. Außerdem haben sie den Stiftzahn gefunden. Es gibt keinen Zweifel mehr.«

Onnos Hände umklammerten das Lenkrad. »Mein Gott …! Als ich oben in der Baggerschaufel stand, die Leiche vom Kollegen Rolf direkt vor mir – Klaas, du kannst es dir nicht vorstellen. Es war einfach schrecklich.«

Klaas konnte es sich sogar gut vorstellen. Aber natürlich war die Vorstellung trotzdem nicht so schlimm wie die Realität.

»Normalerweise müsste ich dir noch in den Hintern treten.« Er dachte über Onnos Bergungsaktion in der Schaufel des Radladers nach. »Bin ich einmal nicht da und schon riskierst du wieder deinen Hintern. Erzähl das bloß nicht Anke.«

»Du hast ja recht«, sagte Onno kleinlaut, »aber Jan mit seinem kaputten Knie hätte das nicht geschafft, und …«

»Keiner von euch beiden hätte in die Schaufel klettern sollen«, schimpfte Klaas. »So ein Wahnsinn! Typisch Kaleu. Immer aus dem, was vorhanden ist, das Beste machen. Und komm mir jetzt nicht wieder mit dieser alten Nummer, von wegen auf See muss man sich auch irgendwie behelfen.«

»Ent-schul-di-gung, soll nicht wieder vorkommen. Bist du jetzt fertig, Klaas?«

»Du kannst das Wort immer noch nicht richtig aussprechen. Da fehlt noch die nötige Betonung in Richtung Verachtung. Aber das lernst du vermutlich auch nicht mehr, Kollege Kamikaze.«

Klaas hat mal wieder recht, dachte Onno. Als er oben in der Schaufel gestanden hatte, die Leiche eine Armlänge von ihm entfernt, hatte er sich selbst verflucht. Wieso immer der hohe persönliche Einsatz? Seine Frau würde auch mit ihm schimpfen, besser sie erfuhr nichts von dieser Sache.

Vor der Stadt Weener bog er rechts ab. Auf dem Betriebsgelände in Höhe der Brückenwaage hielt er den Bulli an. Gemeinsam betraten sie das Anmeldebüro.

Der Angestellte des Kraftwerkes begleitete die Polizisten bis zum Fahrstuhl im Hauptgebäude. Dort erwartete sie der Leiter. Onno übernahm die Vorstellung, dann folgten sie Tergast in den Lift. In der obersten Etage zeigte er auf eine offene Tür im Flur. »Meine Herren, folgen Sie mir doch in mein Büro. Die Liste der Anlieferungen per Lkw habe ich gerade fertiggestellt.«

Die beiden Beamten setzten sich vor einen großen Schreibtisch. »Wie wäre es mit einer Tasse Kaffee?«, fragte Tergast.

»Aber nur, wenn es keine Umstände macht«, antwortete Onno.

Tergast griff zum Telefon. Kurz darauf standen Tassen mit dampfendem Kaffee und Kekse auf dem Schreibtisch. »Bitte sehr, greifen Sie zu!« Tergast machte eine einladende Handbewegung.

Dies ließ sich Klaas nicht zweimal sagen.

Onno nahm die Liste mit den Lkw entgegen. Es waren elektronische Wiegeprotokolle. Er blätterte die Seiten durch. »Das sind ja hunderte von Lkw!«

»Sorry, meine Herren, die Selektion müssen Sie schon selber durchführen. Ich weiß ja nicht, was Sie dabei berücksichtigen möchten«, erklärte Tergast.

Als Klaas nach den Kameras fragte, fielen ihm ein paar Krümel aus dem Mund. Tergast seufzte. »Kameras haben wir jede Menge, aber keine Aufzeichnungen. Das hilft Ihnen vermutlich auch nicht weiter.«

»Können wir die Angestellten noch befragen? Vielleicht hat ja einer Ihrer Kollegen etwas Auffälliges bemerkt«, meinte Onno.

»Wir haben über dreißig Angestellte«, sagte Tergast. »Da haben Sie sich ja einiges vorgenommen. Aber versprechen Sie sich nicht zu viel davon. Ich kann meine Kollegen auch bei der morgigen Betriebsversammlung befragen, wenn Ihnen das weiterhilft …« Dann schlug er vor: »Wir können uns ja gemeinsam ansehen, wo die Lkw entladen werden.«

Die Männer standen auf. Onno sah auf das Tablett und verkniff sich ein Lachen. Alle Kekse waren verschwunden.

Sie nahmen wieder den Fahrstuhl und gingen dann um das riesige Gebäude herum zum Abkippbunker. Gerade hatte ein Lkw-Fahrer den Laderaum mit der Hydraulik angehoben. Die sechsundzwanzig Tonnen Brennstoff rutschten in den riesigen Bunker. Tergast zeigte auf eine Kamera. »Sehen Sie: Kameras, aber keine Aufnahmegeräte.«

Die Kollegen verabschiedeten sich. Onno gab Tergast noch eine Visitenkarte mit der Telefonnummer der Soko. Er bedankte sich für die Unterstützung und bat den Kraftwerksleiter um einen Anruf, falls ihm noch etwas einfallen sollte.

Im Bulli konnte sich Onno den Seitenhieb nicht verkneifen. »Na, die Kekse haben dir wohl geschmeckt?«

»Ent-schul-di-gung! Soll ich vielleicht den elenden Hungertod sterben? Schon mal auf die Uhr gesehen? Ich hab Kohldampf!«

Tag 7, nachmittags
Dienstgebäude der Autobahnpolizei,
Büro der Soko Autobahngold

Im Büro der Soko räumte Klaas zufrieden die leeren Verpackungen ihres verspäteten Mittagessens weg. Stefan war auch mit einem Schnitzel bedacht worden.

»Stefan, wollen wir noch auf Maike und Jan warten, oder soll ich den Tee auch schon ansetzen?«

»Jan hat angerufen, das dauert noch bei Frau Berger. Die beiden kommen also später.«

Onno ging mit Klaas in die kleine Teeküche. Klaas räumte die Spülmaschine ein und Onno stellte den Wasserkocher an.

Er schüttete fünf gehäufte Löffel Tee in die vorgewärmte Kanne. Klaas verzog sein Gesicht. »Willst du uns umbringen mit deinem Gebräu? Fünf Löffel Tee in diese kleine Kanne! Drei Löffel reichen doch aus.«

Jetzt zog Onno eine Schnute. »Was soll denn das für eine Plörre sein. Ist doch viel zu dünn. Das kann doch nicht schmecken.«

»Na, wieder Probleme mit der richtigen Teemischung?«, fragte Stefan, als er mit einem Teller in der Hand die kleine Küche betrat.

»Mir war richtig schlecht von Onnos letztem Tee«, maulte Klaas. »Pennen konnte ich auch nicht richtig.«

»Ent-schul-di-gung! Konnte ja nicht ahnen, dass wir hier im Seniorenheim sind. Eins – zwei – drei«, zählte Onno laut bei jedem Löffel Tee.

Stefan stieß den Atem laut hörbar aus. »Hört auf zu streiten wegen diesem blöden Tee, wir haben andere Probleme. Den ganzen Tag zerbreche ich mir den Schädel, aber ich komme nicht weiter. Ich habe das Gefühl, wir treten auf der Stelle.« Stefan nahm Tassen aus dem Schrank und ging damit zurück ins Soko-Büro.

Als Klaas und Onno mit der Teekanne ins Büro kamen, stand Stefan vor den weißen Übersichtstafeln. Er zeigte auf den Hinweis mit dem Autobahngold. »Ich glaube, diese bei den Toten hinterlassenen Schmuckstücke sind reine Ablenkung.«

Klaas und Onno stellten sich neben ihn. Der Tee war zur Nebensache geworden.

Klaas zeigte auf den Bereich mit dem möglichen Motiv. »Da hatten wir ja auch ein Problem. Wieso hat er den Toten den Finger abgeschnitten? Bei Rolf hat er das nicht getan.«

Onno unterbrach das Grübeln der Kollegen. »Der Täter wollte doch die Leiche beseitigen, dazu hat er sie im Müllcontainer deponiert. Aber die Frage ist doch: Wo stand der Container zu diesem Zeitpunkt? Ist der Täter zufällig am Container vorbeigefahren, oder hat er ihn bewusst ausgewählt?«

Diesmal war es Klaas, der die nächsten Fragen stellte. »Welcher Lkw hat den Container zum Kraftwerk transportiert? Hat der Täter selber diesen Lkw gefahren?« Er klang zerknirscht, als er hinzufügte: »Mit unseren Unterlagen vom Kraftwerk kommen wir nicht so recht weiter.«

Onno rieb sich seine Stirn. Er klang enttäuscht. »Wir haben immer neue Fragen, aber leider keine Antworten.«

»Sag ich ja«, meinte Stefan.

Die Kollegen setzten sich an den Tisch und Klaas schenkte ein. Onno nahm einen Schluck und verkniff sich einen Kommentar über das Gebräu. »Wie wäre es, wenn wir uns noch einmal unseren Zeugen Zijlstra vornehmen?«, schlug er vor.

»Du meinst diesen Lkw-Fahrer, der den Kollegen Berger zuletzt auf dem Parkplatz Rheiderland gesehen hat?«, fragte Stefan.

»Ja, der hat Onno fast den Allerwertesten abgefahren.« Klaas schaute Onno skeptisch an. »Meinst du, er weiß noch etwas, was er uns vielleicht verschwiegen hat?«

»Das war doch eine echt blöde Situation bei der Kontrolle. Ich verpasse ihm gerade zwei Anzeigen, da plaudert er diese Information heraus«, erklärte Onno. »Es ist unsere einzige Zeugenaussage, deshalb ist seine Beobachtung so wichtig.«

»Einen Versuch wäre es auf jeden Fall wert«, meinte Stefan. »Kannst du ihn denn erreichen?«

»Kann ich!« Onno suchte die Telefonnummer von Zijlstra in den Niederlanden heraus.

Eine Frauenstimme meldete sich am anderen Ende der Leitung.

»Frau Zijlstra, mein Name ist Elzinga, von der Autobahnpolizei. Es ist nichts passiert, alles in Ordnung, nur eine kleine Frage ...?«

Onno hörte, wie sie erleichtert durchatmete. Diese Art der Gesprächseinleitung hatte er sich angewöhnt. Denn sobald die Leute ›Polizei‹ hörten, lief ihr persönliches Kopfkino ab. Zum Beispiel die Frage, ob ein Familienangehöriger in einen Unfall verwickelt war. Solche Gedankenspiele wollte Onno sofort unterbrechen, indem er gleich erklärte, dass nichts Ernstes passiert war.

»Ich möchte Ihren Mann sprechen, Frau Zijlstra.«

»Henk ist auf dem Nachhauseweg. Morgen früh fährt er nach Oldenburg. Was ist denn überhaupt?«

»Ihr Mann soll noch einmal als Zeuge aussagen. Es ist sehr wichtig! Könnte er nicht morgen hier einen Zwischenstopp bei der Autobahnpolizei einlegen?«

»Ich werde ihn fragen. Soll er Sie zurückrufen, sobald er hier ist?«

»Das wäre sehr nett. Es wäre schön, wenn das Treffen hier bei uns stattfindet, dann brauche ich nicht mit den niederländischen Kollegen bei Ihnen zu Hause zu erscheinen.«

»Ich habe verstanden. Herr Polizist, Henk ist morgen bei Ihnen!«

Onno überlegte, ob er nicht zu viel Druck ausgeübt hatte. Aber die Befragung Zijlstras war wirklich wichtig. Er hatte einen Plan und den wollte er durchziehen.

Tag 7, später Nachmittag
Trauerhaus der Familie Berger

Jan ließ Maike bei Astrid Berger zurück. Der Sohn von Frau Berger war noch bei der Arbeit. Maike wollte sie nicht alleine lassen und auf das Eintreffen des Sohnes warten.

Frau Berger hatte die Todesnachricht sehr mitgenommen. Sie hatte zwar geahnt, dass ihr Mann nicht zurückkehren würde, aber jetzt gab es keine Hoffnung mehr. Jan spürte, dass Astrid Berger Vertrauen zu Maike hatte. Er konnte nicht sicher sagen, wo Maikes Geheimnis lag, aber sie hatte aus der Situation das Beste gemacht. Nicht jeder Kollege war dazu in der Lage. Jan konnte sich an sehr schlimme Szenen bei der Überbringung von Todesnachrichten erinnern. Dank ihres sensiblen Vorgehens hatten sie weder einen Seelsorger noch einen Arzt benötigt. Das Schlimmste war jetzt überstanden. Frau Berger hatte sich etwas gefasst.

»Danke, dass du mich begleitet hast«, sagte Maike zum Abschied. »Aber du musst dich um die Ermittlungen kümmern. Den Namen von Rolf Bergers Zahnarzt hast du. Außerdem die Proben für den DNA-Vergleich. Für die Obduktion morgen muss noch einiges vorbereitet werden. Ich komm hier klar!«

Er sah an ihrem Gesichtsausdruck, dass sie ihr Angebot ernst meinte. »Okay, aber sobald der Sohn da ist, kannst du direkt nach Hause fahren. Versuch dich zu entspannen und etwas zu schlafen.«

Tag 7, abends
Dienstgebäude der Autobahnpolizei,
Büro der Soko Autobahngold

Im Büro der Soko begrüßte Jan seine Kollegen Stefan, Onno und Klaas. Sie ahnten, wie die Überbringung der Todesnachricht bei Frau Berger abgelaufen war. Im Büro herrschte eine gedrückte Stimmung. Die Kollegen erzählten ihm, dass sich immer neue Fragen ergaben, auf die sie keine Antworten fanden.

Jan spürte eine gewisse Resignation bei ihnen. Die Hoffnung, Rolf Berger wohlbehalten zu finden, hatte sich in Trauer verwandelt.

Klaas sprach aus, was keiner fragen wollte. »Hat Rolf noch gelebt, als er in die Brennkammer des Kraftwerkes fiel?«

Stille breitete sich im Raum aus. Jeder kämpfte in Gedanken alleine mit den schrecklichen Bildern in seinem Kopfkino.

Jan machte sich Vorwürfe. Hatten sie wirklich alles getan, um Rolf Berger zu finden? Aber er durfte sich nicht mit runterziehen lassen. Als Leiter der Soko war es seine Aufgabe, die Kollegen aus dem emotionalen Loch zu holen, sie wachzurütteln.

»Hört mal zu. Das mit unserem Kollegen Rolf ist entsetzlich«, sagte er energisch, »aber wir dürfen uns nicht unterkriegen lassen. Da müssen wir jetzt durch. Was hätte Rolf denn von uns erwartet? Dass wir hier wie ein Häufchen Elend rumsitzen?«

Jan Broning sah in die Runde, seine Stimme klang jetzt noch eindringlicher und etwas zu laut. »Nein, mit Sicherheit nicht. Also, wir können nur noch eins für unseren Kollegen tun: nämlich seinen Täter überführen. Wir kriegen ihn oder sie, da könnt ihr sicher sein! – Klaas, du besorgst dir die Unterlagen vom Zahnarzt.

Onno: Gute Idee von dir, den Lkw-Fahrer noch einmal zu befragen! Stefan und ich bereiten die Presseerklärung und die Obduktion für morgen vor.«

Der Stimmungswechsel im Büro war sofort spürbar. Jans kleine Ansprache hatte alle aufgerüttelt und neu motiviert. Klaas nickte anerkennend und dachte: Gut gemacht, Jan.

Tag 8, frühmorgens
Fahrt von der Altstadt Leer
zum Büro der Soko Autobahngold

Jan schwang sich schlecht gelaunt auf sein Fahrrad. Sein Knie schmerzte und er erhöhte die Unterstützung durch den Elektromotor.

So war es schon besser. Trotzdem fragte er sich, wieso er eigentlich so schlecht gelaunt war. Schlecht geschlafen, ja, das war auch kein Wunder bei dem Verlauf des gestrigen Tages. Gestern hatte er sich mit Maike aussprechen wollen, aber die dichte Abfolge der Ereignisse in diesem Fall ließ kein Privatleben zu. Sie hatten alle unter ständigem Druck gestanden. Das war nicht gut. Jeder Mensch muss einmal durchatmen, braucht einige Zeit für sich. Dieser heutige Tag würde allerdings auch nicht besser. Und Maike hatte schon gestern ziemlich erledigt ausgesehen. Die Teilnahme an den Obduktionen und dann die Überbringung der Todesnachricht an Frau Berger … Er nahm sich vor, seine Kollegin heute etwas zu entlasten.

An der Abzweigung Deichstraße zur Autobahn hin staute sich wieder der Berufsverkehr. Vorsichtig überquerte Jan mit dem Rad die Kreuzung.

Vor dem Gebäude der Autobahnpolizei parkte ein

niederländischer Sattelzug. Onnos Roller stand schon beim Fahrradständer. An den Funkantennen der im Innenhof abgestellten Streifenwagen hing Trauerflor. Ansonsten war der Alltag wieder eingezogen. Die fremden Unterstützungskräfte waren wieder bei ihren Heimatdienststellen und der Parkplatz im Innenhof wies wieder Lücken auf.

So ist es, wenn wir sterben, dachte Jan Broning, es geht immer weiter.

Im Gebäude ging er Richtung Wache und begrüßte die Kollegen dort. In einem Büro daneben bot Onno gerade einem Mann einen Stuhl an. Als er Jan sah, kam er zu ihm auf den Flur. »Moin, na, auch schlecht geschlafen? Der Mann im Büro ist der Lkw-Fahrer Henk Zijlstra. Sein Sattelzug steht vor der Tür.«

»Du siehst auch nicht gerade frisch aus«, erwiderte Jan. »Lass dir Zeit bei der Befragung.« Er ging weiter Richtung Treppe.

Onno trat wieder ins Büro und setzte sich. Zijlstra saß ihm offensichtlich schlecht gelaunt gegenüber. »Herr Zijlstra, ich möchte mit Ihnen noch einmal über Ihre Beobachtung auf dem Parkplatz reden. Sie sagen, Sie hätten gesehen, dass ein Kollege von uns sich mit dieser schönen Frau unterhalten hat.«

Der Trucker sah ihn finster an. »Wissen Sie, normalerweise sollte ich gar nicht mit Ihnen reden. Sie drohen meiner Frau mit einem Besuch, zusammen mit der niederländischen Polizei?!«

Onno hob beschwichtigend die Hände. »Ja, Sie haben ja recht, dafür möchte ich mich entschuldigen. Aber ich möchte Ihnen erzählen, warum ich das getan habe. Der Kollege, den Sie da gesehen haben, ist tot aufgefunden worden. Das werden Sie morgen sowieso in der Presse lesen.« Onnos Stimme klang besänftigend. »Ich weiß, unsere Begegnung ist irgendwie dumm gelaufen. Sie wissen schon, die beiden Anzeigen. Aber Sie ahnen sicher, wie wichtig Ihre Aussage ist, wenn wir den Tod unseres Kollegen aufklären wollen.«

Der Trucker spürte, dass er einen Trumpf in der Hand hielt. »Also, wenn meine Beobachtung so wichtig ist, dann möchte ich auch etwas dafür haben.«

Onno atmete durch und zwang sich, freundlich zu bleiben. Diese Reaktion hatte er vorausgesehen. Er räusperte sich. »Was schwebt Ihnen denn so vor als, sagen wir mal, Gegenleistung?«

Zijlstra kämpfte mit seinem schlechten Gewissen. Der innere Schweinehund siegte. »Die beiden Anzeigen gegen mich … Wenn wir die vergessen könnten, dann könnte mir noch etwas einfallen.«

Onno überlegte, welche Möglichkeiten er hatte. Rechts von ihm auf dem Schreibtisch lag der Laptop, in dem alle Daten gespeichert waren, die Zijlstra belasteten. Schlicht formuliert konnte Onno wählen zwischen einer sehr wichtigen Aussage vom Zeugen Zijlstra oder der Verfolgung von Ordnungswidrigkeiten.

Die Wahl fiel ihm nicht besonders schwer.

Onno griff zum Laptop und rief den Vorgang Zijlstra auf. Er gab verschiedene Befehle ein. Schließlich stand auf der Oberfläche *Wollen Sie die Daten Owi.-Anzeige Zijlstra wirklich löschen*? ›Ja‹ oder ›Nein‹ standen zur Auswahl.

»Kommen Sie mal rum, Herr Zijlstra. Können Sie lesen, was da steht?«

Zijlstra stand auf, sah auf den Bildschirm und nickte.

Onno gab den Befehl ein: Owi-Anzeige löschen. »Sehen Sie: alles gelöscht!«

»Und was ist mit der Anzeige wegen dem Überholverbot?«, fragte Zijlstra.

»Können Sie auch vergessen und als erledigt betrachten«, erwiderte Onno.

Der Trucker hatte ein schlechtes Gewissen. Aber der Polizist hatte schließlich damit begonnen, Druck aufzubauen, indem er ihn sozusagen hierher gezwungen hatte. Jeder musste heutzutage an sich denken und diese Chance durfte er sich entgehen lassen. Nein, er war nicht stolz auf sich.

»Herr Elzinga, ich vertraue Ihnen. Aber eins sage ich Ihnen gleich, eine schriftliche Aussage bekommen Sie nicht von mir. Also, ich habe da tatsächlich noch etwas beobachtet. Ich war so wütend, wegen der Anzeigen. Deswegen habe ich es nicht erzählt, oder sagen wir mal, es ist mir erst später eingefallen.«

»Nun machen Sie es nicht so spannend, Herr Zijlstra. Was haben Sie denn da beobachtet?«

»Ja, Sie hatten mich doch gefragt, ob ich etwas zu einem Fahrzeug sagen könnte, an dem Ihr Kollege und diese schöne Frau gestanden haben ...«

Onno unterbrach ihn. »Ja, da haben Sie mir doch erzählt, dass Sie sich nicht daran erinnern konnten.«

Zijlstra rieb sich nervös die Hände und wirkte zerknirscht, dann ließ er die Bombe platzen. »Ja, ich weiß, aber mir ist doch noch etwas eingefallen. In der Nähe der beiden, also von dem Polizisten und der schönen Frau, stand ein altes Wohnmobil.«

*

Onno war sprachlos. Dieses miese Stück ihm gegenüber hatte ihn nicht nur gerade erpresst, sondern auch noch wichtige Informationen zurückgehalten. In Gedanken sah er, wie er sich hinüberbeugte und Zijlstra ins Gesicht schlug. Stattdessen zählte er langsam bis zehn.

Sein Gegenüber konnte ihm nicht ins Gesicht sehen und starrte nach unten. Beide Männer wussten nun, was sie voneinander zu halten hatten.

Onno bemühte sich, ruhig zu bleiben. Aber seiner Stimme konnte man anhören, dass es in seinem Inneren brodelte. »Können Sie sich noch an etwas anderes erinnern, das Sie uns auch nicht erzählt haben?«

»Mehr weiß ich wirklich nicht, ich schwöre es Ihnen«, flüsterte der Trucker.

»Ist Ihnen am Wohnmobil noch etwas aufgefallen, egal was, Farbe oder der Typ?«, fragte Onno.

»Ich bin mir nicht sicher, es war ja dunkel und so genau kenne ich mich mit den Dingern auch nicht aus.« Zijlstras Stimme klang beleidigt.

Onno versuchte es noch einmal auf die sanfte Tour. »Auch wenn Sie sich nicht sicher sind, nur raus damit!«

Zijlstra schloss die Augen und konzentrierte sich offensichtlich. »Also, das Wohnmobil hatte vorne so eine große Scheibe. Die anderen haben ja das Chassis von einem Transporter, wo man den Wohnmobilaufsatz draufgeschraubt hat. Mit so einer flachen Schlafkabine über dem Führerhaus. Dieses Wohnmobil sah so aus wie ein kleiner Bus. Ja, und alt sah das Ding aus.« Zijlstra blickte Onno jetzt direkt in die Augen. »Und wenn Sie mir Daumenschrauben anlegen, mehr weiß ich nicht, Herr Beamter.«

»Okay, Herr Zijlstra, einen Moment noch, dann sind Sie entlassen.« Onno schaltete den Computer ein. Im Internet gab er das Suchwort *Wohnmobiltypen* ein. »Kommen Sie noch mal rum zu mir.« Auf dem Bildschirm waren verschiedene Typen abgebildet.

»So ein Wohnmobil war das, jedenfalls so ähnlich.« Zijlstra zeigte auf ein voll integriertes. »Ich sagte doch: oben glatt, mit einer großen Scheibe vorne.«

Onno glaubte dem niederländischen Trucker. Alle möglichen Vorwürfe gingen ihm durch den Kopf. Er konnte seinem Gegenüber aber nicht nachweisen, dass der ihm die Sache mit dem Wohnmobil bei ihrer ersten Begegnung verschwiegen hatte. Onno wollte nur noch eins: dass ihm dieser Kerl aus den Augen ging. Er begleitete Zijlstra zur Eingangstür verabschiedete sich von ihm.

Dann ging er nachdenklich die Treppen hoch zum Büro der Soko. Zunächst begrüßte er die Kollegen. Dann sah er hoffnungsvoll auf die Teekanne und nahm sich eine Tasse. »Was ist das denn? Fencheltee? Der hat ja gar keine Farbe!« Er sah in die Runde und hatte sofort den Schuldigen ausgemacht. Klaas sah unschuldig zur Decke.

»Dann lieber Kaffee!« Onno nahm sich eine neue Tasse.

Jan schmunzelte. »Na, hast du noch was aus deinem Zeugen herausbekommen?«

»Ja, habe ich, nur weiß ich nicht, was es wert ist.« Onno erzählte von dem Gespräch mit Zijlstra. Dabei ließ er auch nicht den Teil mit der Erpressung aus.

Jan überdachte die Bedeutung dieser neuen Informationen. Sein Bauchgefühl sagte ihm, dass die Beobachtung des Zeugen sehr wichtig war. »Onno, du musstest eine Entscheidung treffen. Du hast richtig gehandelt. Wir haben doch diese Aufnahmen von der Tunnelkamera. Die Aufzeichnungs-CD von der Nacht, als Rolf verschwand, liegt bei den Unterlagen. Vielleicht findet ihr das Wohnmobil. Kannst du das zusammen mit Klaas erledigen?«

Klaas und Onno nickten.

»Maike, könntest du alles für die Presseerklärung am Nachmittag vorbereiten? So wie beim letzten Mal, das war optimal.«

»Soll ich der Presserklärung Fotos von Rolf und seinem Einsatzwagen als Anlage beifügen?«, fragte sie.

»Gute Idee! Fotos sind immer gut. Stefan und ich fahren jetzt zur Obduktion nach Oldenburg. Stefan, hast du die Zahnarztunterlagen und das DNA-Material vom Kollegen Rolf? Dann man los. Tschüss, bis nachher.«

Klaas sah Onno streng an. »Lass uns man erst abräumen!«

In der kleinen Küche klapperten die Tassen und Teller. »So, mein allerbester Streifenpartner, was hast du jetzt wieder ausgefressen?« Klaas sah seinen Kollegen vorwurfsvoll an.

»Ich weiß nicht, was du meinst«, erwiderte Onno mit Unschuldsmiene.

Klaas begann sich aufzuregen. »Onno, diese einsame Entscheidung mit der Löschung der Anzeigen gegen den Lkw-Fahrer. Schließlich haben wir Zijlstras Lkw zusammen kontrolliert. Ich bin echt enttäuscht von dir. Hättest doch mit mir sprechen können. Verdammt noch mal!«

»Ja, ich hätte mit dir darüber sprechen sollen. Aber ich wollte dich da nicht mit reinziehen«, versuchte sich Onno zu verteidigen. »Es war meine Entscheidung und es tut mir leid, Klaas!«

»Du kannst wahrscheinlich nicht anders. Ich glaube, bei dir hilft nur noch Tiefenhypnose«, schimpfte Klaas. »Kannst du dich nicht einmal so verhalten wie alle anderen? Musst du ständig deinen Hintern in die Schusslinie halten?«

»Bist du jetzt fertig?«, fragte Onno. »Ich red später mit Jan noch mal über die Sache, versprochen.«

Die Kollegen gingen zurück ins Büro. Maike sah sie etwas nachdenklich an. »Alles klar bei euch? Für einen Moment habe ich gedacht, ihr hättet euch in der Küche gestritten.«

»Wir doch nicht, Maike!«, entgegnete Onno. »Und wenn, dann nur wegen seinem lausigem Tee.«

Sie war nicht überzeugt, ließ das Thema aber fallen. »So, wie wollen wir mit der neuen Information zu dem Wohnmobil umgehen? Vorschläge, meine lieben Kollegen!«

Onno lachte. »Na, da ist aber eine froh, dass sie nicht zur Obduktion muss!«

Maike lächelte die beiden an.

»Klaas und ich sollen ja noch einmal die Aufzeichnungen der Emstunnelkamera durchsehen«, sagte Onno. »Insbesondere die Zeit, bevor unser Kollege Rolf verschwunden ist. Das hatten wir zwar schon getan, nur wussten wir ja zu diesem Zeitpunkt noch nicht, dass wir ein spezielles Wohnmobil suchen.«

Klaas nickte mit unglücklichem Gesicht. »Das Ganze hat natürlich einen Haken und zwar diese beschissene

Aufnahmequalität. Aber vielleicht haben wir ja trotzdem Glück.«

Maike formulierte die Presseerklärung, brannte noch einmal die Fotos für den Beamer. Die beiden Autobahnpolizisten versuchten die CD mit den Kameraaufzeichnungen zu starten.

Tag 8, vormittags
Gerichtsmedizin in Oldenburg

Dr. Knoche begrüßte Stefan und Jan im Obduktionsraum. »Guten Morgen, meine Herren. Ist es nicht schrecklich, dass wir uns schon berufsmäßig wiedersehen? Noch dazu, wo es sich um einen Kollegen von Ihnen handelt. – Meinen Assistenten Dr. Andresen kennen Sie ja bereits.«

»Wir haben die zahnärztlichen Unterlagen und das DNA-Material mitgebracht.« Jan reichte Dr. Knoche einen Umschlag.

Der Rechtsmediziner schaute auf die verbrannte Leiche auf dem Metalltisch hinunter. »Eine Identifizierung ist natürlich in diesem Zustand problematisch.«

»Wir sind uns absolut sicher, dass es sich bei dem Toten um den vermissten Kollegen handelt«, erklärte Jan Broning. »Die Kunststoffreste um die Hüfte, die Übereinstimmung der Waffennummern und dann noch dieser markante Stiftzahn …«

Der Rechtsmediziner entnahm den Zahnarztunterlagen eine Röntgenaufnahme des Gebisses und verglich es mit den Zähnen der Leiche. »Ah ja, ich sehe, was Sie meinen. Das schriftliche Ergebnis der forensischen Identifikation, also die genaue Untersuchung anhand der Zahnarztunterlagen und der noch zu erfolgende DNA-Vergleich dauern sicher noch einige Tage.«

»Es wäre schön, wenn dies schnell erfolgen könnte«, sagte Jan.

»Ich verstehe … wegen der Angehörigen. Mal sehen, was sich machen lässt, Herr Broning.«

Die Obduktion verlief wieder wie gewohnt. Dr. Knoche diktierte während der äußeren und inneren Leichenschau seine Feststellungen in das Aufnahmegerät. Der Assistentsarzt Dr. Andresen arbeitete am Ober- und Unterkiefer des Schädels.

Zum Schluss erklärte Dr. Knoche: »Ich kann bestätigen, dass auch hier eine Vergiftung mit Kohlenmonoxid die Todesursache ist.«

»Und wann ist der Tod eingetreten?«, fragte Jan bedrückt. »Lebte er noch, als er in die Brennkammer fiel?«

»Beim Todeszeitpunkt möchte ich mich nicht festlegen. Der Leichnam ist bereits in Verwesung, dann noch die Einwirkung des Feuers … Keine Chance. Zum zweiten Teil Ihrer Frage: Hat Ihr Kollege noch gelebt, als er ins Feuer fiel? Nein, Ihr Kollege war bei der Einwirkung des Feuers mit absoluter Sicherheit bereits tot. Die Luftröhre, die Lunge und die tiefen Bronchien weisen keine Spuren von Rauch auf. Er hat also keinen eingeatmet. Ich weiß, ein schwacher Trost.«

Jan und Stefan sahen sich erleichtert an. Der Tod des Kollegen war schon schlimm genug. Die Möglichkeit, dass er erst im Feuer gestorben war, hatte sie alle sehr belastet.

Jan nahm sich vor, diese wichtige Neuigkeit sofort nach Ende der Obduktion den Kollegen im Soko-Büro mitzuteilen. Wenigstens diese seelische Last konnte er ihnen abnehmen.

Die Polizisten verabschiedeten sich und fuhren Richtung Heimat.

Tag 8, Mittagszeit
Büro der Soko Autobahngold

Die Nachricht, dass Rolf Berger nicht im Feuer gestorben war, hatten die Kollegen im Büro der Soko mit Erleichterung aufgenommen. Sie arbeiteten jetzt wieder an ihren Einzelaufträgen.

Onno und Klaas saßen vor dem Computermonitor und hatten bereits viereckige Augen. Immer wieder hatten sie die Kameraaufzeichnungen aus dem Emstunnel ablaufen lassen. Plötzlich rief Onno: »Da ist das Wohnmobil! Mein Gott, Klaas, schau mal auf die Zeit – 02.55 Uhr, am Tag 4. Direkt danach hat sich der Kollege Rolf nicht mehr gemeldet.«

Maike war die Aufregung ihrer Kollegen nicht entgangen. Zu dritt saßen sie jetzt vor dem Monitor.

»Scheiße, Klaas, kriegen wir das Bild denn nicht schärfer?«

»Ent-schul-di-gung, lieber Onno. Ich sagte doch, dass es sich um eine miese Aufnahmequalität handelt.«

»Das ist ja ein Oldtimer. Sieht aus wie ein voll integrierter Hymer«, bemerkte Maike.

»Kennst du dich mit diesen Dingern aus?«, fragte Onno.

»Ja. Es ist doch erstaunlich, wie lange diese Wohnmobile halten. Sagt mal, könnt ihr das Kennzeichen lesen?«

Klaas stellte auf Standbild. »Keine Chance, das Problem hatten wir schon öfters.«

»Spul noch mal zurück«, bat Maike ihn. »Ist denn der Streifenwagen auch drauf?«

Das Wohnmobil fuhr nun rückwärts und verschwand aus dem Erfassungsbereich. Klaas stellte um auf Vorlauf. »Siehst du: negativ.«

Onno zog die Stirn kraus. »Rolf hatte doch als letzten

Einsatz eine Transportbegleitung im Bereich Rheiderland.«

Die Stimme seines Kollegen klang leicht gequält. »Ja, lieber Onno, dass wissen wir.«

»Klaas, Rolf kann über die Brücke gefahren sein. Er erledigt die Begleitung im Rheiderland und fährt auf die Anschlussstelle Jemgum in Richtung Holland[49].« »Jetzt weiß ich, worauf du hinauswillst«, entgegnete Klaas. »Du meinst, er blieb im Sichtdreieck[50] auf Stand-by?«

Maike konnte nicht mehr folgen. »Moment mal – langsam, Kollegen. Was ist denn ein Sichtdreieck?«

»Jede Anschlussstelle hat eine Ausfahrt- und Einfahrtspur«, erklärte Klaas. »Von oben betrachtet sieht es aus wie ein Dreieck.« Er malte grob eine Anschlussstelle auf.

»Jetzt verstehe ich. Und wieso stand Rolf Berger dort auf Stand-by?«, wollte seine Kollegin wissen.

Klaas machte ein Kreuz bei der Einfahrtspur. »Hier ... Wir halten mit unseren Streifenwagen oft an einer speziellen Bucht der Einfahrtspur zur Autobahn und warten dort auf den nächsten Einsatz. Der Verkehr läuft direkt an uns vorbei und wir können schnell die Verfolgung aufnehmen. Rolf stand mit seinem Streifenwagen hinter dem Tunnel in Fahrtrichtung Niederlande.«

Sie blickte jetzt durch. »Also, das Wohnmobil fährt durch den Tunnel. Rolf sieht man aber nicht, weil er schon hinter dem Tunnel steht. Der Zeuge Zijlstra gab an, dass er das Wohnmobil und den Streifenwagen auf dem Parkplatz gesehen hat ...«

»So wird es gewesen sein«, bestätigte Klaas.

In diesem Moment betraten Jan und Stefan das Büro. Jan hielt eine große Tüte in der Hand. »Na, ihr drei, macht mal eine Pause. Ich hab uns was zu essen mitgebracht.«

»Super! Ehrlich gesagt, mag ich auch wohl eine Kleinigkeit«, sagte Maike. Sie sah die Autobahnpolizisten

49) (s. K. 17)
50) (s.K. 10)

an. »Den Tee mach ich, sonst kriegt ihr euch deswegen wieder in die Haare.«

Klaas schaute erwartungsvoll auf die Tüte und rieb sich die Hände. »Was gibt es denn?«

Jan langte in die Tüte und ein kleines, silbernes Schwarzbrotpaket kam zum Vorschein. Danach legte er ein Rosinenbrot auf den Tisch.

Das Gesicht von Klaas sprach Bände. Die Enttäuschung war darin deutlich zu lesen.

»Und dann hab ich noch Ostfriesen-Sushi«, sagte Jan. »Räuchermatjes und die Originalversion. Außerdem ein paar Zwiebeln.« Er lachte, als er das Grinsen ins Klaas' Gesicht sah.

Die Tassen und Teller klapperten. Maike verzichtete auf den Hering und bestrich sich ein Stück Rosinenbrot dick mit Butter.

»Maike, dein Tee ist echt lecker«, lobte Onno.

Die Kollegen hatten sich viel zu erzählen.

Zuerst berichtete Jan von der Obduktion. »Die Todesursache ist wieder Kohlenmonoxid-Vergiftung. Damit steht fest, dass die ersten beiden Morde mit dem Tod des Kollegen Rolf in Verbindung stehen. Auch wenn diesmal der Zeigefinger nicht abgetrennt wurde. Die Sache mit dem Autobahngold können wir nicht beantworten. Sollte der Täter falschen Schmuck an der Leiche von Rolf zurückgelassen haben, so könnte dieser beim Feuer im Kraftwerk verlorengegangen sein.«

»Konnte euch Dr. Knoche etwas zur Todeszeit sagen?«, fragte Maike.

Jan schüttelte den Kopf. »Leider nicht. Der Leichnam war ja schon in Verwesung übergegangen und außerdem verbrannt.« Jan atmete tief durch und massierte seine Schläfe mit der linken Hand. »Ihr wisst ja bereits, dass unser Kollege nicht lebendig verbrannte. Ich vermute, dass Berger direkt nach seinem Verschwinden mit Kohlenmonoxid vergiftet worden ist.«

»Mein Gott«, sagte Onno. »Als ich in dieser Nacht auf der anderen Fahrbahnseite dieses Blaulicht gesehen habe, war Rolf schon tot, oder er lag im Sterben.« Die beiden Autobahnpolizisten schauten sich traurig an.

Für einen Moment war es still im Büro. Dann sagte Jan: »Ja, Onno, so wird es gewesen sein.« Er wollte dieses Thema verlassen und fragte: »Habt ihr das Wohnmobil bei den Aufzeichnungen der Emstunnelkamera finden können?«

Klaas erzählte Jan und Stefan, was sie bis jetzt herausgefunden hatten. »Wie gesagt, die Aufnahmen sind von sehr schlechter Qualität. Maike meinte, es könnte ein altes Hymer-Wohnmobil sein. Hier, ich hab eine grobe Skizze angefertigt. Ihr seht den Standort des Kollegen Rolf[51] zwischen dem Tunnel[52] und dem Parkplatz Rheiderland[53].«

»Das Wohnmobil ist also direkt am Kollegen vorbeigefahren«, sagte Jan. »Irgendetwas hat ihn veranlasst, dem Fahrzeug zu folgen und es auf den Parkplatz zu dirigieren. Eine Ahnung, was das sein könnte?« Er sah die Autobahnpolizisten fragend an.

»Bei der letzten Aufnahme, während es aus dem Tunnel fährt, sieht es aus, als sei die hintere Beleuchtung ausgefallen«, schlug Onno vor.

»In diesem Fall ist Rolf mit Sicherheit hinterhergefahren«, ergänzte Klaas. »Weil dies ja eine erhebliche Gefahr für den nachfolgenden Verkehr darstellt.«

»Das klingt für mich absolut logisch«, meinte Jan. »Ihr habt also kein Kennzeichen oder irgendetwas anderes, das uns helfen könnte, herauszufinden, um was für ein Wohnmobil es sich handeln könnte?«

Onno zog bedauernd die Schultern hoch, fast hätte er Klaas' Lieblingswort benutzt. »Sorry, nein, haben wir

---

51) s. K.10
52) s. K. 11
53) s. K. 4

nicht. Du kannst noch nicht einmal sehen, ob jemand im Fahrzeug saß. Wäre ja auch zu einfach gewesen.«

Jan sah auf seine Armbanduhr. »Maike, wir müssen zur Pressekonferenz. Vorher möchte ich hier noch kurz mit Anton sprechen. Beim Mutterhaus werden die Kollegen Sprengel und Dirksen sicher auch wissen wollen, wie weit wir sind. – Stefan, ruf bitte beim Staatsanwalt Grohlich an und informiere ihn über den aktuellen Ermittlungsstand. Die Freigabe der Leiche vom Kollegen Berger wird sicher noch nicht erfolgen. Zunächst müssen wir die Ergebnisse der forensischen Untersuchungen abwarten. Ohne amtliche Identifikation wird Grohlich die Leiche nicht zur Beerdigung freigeben. – Onno und Klaas, versucht über das Kraftfahrtbundesamt eine Selektion durchzuführen.«

»Wir haben bereits versucht, Einzelheiten zum Wohnmobil herauszufinden, aber mit wenig Erfolg«, sagte Onno, und auch Klaas schaute skeptisch.

Jan dachte kurz nach. »Ich weiß, wo das Problem liegt, im Grunde haben wir ja nicht viel, nur die Info ›Wohnmobil älterer Typ, vermutlich Marke Hymer‹. Für die Selektion natürlich sehr wenig. Deshalb versucht es doch erst einmal selbst mit den Kennzeichen Leer, Emden, Aurich und Emsland. Hab ich noch was vergessen?«

»Westerstede sollten wir noch mit reinnehmen«, schlug Klaas vor.

Jan nickte. »Okay, mal sehen, wie viele Fahrzeuge das dann sind. Sicher eine ganze Menge. Mein Plan ist es, die in den Zulassungsunterlagen eingetragenen Halter im Polizeicomputer abzufragen. Haben diese Halter eine polizeiliche Vorgeschichte? Ihr wisst, was ich meine. Da habt ihr sicher einiges zu tun. Später kann Stefan euch noch unterstützen. Sobald die Pressekonferenz beendet ist, kommen wir zurück und helfen euch. Diese Geschichte mit dem Wohnmobil könnte eine echte Chance für uns sein! Und jetzt lass uns mit dieser Selektion anfangen, das wird heute spät.«

Tag 8, nachmittags
Büro Soko Autobahngold

Die beiden Autobahnpolizisten stellten fest, dass die Selektion nicht einfach war. Von diesen Sonderfahrzeugen gab es eine Menge. Der Computer hörte nicht auf mit der Suche. Das Ladesymbol drehte sich in einer Endlosschleife. So kamen sie nicht weiter.

Als Hersteller gaben sie jetzt Hymer ein, denn Maike war sich sicher, dass es sich um diese Marke handelte. Der Computer war damit immer noch überfordert. Sie versuchten, die Suche weiter einzugrenzen, zunächst mit älteren Fahrzeugen und dann mit den hiesigen Kennzeichen.

Diesmal streikte der Computer und lieferte keine Treffer.

»So kommen wir nicht weiter«, meinte Onno und griff zum Telefon. »Ich ruf jetzt in Flensburg an, vielleicht können die uns helfen.«

Der Angestellte vom Kraftfahrtbundesamt war sehr freundlich, bestand aber auf einer schriftlichen Anforderung der Daten.

»Reicht es Ihnen, wenn ich ein Fax mit unserem Briefkopf und dem Aktenzeichen zusende?«, fragte Onno.

Der Angestellte war einverstanden. »Okay, aber das dauert eine Weile, bis ich die Daten zusammengestellt habe«, erklärte er vorsorglich.

»Hören Sie, die Selektion ist sehr wichtig«, drängte Onno. »Es handelte sich um die Ermittlungen zu einem dreifachen Mord. Zu den Opfern gehört ein Kollege. Stellen Sie sich vor, wir können durch Ihre Mithilfe verhindern, dass der Täter noch einmal zuschlägt.«

Davon war der Angestellte nun doch beeindruckt. »Ich spreche mit meinem Chef. Ich bin mir sicher, er genehmigt die Überstunden für diesen außergewöhnlichen

Anlass. Sie können sich darauf verlassen, dass dies hier jetzt absoluten Vorrang hat!«

Onno war erleichtert. »Ich weiß gar nicht, wie ich mich bei Ihnen bedanken soll. Toll, dass Sie uns helfen wollen. Wenn ich mal in Flensburg bin, gebe ich einen aus.«

Er legte auf. »Jetzt haben wir aber einmal Glück, dass die vom KBA uns helfen wollen. Sie beeilen sich, aber es könnte etwas dauern«, sagte er zu Klaas.

»Wenn man was nicht hinkriegt, muss man sich auch mal helfen lassen. Dass ich das noch erleben durfte …! Mensch, Onno, solltest du es doch noch lernen?«

Onno tat unschuldig. »Ich weiß jetzt nicht, was du genau meinst, aber wir müssen fix eine schriftliche Anforderung für die Kraftfahrzeug-Selektion verfassen und per Fax absenden.«

*

Stefan telefonierte unterdessen mit Staatsanwalt Grohlich. Dieser ließ sich genau den aktuellen Ermittlungsstand erklären. Die Leichen der Opfer Schulte und Klein gab er zur Bestattung frei, allerdings mit der Auflage, dass keine Einäscherung erfolgte. Die Leiche des Kollegen Rolf wollte er wie erwartet erst nach dem Ergebnis der forensischen Identifikation freigeben.

Grohlich war sich der Bedeutung dieser Anordnungen sehr wohl bewusst. Für die Trauerbewältigung gehörten die Rituale der Bestattung dazu. Die Verzögerung bedeutete für die Hinterbliebenen eines Gewaltverbrechens eine zusätzliche Belastung.

»Herr Gastmann, erst mal danke für die Info. Es tut mir leid für Frau Berger, aber wir müssen den vorgeschriebenen Ablauf einhalten. Bitte grüßen Sie Frau de Buhr und Herrn Broning von mir.«

Tag 8,
Stadt Leer, Polizeidienstgebäude in der Stadt[54]
großer Sitzungssaal

Maike und Jan befanden sich zu dieser Zeit in der Teppich-Etage des Mutterhauses. Die Polizeiführung hatte sich interessiert den neuesten Stand der Ermittlungen angehört. Gemeinsam gingen die Polizisten die Treppe hinunter zur Pressekonferenz und setzten sich an den langen Tisch. Die Pressevertreter in den Stuhlreihen davor warteten bereits ungeduldig.

Der Ablauf entsprach der ersten Konferenz vor einigen Tagen. Die forsche Reporterin war auch wieder dabei. Diesmal trat sie aber sehr viel bescheidener auf.

Na, hättest du diese fiesen Gerüchte über den Kollegen Berger in der Zeitung drucken lassen, hättest du jetzt ein Problem, dachte Jan.

Mit der Feststellung, dass ein Kollege in Ausübung seines Dienstes ermordet worden war, begann er die Konferenz.

Diesmal verlief sie etwas ruhiger. Maike warf mit dem Beamer wieder passend zu Jans Vortrag die Fotos an die Wand, und er bat noch einmal eindringlich um die Mithilfe der Bürger. Dann beantwortete er einige Fragen der Reporter, und beendete die Pressekonferenz.

»Na, heute waren sie aber nicht so bissig wie beim letzten Mal«, meinte Maike.

»Das Gefühl hatte ich auch. Die Reporter respektieren wohl unsere persönliche Betroffenheit, Rolf war ja ein Kollege von uns.«

Sie fuhren zusammen in Maikes Mini Cooper zurück zum Büro der Soko bei der Autobahnpolizei. Sie achtete auf den Berufsverkehr. Er lächelte über ihren konzentrierten Gesichtsausdruck.

»He, lachst du mich aus, oder was?«, fragte Maike.

54) Punkt 13 auf der Karte

»Nein, ich lach dich an. Das ist ein großer Unterschied«, antwortete Jan.

Er suchte die richtigen Worte für ein Gespräch, das ihm auf der Seele lag. »Maike, in den letzten Tagen geht alles drunter und drüber. Die Ereignisse überschlagen sich. Ich warte immer wieder auf den richtigen Moment, um dich etwas Wichtiges zu fragen.«

»Na, dann frag doch. In unserem Beruf kannst du lange auf den richtigen Augenblick warten. Nichts da, von wegen stimmungsvolles Abendessen im Restaurant … danach Spaziergang bei Mondschein und der ganze Zinnober … Also frag schon!«

Sie hatte recht, romantische Augenblicke waren für Polizisten verdammt selten. »Du, als wir zusammen in Sankt Peter-Ording waren … Ich finde, wir hatten da eine sehr schöne Zeit. Bis zu diesem Augenblick am Strand. Ich hatte ein bisschen gedöst, und als ich wach wurde … Na ja, ich hatte das Gefühl, dass du auf einmal völlig verändert warst. Du bist ja dann auch gleich abgereist. Ich frage mich seitdem, was ich falsch gemacht habe. – So, Maike jetzt ist es raus!« Jan atmete erst einmal tief durch.

Inzwischen hatten sie das Stadtgebiet verlassen und befanden sich auf der Deichstraße in Richtung Emden. Maike setzte in einer Kurve den linken Blinker und fuhr auf einen mit hohen Bäumen umgebenen Parkplatz. In der Mitte hielt sie an, stellte den Motor aus und drehte sich zu Jan um.

Ihre rechte Hand strich zärtlich über sein Gesicht. Die Hand legte sich um seinen Nacken und sie zog seinen Kopf zu sich heran.

Sie beugte sich in seine Richtung und für einen Moment sahen sie sich tief in die Augen. Sie küsste ihn lange auf den Mund. Danach drückte sie ihn fest an sich.

»Aua, Maike, mein Rücken«, stöhnte Jan.

Sie löste die Umklammerung und er lehnte sich zurück. Beide fingen gleichzeitig an zu lachen.

»Moment, bitte …« Er drückte seinen Rücken durch. Diese Mal drehte er sich vorsichtig zu ihr und küsste sie erst vorsichtig auf die Wange und dann auf den Mund.

Sein Knie vertrug diese verdrehte Körperhaltung nicht lange und meldete sich schmerzhaft. Er öffnete die Beifahrertür und sprang hinaus. Jan hüpfte mit schmerzverzerrtem Gesicht um das Auto herum. Er drückte das Bein durch, um dem Krampf entgegenzuwirken. Maike stieg jetzt auch aus und sah mit mitfühlendem Blick, wie er sein Gesicht verzog.

Der Krampf ließ nach und sein Gesicht entspannte sich wieder.

»Hör mal, so schlimm war mein Kuss doch auch nicht. Brauchst doch nicht gleich aus dem Auto zu flüchten!«

Maikes Lachen steckte Jan an. Als die beiden sich etwas beruhigt hatten, sagte er: »Jetzt weiß ich immer noch nicht, was eigentlich los war.«

Statt einer Antwort umarmte sie ihn. Er drückte sie fest an sich, so als wollte er sie nie mehr loslassen. Die Welt hielt für sie kurz den Atem an. Alle Sorgen waren vergessen, im Moment zählten nur sie beide.

Ihre sanfte Stimme beförderte ihn zurück in die Realität. »Jan, wir müssen weiter.«

Nur schweren Herzens ließ er sie los.

Beide spürten aber, dass etwas Neues zwischen ihnen begonnen hatte. Sie waren glücklich, dass sie für kurze Zeit dieser schrecklichen Realität aus Mord und Trauer entronnen waren. Die Hoffnung auf eine schöne gemeinsame Zeit war wie ein Zauber und verlieh ihnen neue Kraft und Energie.

Als Jan und Maike das Büro der Soko betraten, spürten auch die anwesenden Kollegen einen Hauch dieses Zaubers.

Klaas überlegte, was anders an den beiden war. Sie strahlten über das ganze Gesicht. Sie wirkten wie ein Brautpaar auf dem Weg zum Altar. Also war doch was dran an diesen Gerüchten über Jan und Maike. Ihre Gesten und Blicke verrieten sie. Nein, pokern konnten die beiden nicht … Und gerade das, fand Klaas, machte sie so sympathisch und menschlich.

»Na, wie weit seid ihr«, fragte Jan fast fröhlich in die Runde.

»Das Glas ist halbvoll!«, antwortete Onno. »Wir sind mit der Selektion der Fahrzeuge nicht weitergekommen und haben das KBA in Flensburg um Hilfe gebeten. Die waren sehr zuvorkommend.«

Die erste E-Mail war bereits eingetroffen. Die Fahrzeugdaten waren in Blöcke eingeteilt. Zunächst hatte man ihnen alle Sonderkraftfahrzeuge aus dem Bereich Westerstede zugesandt. Es folgten die Daten für die Landkreise Leer, Aurich, Emden und zuletzt für das Emsland.

»Der Angestellte vom Kraftfahrtbundesamt hat Wort gehalten. Leider hat er die Daten nicht wie gewünscht bereits vorsortiert«, stöhnte Klaas. »Schau mal, wie viele das sind!«

Jan sah, dass sie dafür eine Strategie entwickeln mussten. »Ich schlage vor, wir teilen uns auf. Wir haben fünf Landkreise zu bearbeiten und wir sind zu fünft. Das passt doch. Onno, kannst du die E-Mail an uns fünf weiterleiten? Jeder sucht sich einen Landkreis heraus und bearbeitet die Daten am Arbeitsplatz.«

Onno zeigte auf die Computer im Büro. »Das sind zu wenig – Klaas und ich gehen runter, dort sind sicher noch zwei Computer frei. Ich nehme die Daten vom Landkreis Leer.«

Jan verteilte die Daten für die einzelnen Landkreise. Maike übernahm die der Stadt Emden, Klaas und Onno teilten sich die Landkreise Aurich und Leer, für Stefan und Jan blieben das Emsland und Westerstede übrig. »Sucht zunächst alle Sonderkraftfahrzeuge des Typs Hymer raus. Mal sehen, wie viele es dann sind. Danach verfeinern wir die Suche nach dem Baujahr. Denn man to!«

*

Die Auswahl der Daten verlief zunächst schwierig. Eine automatische Suche mit der Suchfunktion der PC funktionierte nicht.

»Wär ja auch zu einfach gewesen, das Suchwort *Hymer* einzugeben und Peng – alle Daten auf dem Schirm«, murrte Klaas.

Onno saß ihm gegenüber. »Die Zulassungsmuster sind unterschiedlich. Daran wird's wohl liegen«, vermutete er. »Kann es sein, dass du Kohldampf hast?«

»Wieso?«

»Erstens bist du nur am Maulen und zweitens: Dein Bauch rumort, da kann man ja Angst bekommen.«

»Ent-schul-di-gung, du Asket, aber mit diesen mickrigen Heringen und dem bisschen Schwarzbrot …!«

Onno sah auf seine Uhr. »Fahr in die Stadt und besorg uns was zum Futtern. Ich könnte auch etwas gebrauchen.«

»Ach nee! Na, dann frag ich auch noch unsere Kollegen von oben und flitz los. Wonach steht ihm denn die Mütze?«

»Nach dem Schweigen der Lämmer«, meinte Onno.

»Kannst du nicht Klartext reden? Sag doch gleich, dass du einen Gyrosteller möchtest«, murmelte sein Kollege verdrossen.

Onno wollte ihn nicht noch mehr reizen und konzentrierte sich auf die Fahrzeugdaten. Der Landkreis Leer war verdammt groß.

Seine Augen brannten. Er brauchte unbedingt einen Tee. Onno ging in die Küche neben dem Soko-Büro und setzte Wasser auf. »Na, wie wäre es mit einer kleinen Pause?« Die Kollegen im Büro nebenan sahen ihn dankbar an.

Sie hatten gerade die erste Tasse ausgetrunken, als Klaas mit dem Essen eintrudelte. Im Büro breitete sich der Duft von Gyros, Pommes und Krautsalat aus.

Die Laune von Klaas besserte sich mit jedem Bissen. Bei Onnos Tee war man sich nicht einig. Die Meinungen waren geteilt. Aber alle waren satt und zufrieden.

»Jetzt 'ne Stunde auf mein Ostfriesensofa«, stöhnte Onno mit vollem Bauch.

Kurz darauf lief die Spülmaschine, die Fenster des Büros standen zum Lüften offen und die Autobahnpolizisten gingen wieder die Treppe runter an die Computer.

Kapitel 10

Tag 8, abends
Büro der Soko Autobahngold

Die Kollegen kämpften sich mühsam durch die Daten. Plötzlich stutzte Onno. Die Daten dieses Wohnmobils auf dem Bildschirm passten wie die Faust aufs Auge: Sonderkraftfahrzeug, Typ Hymer und Baujahr 1970. Bingo!

Der Halter war ein Abel Batz, wohnhaft in Bunde im Industriegebiet[55]. Er notierte sich die Personaldaten und gab sie im Internet ein. Er bekam mehrere Hinweise auf eine Spedition Batz in Bunde.

»Klaas, kennst du eine Spedition Batz?«

»Soll das ein Witz sein?! Abel Batz aus Bunde? Wer kennt den nicht?«

»Ent-schul-di-ge! Mir sagt der Name gar nichts.«

»Du bist ja auch noch nicht so lange bei der Autobahnpolizei, mein Allerwertester.«

Onno verdrehte die Augen. »Hier, dieser Abel Batz ist Halter von einem Wohnmobil, das genau passen würde.«

Sein Gegenüber stand gut gelaunt auf und kam herüber. »Tatsächlich, ein altes Hymer-Wohnmobil! Das ist ja ein Ding! Du, wir gehen damit mal rauf zu Jan. Dieser Spediteur ist ein Ganove erster Güte. Die Vorgeschichte zu ihm ist so lang, da können wir uns besser alle zusammensetzen. Ich brauch dann nicht alles doppelt zu erzählen.«

*

Jan konnte den Gesichtern der beiden Autobahnpolizisten ansehen, dass sie etwas Wichtiges gefunden hatten, und

55) s. K. 8

war nicht überrascht, als Onno verkündete: »Ich glaube, wir haben einen Treffer!« Die Kollegen unterbrachen ihre Arbeit und hörten aufmerksam zu.

»Ein Spediteur aus Bunde, hier.« Onno zeigte auf seine Unterlagen. »Auf ihn ist ein älteres Wohnmobil zugelassen. Hersteller Hymer. Genau wie Maike es bereits vermutet hatte.« Onno gab Klaas ein Zeichen.

»Ein ganz übler Geselle, dieser Abel Batz«, begann Klaas zu erzählen. »Wir haben ihn noch nicht im Polizeicomputer überprüft, aber er wird mit Sicherheit eine Akte haben. Also, bei diesem Namen hat es bei mir sofort geklingelt. Allerdings hätte ich ihn nicht mit Mord in Zusammenhang gebracht.«

»Gib mir doch mal seine Personalien, dann check ich das im System«, bat ihn Maike.

Klaas reichte ihr seinen Zettel.

»In welchem Zusammenhang kennst du denn diesen Abel Batz?«, wollte Jan wissen.

»Batz ist ein Spediteur aus Bunde. Aufgefallen sind zuerst seine angestellten Fahrer. Immer wieder wurden Fahrtzeiten überschritten und Pausen unterschritten. Es folgte eine Serie von Ordnungswidrigkeitenanzeigen wegen Verstößen gegen Sozialvorschriften. Dazu zählten fahrpersonalrechtliche und arbeitsrechtliche Verstöße.«

Klaas bemerkte, dass diese Begriffe zu schwer verdaulich waren, und suchte nach einer besseren Beschreibung. »Im Klartext: Er hat seine Kraftfahrer extrem ausgenutzt. Die waren bei den Kontrollen vollkommen übermüdet. Tickende Zeitbomben. Besonders gemein war, dass er sie nur nach gefahrenen Kilometern bezahlt hat. Das ist nicht nur verboten, sondern schlicht formuliert eine Riesensauerei. Parallel erhielt natürlich auch der Arbeitgeber, der Spediteur Batz, jeweils eine Anzeige. Zuständig für die Ahndung ist das Gewerbeaufsichtsamt, in diesem Fall in Emden. Jedenfalls fiel dort schon die ungewöhnliche Anzahl von Anzeigen auf.

Aber wenn es stimmt, was wir vermuten, ist dies nur die Spitze des Eisberges.«

Klaas sah in die Runde. Er hatte, was er wollte: die volle Aufmerksamkeit der Kollegen. »Und wenn ihr bis jetzt gedacht habt, mein Vortrag war kompliziert, dann kann ich jetzt noch eine Schippe drauflegen. Ich sag nur: Hühnerscheiße.«

Wieder sah er in die Runde und freute sich über die Reaktionen in den Gesichtern der Kollegen. »Ja, welch ein banales Wort, aber leider kein komisches Thema, wie man vielleicht vermuten könnte. Ich versuch es einfach zu erklären. Stellt euch eine riesige Hähnchenfabrik vor. Das Wort Fabrik habe ich bewusst gewählt. Es sind keine Bauernhöfe, sondern Industrieanlagen. In diesen Massentierhaltungen werden Eier und Schlachthühner produziert, und da fällt unter anderem eine riesige Menge von Hühnerkot an. Für viele dieser Fabriken ist es nicht möglich, so große Menge als Dünger auf dem eigenen Land auszubringen. Einfach zu viel von dieser Schei… äh, dem Kot.«

»Klaas, was hat denn jetzt dieser Hühnermist mit unserem Fall zu tun?«, fragte Stefan ungeduldig.

»Warte es doch erst mal ab.« Klaas grinste. »Ich bin doch noch nicht fertig. »Also, die Entsorgung geschieht mit Kasten-Lkw direkt bei den Fabriken. Der Kot wird dort aufgeladen und zu Bauernhöfen abtransportiert, die noch freie Kapazitäten – also Ackerflächen – haben. In letzter Zeit liefen diese Transporte von den niederländischen Hähnchenfabriken nach Deutschland. Hier bei uns in Norddeutschland oft ins Münsterland. In diesem Zusammenhang spricht man von Hühnerkot-Tourismus. Nun könnte man sagen, ist doch kein Problem, der Hühnerkot ist doch schließlich Dünger. Dieser überschüssige Dünger aus Holland wird halt hier in Deutschland auf Kartoffeläckern eingesetzt. Aber die Sache hat natürlich einen Haken. Dieser Hühnerkot ist nämlich zum Teil verseucht mit hochgradig antibiotikaresistenten Eitererregern und ESBL-bildenden Darmkeimen. Es handelt sich bei diesem Hühnerkot zum Teil um infektiösen Sondermüll.«

»ESBL[56], was ist das denn?«, fragte Stefan.

Klaas nahm sein Notizbuch aus der Hemdtasche und blätterte darin. »Moment, hier, ich hab es gefunden: E steht für Extended, S für Spectrum, B für Beta und L für Laktamasen.«

Klaas sah in die ratlosen Gesichter seiner Kollegen und versuchte es mit einer einfacheren Erklärung. »ESBL-bildende Bakterien können Antibiotika unwirksam machen.« Er suchte nach einem Beispiel. »Ihr habt doch sicher schon mal gehört, dass es erhebliche Probleme mit Keimen in Krankenhäusern gibt.«

Die Kollegen in der Runde nickten.

»Also, diese Keime findet man in Krankenhäusern und in industriellen Tiermastfabriken. Dabei ist es auch egal, ob es sich um Schweine-, Geflügel- oder Rindermast handelt. Stellt euch vor, dass zwischen den Bakterien und den Medikamenten ein ständiger Kampf stattfindet. Die Antibiotika werden immer weiterentwickelt – und jetzt wird es gruselig: Die Keime oder Bakterien halten Schritt, sie passen sich an und werden resistent. Die fiesen ESBL–Keime treten da am häufigsten auf, wo man viel Antibiotika einsetzt. Diese resistenten Keime werden über die Lüftungsanlagen von Tierställen nach außen gepustet oder landen im Hühnermist. Aber du findest sie natürlich auch, wenn du Hähnchenfleisch auftaust.«

Maike verzog angeekelt ihr Gesicht. »Klaas, du versaust mir gerade den Appetit auf meine so geliebten halben Hähnchen.«

---

56) Extended Spectrum []-Lactamasen sind Enzyme, die von zahlreichen Bakterien gebildet werden. Sie hydrolysieren einen gemeinsamen strukturellen Bestandteil der []-Lactam-Antibiotika, den []-Lactam-Ring, und verhindern dadurch die Wirkung dieser Arzneistoffe.

Klaas ließ sich nicht ablenken. »Stellt euch mal vor: Diese Keime überleben sogar den Frost in der Tiefkühltruhe. Auf dem Acker können sie mehrere Jahre vor sich hin schlummern und werden plötzlich aktiv. Dies wird ein Riesenproblem für die Menschheit werden.«

»Moment mal, willst du damit andeuten, dass wir uns in der Nähe von Tiermastställen nicht mehr aufhalten sollten?« Onno klang besorgt. »Bei uns im Rheiderland wollen die jetzt auch mit diesen Mastställen anfangen.«

»Ihr schweift vom Thema ab«, unterbrach Jan. »Wie passt denn dieser Abel Batz in diese Geschichte?«

»Unser Abel Batz steht im Verdacht, diesen mit Keimen verseuchten Hühnermist illegal von den Niederlanden nach Deutschland zu transportieren«, antwortete Klaas. »Ein lukratives Geschäft.«

»Volltreffer!« Maike sah auf den Bildschirm. »Dieser Batz hat eine Latte von Eintragungen. Betrug, Unterschlagung und einige Umweltvergehen.«

»Haben wir denn sonst noch Kandidaten herausgefunden?«, fragte Jan.

Jeder Kollege hatte einige Treffer.

Jan sah auf seine Uhr. Er war hundemüde und sah den Gesichtern seiner Kollegen an, dass es ihnen genauso ging. Die Gefahr bestand, dass die Konzentration bei diesem Datenabgleich nachließ. Dies durfte aber nicht passieren. »Leute, es reicht für heute. Wir machen jetzt Schluss. Ich hab Angst, wir könnten etwas übersehen. Also fahrt nach Hause und erholt euch ein bisschen. Morgen geht es weiter.«

Tag 8, abends
Haus der Familie de Buhr am Uphuser Meer

Maike stellte den Motor ihres Mini aus. Im Ferienhaus am Uphuser Meer brannte das Licht in der kleinen Küche. Ihr Vater ging gerade am Fenster vorbei.

Sie stieg aus dem Auto und wollte ins Haus gehen. Merkwürdig … Die Tür war abgeschlossen. Maike kramte ihren Hausschlüssel aus der Tasche und schloss auf. Zielstrebig ging sie in die Küche.

Die beiden Frauen erschraken gleichzeitig, als Maike plötzlich der Fremden gegenüberstand, die nur das karierte Arbeitshemd ihres Vaters trug.

Die fremde Frau in der Küche stutzte einen Moment und fragte dann: »Maike?«

Maike hörte die Stimme ihres Vaters aus dem Schlafzimmer. »Hallo, Mäuschen, wo bleibst du denn?«

Maike begriff sofort die Situation und konnte sich ein Grinsen nicht verkneifen, als sie die Frau fragte: »Dann sind Sie wahrscheinlich das Mäuschen, oder?«

Die Frau hatte ein gewinnendes Lächeln. Maike schätzte ihr Alter auf fünfzig Jahre. Sie hatte schönes langes, blondes Haar, das an den Schläfen in Grau überging. Blaue Augen, eine Stupsnase und einen schönen Mund.

»Eigentlich heiße ich Karin«, bemerkte die Frau trocken. »Ihr Vater bevorzugt aber die Anrede Mäuschen.« Sie rief nach oben. »Mein Katerchen, deine Tochter ist da!« Dann sah sie an sich hinunter. »Ich glaube, ich zieh mir erst mal etwas an.« Mit diesen Worten entschwand Karin aus der Küche.

Maike war sprachlos und setzte sich. Der Duft von Chanel Nummer 5 wehte durch die Küche. Dieser Schlawiner, dachte sie. Von wegen ›Ich bin bei einem Kollegen‹ …!

Diese Karin hatte viel Ähnlichkeit mit Maikes Mutter

Annegret. Na, sie war schon gespannt auf die nächsten Minuten. Erwartungsvoll sah Maike auf die Treppe.

Erst hörte sie nur leise Stimmen und immer wieder Karins Lachen. Dann kam ihr Vater wie ein armer Sünder mit ihr die Treppe herunter. Seine Haare waren noch ein wenig durcheinander. »Karin, das ist meine Tochter Maike. Maike, darf ich dir Karin vorstellen?«

»Dein Kollege mit den technischen Problemen«, sagte Maike trocken, »so was Ähnliches habe ich bereits vermutet. Die Spurenlage war ja auch zu eindeutig.«

Ihr Vater drehte sich zu Karin um. »Siehst du, so ist das, wenn man unter polizeilicher Beobachtung steht.«

Sie trug jetzt eine Jeans. Die Bluse war etwas zerknittert. Ein Knopf war abgerissen. Karin bemerkte Maikes musternden Blick und fragte verlegen: »Soll ich uns einen Tee machen?«

»Ich glaube, ich brauch etwas Stärkeres. Bier oder Wein?«

Kurz darauf saßen die drei am Küchentisch und Maike erfuhr, wie sich Karin und ihr Vater kennengelernt hatten. Karin hatte ein Ferienhaus in der Nachbarschaft am Uphuser Meer geerbt. Sie hatte ihre Zelte in Köln vorübergehend abgebrochen und war dort eingezogen. Die Heizung war nicht angesprungen und sie hatte sich in der Nachbarschaft nach einem Klempner erkundigt. Johann de Buhr war dort als Allrounder bekannt, und so hatte Karin Maikes Vater um Rat gebeten. Johann hatte sich die defekte Heizung angeschaut und gesehen, dass es sich bei der Reparatur nur um eine Kleinigkeit handelte. Die beiden waren sich sofort sympathisch gewesen, und so hatte die Instandsetzung mehrere Stunden gedauert.

Auch Maike fand Karin sehr nett. Im Gegensatz zu ihrer Mutter stand diese Frau mit beiden Beinen fest auf dem Boden. Sie passte besser zu ihrem Vater. Maike hatte ihn seit langem gedrängt, sich eine Freundin zu suchen, trotzdem hatte er seine Tochter in den letzten

Minuten immer wieder unsicher angesehen. Er hatte offensichtlich etwas Angst vor ihrer Reaktion.

»Hört mal, ich freue mich sehr für euch, aber …« Sie sah ihren Vater streng an. »Mir so eine Geschichte von wegen Kollegen und so aufzutischen, und noch dazu so miserabel gelogen …!«

Nun lachten alle drei und das Eis war gebrochen.

*

Maike entschuldigte sich bei den beiden, weil sie ständig gähnte. Sie trank noch einen ordentlichen Schluck Rotwein und verkrümelte sich ins Bett.

Ihr Vater war glücklich. Warum konnte das Leben nicht immer so sein? Aber im Moment war sie es ja auch … Sie dachte an Jan und wie sie sich geküsst hatten.

Mit diesem Gedanken schlief sie ein.

*

Im Gegensatz zu Maike konnte Onno wieder lange nicht einschlafen. Als er es dann endlich doch geschafft hatte, wachte er nach einer Stunde wie gerädert auf. Immer wieder drehte er sich im Bett hin und her. Irgendetwas im Unterbewusstsein gab keine Ruhe. Es hatte mit dem Spediteur Batz zu tun. Der wohnte doch im Industriegebiet Bunde West. Der Knoten in seinen müden Gedanken löste sich nur schwer, aber plötzlich wusste Onno, was sein Unterbewusstsein ihm die ganze Zeit mitteilen wollte.

War das möglich?

Die Puzzelteile setzten sich mühsam zusammen. Eins davon war die Frage, wie die Leiche des Kollegen Rolf in das Kraftwerk gelangt war. Das nächste Teil war der rote holländische Lkw mit Anhänger, der regelmäßig, mit niederländischem Müll beladen, im Industriegebiet Bunde West stand. Am Nachmittag bei dem Sucheinsatz nach dem Kollegen, war ihnen da nicht dieser rote Lkw entgegengekommen? War es Zufall, dass der Spediteur seinen Wohn- und Firmensitz in Bunde West hatte?

Sein Unterbewusstsein gab nun Ruhe und Onno fiel endlich in einen unruhigen Schlaf.

Tag 9, frühmorgens
Dienstgebäude der Autobahnpolizei[57]

Am nächsten Morgen stellte Onno seinen Roller im Innenhof der Autobahnpolizei ab. Er begrüßte seine Kollegen auf der Wache, und Mark Rode gab ihm einen Zettel. Mitteilung von Herrn Tergast, Kraftwerk Weener, Befragung der Mitarbeiter verlief negativ. Keine Hinweise.

In der kleinen Küche traf er Klaas. Die Kaffeemaschine und der Wasserkocher blubberten bereits.

Maike schaute herein. »Guten Morgen, soll ich euch helfen?«

»Kein Problem«, sagte Onno, »Kaffee und Tee sind gleich fertig.«

Im Büro der Soko saßen sich die Kollegen gegenüber. »Gestern hatten wir ja mit der Selektion der Daten aufgehört«, sagte Jan. Er sah in die Unterlagen. »Wenn ich es so richtig überblicke, hatten wir zehn interessante Kandidaten. Besonders ist Onno dieser Abel Batz aufgefallen.«

»Obwohl er nicht so recht in das Täterprofil passen will«, unterbrach ihn Maike. Sie suchte den Zettel mit den Vorstrafen des Spediteurs heraus. »Hier steht Betrug, Anstiftung zu Umweltvergehen, dazu gehört sicher auch die illegale Entsorgung von Hühnerkot im großen Stil. Hühnerkot-Tourismus, wie Klaus uns gestern erklärt hat.«

»Du meinst, er ist eigentlich nicht als Gewalttäter aufgetreten.« Jan schaute Klaas an. »Du sagtest doch

57) Punkt 14 auf der Karte

gestern, dass das Gewerbeaufsichtsamt den Batz auf dem Kieker hat.«

»Genau. Der hat dort bestimmt schon eine eigene Akte«, bestätigte Klaas.

Jan suchte sich aus dem Telefonbuch die Nummer des Gewerbeaufsichtsamts heraus. Er ließ sich mit dem zuständigen Sachbearbeiter verbinden.

»Hartog, Gewerbeaufsichtsamt.«

»Moin, Herr Hartog, Jan Broning ist mein Name. Es handelt sich um eine Anfrage zu Herrn Abel Batz.«

»Die Schöne und das Biest«, sagte Hartog und lachte über seinen eigenen Witz.

»Wie bitte?«, fragte Jan.

»Entschuldigen Sie, das ist hier nur so ein Spruch bei uns. Die Frau von Abel Batz ist eine echte Schönheit, aber Abel ist ein Scheusal. Nicht äußerlich, sondern bezogen auf seinen Charakter.«

»Die beiden interessieren uns sehr, Herr Hartog – aber können wir uns nicht zu einem persönlichen Gespräch treffen? Es ist nämlich sehr wichtig«, bat Jan.

»Heute Mittag habe ich eine Nachprüfung in Leer, ich könnte vorher bei Ihnen reinschauen«, schlug Hartog vor.

»Das wäre sehr nett, aber bitte denken Sie daran, dass wir uns bei der Autobahnpolizei treffen und nicht in der Stadt.«

»Kenn ich. Herr Broning, bis nachher!« Hartog legte auf.

*

Eine Etage tiefer saßen sich die beiden Autobahnpolizisten gegenüber.

Onno gähnte. »Meine Güte, hab ich wieder schlecht geschlafen. In der Nacht ist mir was eingefallen. Ich weiß nicht, ob es dummes Zeug ist, deshalb wollte ich zuerst mit dir über die Sache reden.«

»Na, raus damit«, sagte Klaas. »Was meinst du denn für eine Sache?«

»Wir haben doch gleich nach dem Verschwinden von Rolf diese Sonderstreife gefahren. Dabei waren wir auch in Bunde West im Industriegebiet. Kannst du dich noch erinnern? Der rote Lkw mit den Anhängern kam uns entgegen.«

»Der hatte Container drauf mit dem Müll aus Groningen«, bestätigte sein Kollege.

»Diesen Fahrer kennen wir doch ganz gut. Der lässt ab und zu seinen Anhänger im Industriegebiet stehen, weil er in Bunde seine Tagesruhezeit einlegt«, erklärte Onno.

Klaas blickte ihn skeptisch an. »Ja, und was das mit unserem Fall zu tun?«

»Na, wo wohnt denn unser Abel Batz?«, fragte Onno.

»Bunde West im Industriegebiet. – Du meinst, Batz hat die Leiche von Rolf in diesem roten Container im holländischen Hausmüll entsorgt!«

»Ja, das glaube ich zumindest. Es kann aber auch sein, dass das Blödsinn ist.«

»Du, das sollen andere, besser bezahlte Kollegen entscheiden«, meinte Klaas.

Tag 9, Mittagszeit
Dienstgebäude der Autobahnpolizei

Die beiden Autobahnpolizisten schalteten die Computer aus und verließen das Büro. Im Flur kam ihnen Jürgen Hartog vom Gewerbeaufsichtsamt entgegen.

Man kannte sich von vielen gemeinsamen Großkontrollen an der Autobahn. Hartog war zuständig für die weitere Bearbeitung der Anzeigen wegen Nichteinhaltung von Ruhezeiten oder Lenkzeitüberschreitungen von Berufskraftfahrern.

»Moin, Jürgen, was führt dich zu uns?«, fragte Onno.

»Ich wollte zu eurem Kollegen Broning.«

»Da wollten wir auch gerade hin. Bitte folgen – steht bei uns immer auf dem Dach des Streifenwagens.«

Gemeinsam gingen sie nach oben und trafen Jan auf dem Flur vor dem Soko-Büro.

»Na, habt ihr uns Besuch mitgebracht?«, fragte er.

Onno stellte die beiden einander vor, und Jan gab Hartog die Hand. »Schön, dass Sie hier sind. Möchten Sie einen Kaffee oder einen Tee?«

»Kaffee wäre nicht schlecht.«

Jan wandte sich an Onno. »Am besten, wir setzen uns in den Sozialraum. Bist du so nett und machst für uns einen Kaffee?«

»Kein Problem. Dann kann ich uns auch noch einen Tee machen«, erwiderte Onno und ging zusammen mit Klaas in die Küche.

Jan führte Herrn Hartog in den kleinen Sozialraum neben dem Soko-Büro an den runden Tisch. »Moment bitte, bin gleich zurück.« Er ging rüber zu Maike und Stefan. »Macht doch auch eine Pause und setzt euch zu uns. Herr Hartog vom Gewerbeaufsichtsamt möchte uns etwas zum Spediteur Batz erzählen.« Er zeigte auf die weißen Tafeln. »Die braucht er ja nicht unbedingt zu sehen.«

Sie setzten sich im Sozialraum zusammen. Onno, Klaas und Jürgen tauschten beim Tee Erinnerungen an die letzte Großkontrolle aus.

Jan kam langsam zur Sache. »Herr Hartog, wir benötigen Informationen in einer laufenden Ermittlungssache zu dem Spediteur Batz. Sie hatten ja schon am Telefon angedeutet, dass sie ihn ganz gut kennen.«

»Ja, das kann man wohl sagen. Ich vermute, Sie dürfen mir nicht verraten, warum Sie sich so für ihn interessieren?«

»Leider müssen wir uns bei dem derzeitigen Stand der Ermittlungen mit der Weitergabe von Informationen sehr zurückhalten. Nur so viel: Es fällt nicht in Ihren Zuständigkeitsbereich«, erklärte Jan.

Damit musste sich Hartog wohl oder übel zufriedengeben. »Also, ich weiß gar nicht, wo ich eigentlich anfangen soll«, sinnierte er.

»Sie erwähnten doch so etwas wie die Schöne und das Biest«, schlug Jan vor.

»Über die Ehefrau vom Spediteur, Lisa Batz, habe ich gehört, dass sie eine Schönheit sein soll. Direkt gesehen habe ich sie allerdings noch nicht. Sie ist als Geschäftsführerin der Spedition eingetragen, weil ihr Mann kein Gewerbe mehr führen darf. Damit sind wir schon bei dem Biest Abel Batz. Angefangen hat das alles mit etlichen Anzeigen wegen Sozialdumpings. Batz presst die angestellten Fahrer aus wie Zitronen. Er bezahlt nur nach gefahrenen Kilometern, was natürlich nicht nur unsozial, sondern auch verboten ist. In letzter Zeit hält sich hartnäckig das Gerücht, dass seine Spedition auch in den Hühnerkot-Tourismus verwickelt ist.« Hartog sah die Polizisten fragend an.

Jan nickte. »Unser Kollege Klaas hat uns schon einiges über diesen illegalen Transport von Hühnerkot erzählt.«

»Na gut. – Jedenfalls hatten wir diesen Abel Batz im Visier.«

Jetzt schaute ihn Jan fragend an. »Sie *hatten* ihn im Visier?«

Hartog sah etwas unglücklich aus. »Wir wollten letzte Woche eine Betriebsprüfung bei der Spedition durchführen. Diese Prüfung fiel aus, weil sich Abel Batz inzwischen mit den gesamten Papieren abgesetzt hatte.« Er bemerkte die betroffenen Gesichter der Polizisten. »Ja, er hat sich aus dem Staub gemacht.«

Jürgen Hartog hatte seinen Kaffee ausgetrunken und sich verabschiedet. Die Kollegen räumten den Sozialraum auf und gingen gemeinsam zurück ins Büro der Soko.

»So ein Mist!«, sprach Jan aus, was alle dachten.

»Wäre ja auch zu einfach gewesen«, ergänzte Onno.

Jan dachte laut über die neue Situation nach. »Kann Batz der Täter sein? Bereits drei Tage vor dem Auffinden der ersten Leiche – das war das Opfer Schulte – ist er vor der Überprüfung durch das Gewerbeaufsichtsamt geflüchtet. Seitdem ist er untergetaucht. Trotzdem könnte er unser Mann sein. Jedenfalls spricht einiges dafür. Andererseits passt sein bisheriges Verhalten nicht in das Profil, das wir erstellt haben. Was meint ihr?«

»Jan, ich hab da eine Idee, wie die Leiche vom Kollegen in das Kraftwerk gelangte«, sagte Onno.

Er bemerkte, dass er die anderen irritierte, weil sie gerade noch vom verschwundenen Spediteur Batz gesprochen hatten, und holte etwas weiter aus. »Wir stellen uns doch die Frage, ob Batz der Täter sein könnte.« Onno stand auf und ging zur Übersichtskarte neben der weißen Tafel. »Also, die Spedition von Abel Batz befindet sich im Industriegebiet Bunde-West[58].« Er tippte auf die Karte. »In diesem Industriegebiet stellt ein Lkw-Fahrer aus Bunde seinen Lkw oder den Anhänger über Nacht oft ab. Er lässt sich dort von seiner Frau abholen. Dieser Lkw hat rote Container geladen und steht dann einsam und unbewacht da. In Containern befindet sich sortierter Müll aus Groningen. Bei der Suchaktion ist dieser Lkw uns in Bunde entgegengekommen. Hier, ich zeige es euch auf der Zeitschiene.« Er tippte mit dem Finger auf den vierten Tag, die Abendzeit. »Ich glaube,

58) siehe Punkt 8 der Karte

die Leiche vom Kollegen Rolf befand sich in einem der Container auf dem Lkw. Dies würde erklären, wie die Leiche zum Kraftwerk gelangte. Aber achtet doch einmal auf die verschiedenen eingetragenen Positionen in der Karte. Zum Beispiel die Ablegeorte der Leichen. Fundorte waren der der Parkplatz Uplengen[59], der Parkplatz Rhede[60] und das Kraftwerk in Weener[61].« Onno zeigte die entsprechenden Positionen auf der Karte.

»Jetzt weiß ich, worauf du hinauswillst«, sagte Jan. »Das Industriegebiet Bunde-West liegt so ziemlich in der Mitte zwischen den Positionen. Eine ideale Lage für unseren Täter. Wir hatten doch nach dem Verschwinden des Kollegen Rolf sofort die Großfahndung veranlasst, aber vielleicht waren unsere Täter zu diesem Zeitpunkt schon längst zu Hause.«

»Kollegen, ist euch aufgefallen, was Herr Hartog über die Frau von Abel Batz gesagt hat?«, fragte Maike.

»Na, dass sie sehr gut aussehen soll«, sagte Onno. »Die Schöne und das Biest, waren das nicht seine Worte?« Er schlug sich mit der Handinnenseite an die Stirn. »Ich Dussel! Ja, klar – die Aussage vom Zeugen Zijlstra: Er hat doch die Frau, mit der sich Rolf auf dem Parkplatz unterhalten hatte, als Schönheit bezeichnet.«

Stefan klang skeptisch. »Na, Kollegen, das ist aber alles ein wenig wackelig. Schönheit ist doch wohl relativ. Ebenfalls die Nähe des Industriegebietes Bunde zu den Fundorten der Leichen. Die Suche nach dem Wohnmobil hat uns in diese Richtung geführt. Könnte aber auch ein Irrweg sein.«

»Die Gefahr, dass man sich verrennt, besteht immer«, stimmte Jan ihm zu. »Aber sei ehrlich, dies ist unsere einzige Spur im Moment! Wir brauchen sämtliche Informationen zu Abel und Lisa Batz. Versucht alle Quellen

59) siehe Punkt 7 der Karte
60) siehe Punkt 3 der Karte
61) siehe Punkt 9 der Karte

anzuzapfen. Von Internetforen bis zum Handelsregister. Außerdem sollten wir uns vorsichtig vor Ort in Bunde umsehen.«

»Observation der Spedition?«, schlug Maike vor.

Jan rieb sich seine Schläfe. »Du hast recht, wir stellen noch heute einen Plan zusammen. Aber dafür brauchen wir noch weitere Info, insbesondere wie es vor Ort aussieht. Ein Foto von dieser Lisa Batz wäre super. Man könnte es dem Zeugen Zijlstra vorlegen. Mit ein bisschen Glück erkennt er die Frau wieder.«

Tag 9, nachmittags
Münsterland

Maltes Mutter machte sich nun doch Sorgen um ihren Jungen.

Bei der Schulleitung hatte sie ihn als krank abgemeldet. Im Sekretariat hatte sie zufällig erfahren, dass Maltes bester Freund Kevin ebenfalls krank war. Daraufhin hatte sie Kevins Mutter angerufen. Auch Kevin litt unter krampfartigen Schmerzen im Bauchbereich.

Die Frauen ahnten nicht, dass sich die Kinder vor vier Tagen beim Baden in der Hunte mit EHEC[62]-Bakterien angesteckt hatten. Inzwischen zeigten die Kinder Symptome einer akuten Magen-Darm-Grippe. Die antibiotikaresistenten Bakterien im Körper der Jungen erzeugten Gifte. Die griffen die Zellen der Darmwand

62) Enterohämorrhagische Escherichia coli (EHEC) sind bestimmte krankheitsauslösende Stämme des Darmbakteriums Escherichia coli (E. coli), benannt nach dem Entdecker des Erregers Theodor Escherich. Das Namenspräfix enterohämorrhagisch (entero von altgriechisch enteron – Darm und hämorrhagisch für Blutung) deutet an, dass EHEC beim Menschen blutige Durchfallerkrankungen (enterohämorrhagische Colitis) auslösen können..

an. Außerdem attackierten die aggressiven Bakterien die Blutgefäße im Gehirn und die der Nerven.

Anfänglich hatte Malte nur über Bauchschmerzen geklagt. Er hatte mit einer Schüssel in der Hand auf dem Klo gesessen. Alle Hausmittel hatten versagt. Ihr Junge lag schweißnass im Bett und glühte. Ihre Mutterinstinkte sagen ihr, dass es sich nicht nur um eine harmlose Magen- und Darmgrippe handelte.

Sie wickelte ihr todkrankes Kind in eine Decke und trug es in den Wagen. Immer wieder sah sie auf das blasse Gesicht, während sie zum Krankenhaus fuhr.

Die Ärzte waren durch eine ganze Reihe ähnlicher Krankheitsfälle sensibilisiert. Sie hatten inzwischen eine Isolierstation eingerichtet. Dort lagen bereits ein Bio-Landwirt und zwei Erwachsene. Die inzwischen identifizierte Bakterienart zeigte sich resistent gegen die eingesetzten Antibiotika.

Diese Art der Erkrankung war meldepflichtig. Deshalb hatte die Krankenhausleitung das Gesundheitsamt alarmiert.

Die Anzahl der gemeldeten Erkrankungen stieg sprunghaft an. Die Behördenvertreter versuchten verzweifelt herauszufinden, wo sich die Kranken angesteckt haben konnten. Was hatten ein Bio-Landwirt, badende Kinder und Erwachsene, die Erdbeeren gepflückt hatten, gemeinsam? Schließlich stießen die Ermittler auf einen mit Hühnerkot verseuchten Kartoffelacker an der Hunte.

Inzwischen rangen dreißig Patienten mit dem Tod, darunter Kevin und Malte. Auch bei anderen Krankenhäusern mussten Isolierstationen eingerichtet werden. Die Zahl der Erkrankten nahm sprunghaft zu, weil infizierte Personen gesunde Menschen ansteckten.

Schnell stießen die Gesundheitsbehörden an die Grenzen der Machbarkeit, als mehr als einhundert Personen erkrankten.

Kevin hatte mehr Glück als Malte. Zwar überlebten beide, aber Maltes Nieren waren durch die Bakterien stark geschädigt worden.

Kapitel 11

Tag 9, abends
Niederlande, Ortschaft Nieuwe Beerta

Der Spediteur Abel Batz lag nackt im Bett. Ihre linke Hand kraulte sein Brusthaar. Sie war ebenfalls nackt und kuschelte sich an seine linke Seite. »Du, Abel, wir brauchen Geld. Du bist jetzt schon fast zwei Wochen bei mir in der Wohnung. Das ist ja schön, aber der Kühlschrank ist leer.«

»Hör mal, ich hab dir zwanzigtausend Euro gegeben, die können doch nicht schon weg sein!«

Ihre linke Hand kitzelte ihn am Bauchnabel und rutschte weiter nach unten. »Ich weiß, aber bei meinem Zuhälter hatte ich noch Schulden und ich hatte doch nichts mehr zum Anziehen«, flüsterte sie ihm ins Ohr.

Er drehte sich zu ihr um. »Ich besorg die Kohle, kein Problem.«

Eine halbe Stunde später saß er in einem Golf, der auf ihren Zuhälter zugelassen war. Damit fuhren sie und ihre Kolleginnen zu sehr speziellen Hausbesuchen. Seinen BMW hatte er etwas versteckt stehen lassen. Mit Sicherheit suchten sie schon nach ihm und seinem Auto. Seit zwölf Tagen war er auf der Flucht und hatte sich bei ihr versteckt. Sie hatte einen teuren Geschmack, aber dafür war der Sex mit ihr großartig. Dass sie es berufsmäßig auch mit anderen trieb, machte sie für ihn nur noch begehrenswerter. Es hatte ihn immer schon zu Prostituierten hingezogen.

Er brauchte unbedingt Geld und er wusste, wo er es sich besorgen würde. In seiner neuen Speditionshalle hatte er noch einen Notgroschen versteckt.

Industriegebiet Bunde-West[63]

Vor der Ortschaft Bunde bog er rechts in das Industriegebiet ab. Vorsichtig fuhr er weiter und sah sich aufmerksam um. Zunächst fuhr er langsam an seiner Spedition vorbei.

Panik stieg in ihm auf, als er ein unbeleuchtetes Auto in der Nähe des Haupttors bemerkte. Zwei Personen saßen darin und beobachteten das Firmengelände.

Er zwang sich, ruhig zu bleiben, und fuhr vorbei. Die Polizei observierte also seine Firma. Wie sollte er jetzt unbemerkt in die Halle kommen? Womöglich hatte seine Frau die Alarmanlage eingeschaltet. Da blieb nur noch eine Möglichkeit, unbemerkt auf das Gelände zu gelangen.

Sein neues Speditionsgelände lag direkt an der Hauptstraße durch das Industriegebiet. Es war von einem Zaun umgeben, hinter dem er vor einigen Jahren schnell wachsende Büsche und Sträucher angepflanzt hatte. Das Gelände war jetzt von außen eigentlich nur durch das breite Tor einzusehen. Hinter den neuen Gebäuden befand sich das ehemalige Firmengelände mit einer alten Halle. Dort hatte er damals mit zwei klapprigen Lkw angefangen.

Dieses alte Firmengelände war mit einem Zaun von dem neuen abgetrennt worden. Eigentlich hatte er es längst verkaufen wollen. Dann waren diese speziellen Transporte gekommen und er hatte es sich anders überlegt.

Von der Hauptstraße aus, wo der Zivilwagen der Polizei stand, konnte man die alte Halle nicht sehen. Ein unscheinbarer Weg führte von der Ortschaft Bunde aus zu seinem alten Firmengelände. Das neue Industriegebiet war erst später erschlossen worden. Kannte die Polizei

---

63) siehe Punkt 8 der Karte

diesen alten Weg? Zum Glück war die alte Halle komplett hinter hohen Büschen verschwunden.

Auf Umwegen fuhr er zunächst zurück zum Grenzübergang. Er wollte nicht noch einmal an den Polizisten vorbeifahren. Vor dem Grenzübergang blieb er kurz stehen und überdachte die neue Situation. Sie brauchten unbedingt Geld. Einen Versuch war es wert.

Diesmal blieb er auf der Bundesstraße und fuhr in Richtung Bunde. Hinter dem gelben Ortsschild bog er nach rechts ab. Er hatte Glück, auf der alten Zufahrt war alles ruhig. Kein Observierungsteam der Polizei zu sehen. Seine Nerven beruhigten sich etwas.

Im Abstand von rund zweihundert Metern stellte er den Wagen ab und ging das restliche Stück zu Fuß. Vor dem rostigen Tor sah er sich aufmerksam um.

Er bemerkte einen flackernden Lichtschein aus einem Seitenfenster der alten Halle. Mit etwas Wehmut dachte er an die alten Zeiten. Dort, wo er das Licht sah, befand sich ihre erste gemeinsame kleine Wohnung. Die hatten sie direkt in die Halle eingebaut, um Geld zu sparen.

Hatte sich in ein Penner in der alten Halle breitgemacht?

Das Tor konnte er nicht öffnen. Das würde bestimmt nicht lautlos vonstattengehen, und er wollte den Eindringling nicht auf sich aufmerksam machen. Mühsam kletterte er über den Zaun und schlich zur Halle. Vorsichtig näherte er sich dem Fenster mit dem flackernden Licht.

Es stand offen. Bloß keine Geräusche … Lautlos drückte er sich an die Wand und näherte sich dem Lichtschein. Leise Stimmen drangen zu ihm heraus.

Er stutzte. Das war seine Frau Lisa. Die männliche Stimme war ihm auch irgendwie bekannt. Sein erster Gedanke war, loszubrüllen, aber er wollte wissen, was da vor sich ging.

Vorsichtig sah er in den Raum. Im Bett lag sein Kraftfahrer Gerd Hasler zusammen mit seiner Frau. Das

Kerzenlicht vor dem Bett flackerte und beleuchtete schwach die nackten Körper.

Wie erstarrt drückte er sich mit dem Rücken gegen die Wand. Er atmete schwer vor Wut. Beruhige dich, bleib cool. Sein Atem normalisierte sich langsam. Angestrengt konzentrierte er sich auf die Stimmen.

»Lisa, was ist denn los mit dir? Du bist ja in Gedanken ganz woanders.«

»Ich sehe immer wieder die Gesichter vor mir, auch im Schlaf«, sagte sie leise.

Seine Stimme klang besorgt. »Aber du weißt doch, dass diese Hurenböcke es verdient haben.«

»Dieser Polizist hatte es nicht verdient. Er wollte mir nur helfen.« Ihre Stimme zitterte. »Ob er wohl verheiratet ist?«

»Lisa, verdammt, reiß dich zusammen.« Man hörte die mühsam unterdrückte Wut heraus. »Uns blieb doch keine Wahl, oder willst du ins Gefängnis.«

Abel Batz hatte genug gehört. Mein Gott, worauf hatte sich seine Frau da eingelassen! Er schlich zurück zum Tor.

In den letzten Tagen hatte er viel Zeit gehabt. Deshalb hatte er die Zeitungen aufmerksam gelesen, die seine Freundin ihm mitgebracht hatte. Drei Leichen hatte man in dieser Gegend gefunden. Und einer der Toten war ein Polizist. Aber dass seine Lisa damit zu tun haben könnte ... Ihr Lover, dieser Gerd Hasler, dieses Schwein ... Dem traute er so etwas schon eher zu. Dieser Mann hatte etwas an sich, was sogar ihm Angst machte.

Seine Hände umklammerten das Tor.

Wenn er schon hier war, konnte er sich auch noch etwas umschauen.

Von außen konnte man nicht in die alte Halle sehen. Also blieb nur noch die kleine Seitentür. Die Schlüssel hatte er dabei. Die Tür quietschte leise, als er sie öffnete. Für einen Moment lauschte er nach innen. Okay, die beiden waren sicher genug mit sich beschäftigt.

Als Erstes fiel ihm ihr altes Wohnmobil auf. Das Kennzeichen war falsch. Sein Finger glitt über die Buchstaben und Zahlen. Na klar, das hatte man mit Klebebändern verändert. Neben dem Wohnmobil stand ein weißer Transporter.

Der Nebenraum hinten in der Halle war mit einer Plane abgetrennt, die man verschieben konnte. Er drückte sie mit der Linken etwas zur Seite. Seine Taschenlampe beleuchtete den Raum dahinter. Dort standen nebeneinander ein Mercedes der Oberklasse und ein Bulli mit Zigarettenwerbung.

Seine Gedanken überschlugen sich. Die Fotos in der Zeitung. Das Gespräch über den toten Polizisten. Die Fahrzeuge, die versteckt vor ihm standen. Es gab keinen Zweifel. Seine Frau Lisa und dieser Drecksack Hasler hatten die Toten auf dem Gewissen.

Der kleine Blitz seines Fotohandys beleuchtete kurz die Fahrzeuge. Jetzt hatte er sie in der Hand. Für seine finanziellen Probleme hatte er gerade eine Lösung gefunden.

Leise ging er zurück zur Seitentür und verließ die Halle.

*

Die beiden Polizisten saßen ahnungslos im Zivilwagen und beobachteten das Firmengelände der Spedition Batz. Onno Elzinga saß hinter dem Lenkrad, neben ihm Klaas Leitmann. Sie hatten die erste Observierungsschicht übernommen.

Vorausgegangen war eine heftige Diskussion über den Nutzen. Denn eine verdeckte Aktion war bei diesen örtlichen Verhältnissen nicht möglich.

Jan Broning hatte letztendlich entschieden. Sollten die Täter das Observierungsteam bemerken, so hielt es sie vielleicht davon ab, wieder zuzuschlagen.

Die anderen Kollegen waren damit beschäftigt, Abel Batz zur Fahndung auszuschreiben. Außerdem wurden alle Fahrzeuge des Spediteurs in diese Fahndung einbezogen.

Zu Beginn der Geschäftszeit des Einwohnermeldeamtes und der Führerscheinbehörde wollten sich die Kollegen der Soko Fotos besorgen. Sie hatten vor, Bilder von Abel Batz und seiner Ehefrau Lisa als Anlage zur Personenfahndung einzugeben.

Jan hatte dem Observierungsteam eine leistungsstarke Kamera mitgegeben. Onno und Klaas sollten Lisa Batz fotografieren. Diese Bilder wollte man später dem Zeugen Zijlstra vorlegen.

Aber bis jetzt hatten Onno und Klaas noch keine Fotos geschossen. Alles war ruhig auf dem Speditionsgelände.

Ihre Beobachtungsposition war ein Kompromiss. Sie standen auf einem Seitenstreifen neben der Durchfahrtsstraße des Industriegebietes. Der Abstand vom Zivilwagen bis zum Tor war eigentlich zu gering, aber das Gelände war schlecht einsehbar. Der Grüngürtel wies nur im Bereich dieser Einfahrt eine Lücke auf.

*

Abel Batz schlich zurück zum Auto. Er nahm sein Handy und wählte die Handynummer seiner Frau Lisa.

»Hallo, Abel, was willst du?« Ihre Stimme klang etwas ängstlich.

»Hallo, mein Schatz, na, ein bisschen Spaß gehabt mit Gerd?«, fragte er mit Wut in der Stimme.

Das hatte gesessen. Sie antwortete nicht.

»Hör zu, mein Schatz, ich weiß alles. Von eurem Verhältnis und von der anderen Geschichte.«

»Was für eine andere Geschichte?«, fragte sie nervös.

»Ich nenne dir ein paar Stichworte, meine Liebe: Wohnmobil, Mercedes und Zigarettenbulli. Und wenn dir das nicht reicht, wie wäre es dann mit einem toten Polizisten? Und die beiden anderen Leichen wollen wir doch auch nicht unerwähnt lassen.« Er konnte an ihrem

Atmen hören, wie entsetzt sie war. »Na klingelt es jetzt bei dir?« Nur schade, dass er nicht ihr Gesicht sehen konnte.

Seine Stimme klang jetzt eiskalt. »Du hast mich gefragt, was ich will. Na gut, ich bin pleite und brauche Geld. Leider habe ich dir das ganze Firmenkapital überschrieben. Also: Du gehst rüber zum neuen Speditionsgelände und in mein Büro. Der Teppich unter dem Schreibtisch ist nur an den Rändern geklebt. Reiß den Teppich raus und du wirst schon sehen. Dann nimmst du die große Pflanze neben dem Schreibtisch aus dem Übertopf. Unter der Pflanze sind ebenfalls Fünfziger eingeschweißt. Wir treffen uns um Mitternacht in der alten Halle. Bring das Geld mit. Alles andere erzähl ich dir dann. Und versuch keine Tricks. Es sei denn, du möchtest mit deinem Lover übermorgen in der Zeitung stehen. Ach ja, und eh ich es vergesse: Vor dem Firmengelände steht ein Zivilwagen der Polizei. Pass auf, dass du denen nicht in die Arme läufst. Das Beste wird sein, dein Lover holt das Geld.«

Sie konnte nur noch flüstern. »Okay, bis nachher.«

Er unterbrach die Leitung und lehnte sich zufrieden im Fahrersitz zurück. Diesem treulosen Miststück hatte er es gezeigt. Insgesamt lagen fünfzigtausend Euro unter dem Teppich und der Topfpflanze.

Nachher würde er sie anweisen, alles zu verkaufen, von den Lkw bis zum gesamten Firmengelände. Sie konnte sich nicht wehren. Er hatte sie in der Hand. Mit einem überheblichen Grinsen startete er den Motor und fuhr Richtung Grenze.

*

Lisa Batz starrte auf das Telefon in ihrer Hand. Ihr Gesicht war aschfahl. Verzweifelt sah sie Gerd Hasler an. »Mein Mann, er weiß über alles Bescheid.«

»Wie bitte? Wovon sprichst du?«, fragte er bestürzt.

Sie schilderte ihm ausführlich den Verlauf des Gespräches.

Er nahm sie in den Arm und streichelte beruhigend ihre Schulter. Seine Stimme klang kalt. »Mach dir keine Sorgen, ich kümmere mich um ihn.«

*

Klaas sah mit finsterem Gesicht aus dem Auto. Auf dem Speditionsgelände war alles still. Nur sein Magen knurrte.

»Kennst du das Floß der Medusa?«, fragte ihn sein Kollege.

»Ent-schul-di-gung! Lieber Onno, das sagt mir nichts«, antwortete Klaas schlecht gelaunt.

»Schiffbrüchige hatten sich auf ein Floß gerettet. Kein Trinkwasser und auch nichts zu essen. Sie haben sich aus Verzweiflung gegenseitig aufgegessen«, grinste Onno.

»Keine Angst, du bist mir viel zu zäh«, grantelte sein Kollege.

Das Diensthandy klingelte. »Elzinga!«

»Hallo, hier ist Jan, wie sieht es aus bei euch?«

Onno gähnte beim Sprechen. »Tote Hose auf dem Gelände, hier tut sich gar nichts!« Er sah auf seine Uhr. Sie waren heute schon viel zu lange im Einsatz.

Offenbar hatte Jan dasselbe gedacht. »Maike und ich werden euch ablösen, dann könnt ihr nach Hause fahren. Stefan ist morgen früh im Büro. Es reicht, wenn ihr beiden so gegen neun Uhr da seid. Maike und ich kommen um die Mittagszeit ins Büro. Kommt ihr damit klar?«

»Geht klar, Jan. Hauptsache, Klaas hat mich bis dahin nicht aufgefressen. Aua!« Onno drückte den roten Knopf und rieb sich die Stelle an der linken Seite, wo ihn der Ellbogen seines Kollegen getroffen hatte.

Tag 9, abends
Industriegebiet Bunde-West[64]

Maike und Jan waren unterwegs, um die Autobahnpolizisten abzulösen. Stefan war auf dem Weg nach Hause.

Unterwegs hatten sie noch bei einem Imbiss angehalten.

An der Durchfahrtsstraße des Industriegebietes hielt Maike den Zivilwagen an. Rund hundert Meter vor ihnen standen ihre Kollegen. Sie betätigte die Lichthupe und die Kollegen fuhren los, in ihre Richtung. Onno bremste neben ihrem Wagen und kurbelte, genau wie Maike, die Seitenscheibe herunter.

»Na, alles klar? Ihr könnt jetzt zur Dienststelle fahren.« Maike musste lächeln, als sie Klaas' finsteren Gesichtsausdruck bemerkte. »Hier ein kleiner Lunch, als erste Hilfe sozusagen.« Sie reichte ein Paket vom Imbiss hinüber. »Bis morgen dann.«

Ihr Kollege nahm das Paket entgegen und gab ihr im Gegenzug die Kamera mit dem starken Teleobjektiv. »Danke, Maike, bis jetzt war alles ruhig. Man kann das Gelände schlecht einsehen. Aber das seht ihr ja gleich selber. Tschüss!«

Sie parkte ungefähr an der Stelle, wo vorher die Kollegen gestanden hatten. Maike langte nach hinten zum Rücksitz und legte die zweite Imbisstüte auf die Ablage.

Jan nahm einen Hamburger heraus und stöhnte. »Na, wenn das kein romantisches Essen ist. Gummipommes und ein lauwarmer Hamburger von der Autoablage.«

Sie lachte. »Du hast noch die lauwarme Cola vergessen.«

Ihre gute Laune steckte ihn an. »Irgendwie habe ich mir unser gemeinsames Essen anders vorgestellt. Selber schuld, warum sind wir auch zur Polizei gegangen.«

64) siehe Punkt 8 der Karte

»Nächstes Mal bring ich ein elektrisches Teelicht mit, das stelle ich dann auf die Ablage«, schlug sie vor.

Ihr Kollege gähnte. »So, wo bleibt das Dessert?«

Sie wischte sich den Mund ab und wandte sich ihm zu. »Das Dessert kannst du haben, sogar kalorienfrei.« Er hatte sie richtig verstanden und küsste sie auf den Mund.

In diesem Moment fuhr ein Transporter an ihnen vorüber. Der romantische Augenblick war vorbei.

»Mist, den hab ich nicht kommen sehen«, sagte Jan. »Das Kennzeichen konnte ich auch nicht ablesen.«

»Wir waren ja auch ein wenig abgelenkt«, sagte sie mit süffisantem Unterton.

*

Gerd Hasler saß im Transporter und fuhr durch das Industriegebiet. In Höhe des Speditionsgeländes stand ein Pkw auf dem Seitenstreifen. Also hatte Abel die Wahrheit gesagt. Er schaute im Vorbeifahren kurz in das Innere des Fahrzeugs. Die beiden Insassen, eine Frau und ein Mann, waren sehr mit sich beschäftigt. Offensichtlich ein Liebespaar oder ein Observierungsteam der Polizei. Er lachte kurz auf: oder beides. Eigentlich wollte er auf das neue Speditionsgelände, um das Geld für das Treffen zu holen. Aber dies war ihm jetzt zu riskant.

Er fuhr am Tor vorbei. Jetzt war Plan B dran. Zurück zum alten Firmengelände und dann mit einer Leiter rüber auf das angrenzende neue. Den Schlüssel für das kleine Tor im Zaun hatte er nicht finden können.

Lisa war total fertig. Dies hatte ihr Mann ja auch sicher beabsichtigt.

Abel Batz hatte sie beide überrascht. Als der sich vor der Kontrolle des Gewerbeaufsichtsamtes abgesetzt hatte, waren sie davon ausgegangen, ihn nicht so schnell wiederzusehen. Schließlich hatte er seine Frau verlassen und das gesamte Bargeld mitgenommen.

Von dem versteckten Geld in seinem Büro hatten sie nichts geahnt.

Damit würde sich der Erpresser aber nicht zufriedengeben. Abel wusste einfach zu viel und würde sie nie in Ruhe lassen. Eine endgültige Lösung musste her.

Gerd Hasler fuhr zur alten Halle zurück. Als er die Wohnung betrat, saß Lisa in der kleinen Küche. Sie hatte sich offensichtlich noch nicht von dem Schock erholt. Ein volles Glas Weinbrand stand vor ihr auf dem Tisch.

»Keine gute Idee, dich zu besaufen«, sagte er vorwurfsvoll. »Wir brauchen nachher noch einen klaren Kopf.«

Sie sah ihn mit tränennassem Gesicht an. »Du hast doch gesagt, sie werden uns nie finden. Alles perfekt und kein Risiko. Und jetzt steht die Polizei vor der Tür.« Ihre Stimme zitterte.

»Sie sind nicht auf der Suche nach uns, sondern nach deinem werten Gatten. Hör jetzt genau zu. Wir bekommen das wieder in den Griff, wenn wir cool bleiben. Der Polizei präsentieren wir deinen Ehemann als den gesuchten Mörder. Einen Mörder, der sich selbst töten wird.«

Lisa Augen weiteten sich vor Schrecken. »Abel Batz wird niemals Selbstmord begehen.« In diesem Moment verstand sie. »Gerd, du willst Abel umbringen und es wie einen Selbstmord aussehen lassen!«

»Er wird uns sonst nie in Ruhe lassen«, sagte er mit eiskalter Stimme.

»Und wie soll das mit Abel als Sündenbock funktionieren? Ich versteh das nicht!« Lisa Batz sah ihn ängstlich an.

Gerd versuchte sie zu überzeugen. »Dein Mann hatte sich doch abgesetzt und in der Speditionshalle war seitdem niemand mehr.«

Lisa überlegte kurz und nickte.

»Lisa, wir müssen die Polizei davon überzeugen, dass du dich wegen des Ärgers mit Abel in euren Campingbulli gesetzt und eine Auszeit in Dänemark genommen hast. Dazu brauchen wir einen entsprechenden Brief von dir an deinen Mann Abel. Eine Art Trennungsbrief. Den kannst du mit der Hand schreiben.«

Lisa nahm einen Kuli und einen Notizblock und sah ihn abwartend an. Gerd diktierte ihr den Text: »Hallo, Abel! Ich halte es nicht mehr aus mit dir. Einfach so abzuhauen, das Konto aufzulösen und das gesamte Bargeld mitzunehmen. Ich habe alle nach Hause geschickt. Die nächsten Tage bin ich unterwegs. Aber ich werde dir die Hölle heißmachen. Dein Pech, dass du mir alles überschrieben hast. Außerdem will ich die Scheidung. Lisa.«

Er schaute ihr über die Schulter. »Dieser Brief wird das Motiv für den Selbstmord von Abel sein. Gleichzeitig wird angedeutet, dass du für längere Zeit weg warst. Denk dran: Du warst in Dänemark und hast auf Parkplätzen übernachtet.«

Lisa hatte verstanden. »Sonst fragen sie mich nach Quittungen von Campingplätzen.«

»Genau, mein Schatz! Irgendwie muss ich gleich an den Polizisten vorbei in die neue Speditionshalle. Ich hol das Geld und verwüste das Büro etwas. Diesen Trennungsbrief lege ich auf den Schreibtisch im Büro der Halle.« Lisa Batz steckte das kurze Schreiben in einen Umschlag, und er nahm ihn an sich.

»Außerdem brauchen wir jetzt noch einen Abschiedsbrief von Abel. Den schreiben wir am Computer.« Gerd Hasler sah auf den Laptop und den angeschlossenen Drucker. »Lisa, der Drucker aus dem Speditionsbüro und dieser hier, sind die identisch?«

»Ja, beides Laserdrucker«, antwortete sie.

»Okay.« Gerd Hasler nickte zufrieden. »Dann können wir den Abschiedsbrief hier schreiben, schalte den Laptop an. Ich diktiere dir wieder den Text.«

Lisa öffnete das Schreibprogramm und befolgte Gerds Anweisungen. Kurz darauf sahen sie auf den fertig geschriebenen Text:

Ich kann mit meiner Schuld nicht mehr leben. Diese holländische Nutte hat mich ins Verderben geführt. Gemeinsam haben wir die drei Männer getötet. Der Polizist ist uns in die Quere gekommen.

Meine Frau Lisa hat mich immer gewarnt, aber ich wollte ja nicht auf sie hören. Nun ist es zu spät. Meine Frau will mich verlassen. Die Firma werde ich auch verlieren.

Dort, wo ich die zweite Leiche abgelegt habe, werde ich mir selbst das Leben nehmen.

Abel Batz

Gerd zog sich Einmalhandschuhe über und nahm den Brief vorsichtig aus dem Drucker. Er faltete das Papier und steckte es in einen Umschlag. »Diesen Abschiedsbrief legst du morgen früh auf den Schreibtisch im Büro und meldest dann den Einbruch. Es ist wichtig, dass die Polizei den Abschiedsbrief sofort findet. Der wird sie dann zu Abel führen.« Gerd drückte Lisa fest an sich. »Ich mache die Drecksarbeit«, flüsterte er ihr ins Ohr, »du musst mir nur ein wenig helfen.«

Schweren Herzens ließ er sie los und küsste sie noch einmal lange auf den Mund. Jetzt musste er sich um den Notgroschen aus Abels Büro kümmern.

Typisch Abel. Dieses Schwein. Andere sollten für ihn die heißen Kastanien aus dem Feuer holen.

Das Gebüsch war sehr dicht. Keine einfache Sache, die Leiter bis zum Zaun zu schleppen. Die hintere Seite der neuen Halle war sein Ziel. Vorne waren die Polizisten und diese blöden Bewegungsmelder. Das Brecheisen flog zuerst über den Zaun, dann legte er die Leiter an, stieg vorsichtig hinauf und sprang hinunter auf die andere Seite. Am oberen Ende der Leiter hatte er ein Seil angebracht und konnte sie damit auf die andere Seite hinüberziehen. Das kleine Fenster an der Rückseite der Halle hebelte er mit der Brechstange auf.

Er schaltete das Nachtsichtgerät ein und zog die

Lederhandschuhe über. Seine Augen gewöhnten sich an die Lichtverhältnisse. Seine Hände schwitzten etwas in den Handschuhen. In der Halle ging er direkt zum Sicherungskasten und schaltete den Strom komplett aus. Nun würden sich wenigstens keine Lampen versehentlich einschalten. Die Bürotür war zum Glück nicht abgeschlossen. Im grünen Schein des Nachtsichtgerätes sah er den Schreibtisch und die riesige Topfpflanze. Er legte sie auf die Seite und fand tatsächlich das eingeschweißte Geldpaket. Nun zog er den Schreibtisch und die Stühle zur Seite. Mit dem Brecheisen entfernte er die Fußleisten und riss den Teppich los. Die ersten Fünfzig-Euro-Scheine flogen durch den Raum.

Dicht an dicht lagen die Geldscheine in dem Versteck nebeneinander. Hektisch sammelte er sie auf und stopfte das ganze Geld in einen Stoffbeutel. Den Trennungsbrief von Lisa an Abel legte er auf den Schreibtisch. So leise wie irgend möglich warf er noch einige Gegenstände im Büro um.

Nun sah es so aus, als hätte Abel Lisas Brief gelesen und wäre ausgeflippt.

Draußen vor dem Fenster atmete er tief durch. Geschafft!

Vor dem Treffen mit Abel hatte er noch ein wenig Zeit. Er rief bei seinem Kumpel Franz Ravenberg in Brandenburg an. Mit Franz hatte er zusammen im Gefängnis gesessen. Franz war in Insiderkreisen als Hehler anerkannt. Der Mercedes und der Zigarettentransporter mussten verschwinden. Den Preis hatten sie bereits verabredet.

»Ravenberg!« Die Stimme klang verschlafen.

»Hallo, ich bin es. Die Ladung kann abgeholt werden. Denk dran, es sind zwei Fahrzeuge! Nimm den großen Lkw und fahr über Oldenburg. Ruf mich an, sobald du durch den Tunnel bist. Ach ja: Und vergiss die Auffahrrampen nicht. Bis später.«

»Okay, ich bring die Kohle mit«, erwiderte Franz müde.

In der alten Halle überprüfte Gerd Hasler den Gabelstapler. Das Zündschloss war irgendwann kaputtgegangen und man hatte dafür provisorisch einen einfachen Kippschalter eingebaut. Er legte den Schalter um und der Motor sprang auf Anhieb an.

Die Gabel des Staplers folgte dem Befehl des Steuerungshebels und hob sich bis zum Anschlag. Zwischen Gabel und Fußboden waren ungefähr drei Meter Abstand.

Der Knoten für den Galgenstrick gelang ihm erst nach einigen Versuchen. Das Ende knotete er um die Gabel des Staplers. Versuchsweise hob und senkte er sie noch einmal. Alles in Ordnung. Er senkte die Gabel auf den Fußboden. Damit man den Strick nicht gleich sah, legte er einen leeren Sack darauf.

Mit einem Feuerzeug versengte er einen Korken und begann damit sein Gesicht zu schwärzen. Der Taser war aufgeladen und einsatzbereit. Die Handschellen und ein Messer befanden sich in den Hosentaschen. Auch an die zwei Polster für die Handgelenke hatte er gedacht.

Tag 9, Mitternacht
Eine Halle der Spedition Batz

In der Nähe des Stromkastens wartete er auf sein Opfer.

Lisa Batz hatte sich in der Halle auf eine Kiste gesetzt und wartete dort auf ihren Mann. »Bist du noch da?«, fragte sie ängstlich.

»Denk dran, sobald das Licht aus ist, legst du dich hin und gibst keinen Mucks von dir!«, antwortete er.

Die Minuten verliefen im Schneckentempo. Gegen Mitternacht hörten sie, wie die kleine Seitentür von außen geöffnet wurde. Das schwache Licht einer Taschenlampe zerschnitt die Dunkelheit.

Die Stimme von Abel Batz klang zynisch, als er rief: »Lisa, ich bin es, dein lieber Mann.«

»Hier bin ich!« Lisa klang ängstlich.

Abel ging vorsichtig in ihre Richtung. Seine rechte Hand umklammerte eine Pistole. »Wo ist dein neuer Lover, dieser Gerd?«, fragte er mit unterdrückter Wut.

»Er ist unterwegs nach Holland, um eine Ladung Hühnermist zu transportieren«, erwiderte sie.

Abel Batz zielte mit der Pistole auf ihren Kopf. »Kommt bloß nicht auf dumme Gedanken. Mein Zeigefinger ist verdammt nervös.«

Gerd Hasler schaltete den Strom am Verteilerkasten aus. Sofort erloschen in der Halle alle Lampen. Jetzt musste er schnell handeln. Die schwarze Dunkelheit in der Halle verwandelte sich in ein diffuses Grün, als er das Nachtsichtgerät aufsetzte.

Abel schaltete seine Taschenlampe an und suchte die Gegend ab, wo Lisa gerade noch gestanden hatte. Drei schnelle Schritte und Gerd befand sich hinter ihm. Er wollte ihm den Taser in den Nacken drücken, aber in diesem Moment drehte Abel den Kopf in seine Richtung. Die Kontaktstifte des Tasers trafen den Spediteur seitlich, und als Gerd auf den Auslöser drückte, raste der Stromstoß durch die Haare und den Schädel direkt in das Gehirn von Abel Batz. Wie vom Blitz getroffen sackte Lisas Mann in sich zusammen. Jetzt musste alles schnell gehen. »Lisa, ich hab ihn. Alles in Ordnung!«

Die Pistole nahm Gerd an sich. Die Polster legte er um die Handgelenke seines Opfers und darüber die Handschellen. Später sollte man keine Druckstellen von den Fesseln finden.

»Soll ich dir helfen?« Ihre Stimme klang panisch.

»Nein, den Rest mach ich alleine. Geh in die Wohnung, ich rufe dich, sobald alles erledigt ist.«

Er ging zum Gabelstapler, entfernte den Sack und startete den Motor. Ein Stück voraus, und er stoppte den Gabelstapler direkt vor dem Bewusstlosen. Noch einmal atmete er tief durch, rutschte vom Sitz des Staplers herunter. Die Schlinge des Stricks legte er fest um den Hals von Batz und ging zurück zum Stapler. Für einen Moment blieb seine Hand regungslos über dem Steuerungshebel für die Gabel.

Dann senkte sich seine Hand auf den Hebel und drückte ihn nach vorn.

Die Gabel des Staplers ging nach oben. Der Strick zwischen der Gabel und der Schlinge um den Hals spannte sich. Der Oberkörper von Batz richtete sich auf und der Bewusstlose erwachte. Wild strampelte er mit den Beinen und versuchte, sich am Strick festzuhalten. Aber die Gabel ging unerbittlich nach oben und die Beine des Gehängten zuckten wild in der Luft.

Endlich ließen Abels Hände den Strick los und sein Kopf kippte seitlich weg.

Im grünen Licht des Restlichtverstärkers konnte Gerd sehen, wie der leblose Körper an der Gabel des Staplers hing. Zufrieden mit seiner Arbeit ging er zurück zum Sicherungskasten. Das Nachtsichtgerät setzte er ab und schaltete den Strom ein.

Die Neonröhren an der Decke flackerten für einen Moment und beleuchteten dann grell die Halle. Er ging an dem aufgehängten Toten vorbei und spuckte auf den Hallenfußboden. »Gute Reise zur Hölle, du Arschloch!«

Er verstaute die Ausrüstung im Transporter. Den Deckel der Kiste legte er zur Seite. Dann ging er in die Wohnung. Sein Opfer ließ er an der Gabel hängen.

Wie erwartet hatte Lisa das Ganze sehr mitgenommen. Ihre Hände zitterten wie Espenlaub. Er drückte sie fest an sich und streichelte ihren Kopf. »Das Schlimmste ist überstanden. Ich bringe ihn gleich zum Parkplatz. Jetzt hast du endgültig Ruhe vor diesem Schwein. Diese Sache müssen wir noch durchziehen, kriegst du das hin?«

»Ja, aber versprich mir bitte, dass jetzt Schluss ist. Ich kann nicht mehr.«

Er sah ihr tief in die Augen. »Ich verspreche es dir. Wir haben jetzt genug Geld. Kannst du mir helfen, damit ich ihn in die Kiste bekomme?«

Gemeinsam legten sie den Toten in die Kiste. Danach musste sie sich übergeben.

Endlich konnte er den Deckel verschrauben. Er startete den Motor des Transporters und legte zur Sicherheit das Abgasventil um. Im Rückspiegel sah er ihr blasses Gesicht und wollte wieder aussteigen, um sie zu trösten. Aber dafür hatten sie jetzt keine Zeit.

Hoffentlich konnte er sich auf sie verlassen. In einer halben Stunde sollte sie ihm mit dem niederländischen Golf folgen. Die Autoschlüssel hatten sie in der Tasche des Toten gefunden. Der Wagen stand wie erwartet versteckt an der Zufahrtsstraße.

An der AS Bunde-West[65] fuhr Gerd auf die Autobahn. Am Autobahndreieck Bunde bog er rechts ab in Richtung Meppen. Nach zehn Minuten Fahrt verließ er die Autobahn und fuhr auf den PP Rhede[66]. Nur zwei Lkw standen auf dem abgetrennten Parkplatz. Ein unscheinbarer Weg führte in eine Sackgasse.

Auf diesem Parkplatz hatte er das zweite Opfer, diesen Transporter-Fahrer, entsorgt. Der unscheinbare Weg war vom Parkplatz aus nicht einsehbar. Ein Gürtel aus dichten Sträuchern und Bäumen versperrte die Sicht. Alles war ruhig und die Chance, dass man ihn bei seinem Vorhaben störte, sehr gering.

Als er den Deckel öffnete, schlug ihm die warme Luft der Abgase entgegen.

65) siehe Punkt 18 der Karte
66) siehe Punkt 3 der Kartes. K. 3

Das lose Ende des Strickes wickelte er einige Male um den Hals des Toten. Danach nahm er ihm die Handschellen mit den Druckpolstern ab. Zum Glück hatte der Trick funktioniert. Die Handgelenke wiesen keine Spuren auf. Er richtete den Oberkörper des Toten auf und umklammerte ihn von hinten, seine Arme unter den Armen der Leiche hindurchgesteckt. Mit diesem speziellen Griff zog er sein Opfer aus der Kiste. Der Schweiß lief ihm über die Stirn, als er die Leiche rückwärts in das Dickicht zerrte. Die Beine des Toten schlurften dabei über den Boden.

Nach einigen Metern stand er vor einem geeigneten Baum. Das lose Ende des Strickes warf er über einen starken Ast. Er holte eine Seilwinde aus dem Transporter und kehrte zurück. Die Winde befestigte er an einen Baum in der Nähe und das lose Ende des Galgenstricks am anderen Ende der Winde. Er zog am Seil. Die Verbindung zwischen der Winde und dem leblosen Körper spannte sich. Er zog kräftiger, und der Tote wurde am Ast hochgezogen.

Er sicherte diese Position des Toten und entfernte die Seilwinde. Seine Ausrüstung verstaute er wieder im Wagen. Er nahm eine Holzkiste aus dem Transporter und kämpfte sich damit zurück durch das Dickicht. Die stellte er probehalber unter die Füße des leblosen Körpers. Der Abstand zwischen den Füßen und der Oberkante der Kiste war plausibel. Bei den Ermittlern sollte kein Zweifel an Abels Selbsttötung aufkommen. Jetzt brauchte er nur noch die Kiste umzukippen. Es sah nun so aus, als hätte Abel die Kiste selber weggestoßen.

Der leblose Körper bewegte sich etwas. Sein Blick richtete sich auf den Zeigefinger der rechten Hand. Nein, in diesem Fall durfte er dem inneren Zwang nicht nachgeben, den Finger abzuschneiden.

Als er den Toten durch das Dickicht gezogen hatte, war Schmutz vom Erdreich an der Rückseite der Hose und an den Schuhen hängen geblieben. Er nahm den

Handfeger aus der Hosentasche, mit dem er sonst den Transporter ausfegte, und entfernte damit die verräterischen Spuren an der Kleidung.

Zufrieden betrachtete er sein Werk. Jetzt fehlte nur noch der Feinschliff. Er ging zurück und fuhr den Transporter rückwärts auf das Parkplatzgelände.

Für einen Moment befürchtete er, Lisa wäre zusammengebrochen. Aber dann sah er den niederländischen Golf vor den Lkw stehen. Er parkte so ein, dass sich der Transporter zwischen den abgestellten Lkw und dem niederländischen Wagen befand.

Sie stieg aus und kam mit wackeligen Schritten zu ihm. Gott sei Dank trug sie die Handschuhe.

»Lisa, setz dich in den Transporter, ich kümmere mich um den Rest.« Er nahm zwei Stofftaschen vom Beifahrersitz des Transporters und setzte sich in den Golf. Der Motor sprang sofort an.

In der kleinen Sackgasse in der Nähe des Gehenkten parkte er den Wagen. Die Sitzposition dürfte passen, dachte er. Batz hatte ungefähr seine Größe. Gerd Hasler trug wie Lisa Handschuhe aus Leder.

Hinter den Beifahrersitz legte er einen Stoffbeutel. Darin befand sich das restliche Autobahngold zusammen mit den beiden abgeschnittenen Zeigefingern der ersten Opfer. In den zweiten Beutel hatte er den Taser, die Handschellen und die Geflügelschere gelegt.

Er hatte die Gegenstände vorher gründlich gereinigt. Nur schweren Herzens trennte er sich von seiner Ausrüstung. Sie brauchten sie nicht mehr, weil ihr Rachefeldzug beendet war. Lisa hatte durchgehalten, aber jetzt konnte sie nicht mehr. Das Geld war auch nicht mehr das Problem.

Das Auto schloss er ab und ging mit dem zweiten Stoffbeutel in der Hand durch das Dickicht zur Leiche. Er deponierte die Autoschlüssel in der Hosentasche des Toten. Vorsichtig nahm er die Ausrüstung aus dem

Stoffbeutel. Es kostete ihn einige Überwindung, als er den Taser in die rechte Hand des Toten legte und die leblosen Finger zusammendrückte.

Jetzt noch die Schere und die Handschellen, dann befanden sich überall Abels Fingerabdrücke auf der Ausrüstung. Die so präparierten Gegenstände legte er vorsichtig zurück in die Stofftasche. Die Tasche legte er zu der Holzkiste auf den Boden. Noch einmal blickte er zu dem Toten auf. Wie oft hatte Abel Batz ihn zusammengestaucht und gnadenlos ausgepresst ... Lisa war es auch nicht besser ergangen. Er hatte sie mit Nutten betrogen, geschlagen und wie ein Stück Dreck behandelt.

Nein, Mitleid oder Schuldgefühle hatte Gerd wegen dieses Miststücks nicht.

Für die Ermittler sollte die Situation hier klar sein. Abel Batz fährt mit dem geliehenen Auto seiner Freundin zu seiner Spedition. Dort bemerkt er, dass die Polizei sein Gelände observiert. Er hebelt an der Rückseite der neuen Halle ein Fenster auf. Im Büro sieht er die Post durch und entdeckt dabei den Brief, den Lisa ihm geschrieben hat. In seiner Verzweiflung verwüstet er sein Büro und als er seine aussichtslose Lage begreift, schreibt er seinen Abschiedsbrief. Dann fährt er hierher, um sich das Leben zu nehmen.

Auf den Knien rutschte Gerd zurück durch das Dickicht und verwischte seine Fußabdrücke so gut es ging mit dem Handfeger. An der Straße richtete er sich auf und klopfte sich die Hosen ab.

In Gedanken ließ er die letzten Stunden noch einmal Revue passieren. Hatten sie etwas vergessen? Vielleicht eine Kleinigkeit nicht bedacht?

Nein, der Plan war perfekt umgesetzt worden. Auf diese Weise hatten sie den Ermittlern Abel Batz als Täter auf dem Silbertablett serviert.

Als er im Transporter bei seiner Lisa saß, lächelte er sie aufmunternd an. »Du kannst dich entspannen, dein

Mann wird dich nie mehr quälen. Jetzt beginnt für uns ein neues Leben. Zu einem neuen Leben gehört auch das Äußere. Du solltest dein Aussehen verändern. Blonde kurze Haare stehen dir bestimmt.«

Ihre Stimme klang traurig. »Meinst du?«

»Ja!«, sagte er zuversichtlich.

Tag 10, 04.00 Uhr
Industriegebiet Bunde-West

Als sie den Transporter in der Halle abgestellt hatten, genehmigten sie sich mehrere Gläser Weinbrand.

Im Gefängnis hatte er gelernt, den anderen Insassen die Haare zu schneiden. Im kleinen Bad der Wohnung setzte sie sich auf einen Hocker. Seine Hände glitten noch einmal zärtlich über ihr langes, schwarzes Haar. Dann griff er zur Schere und die langen Haarsträhnen fielen auf den Fußboden.

Sie färbte sich ihre Haare blond. Der Abschiedsbrief von Abel lag auf dem Tisch. Diesen Brief würde Lisa in aller Frühe im Büro hinterlassen. Anschließend sollte sie die Polizei anrufen und mitteilen, dass im Firmenbüro eingebrochen worden sei. Den Polizisten würde sie dann den Abschiedsbrief präsentieren. So weit zum Plan.

Industriegebiet Bunde-West,
vor dem Gelände der Spedition Batz.

Maike und Jan saßen im Zivilwagen und beobachteten das Speditionsgelände. Beide waren müde und gähnten abwechselnd.

»Du siehst echt fertig aus«, sagte Maike. »Versuch doch, ein bisschen zu schlafen.«

»Danke für die Blumen. Aber du hast recht. Mir fallen ständig die Augen zu«, sagte er und gähnte schon wieder. Er kurbelte den Sitz etwas nach hinten. »Du, Maike?«

»Ja?«

»Jetzt hätten wir ja eigentlich Zeit, über unser Privatleben zu reden. Ich wollte dir sagen, dass du sehr wichtig für mich bist.«

Sie lächelte ihn an. Seine Augen waren fest geschlossen. Eine Antwort brauchte sie ihm nicht zu geben, weil er schon schlief.

Trotz ihrer Müdigkeit war sie glücklich. Sie spürte eine gewisse Vertrautheit zwischen sich und Jan. Die Liebe, die sie für ihn empfand, war nicht plötzlich entstanden. Es war keine Liebe auf den ersten Blick. Anfangs hatten sie sich nur gegenseitig respektiert. Dann hatten sie Stärken und Schwächen beim anderen erkannt.

Sie hatten sich gemeinsam in Grenzsituationen befunden. Freud und Leid durchlebt. Gemeinsam hatten sie gelacht und sich gegenseitig gestützt.

In Grenzsituationen lernt man den anderen am besten kennen. Das alles hatte sie zusammengeschweißt.

Es war ein langer Weg vom gegenseitigen Respekt bis zu dieser liebevollen Vertrautheit gewesen. Ein gutes und starkes Fundament für eine große Liebe war entstanden. Sie war bereit, auf diesem Weg vorsichtig weiterzugehen.

*

Jan hatte sich mit Mühe die zwei letzten Stunden wachgehalten. Maike hatte in dieser Zeit zumindest die Augen schließen können. Keine Beobachtungen auf dem Gelände, absolut nichts war geschehen. Gegen vier Uhr brachen sie die Observierung ab.

»So, ab nach Hause und in die Klappe«, schlug Jan vor. »Bitte krieg das jetzt nicht in den falschen Hals, du könntest doch genauso gut bei mir übernachten.« Er hob seine Hände. »Ich hab doch dieses kleine Gästezimmer. Es wäre doch Unsinn, wenn du jetzt noch nach Uphusen fährst und dann gegen Mittag wieder zurück. Versprochen: keine Hintergedanken.«

»Sagte der Wolf zum Schaf«, erwiderte Maike trocken. »Okay, ich hab jetzt wirklich keinen Bock mehr, nach Emden zu fahren. Außerdem störe ich dann auch nicht die Turteltauben.«

Jan hatte sah sie fragend an. »Wie bitte? Jetzt komm ich nicht mehr mit.«

Sie lachte. »Katerchen und sein Mäuschen. Mein Vater ist der Kater und seine Eroberung Karin aus Köln ist sein Mäuschen.«

Als sie ihm die ganze Geschichte erzählte, konnte er heraushören, dass sie sich sehr für ihren Vater freute. »Der Glückliche, da könnte man ja neidisch werden«, sinnierte Jan.

Beide fuhren direkt zu Jans Wohnung in der Altstadt von Leer.

Maike bewunderte noch kurz seine neue Einrichtung. Als Jan nachdem Tod seiner Frau in ein emotionales Loch gefallen war, hatte seine Wohnung trostlos gewirkt. Jetzt war die Dachgeschosswohnung gemütlich eingerichtet.

Er zeigte ihr das Bad und das kleine Gästezimmer.

Die beiden Polizisten waren hundemüde und so blieb es bei einem kurzen Gutenachtkuss. Sie machte ihr Bett im Gästezimmer, schlüpfte unter die Decke und war

schnell eingeschlafen. Er lag in seinem Doppelbett und war glücklich, dass Maike in seiner Wohnung war.
Mit einem Lächeln schlief er sehr zufrieden ein.

Tag 10, frühmorgens,
Eine Halle der Spedition Batz

Das Handy von Gerd Hasler klingelte. Sein ehemaliger Zellenkumpel Franz Ravenberg teilte ihm mit, dass er soeben den Emstunnel passiert hatte.
»Franz, bieg am Autobahndreieck Bunde in Richtung Groningen ab. An der AS Bunde-West hole ich dich mit meinem Transporter ab.«
Franz Ravenberg lenkte den Kasten-Sattelzug auf das Gelände der alten Spedition. Er stellte den Motor aus, stieg aus dem Führerhaus und ging zu seinem alten Kumpanen Gerd Hasler. Beide Männer umarmten sich kurz.
»Dich hat es ja in die Provinz verschlagen! Ich dachte schon, ich bin gleich in Holland«, sagte Franz.
»Keine zwei Kilometer weiter und du wärst tatsächlich im Königreich der Niederlande«, erwiderte Gerd. »Ich mach uns erst einmal einen Kaffee, dabei kannst du dir auch die Autos ansehen.«
Die beiden Männer gingen in die Halle. Gerd schob die Plane zum Nebenraum etwas zur Seite. »Na, hab ich zu viel versprochen?«
»Nicht schlecht, Ronny. Ich hab auch schon Käufer«, antwortete Franz.
»Komm mit, ich stell dich meiner Freundin Lisa vor. – Und noch was: vergiss Ronny Bach, den gibt es nicht mehr. Ich heiß jetzt Gerd Hasler!«
Er ging voraus in die kleine Wohnung. In der Küche deckte Lisa gerade den Tisch. »Darf ich dir meinen

alten Kumpel Franz vorstellen? Dies ist meine Freundin Lisa.«

Der Blick, mit dem Franz seine Lisa musterte, gefiel Gerd überhaupt nicht. Sein Kumpel zog sie mit den Augen aus. Dann blickte Franz ihn verschwörerisch an und nickte anerkennend. Alle setzten sich an den Küchentisch und schenkten sich Kaffee ein.

»Franz, ich habe die elektronischen Systeme in den Fahrzeugen lahmgelegt. Besonders gründlich war ich bei dem Mercedes. Der GPS-Sender ist ohne Strom. Das Ding muss komplett ausgebaut werden, bevor du die Batterien anklemmen kannst.«

»Das habe ich mir schon gedacht, aber wie sollen wir die Fahrzeuge in den Laderaum kriegen?«

»Mit den Auffahrrampen und einer elektrischen Seilwinde. Außerdem haben wir noch den Gabelstapler zum Ziehen.«

»Könnte klappen.« Franz grinste. »Ich habe noch einige Fischkisten mitgebracht. Sobald die Fahrzeuge aufgeladen sind, stellen wir die Kisten hinten rein.«

»Gute Idee, mein Lieber! Solltest du in eine Kontrolle geraten, dann ...«

»... dann sehen die Polizisten nur die leeren Fischkisten. Deshalb habe ich auch den Auflieger mit den festen Seitenwänden genommen. Und so wie die Kisten stinken, kommt keiner auf die Idee, dahinter nachzusehen.«

Nach der kurzen Kaffeepause befestigten sie gemeinsam die Rampen und verluden mit Hilfe der elektrischen Seilwinde die Fahrzeuge der Opfer. Die Fischkisten stellten sie zu einer Wand auf und sicherten sie mit Spanngurten.

Gerd verzog dabei angewidert sein Gesicht. »Tolle Idee ... Bei dem Gestank könnte man ja kotzen!«

Sein Kumpel verschloss sorgfältig die Ladetüren.

In der Wohnung wuschen sie sich gründlich die Hände.

»So, Ronny – entschuldige, Gerd: Jetzt zur Kohle!«

Franz legte eine Tasche auf den Küchentisch. »Wie verabredet, vierzigtausend Euro. Du kannst nachzählen.«

»Ich vertraue dir.«

Draußen verabschiedeten sich die beiden Männer und Gerd sah zu, wie der Sattelzug vom Gelände fuhr. Erleichtert atmete er tief durch.

Gott sei Dank waren die Fahrzeuge vom Hof. Das Risiko, dass die Polizei hier auftauchte, war verdammt groß. Jetzt hatten sie insgesamt neunzigtausend Euro an Bargeld. Wenn alles gut, lief konnten sie die Spedition mit allen Fahrzeugen verkaufen und irgendwo einen Neustart wagen.

Sollte etwas schiefgehen, konnten sie mit dem Bargeld in die Niederlande flüchten.

Es war doch immer beruhigend, wenn man einen Plan B hatte.

Tag 10, 08.30 Uhr
Dienstgebäude der Autobahnpolizei, Wache

Schichtleiter Mark Rode saß am Wachtresen und nahm den Hörer ab. »Autobahnpolizei Rode!«

»Hallo, Mark, hier ist das Mutterhaus, Hensmann«, dröhnte es aus dem Telefonhörer. In diesem Moment betrat Onno die Wache und hörte ungewollt mit.

»Klaus, mach es kurz, wir sollen euch unterstützen«, konstatierte Mark trocken. »Was hast du für einen Einsatz?«

Onno wollte seinen Kollegen nicht stören und winkte kurz zum Abschied. Er war schon im Flur, als er den Namen Batz hörte und »Industriegebiet Bunde«. Er trat zurück in die Wache und wartete, bis sein Kollege das Gespräch beendet hatte.

»Moin, Mark, was ist das denn für ein Einsatz in Bunde?«

»Unsere Kollegen haben gerade eine Einbruchsmeldung von einer Frau Batz entgegengenommen. Tatort ist das Industriegebiet Bunde-West. Die Täter sind nicht mehr vor Ort und weil das Industriegebiet so dicht an der Bahn liegt ...«

»... haben sie uns den Einsatz in den Magen gedrückt«, vollendete Onno den Satz.

Mark hob entschuldigend sein Arme. »Die Kollegen in der Stadt haben keinen Wagen frei und die aus Bunde sind bei einem Gerichtstermin.«

»Klaas und ich übernehmen den Einsatz«, schlug Onno vor. »Dieser Einbruch könnte für uns in der Soko interessant sein.« Mehr wollte er Mark im Moment nicht sagen.

»Danke, Onno. Frau Batz ist vor Ort und wartet auf euch. Hier, die Telefonnummer habe ich in die Kladde eingetragen.«

Onno ging die Treppen hoch zum Büro der Soko. Stefan und Klaas waren schon da, und Onno berichtete von der Einbruchsmeldung.

Klaas verdrehte die Augen. »Wir observieren das Gelände, sehen keinen Menschen und jetzt ruft die gesuchte Frau Batz bei der Polizei an, das kapier ich nicht.«

»Lass uns hinfahren und sehen, was da los ist«, meinte Onno.

Stefan hielt die beiden auf. »Ich habe jetzt die Fotos von Lisa und Abel Batz.« Er zeigte auf die weiße Tafel »Leider sind die nicht sehr aktuell.«

»Die Frau sieht wirklich gut aus«, bemerkte Onno. »Stefan, bis wann haben denn Maike und Jan das Gelände observiert?«

»Sie haben die Aktion um vier beendet. Keine Beobachtungen bis dahin.«

»Okay, wir melden uns bei dir, sobald wir uns vor Ort einen Überblick verschafft haben.«

Tag 10, vormittags
Industriegebiet Bunde-West

Die beiden Autobahnpolizisten trugen Zivil und waren mit dem Wagen unterwegs nach Bunde.

Klaas regte sich auf. »Jetzt wird das Gelände mal vier Stunden nicht observiert und schon wird da eingebrochen.«

»Reg dich ab. Das können wir nun auch nicht mehr ändern«, versuchte Onno ihn zu beruhigen.

Das Tor zum Gelände der Spedition stand offen und Onno parkte den Wagen neben einem alten VW-Campingbulli. Sie waren gerade ausgestiegen, als eine blonde Frau aufgeregt aus der Halle kam. »Ich habe angerufen wegen dem Einbruch!«

»Und Sie sind?«, fragte Onno.

»Lisa Batz, ich bin die Chefin von der Spedition, aber Sie müssen etwas unternehmen, wir haben keine Zeit!«

»Sind die Einbrecher denn noch vor Ort?« Onno verstand die Situation noch nicht.

»Nein, aber wir haben keine Zeit, er will sich umbringen!«

Onno sah seinen Kollegen an. Klaas zuckte nur hilflos mit den Schultern.

Die Frau deutete auf die Eingangstür. »Kommen Sie mit, dann zeige ich Ihnen, was ich meine.«

Gemeinsam betraten sie die Halle. Die Polizisten folgten Frau Batz in ein kleines Büro. Dort waren Stühle umgeworfen worden, alle möglichen Gegenstände lagen auf dem Fußboden und sogar der Teppich war zum Teil rausgerissen.

Sie ging zum Schreibtisch und kam mit einem Bogen Papier zurück. »Hier, diesen Brief habe ich auf dem Schreibtisch gefunden. Vielleicht verstehen Sie jetzt meine Aufregung.«

»Bitte, wir dürfen hier nichts anfassen, legen Sie den Brief zurück auf den Schreibtisch«, sagte Onno entschieden.

Sie legte den Computerausdruck zurück, drehte ihn aber so, dass die Polizisten ihn lesen konnten.

Ich kann mit meiner Schuld nicht mehr leben. Diese holländische Nutte hat mich ins Verderben geführt. Gemeinsam haben wir die drei Männer getötet. Der Polizist ist uns in die Quere gekommen.

Meine Frau Lisa hat mich immer gewarnt, aber ich wollte ja nicht auf sie hören. Nun ist es zu spät. Meine Frau will mich verlassen. Die Firma werde ich auch verlieren.

Dort, wo ich die zweite Leiche abgelegt habe, werde ich mir selbst das Leben nehmen.

Abel Batz

Die beiden Polizisten sahen sich entsetzt an.

»Jetzt wissen Sie ja wohl, warum Sie sich beeilen sollen. Ich verstehe das Ganze nicht. Gerade bin ich aus Dänemark zurück und finde diesen Brief auf dem Tisch. Können Sie mir das erklären?«

Onnos Gedanken überschlugen sich. Vor ihm stand die Frau, nach der sie gesucht hatten. Ihr Ehemann Abel Batz hatte die Morde in seinem Brief gestanden. Jetzt war er unterwegs und wollte sich das Leben nehmen. Wo hatten sie das zweite Opfer, diesen Kalle Klein, gefunden? Na klar: auf dem Parkplatzgelände Rhede[67].

»Moment bitte, Frau Batz, wir kommen gleich wieder. Und bitte: Berühren Sie hier nichts!« Onno gab Klaas ein Zeichen, ihm zu folgen. Draußen vor der Halle berieten sie sich. »Was sollen wir jetzt machen? Zunächst die Sofortfahndung nach Abel Batz, aber was machen wir mit ihr?«

»Wir sacken sie ein und schließen die Halle ab«, meinte Klaas. »Ich bleib hier draußen und telefoniere

67) siehe Punkt 3 der Karte

mit Stefan. Du gehst rein und bittest sie mitzukommen. Sie soll alles abschließen, weil es sich um einen Tatort handelt. Wir fahren erst zum Parkplatz Rhede, beginnen mit der Suche und warten auf die Kollegen. Sobald die eintreffen, fahren wir mit ihr zur Dienststelle.«

»So machen wir es«, stimmte Onno zu. »Und beim Transport kein Wort zu unseren Ermittlungen!«

Der Gesichtsausdruck seines Kollegen sagte ihm, dass dies ja wohl selbstverständlich war.

Klaas wählte mit dem Handy die Nummer des Soko-Büros. Er schilderte Stefan die neue Situation und bat ihn, einen Streifenwagen zum Parkplatz Rhede zu schicken. »Wir warten dort auf die Unterstützung. Die Halle schließen wir ab. Bis nachher!«

Inzwischen sprach Onno im Gebäude mit Lisa Batz und erklärte ihr die Situation. »Den Tatort müssen wir unverändert lassen. Außerdem möchte ich, dass Sie uns zu unserer Dienststelle begleiten, damit wir eine Anzeige aufnehmen können. Wir machen einen kleinen Umweg über den Parkplatz Rhede und treffen uns mit den Kollegen, die Ihren Mann suchen werden. Ich mache noch ein Foto von dem Brief, und dann können Sie hier alles abschließen.«

Auf der Fahrt zum Parkplatz saß Onno hinter dem Lenkrad, Klaas neben ihm und auf der Rücksitzbank Lisa Batz. »Ich mache mir solche Vorwürfe!« Ihre Stimme klang weinerlich, »Abel hat sicher meinen Trennungsbrief im Büro gefunden. Als ich den geschrieben habe, war ich so wütend auf ihn! Ich habe ihm mit der Scheidung und dem finanziellen Ruin gedroht. Deshalb will er sich umbringen. Oh Gott, es ist meine Schuld!«

Onno und Klaas und schwiegen. Onno sah in den Rückspiegel und beobachtete sie. Eine Frage stellte er sich immer wieder: Hatte diese Frau etwas mit dem Tod seines Kollegen Rolf zu tun?

Sie hatte keine Ähnlichkeit mit dem alten Bild auf dem

Führerschein. Außerdem wirkte sie sehr nervös. Sie kaute ständig auf ihrer Unterlippe und ihre Hände wirkten verkrampft. Hatte sie Angst vor der Polizei oder wegen ihres Mannes? Beides war möglich. Was Onno bis jetzt gehört und gesehen hatte, schien plausibel zu sein. Wieder sah er in den Spiegel. Opfer oder Täter, das war hier die Frage.

Mark Rode saß zusammen mit Swantje Benninga im Streifenwagen der Autobahnpolizei. Diesmal hatte Mark sie ans Steuer gelassen. Sie war eine gute Fahrerin. Das Tempo war optimal und der Fahrstil sicher. Er hatte ein gutes Gefühl. Die letzten Minuten hatte er improvisieren müssen. Die zwei anderen Einsatzwagen waren zu einem Unfall auf der Autobahn Richtung Emden unterwegs.

Natürlich hatte sich der Unfall auf dem Teilstück ohne Seitenstreifen ereignet und auch noch hinter den beiden Hügeln. So waren beide Wagen erforderlich, um die Unfallstelle abzusichern. Ein Einsatzwagen befand sich als Vorwarner vor den zwei Hügeln.

Greve, der stellvertretende Chef der Autobahnpolizei, hatte sich hinter den Wachtresen gesetzt, damit Mark und Swantje den Einsatz zum Parkplatz Rhede übernehmen konnten.

»Wissen wir denn schon Genaueres?«, fragte Swantje.

»Viel nicht. Angeblich will sich ein Abel Batz auf dem Parkplatz Rhede umbringen. Stefan von der Soko hat uns gesagt, dass der wahrscheinlich mit einem dunklen BMW unterwegs ist. Onno und Klaas sind schon unterwegs zum Parkplatz, die können uns sicher mehr erzählen.«

Swantje setzte den rechten Blinker und lenkte den Einsatzwagen auf den Verzögerungsstreifen zum Parkplatz Rhede. Am Toilettenhäuschen hielt sie neben dem Zivilwagen der Kollegen an.

Onno kam herüber. Er schilderte den beiden Uniformierten die Situation. »Frau Batz sitzt hinten bei uns im Wagen. Sie ist sich sicher, dass der BMW ihres Mannes nicht auf dem Parkplatz steht. Sie soll gleich mit zur Dienststelle. Ich habe mich schon etwas umgesehen, aber keine Spur von dem angeblichen Selbstmörder. Die Autos auf dem Parkplatz habe ich gecheckt, auch wenn das gesuchte nicht dabei ist. Im Toilettenhäuschen habe ich auch nachgesehen, negativ. Den zweiten Toten, diesen Kalle Klein, haben wir da hinten im Grüngürtel gefunden. Angeblich will Batz sich hier umbringen.« Onno sah hinüber zu ihrem Zivilwagen, in dem Lisa Batz regungslos saß. »Mark, können wir die Frau erst einmal zur Dienststelle bringen?«

»Ja, macht das. Das dauert hier sicher noch.«

»Danke, wir düsen dann mal los.«

Mark sah dem Zivilwagen hinterher. Onno wirkte ein wenig nervös. Er war sicher froh, wenn er Frau Batz bei der Dienststelle abliefern konnte.

»Okay, Swantje, jetzt bleibt nur noch der Grünstreifen übrig.« Mark bemerkte ihren unglücklichen Gesichtsausdruck. »Diesmal bleiben wir aber zusammen.« Ihr Gesicht entspannte sich ein wenig. »Am linken Ende des Parkplatzes führt ein Weg zum alten Umspannwerk. Lass uns dort anfangen, aber pass auf die Tretminen im Gebüsch auf.«

Sie verzog angeekelt ihr Gesicht und folgte ihm in die Sackgasse. Am Ende stand ein alter grüner Golf mit niederländischem Kennzeichen. Mark sah hinein. Keine Personen im Auto und die Türen waren verriegelt.

»Von einem holländischen Golf war in der Fahndung nicht die Rede. Trotzdem, lass uns hier anfangen.« Mark ging in das Dickicht aus Bäumen und Sträuchern. Swantje folgte ihm, sie achtete auf den Boden und die Zweige, die ihr entgegenschlugen.

»Guck mal, Swantje, hier sind ab und zu kleine Äste abgebrochen.«

»Du meinst, hier ist jemand vor uns langgegangen?«

»Ja, und schau mal auf den Boden. Sieht auch merkwürdig aus.«

»Einer deiner Vorfahren war sicher Fährtensucher oder Indianer, ich sehe jedenfalls nichts.«

Unerwartet blieb ihr Kollege plötzlich stehen. »Ach du Scheiße!«

Swantje war hinter ihm. »Was hast du ...« Als sie an seiner Seite war, konnte sie den Gehängten sehen. »Oh Gott!« Ihre rechte Hand legte sich auf ihren Mund.

»Ich glaube, wir haben Herrn Batz gefunden«, konstatierte Mark trocken.

Auf dem Boden lagen eine Holzkiste und ein Stoffbeutel. Das Gesicht des Toten sah bläulich und aufgedunsen aus. Die Zunge hing etwas aus dem Mund. Mark Rode hatte diese Art der Selbsttötung schon oft gesehen und wusste, dass der Tod bereits vor Stunden eingetreten war.

In Gedanken sah Mark, wie der Mann sich auf die Holzkiste stellte, die Schlinge des Stricks um den Hals legte. Er hatte sicher Angst vor dem letzten Schritt gehabt. Als die Kiste umfiel und sich der Strick zuzog, gab es kein Zurück mehr.

»Sollen wir ihn abschneiden, was meinst du?«, fragte Swantje. Mark bemerkte, dass sich seine Kollegin angesichts der schrecklichen Situation tapfer hielt.

»Nein, helfen können wir ihm nicht mehr. Lass das die Spezialisten machen, sonst versauen wir noch den Tatort!«

Tag 10, vormittags
Dachgeschosswohnung von Jan Broning

Jan Broning erwachte und dachte an seinen schönen Traum. Seine Hand glitt hinüber in die andere Seite des Bettes. Sie war leer und kalt. Also doch nur ein Traum.

Aber was nicht ist, kann noch werden.

Maike hatte in seiner Wohnung geschlafen, das war ein gutes Zeichen. Wieder ein kleiner Schritt in die richtige Richtung. Er wusch sich gut gelaunt und zog sich an. Noch keine Geräusche aus dem Gästezimmer. Er ließ sie schlafen und ging Brötchen holen.

Der Verkäuferin in der Altstadtbäckerei fiel sofort seine gute Laune auf. »Na, Herr Broning, im Lotto gewonnen? Sie strahlen ja übers ganze Gesicht!«

»Besser, Frau Gronewold, besser!« Er lachte und bezahlte seine Brötchen.

Die Verkäuferin sah ihm ratlos hinterher. Was könnte besser sein als ein Lottogewinn? Na klar, Broning war frisch verliebt. So ein Mann, ja, da könnte sie auch schwach werden. Sie dachte an ihren Egon und das Lächeln auf ihrem Gesicht verschwand.

Jan schob sein E-Bike in den Keller und lief die Treppen hoch zu seiner Wohnung. Als er die Tür öffnete, hörte er das Gluckern der Kaffeemaschine und der Duft von frischen Kaffee zog durch die Räume. In der kleinen Küche suchte Maike in den Schränken nach Tassen und Tellern.

Sie drehte sich zu ihm um und lächelte ihn etwas unsicher an. »Guten Morgen, Jan!«

Er legte die Brötchentüte auf den Tisch, ging zu ihr und küsste sie zärtlich auf den Mund. Dann nahm er Maike in die Arme und drückte sie heftig an sich.

Das war einer dieser glücklichen Momente, von denen es in den letzten Monaten zu wenig gegeben hatte. Gäbe es die Möglichkeit, die Zeit anzuhalten, so wäre dies die richtige Gelegenheit dazu.

»Hallo, ich krieg keine Luft!«, meldete sich Maike lachend zu Wort.

»Entschuldigung, ich bin so froh, dass du da bist.« Er küsste sie noch einmal.

»Du, ich wollte schon mal den Tisch decken. Nicht, dass du denkst, ich schnüffle in deinen Schränken rum.« Maike wandte sich ab und hoffte, dass er ihre Tränen nicht bemerkte. Sie weinte und lächelte gleichzeitig. Die Liebe ist doch eine merkwürdige Sache, dachte sie und setzte ihre Suche nach dem Besteck fort.

Sie saßen gerade am Frühstückstisch, als Stefan anrief. »Jan, ich störe dich nur ungern, aber hier ist in den letzten Stunden so einiges passiert. Auf der Dienststelle sitzt die gesuchte Frau Lisa Batz. Ihren Mann haben wir auch, nur ist der tot.«

»Nun mal langsam, Stefan. Wieso ist der Batz tot?«

»Weil er sich aufgehängt hat. Suizid auf dem Parkplatz Rhede. Er hat einen Abschiedsbrief hinterlassen. Die Tatortaufnahmegruppe ist unterwegs.«

»Wir kommen sofort zu euch, dann kannst du mit den Rest erzählen.« Jan trennte die Verbindung.

Maike sah ihn mit großen Augen an. »Was ist los?«

»Du, der gesuchte Spediteur soll sich aufgehängt haben und die Ehefrau befindet sich auf der Dienststelle.«

»Schade um das schöne Frühstück … Lass uns noch wenigstens ein Brötchen schmieren und mitnehmen«, schlug sie vor.

Er füllte Kaffee in zwei Thermobecher, schaltete die Kaffeemaschine aus. Mit je einem Brötchen und einem Becher in der Hand verließen sie die Wohnung.

Im Büro der Soko begrüßten sie Stefan, Onno und Klaas. Stefan erzählte kurz, was sich ereignet hatte. »Lisa Batz sitzt nebenan im Sozialraum. Die Kollegen Egon Kromminga und Anni Ruiter sind unterwegs zum

Parkplatz. Sie sollen den Tatort sichern und auf uns warten. Der andere Tatort, die Speditionshalle, ist auch noch nicht fertig aufgenommen worden. Hier, Onno hat den Abschiedsbrief von Abel Batz fotografiert. Der lag auf dem Schreibtisch in dem verwüsteten Büro. Angeblich hatte Lisa Batz für ihren Mann Abel eine Art Trennungsbrief im Büro hinterlegt. Sie kündigt darin die Scheidung an. Vielleicht der Grund für den Suizid?«

»Ich verstehe nicht, dass wir von dem Einbruch nichts mitbekommen haben. Wir standen doch vor dem Gelände«, sagte Jan.

»Darüber haben wir uns auch schon Gedanken gemacht«, erklärte Onno. »Ein aufgehebeltes Fenster hinter der Halle. Dort ist der Täter vermutlich eingebrochen.«

Jan nahm einen Schluck Kaffee. »Können wir jetzt auch nicht mehr ändern. Also, die Speditionshalle ist abgeschlossen. Diese Tatortaufnahme hat Zeit. Ich möchte mir gerne die Situation auf dem Parkplatz Rhede ansehen. Onno, Klaas, könnt ihr mit der Befragung der Frau Batz beginnen? Ihr Status ist noch der einer Anzeigeerstatterin zu einem Einbruch. Lasst sie einfach reden und baut noch keinen Druck auf. Kein Wort zu unseren Ermittlungen. Haltet sie auf jeden Fall fest, bis wir zurück sind. Maike und ich fahren zum Parkplatz. Stefan, wir brauchen Informationen zu diesem niederländischen Golf, mit dem Batz unterwegs war.«

Unterwegs zum Parkplatz Rhede konzentrierte Maike sich auf den Verkehr. Jan durchdachte die aktuelle Situation.

Hatten sie den Fall gelöst? Abel Batz hatte im Büro der Spedition den Trennungsbrief seiner Frau gefunden und beschlossen, Suizid zu begehen. Sein Abschiedsbrief war deutlich. Darin gab Batz zu, für die Morde verantwortlich zu sein. Eine niederländische Prostituierte hatte ihm angeblich bei den Taten geholfen.

Auf dem Parkplatz standen der weiße Bulli der Spurensicherung, ein Streifenwagen der Autobahnpolizei und der Mercedes-Kombi des Bestatters Erdmann. Jan und Maike zogen Overalls über.

Egon Kromminga ging voraus durch das Dickicht. »Die Situation sieht eindeutig aus. Die männliche erhängte Person hat sich einen starken Ast ausgesucht, die Schlinge daran befestigt. Anschließend stieg er auf eine Kiste, legte sich die Schlinge um und stieß die Kiste weg.«

Jan bemerkte den Stoffbeutel neben der umgefallenen Kiste. »Egon, kann ich mir den Beutel ansehen?«

»Kein Problem, schon alles fotografiert und eingemessen.«

Jan kniete sich hin und schaute vorsichtig in den Beutel. Darin lagen ein Elektroschocker, eine Schere und ein paar Handschellen.

»Können wir den Toten jetzt abschneiden?«, fragte Egon.

»Warte, ich helfe dir!« Jan richtete sich auf, wobei sein Knie mit einem knackenden Geräusch protestierte. Gemeinsam umklammerten sie die Leiche von hinten und ihre Kollegin schnitt das Seil durch. Beide schnauften und ihre Gesichter röteten sich vor Anstrengung, als sie den Toten langsam auf den Boden herunterließen. Er lag nun auf dem Rücken. Das Gesicht war aufgedunsen und leicht bläulich verfärbt. Die Zunge hing aus dem Mund und die Schlinge hatte am Hals eine tiefe Furche hinterlassen, die sogenannte Strangmarke.

Egon machte wieder einige Fotos. Dann begannen Jan und Maike, den Toten zu durchsuchen. Sie fanden eine Brieftasche und Autoschlüssel in den Hosentaschen. Die Papiere waren auf Abel Batz ausgestellt. Die Autoschlüs-

68 siehe Punkt 8 der Karte

sel gehörten zu dem niederländischen Golf, mit dem er offenbar hier hergekommen war.

Jan schloss den Wagen auf und wartete, bis verschiedene Abstände, wie der Abstand von den Pedalen im Fußraum bis zur Vorderkante des Fahrersitzes, im Auto vermessen worden waren. Anhand der Daten konnten sie Rückschlüsse auf die Körpermaße des Fahrers ziehen.

»Die Abstände der Sitzposition passen zum Toten. Hinter dem Sitz liegt noch ein Stoffbeutel. Ich zeig ihn dir«, sagte Egon.

Vorsichtig nahm Jan den Beutel entgegen. Sein Gesicht spiegelte den Ekel wieder, als er darin zwischen goldglänzendem Schmuck die abgeschnittenen Finger sah. »Das ist mit Sicherheit Autobahngold und die Finger gehören zu den Opfern Schulte und Klein. – Egon, wenn ihr hier fertig seid, wartet noch ein zweiter Tatort auf euch. Hier sind die Schlüssel zur Halle der Spedition Batz in Bunde. Dort ist im Büro eingebrochen worden. Die Täter sind vermutlich durch ein Fenster an der Rückseite der Halle eingedrungen. Dieser Tatort hier und der in Bunde stehen in Zusammenhang. Du, wir müssen los, auf der Dienststelle sitzt die Ehefrau des Toten. Ruf mich an, wenn du Fragen hast. Tschüss!«

Auf dem Parkplatz verabredete Jan mit dem Bestatter Erdmann einen Termin für den Nachmittag. Er wollte sich den Toten noch einmal in Ruhe ansehen. Maike und Jan bedankten sich bei der Streifenbesatzung für die Unterstützung und fuhren zurück zur Dienststelle.

»Na, haben wir den Fall gelöst?«, fragte sie ihn.

Auf seiner Stirn bildeten sich Falten. »Es passt ja alles wunderbar zusammen. Der Trennungsbrief als Motiv zur Selbsttötung, der Abschiedsbrief von Abel Batz, die Auffindesituation am Parkplatz und die Gegenstände … Insbesondere das Autobahngold, der Elektroschocker und natürlich diese abgeschnittenen Finger.«

Sie konnte den Zweifel heraushören. »Na, so richtig

überzeugt klingt das nicht gerade. Ich bin gespannt, was Frau Batz uns zu erzählen hat.«

Tag 10, mittags
Polizeidienstgebäude der Autobahnpolizei,
Vernehmungsraum

Maike und Jan saßen nebeneinander an einem langen Tisch. Ihnen gegenüber saß die sichtlich nervöse Lisa Batz.

Die beiden Polizisten hatten sich vorher darauf geeinigt, dass Maike die Vernehmung durchführte. Jan sollte, falls nötig, Druck aufbauen und die Rolle des ›bösen‹ Polizisten übernehmen.

Maike beobachtete die Frau sehr genau. Deren Körpersprache war eindeutig. Die Beine waren unruhig und ihre Hände presste sie stark zusammen. Die Nachricht vom Tod ihres Mannes hatte sie jedoch erstaunlich unberührt gelassen. Die Frau ist eine Schönheit, dachte Maike. Was ist der Unterschied zwischen hübsch und schön?

Im Fall von Lisa Batz war es ihre Ausstrahlung, etwas Erhabenes, ja, Unnahbares. War es das, was Abel Batz in die Arme von Prostituierten getrieben hatte?

Sie konzentrierte sich wieder auf die Befragung. »Frau Batz, wir möchten Ihnen noch ein einige Fragen stellen, falls das im Moment möglich ist.«

Lisa Batz begann zu sprechen, obwohl Maike noch gar keine Frage gestellt hatte. »Sie fragen sich sicher, warum ich nicht in Tränen ausbreche, wo ich doch gerade erst vom Selbstmord meines Mannes erfahren habe. Ich wollte mich scheiden lassen, das erklärt vielleicht einiges. Um es kurz zu machen, Abel hat mich ständig mit Prostituierten hintergangen. Er hat mich geschlagen, mich ausgenutzt und wie ein Stück Dreck behandelt.« Sie schwieg einen Moment, als würden Bilder der Demütigungen aus der Vergangenheit wie Gespenster aufsteigen. Sie räusperte sich. »Also, erwarten Sie bitte keine Tränen.«

Maike war erstaunt über so viel Ehrlichkeit und Bitterkeit, das hatte sie so nicht erwartet. »Frau Batz, mein Kollege und ich sind uns einig, dass wir Sie zunächst als Zeugin belehren und vernehmen möchten. Sollte sich im Verlauf der Vernehmung herausstellen, dass Sie an den Taten beteiligt sind, so unterbrechen wir die Vernehmung und belehren Sie als Beschuldigte. In diesem Fall haben Sie andere Rechte und Pflichten. Haben Sie das verstanden?«

»Ja, das habe ich.«

Maike glaubte ein wenig Erleichterung bei dieser Antwort herauszuhören. »Nun, wir fangen mit den Pflichtangaben zur Person an. Diese Angaben müssen Sie beantworten.«

Nachdem sie die Angaben notiert hatte, erfolgte die kurze Zeugenbelehrung mit Unterschrift. Dann kam die Ermittlerin zur Sache. »Frau Batz, erzählen Sie uns doch bitte mit Ihren Worten, was sich seit der Ankündigung der Betriebsprüfung durch das Gewerbeaufsichtsamt ereignet hat.«

»Mein lieber Mann hat sich mit unserem gesamten Bargeld aus dem Staub gemacht. Vermutlich hat er sich bei dieser holländischen Nutte versteckt. Ich hab dann alle Angestellten nach Hause geschickt. Für Abel habe ich einen Brief im Büro hinterlassen, darin habe ich ihm die Scheidung angekündigt und noch andere Unannehmlichkeiten. Dann habe ich mich in meinen Campingbulli gesetzt und bin nach Dänemark gefahren. Ungefähr zwei Wochen war ich rund um Jütland unterwegs. Ich wollte den Kopf freibekommen und über alles nachdenken. Als ich heute Morgen zur Halle komme, sehe ich, dass das

Büro verwüstet ist, und finde den Abschiedsbrief von Abel. Vermutlich ist dieser Mistkerl zurückgekommen und hat im Büro meinen Brief gefunden. Muss ihn wohl ziemlich mitgenommen haben, so wie er danach im Büro gewütet hat. Was er da geschrieben hat in diesem Abschiedsbrief, mit diesen Morden, damit habe ich aber nichts zu tun.«

Jan baute nun etwas Druck auf. »Frau Batz, Sie haben uns gerade mitgeteilt, dass Sie sich zwei Wochen in Dänemark aufgehalten haben. Gibt es dafür Zeugen oder haben Sie Belege von den Übernachtungsplätzen?«

Die Antwort kam schnell und klang wie auswendig gelernt. »Nein, ich war allein unterwegs und Quittungen oder Belege für die Stellplätze habe ich nicht, weil ich meistens wild gecampt habe. Mein Geld hatte mein lieber Ehemann ja mitgenommen.«

Maike übernahm wieder die Führung. »Frau Batz, Ihre Frisur ist neu. Die blonden, kurzen Haare stehen Ihnen gut, aber Sie hatten doch sonst lange, schwarze Haare?«

»Was haben denn meine Haare mit dieser Sache zu tun?«

Die Ermittlerin spürte sofort die Unsicherheit in der Stimme. Offensichtlich war Lisa Batz auf diese Frage nicht vorbereitet gewesen.

Jan bohrte nach. »Die Frage meiner Kollegin ist doch ganz einfach. Seit wann haben Sie die kurzen, blonden Haare? Und wo ist eigentlich das alte Hymer-Wohnmobil, das auf Ihren Mann zugelassen ist? «

Die Polizisten erhielten keine Antworten.

Jan unterbrach die Stille im Raum. »Frau Batz, diese Geschichte mit dem Urlaub in Dänemark nehme ich Ihnen nicht ab. Auch einfache Fragen können Sie nicht beantworten. Wir unterbrechen an dieser Stelle die Vernehmung. Gleichzeitig teile ich Ihnen mit, dass wir Sie ab jetzt als Beschuldigte ansehen. Ich werfe Ihnen vor, dass Sie an den Verbrechen beteiligt sind. Sie brauchen sich jetzt nicht mehr selbst zu belasten. Wir werden Sie vorläufig festnehmen und erkennungsdienstlich behandeln.«

Lisa Batz war sehr blass geworden. Ihre mühsam zur Schau gestellte Gelassenheit zerbrach und sie begann hemmungslos zu weinen. Jan und Maike versuchten abwechselnd, sie weiter zu befragen, aber sie machte dicht und sagte nichts mehr.

Die Polizisten gingen ins Büro der Soko, wo ihre Kollegen gespannt auf das Ergebnis der Befragung warteten. Erwartungsvoll sahen sie Jan und Maike an.

Jan fasste zusammen. »Sie hat uns die gleiche Geschichte aufgetischt wie bei eurer Befragung zum Einbruch. Ja, wir hatten auch den Eindruck, dass sie sich darauf vorbereitet hatte. Diese Rundreise durch Dänemark kauf ich ihr nicht ab. Die Fragen nach der Frisur und dem alten Wohnmobil haben sie stark verunsichert. Sie wusste nicht, ob sie sich mit einer Antwort belastet, und zog es vor, zu schweigen.«

»Ich glaube auch, dass sie etwas mit dieser Geschichte zu tun hat«, bestätigte Maike. »Nur: Welche Rolle spielt sie dabei?«

Stefan war unsicher. »Können wir sie denn weiter festhalten? Die Beweislage ist etwas dünn. Damit überzeugen wir keinen Richter.«

Jan musste ihm recht geben. »Das ist mir auch klar. Falls wir keine neuen Beweise finden, müssen wir sie nach der erkennungsdienstlichen Behandlung laufen lassen. Also legt dem Zeugen Zijlstra das Bild von Lisa Batz vor. Ich hab da kein gutes Gefühl, die neue Frisur hat sie total verändert. Stefan, wie weit bist du mit den Ermittlungen in den Niederlanden?«

»Der Golf ist auf einen Martin Boonstra zugelassen. Der niederländische Kollege ist sicher, dass es sich bei Boonstra um einen Zuhälter handelt. Er hat mehrere Pferdchen am Laufen. Die Damen haben alle einen Zweitschlüssel für den Golf und machen damit ihre speziellen Hausbesuche. Deshalb ist der Wagen dort auch so bekannt. Unsere Spurenleute werden sich wundern über die Anzahl der Fingerabdrücke. Im Übrigen ist dieser Zuhälter Boonstra ein Polizistenhasser und wird uns bestimmt nicht bei der Suche nach der Freundin von Batz behilflich sein.« Stefan deutete Jans finstere Miene richtig. »Ja, mit dieser Spur in die Niederlande haben wir ein Problem. Das wird nicht einfach.«

»Mist!«, fluchte Jan, »damit kommen wir im Moment auch nicht weiter. Klaas, Onno, könnt ihr bitte mit Frau Batz ins Mutterhaus fahren zur ED-Behandlung?«

»Machen wir. Sollen wir sie dann zurück nach Bunde bringen?«, fragte Klaas etwas unsicher.

»Es bleibt uns wohl nichts anderes übrig«, antwortete Jan mürrisch.

Tag 10, früher Nachmittag,
Bestattungsinstitut

Die beiden Autobahnpolizisten fuhren mit Lisa Batz zum Polizeidienstgebäude in der Stadt, um die erkennungsdienstlichen Maßnahmen durchführen zu lassen. Jan und Maike waren inzwischen unterwegs zum Bestattungsinstitut Erdmann.

Der Bestatter empfing sie gut gelaunt und ging voraus zum gekühlten Untersuchungsraum. Er zeigte auf den Chromtisch, wo der tote Abel Batz lag. »Bitte sehr, ich habe schon alles vorbereitet, wir können direkt anfangen.«

Jan und Maike sahen sich den Toten genau an. Dabei achtete Jan besonders auf die Handgelenke, die stecknadelgroßen Einblutungen und die äußere Strangmarke am Hals.

Die Handgelenke wiesen keine äußeren Verletzungen

auf, wie sie bei Fesselungen mit Handschellen entstehen. Die Petechien[69] in den Augen wiesen auf Tod durch Ersticken hin. Die durch den Strick entstandene äußere Strangmarke am Hals verlief schräg nach oben.

Maike machte mit der Digitalkamera Fotos, angefangen von den Übersichtsaufnahmen bis zu den Nahaufnahmen mit einem Maßstab. Jan war ganz in seine Arbeit versunken und suchte nach Spuren, die auf ein Fremdverschulden hinwiesen. Falls man Batz vor dem Erhängen gefesselt haben sollte, hätten Spuren an den Handgelenken zu sehen sein können. Dies war aber nicht der Fall. Entweder lag kein Fremdverschulden vor oder der Täter war sehr vorsichtig vorgegangen. Die schräg verlaufene äußere Drosselmarke war auch typisch für einen Suizid. Oft versuchten Täter die Erdrosselung ihres Opfers durch ein späteres Erhängen zu vertuschen. Dann verlief aber die Drosselmarke horizontal und durch das spätere Erhängen zusätzlich schräg nach oben. Auch hier fand sich kein Hinweis auf einen unfreiwilligen Tod.

Jan bat den Bestatter, ihm zu helfen, den Toten auf die Seite zu drehen, und schaute sich dann den Nackenbereich genau an. Er fand keine Abdrücke eines Elektroschockers. »So, Herr Erdmann, wir sind hier fertig. Bitte überführen Sie die Leiche zur Rechtsmedizin.«

»Herr Broning, wie sieht es aus mit der Bestattung Ihres Kollegen Berger? Könnten Sie noch einmal beim Staatsanwalt nachfragen?«

»Mach ich, Herr Erdmann«, erwiderte Jan.

Im Auto fragte Maike: »Warum glaubst du eigentlich nicht an den Suizid von Batz?«

»Dir ist sicher nicht entgangen, dass ich nach entsprechenden Hinweisen gesucht habe. Entweder hat Batz sich tatsächlich selber umgebracht, oder der Täter ist sehr gründlich und vorsichtig vorgegangen.«

69) Einblutungen

»Jetzt hast du mir aber keine klare Antwort gegeben«, stellte sie sarkastisch fest.

Er sah sie lächelnd an. »Ich bin mir selber nicht sicher, was ich von der Entwicklung halten soll. Mein Bauchgefühl sagt mir aber, dass hier etwas nicht stimmt.«

Tag 10, nachmittags.
Nähe Brandenburg an der Havel

Franz Ravenberg stellte den Lkw auf dem Hinterhof ab. Wie abgesprochen wartete der polnische Käufer auf ihn. Gemeinsam entluden sie den Zigarettentransporter und den Mercedes.

»Die Batterien der Fahrzeuge sind wegen der Ortungssysteme abgeklemmt. Komm bloß nicht auf die Idee, die Dinger wieder anzuklemmen und so loszufahren. Wir brauchen einen Spezi, der die Systeme vorher lahmlegt.«

»Ist das nicht ein bisschen übertrieben?«, fragte der Käufer.

Franz gähnte ausgiebig. »Kennst du dich mit den Dingern aus? Ich nicht, deshalb lieber auf Nummer sicher gehen. Übrigens: meine Kohle bitte!«

»Kriegst du, heute Abend, wenn wir die Wagen abholen. Wenn wir dieses Ortungssystem ausschalten sollen, brauche ich noch die Autoschlüssel.«

Franz sah den Polen misstrauisch an.

»Na, was! Du sagst, Ortungssystem ist gefährlich. Ich sag, zum Abstellen brauch ich Schlüssel. Vertraust du mir nicht, oder was?«

»Na gut, hier hast du die Schlüssel vom Mercedes. Aber die vom Bulli bleiben hier. Ich hab keine Lust mehr zum Diskutieren, bin hundemüde. Ich muss jetzt erst einmal schlafen. Bis später!«

Tag 10, nachmittags
Polizeidienstgebäude der Autobahnpolizei,
Büro der Soko Autobahngold

Im Büro der Soko telefonierte Jan mit Grohlich wegen der Leichenfreigabe.

Der Staatsanwalt war sehr zufrieden mit dem Verlauf der Ermittlungen. »Herr Broning, ich gehe davon aus, dass die Morde so gut wie aufgeklärt sind. Es fehlt zwar noch die Komplizin des Herrn Batz, diese holländische Prostituierte, aber im großen Ganzen ist der Sachverhalt doch klar.«

Jan versuchte, den Ball flach zu halten. »Ich habe da noch erhebliche Zweifel, Herr Grohlich.«

»Ja, ich weiß, Ihr schon berühmtes Bauchgefühl. Aber die Beweise sind eindeutig, deshalb bin ich auch bereit, die Leiche Ihres Kollegen zur Bestattung freizugeben.«

Jan legte den Hörer auf, atmete tief durch und sah seine Kollegen an. »Grohlich meint, der Fall ist so gut wie aufgeklärt, und hat die Leiche von Rolf Berger freigegeben. Maike, rufst du bitte bei Frau Berger und dem Bestatter an?«

»Okay, aber ich fahre lieber persönlich zu Frau Berger und regel alles weitere dann mit unserem Bestatter Erdmann.«

Jan fand ihren Vorschlag gut, aber er musste sie enttäuschen. »Sorry, Maike, das geht nicht. Wir beide müssen die Observierung von Lisa Batz übernehmen. Klaas und Onno sollen mit den Fotos von ihr zum Zeugen Zijlstra. Aber erst setzen sie Lisa Batz nach der erkennungsdienstlichen Behandlung in Bunde ab und übernehmen dort die Observierung, bis wir kommen. Sie warten auf uns vor dem Speditionsgelände. Die niederländischen Kollegen erwarten unsere Kollegen dann an der Grenze und unterstützen sie. Stefan hält hier die Stellung. Im

Gegensatz zum Staatsanwalt sehe ich die aktuelle Lage nicht so positiv. Es gibt noch zu viele Fragezeichen. Zum Beispiel: Wo ist dieses alte Wohnmobil, das wir auf den Tunnelaufzeichnungen gesehen haben? Das Ding muss doch hier irgendwo in der Nähe sein.« Seine Stimme klang besorgt. »Stefan, haben wir denn alle Immobilien von diesem Batz auf dem Schirm?«

»Ja, im Grunde genommen ist alles auf Lisa Batz eingetragen. Sie ist Geschäftsführerin der Spedition. Auf dem Gelände steht auch das Wohnhaus. Sie ist Halterin der drei Sattelzüge, eines älteren BMW und der zwei Wohnmobile, dem alten Hymer und einem Campingbulli. Batz hatte seiner Frau alles übertragen. So konnte sie ihn bei Geschäftsflaute arbeitslos melden.«

Auf Jans Stirn bildeten sich Falten vom Nachdenken. »Die Frage ist doch, ob das immer schon so war. Diese Eintragungen in den Handelsregistern und bei den Einwohnermeldeämtern … von wann sind die? Gibt es noch ältere, in denen Abel Batz als Geschäftsführer genannt war?«

Stefans Finger trommelten einen Takt auf der Tischplatte und er blickte an die Zimmerdecke. »Du, das kann ich dir nicht sagen.« Er sah auf die Uhr. »Das krieg ich erst morgen früh raus.«

»Kein Problem, Stefan, aber mach das morgen früh bitte als Erstes.«

Stefan nickte und Jan ging zusammen mit Maike zum Zivilwagen.

Als sie hinter dem Lenkrad saß, schaute sie ihn bittend an.

Jan schmunzelte. »Okay, wir fahren vorher noch kurz bei Frau Berger vorbei.«

Nachdem Maike kurz mit Astrid Berger gesprochen hatte, war sie zufrieden. Der Sohn war anwesend und versprach, sich um die Formalitäten der Beerdigung zu kümmern.

Sie fuhren weiter zum Industriegebiet Bunde-West. Vor dem Speditionsgelände stand der Zivilwagen der beiden Autobahnpolizisten. Maike blieb auf Abstand und schaltete einige Male das Fernlicht ein und aus. Der Wagen der Kollegen kam auf sie zu und blieb auf einem Seitenstreifen stehen. Onno stieg mit einem Umschlag in der Hand aus und kam zur Beifahrerseite.

Jan und Maike stiegen ebenfalls aus.

»Na, Onno, wie ist es gelaufen bei der ED-Behandlung?«, fragte Jan.

»Es hat sie ganz schön mitgenommen. Lisa Batz hat während der ganzen Zeit nicht gesprochen. Sie ließ still alles über sich ergehen. Danach haben wir sie hier abgesetzt. Die Fotos von ihr haben wir. Unser Computerfachmann hat eins mit einer speziellen Software bearbeitet. Er hat die blonde Kurzhaarfrisur gegen eine lange, schwarze Mähne ausgetauscht. Außerdem habe ich noch einige Vergleichsfotos mitgenommen.« Onno zeigte den Kollegen die Fotos im Umschlag.

Jan und Maike waren verblüfft über den Unterschied.

»Wahnsinn, wie eine Frisur das Aussehen eines Menschen verändert«, meinte Maike.

»Was haben die holländischen Kollegen gesagt?«, wollte Jan wissen.

»Sie benötigen natürlich ein offizielles Ersuchen um Amtshilfe im Ausland. Alles dabei. Hoffentlich lohnt sich die Mühe und der Zeuge Zijlstra kann uns helfen.«

»Gute Arbeit, Onno! Wir übernehmen jetzt die Observation. Hat sich noch irgendetwas ereignet auf dem Gelände?«

»Nein, alles ruhig. Etwas muss ich euch noch erzählen.«

»Schieß los!«, forderte ihn Jan auf.

»Frau Batz hat doch gesagt, dass sie mit dem Campingbulli kreuz und quer durch Dänemark gefahren ist.«

Jan nickte.

»Als ich mit Klaas zur Spedition gefahren bin, wegen dem angeblichen Einbruch, da stand der Bulli auf der Auffahrt. Ich habe mich kurz runtergebeugt und mir die Bremsscheiben angesehen. Die waren total verrostet.« Onno bemerkte den fragenden Gesichtsausdruck der Kollegen. »So sehen Bremsscheiben aus, wenn ein Fahrzeug über einen langen Zeitraum nicht benutzt wird.«

Jan nickte. »Okay, Onno! – Fahrt mit den Kollegen aus den Niederlanden zu unserem Zeugen Zijlstra, wir übernehmen die weitere Observation. Ab Mitternacht lösen uns hier die Kollegen Egon und Anni ab. Ich habe den beiden versprochen, dass Maike und ich sie dann gegen sieben Uhr ablösen. So können wir auch noch ein bisschen schlafen. Sobald ihr ein Ergebnis von der Zeugenbefragung habt, ruft uns an oder schickt eine SMS. Viel Erfolg!«

Onno und Klaas fuhren Richtung Grenze und Maike fuhr auf die schon bekannte Position vor dem Tor der Spedition.

»Diese Frau Batz hat uns doch eine Lügengeschichte aufgetischt«, meinte Maike.

»Wir hatten ja schon bei der Vernehmung den Verdacht, dass sie mit den Morden etwas zu tun hat«, erwiderte Jan. »Leider bringen uns Gefühle und angerostete Bremsscheiben beim Haftrichter nicht weiter. Du, wie hast du eigentlich in meiner Wohnung geschlafen?«

»Aha, soll das ein Angebot sein, wieder bei dir zu übernachten?«

Er lachte, weil sie ihn natürlich durchschaut hatte. »Für die paar Stunden nach Emden zu fahren, wäre doch nicht logisch. Außerdem gibt es auch wieder Brötchen.«

Sie lächelte ihn an und nickte.

Tag 10, abends
Brandenburg, Wohnung des Franz Ravenberg

Franz hatte schlecht geschlafen. Mitten in einem Albtraum war er wach geworden. Immer wieder dieser Gefängnistraum! Mit Erleichterung stellte er fest, dass er sich in seiner Wohnung befand. Er ging nach draußen und hoffte, dass die frische Luft die Watte in seinem Kopf verdrängen würde.

Schlagartig war er wach, als er feststellte, dass der Mercedes verschwunden war. Dieser verrückte Pole hatte doch wohl nicht den Wagen geklaut! Das hatte der noch nie getan, es gab sicher eine Erklärung.

Die Telefonnummer hatte er im Handy gespeichert. Nervös wartete er darauf, dass der Pole sich meldete.

Das Lachen war das Erste, was er am Telefon hörte. »Franz, was hast du gedacht, dass ich den Wagen geklaut habe? Beruhige dich, ich wollte dich nicht wecken. Der Käufer wollte unbedingt eine Probefahrt machen und da hab ich die Batterie angeklemmt.«

»Bist du verrückt, das Ortungssystem ist vielleicht noch aktiv!« Franz' Stimme bekam einen hysterischen Unterton.

Dies amüsierte den Polen. »Mensch, Franz, du stellst dich vielleicht blöde an. Wir sind doch gleich zurück. Du bekommst dein Geld und alles ist paletti.«

Franz sah ungläubig aufs Display. Dieser verrückte Pole hatte einfach aufgelegt.

Vielleicht machte er sich wirklich zu viel Gedanken. Es würde schon gutgehen. Trotzdem beschloss er, einige Sachen zu packen.

Eine halbe Stunde verging. Erst hatte er nur ein ungutes Gefühl, dann begann die Angst und nach einer weiteren Stunde stieg Panik in ihm auf.

Als er aus der Ferne herannahende Sirenen hörte, griff

er sich seine Tasche und rannte zu seinem Auto. An der Kreuzung bog er nach links ab Richtung Autobahn. Im Rückspiegel sah er noch, wie zwei Streifenwagen in seine Straße abbogen.

Kapitel 12

Tag 10, abends,
Industriegebiet Bunde-West, Speditionshalle Batz

Lisa Batz war vollkommen fertig. Die Autobahnpolizisten waren mit ihr zur Kriminalpolizei gefahren. Erkennungsdienstliche Behandlung, so nannten sie diese unwürdige Prozedur. Zunächst hatten sie Fotos von ihr gemacht, von vorn und von der Seite. Auch diese Nummer im Hintergrund fehlte nicht. Dann ihre Größe gemessen und von allen Fingern Abdrücke genommen. Sie wusste jetzt, wie man sich im Gefängnis fühlte. Sie war überrascht, dass man sie nach der Behandlung nach Hause gebracht hatte. Eine echte Erleichterung darüber wollte sich jedoch nicht einstellen. Zu genau konnte sie sich an das erinnern, was sie gerade bei der Polizei durchlitten hatte. Ihr war klar geworden, dass sie es nicht ertragen würde, tatsächlich eingesperrt zu werden. Sie würde alles tun, um das zu verhindern.

Vor ihr stand ein Glas mit Weinbrand. Sie ergriff es mit zitternden Händen und trank einen großen Schluck. Der Alkohol brannte in ihrer Kehle, beruhigte aber ihre angespannten Nerven.

Sie erschrak heftig, als ihr Handy klingelte. Das Display zeigte an, dass Gerd anrief. Sie drückte die Annahmetaste und begann zu weinen, als sie seine Stimme hörte. »Gerd, es war so entsetzlich, ich habe gedacht, sie sperren mich ein!«

»Lisa, beruhige dich. Ich hab dir doch gesagt, dass sie nichts gegen uns in der Hand haben. Erzähl, wie ist es gelaufen?«

Sie berichtete, wie zunächst alles nach Plan gegangen war. »Aber dieser Polizist Broning hat mir nicht geglaubt.

Ich wusste nicht, was ich sagen sollte, als er mich nach der neuen Frisur und dem Wohnmobil fragte. Ich glaube, er ahnt etwas.«

»Wenn sie irgendetwas beweisen könnten, hätten sie dich nicht nach Hause gefahren. Er hat dich nur unter Druck gesetzt und wollte, dass du zusammenbrichst.«

»Das ist ihm auch fast gelungen, deshalb habe ich nichts mehr gesagt.«

»Das hast du gut gemacht.«

»Kannst du denn nicht vorbeikommen?«, fragte sie ihn verzweifelt.

»Nein, ich muss gleich mit dem Sattelzug nach Holland, eine Ladung Hühnermist abholen. Außerdem werden sie dich observieren. Das Risiko ist zu groß. Leider habe ich noch schlechte Neuigkeiten.«

»Was meinst du damit?«, fragte sie ängstlich.

»Franz Ravenberg hat mich gerade angerufen. Die Polizei hat den Mercedes von dem Vertreter gefunden. Franz konnte noch rechtzeitig abhauen. Er ist auf dem Weg zu uns. Ich habe ihm gesagt, dass er bei mir in Walchum übernachten kann. Sobald der Transport erledigt ist, fahre ich zu meinem Haus und treffe mich dort mit ihm. Du hast damit nichts zu tun. Verhalt dich möglichst unauffällig. Denk dran: Ich liebe dich, egal was passiert.«

»Ich liebe dich auch, pass auf dich auf!«

Tag 11, frühmorgens
Ein alter Bauernhof bei Walchum
(Nördliches Emsland)

Der Transport des Hühnerkots verlief wieder ohne Probleme. Der Niederländer hatte wie gewohnt alles vorbereitet. Der Mist befand sich nun versteckt unter einer Siloplane und einer Schicht Strohballen im Laderaum des Lkw. Im Münsterland wartete bereits sein Landwirt auf die Ladung.

Auf der Rückfahrt überlegte Gerd Hasler, was Franz Ravenberg von ihm wollte. Gerd hatte seinen alten Zellenkumpan danach gefragt, aber keine Antwort erhalten. Franz wollte ihm das unbedingt persönlich mitteilen. Gerd hatte ihm die Adresse seines alten Hauses in Walchum genannt. Den kleinen Bauernhof hatte er vor Jahren gekauft. Kaufentscheidend waren die einsame Lage und das große Grundstück gewesen. Kein Nachbar störte sich an dem dort abgestellten Sattelzug und den nächtlichen Aktivitäten.

»Der Reserveschlüssel für die Eingangstür liegt unter einem Blumentopf rechts von der Tür«, hatte er Franz erklärt. »Deinen Wagen kannst du in die Scheune fahren. Im Gästezimmer steht ein Feldbett, du kannst dich dort hinlegen und schlafen. Ich bin gegen fünf Uhr zurück. Dann können wir über alles sprechen.«

In Walchum bog er auf seine Auffahrt ab und stellte den Motor des Lkw aus. Gerd freute sich auf sein Bett. Dank des reibungslosen Ablaufs war er früher als erwartet zurück. Jetzt noch das Gespräch mit Franz und dann konnte er endlich schlafen.

In der Küche lag schmutziges Geschirr auf dem Tisch. Leere Bierflaschen und eine halbvolle Schnapsflasche standen daneben. Wenigstens aufräumen hätte Franz können. Erst Gerds Freundin unverschämt anstarren und jetzt diese Sauerei ... Franz sammelte fleißig Minuspunkte bei seinem alten Zellengenossen. Schlecht gelaunt räumte Gerd die Küche auf.

Die Küchentür öffnete sich und Franz kam herein. »Guten Morgen, Ronny, oh entschuldige bitte: natürlich, Gerd! Ich wollte noch aufräumen, aber ich war so fertig.«

»Schon gut«, brummte Gerd. Er musterte sein Gegenüber. Die fettigen Haare von Franz standen zu Berge. Auf dem schmutzigen T-Shirt befanden sich Flecken von Eigelb und Schweißränder an den Achseln. Die Augen waren blutunterlaufen. Sichelartige schwarze Ränder lagen darunter. Die Alkoholfahne und der Schweißgeruch vollendeten den miesen Eindruck.

Franz hatte offensichtlich noch einige Promille intus. »Ronny, äh, Gerd, mein alter Kumpel, du musst mir unbedingt helfen! Ich hab es versaut. Moment ... hicks ... dieser blöde Pole hat es versaut, mein ich.« Er lallte, Gerd musste sich sehr konzentrieren, um herauszuhören, was sich in Brandenburg ereignet hatte.

»Franz, du willst mir doch wohl nicht sagen, dass die Polizei den Mercedes und den Zigarettentransporter gefunden hat«, sagte er kalt.

Sein Kumpel jammerte weiter. »Ich hab das Geld noch nicht bekommen. Sie haben den Käufer geschnappt, bevor er mich bezahlen konnte. Ich bin pleite und muss mich verstecken.« Franz sammelte sichtlich seinen Mut zusammen. »Ich will mein Geld zurück!«

»Wie bitte? Dein Geld?! Du hast die Ware erhalten, für die du bezahlt hast. Nicht mein Problem, wenn du es versaust!«, konstatierte Gerd trocken.

Die beiden Männer standen sich gegenüber. Der Alkohol und die Aussichtslosigkeit seiner Situation machten Franz unvorsichtig.

Er stieß seinem Gegenüber den Zeigefinger in den Bauch. »Ich will mein Geld zurück, oder ich wende mich an die Polizei und verpfeif euch. Anfangen können die Bullen ja mal mit deinem neuen Namen. Hat nicht zufällig etwas mit deinem Freund Gerd Hasler zu tun?«

Jetzt war die Katze aus dem Sack. Der Rest der jahrelangen Kumpanei löste sich in Luft auf. Die Männer standen sich als Todfeinde gegenüber.

Gerd sah ihm kalt und direkt in die Augen. »Du hast recht. Ich hole dir, was du verdienst.«

Franz war die Erleichterung anzuhören. »Ich mach das nicht gerne, aber du hast alles, eine schöne Freundin mit einer Spedition, und ich habe nichts mehr.«

Gerds rechte Hand rieb über seinen Bauch. Langsam nahm er einen Schlüssel aus der Tasche und ging zum Küchenschrank. Er schloss eine Schublade auf. Hinter ihm hörte er das Gejammer von Franz.

In der Schublade lagen ein Teil des Bargeldes und die Pistole von Abel Batz. Die Neunmillimeter funktionierte einwandfrei. Er hatte sie im Moor ausprobiert, gereinigt und geladen in die Schublade gelegt. Seine Hand schloss sich um den Griff. Als er sich umdrehte und die Waffe auf Franz richtete, entsicherte er die Pistole mit dem Daumen.

Der Mund seines Gegenübers klappte auf und die Augen weiteten sich vor Entsetzen. Der erste Schuss traf Franz in den Bauch. Schreiend lag er auf dem Rücken.

Mitleidslos ging Gerd zu ihm und richtete die Pistolenmündung auf die Stirn seines ehemaligen Kumpels. »Erstens sieht man meine Freundin nicht so an. Zweitens: Niemand erpresst mich. Und drittens: Niemand drückt mir seinen Finger ungestraft in den Bauch.« Der Schuss hallte laut in der kleinen Küche.

Danach trat eine tiefe Ruhe ein.

Er legte die Pistole auf den Tisch und setzte sich auf einen Stuhl. Sein Kopf sank müde auf die Tischplatte. Mühsam überdachte er die Situation und entwarf einen Plan. Aber vorher hatte er noch etwas sehr Spezielles und Befriedigendes zu tun.

Er ging in die kleine Werkstatt und kehrte mit einer Blechschere und einer Plastikplane in die Küche zurück. Neben der Leiche kniete er nieder und legte den rechten Zeigefinger des Toten in die Blechschere.

Sein Verstand hielt ihn davon ab, zuzudrücken. Mit viel Mühe hatte er den Ermittlern Abel Batz als Täter auf dem Silbertablett serviert. Die abgeschnittenen Finger gleich mit dazu. Sollte man die verstümmelte Leiche seinen Kumpels finden, wäre alles umsonst gewesen.

Er wickelte die Leiche in die Plane und schleifte sie zum Wagen seines Opfers. Die Autoschlüssel fand er in der Hosentasche und öffnete den Kofferraum. Sein Gesicht rötete sich vor Anstrengung, als er den Toten hineinwuchtete. Gerd setzte sich hinter das Lenkrad und fuhr den Wagen, ein Amischlitten, aus der Scheune. Das Haus schloss er ab und fuhr zum alten Speditionsgelände. Er ahnte, dass sie nicht mehr viel Zeit hatten.

Er griff zum Handy und wählte ihre Nummer.

Lisa klang nervös, als sie sich meldete. »Gerd, die Polizei steht noch immer vor dem Tor, was soll ich machen?«

»Gar nichts. Verhalte dich ganz normal. Das Problem mit Franz ist gelöst. Leg dich hin und versuch etwas zu schlafen.«

Er trennte die Verbindung. Die Polizei observierte das neue Speditionsgelände. Seine Lisa konnte ihm nicht helfen, also musste er alleine aufräumen. Früher oder später würde die Polizei auch beim alten Speditionsgelände auftauchen. Dort stand das Hymer-Wohnmobil in der Halle. Hatten sie darin alle Spuren beseitigt? Außerdem: Wo sollte er den Toten im Kofferraum entsorgen? Die Gefahr, dass die Polizei wegen der Todeszeitpunkte stutzig werden könnte, war zu groß.

Er dachte an die Benzinkanister im Kofferraum und stellte sich vor, wie die alte Halle mit den Beweisen in Flammen aufging.

Tag 11, 7.00 Uhr
Industriegelände Bunde West, Speditionsgelände Batz

Maike und Jan hatten gerade Egon und Anni abgelöst. Nun saßen sie noch etwas müde im Auto. Sie hatte in seinem Gästezimmer geschlafen. Beide hatten zunächst nicht einschlafen können. Ihre Gedanken beschäftigten sich in einer Endlosschleife abwechselnd mit den Ermittlungen und ihrem Privatleben.

Maikes Füße waren eiskalt gewesen. Sie hatte kurz mit dem Gedanken gespielt, einfach zu ihm unter die Decke zu schlüpfen. In Gedanken war es dann nicht beim Wärmen der Füße geblieben. Aber sie hatte es nicht getan, weil sie auf einen besseren Zeitpunkt warten wollte.

Sie gähnte ausgiebig und war wieder zurück in der Gegenwart. Maike sah in den Rückspiegel. Eine Radfahrerin mit großen Taschen am Gepäckträger näherte sich. Sie blieb neben dem Zivilwagen stehen und klopfte an die Scheibe. Maike drehte das Fenster herunter.

»Moin, sind Sie von der Polizei?«, fragte die Dame mit einem verschmitzten Lächeln.

»Moin«, mehr sagte Maike nicht.

Die Dame redete unbekümmert weiter. »Ich beobachte Sie schon eine Weile. Sie sind sicher wegen diesem Abel Batz hier. Was für ein schreckliches Ende, der arme Mann.«

Maike wollte sie zurechtweisen und auffordern, weiterzufahren, aber eine innere Stimme riet ihr davon ab. »Und Sie sind …?«, fragte Maike.

»Ich heiße Grietje und bin die Zeitungsausträgerin«, sagte die Dame mit Stolz in der Stimme. »Schon seit zwanzig Jahren trage ich die Zeitungen hier aus. Logisch, dass ich hier alle kenne und mir nichts verborgen bleibt.«

»Offensichtlich!«, lachte Maike. »Na, dann kennen Sie ja die Familie Batz sicher auch ganz gut.«

»Das können Sie wohl sagen, schon seit damals, als sie in der alten Halle angefangen haben.« Die Dame zeigte in Richtung Speditionshalle.

»Hier in der alten Halle?«, fragte Maike.

»Nee, doch nicht auf dem neuen Gelände! Die Halle auf dem ehemaligen alten Betriebsgelände!«

Jetzt waren beide Polzisten hellwach. »Moment, Frau Grietje«, schaltete Jan sich ein. »Es gibt noch ein anderes Gelände der Firma Batz?«

Die Zeitungsausträgerin beschrieb den Polizisten den Weg, dann setzte sich Grietje Paals gut gelaunt auf ihr Fahrrad und fuhr davon.

»Warum haben wir das nicht gewusst?!«, fragte Jan ärgerlich und fummelte sein Handy aus der Tasche. Er brauchte jemanden, der dazu die Details einholen konnte. Eine ungelesene Nachricht stand auf dem Display. Jan öffnete die Mitteilung. Sie war von Onno und knapp gehalten. *Hallo Jan. Befragung des Zeugen ergab, dass es sich bei der Frau vom Parkplatz um Lisa Batz handelte. MfG Onno*

»Mist, ich hab vergessen, aufs Handy zu sehen. Onno hatte uns eine SMS geschickt.« Jan zeigte sie ihr.

»Und was machen wir jetzt?«, fragte sie.

Er entschied sich, sofort zu handeln, und stieg aus. »Wir werden Frau Batz noch einmal vernehmen und zwar jetzt gleich.«

Maike folgte ihm zur Eingangstür der Spedition. Dort klingelte Jan Sturm, aber es erfolgte keine Reaktion.

»Los, wir fahren zu dieser alten Speditionshalle.« Jan lief zurück zum Auto.

*

Gerd Hasler hatte den Amischlitten mit der Leiche im Kofferraum neben das Wohnmobil in die alte Halle gefahren und die großen Tore von außen verriegelt. Er öffnete die Kofferraumklappe und goss mit Schwung

Benzin über die in Plastikfolie gewickelte Leiche seines Kumpels. Anschließend öffnete er die Türen und Fenster des Wohnmobils und des Autos. In die Öffnungen schüttete er ebenfalls Benzin. Die Holzverkleidung der Halle war als nächstes dran. Inzwischen roch die gesamte Halle stark nach Benzin.

Er ging zum hinteren Bereich, öffnete die massive Feuerschutztür und betrat die kleine Wohnung.

In diesem Moment hörte er vor der Halle das Zuschlagen von Autotüren. Er sah nach draußen auf die Auffahrt. Ein Mann und eine Frau standen vor einem VW-Passat und sahen sich um. Polizisten, das erkannte er sofort.

Das konnte doch nicht wahr sein … Das waren bestimmt diese Kriminalbeamten, von denen Lisa erzählt hatte, ihre Beschreibung passte. Der Mann war der Beamte, der seine Lisa so unter Druck gesetzt hatte. Gerd Haslers Hände ballten sich zu Fäusten.

Die Frau war sehr nett gewesen, hatte Lisa gesagt. Die beiden hatten sicher guter und böser Polizist gespielt. Seit seiner damaligen Festnahme und dem anschließenden Gefängnisaufenthalt kannte er diese sehr effektiven Spielchen. Wie er eben auch Polizisten an ihrem Auftreten und der Ausstrahlung sofort erkennen konnte.

Jetzt gingen sie zur Eingangstür der Wohnung. Vielleicht hatte er Glück und sie verschwanden wieder.

Sie klingelten ausgiebig an der Tür. Vorsichtig sah er nach draußen. Jetzt gingen sie außen um die Halle herum. In wenigen Augenblicken würden sie die kleine Eingangstür finden. Er überlegte fieberhaft, hatte er die Seitentür abgeschlossen? Nein, sie war noch offen und gleich würden sie in die Halle gehen und die versteckten Fahrzeuge finden.

Die großen Tore waren von außen verriegelt. Seine Gedanken überschlugen sich. Es gab drei Zugänge zur Halle: die beiden Außentore, die kleine Seitentür an der

Längswand und durch die Wohnung, die Feuerschutztür. Hatte er die Tür zur kleinen Wohnung hinter sich abgeschlossen? Mist! Auch die hatte er nicht verriegelt. Er hastete durch die Wohnung und verschloss von innen die Feuerschutztür zur Halle.

Er ging zurück zur Außentür der Wohnung. Im Flur standen die vorbereiteten Molotowcocktails und ein Fahrrad für die Rückfahrt.

Zwei Flaschen hatte er mit Benzin gefüllt, Putzlappen in Benzin getränkt und in die Flaschenhälse gestopft. Mit den Flaschen in der Hand ging er nach draußen und schlich vorsichtig um die Halle herum zur kleinen Seitentür an der Längswand. Die Polizisten waren nicht mehr zu sehen. Er hörte leise ihre Stimmen aus der Halle.

Die beiden saßen in der Falle. Die kleine Eisentür, vor der er stand, war der einzige Weg nach draußen.

Und auch das nicht mehr lange.

*

Maike und Jan standen in der alten Halle und sahen sich um. »Verdammt, das stinkt hier extrem nach Benzin«, stellte Jan fest.

»Bingo!« Maike zeigte auf das alte Wohnmobil.

In diesem Moment flog Feuerschein im Bogen durch die Halle. Glas splitterte, und eine Feuerwand entstand nur ein paar Meter von ihnen entfernt. Entsetzt hörten die Polizisten, wie die kleine Seitentür, durch die sie hereingekommen waren, zugeschlagen wurde. Die Flammen rasten auf einen amerikanischen Wagen und das Wohnmobil zu. Sofort standen die Fahrzeuge in Brand und die Flammen liefen weiter in Richtung Hallenwand.

Maike und Jan rannten zur Tür zurück. Panik ergriff sie, als sie merkten, dass sie sich nicht öffnen ließ. Die Flammen wanderten an der Holzverkleidung hinauf in Richtung Dach. Jan sah im hinteren Bereich der Halle eine weitere Tür. Er packte Maike am Arm und rannte los. Die Flammen versengten ihre Haare.

Auch diese Tür war verschlossen. Der Qualm brannte in Jans Augen. Er kniff sie kurz zusammen. Als er sie öffnete, konnte er Maike nicht mehr sehen. Die Angst um sie schnürte ihm die Kehle zu.

Plötzlich glaubte er durch das Prasseln der Flammen das Geräusch eines startenden Motors zu hören.

Durch den Qualm kam Maike auf ihn zugerannt und zerrte ihn hinter sich her. Er folgte ihr und stand plötzlich vor einem Gabelstapler. Sie sprang auf den Sitz und zog Jan hinter sich. Hustend probierte Maike die Bedienungshebel aus. Endlich – die Gabel des Staplers hob sich und Maike gab Gas. Der Stapler beschleunigte, fuhr durch die Flammenwand und raste auf die beiden großen Tore zu. Der Gabelstapler sprang ruckartig nach vorn, als Maike Vollgas gab. Mit einem Krachen brach das Fahrzeug durch die Tore nach draußen.

*

Der Mann auf dem Fahrrad sah zurück und war zufrieden mit seinem Werk. Die Halle stand in Flammen. Die Spuren verbrannten hoffentlich zusammen mit den Polizisten.

*

Maike und Jan stiegen hustend von Gabelstapler herunter. Ihre Augen und Lungen brannten fürchterlich. Dankbar sogen sie die frische Luft in ein. Sie sahen zurück auf das brennende Gebäude. Die Flammen hatten die gesamte Halle erfasst.

Der Zivilwagen stand zu nah daran. Maike zog am Ärmel ihres Kollegen. »Jan, der Wagen – wir müssen ihn wegfahren!«

Sie rannten zusammen los. Unterwegs kramte sie bereits die Autoschlüssel aus der Tasche. Sie stiegen in

Windeseile ein und sie startete den Motor. Mit quietschenden Reifen rasten sie weg von der brennenden Halle. Erst in einem sicheren Abstand hielt Maike an.

Jan sah sie mit weit aufgerissenen Augen an und drückte sie an sich. »Mein Gott, Maike, du hast uns gerade das Leben gerettet.«

»Habe ich dir schon erzählt, dass ich in den Ferien im VW-Lager ausgeholfen habe?«

Beide mussten wieder husten, der Qualm hatte ihre Atemwege gereizt.

»Vorausetzung für diesen Job war ein Lehrgang auf einem Gabelstapler«, sagte sie mit heiserer Stimme.

Kapitel 13

Tag 11, vormittags
Bunde-West, neues Speditionsgelände Batz

Sirenengeheul und das Trommeln von Fäusten an der Tür weckten Lisa Batz. Als sie mühsam aufstand, kippte sie mit den Füßen die leere Weinbrandflasche um.

Es fiel ihr schwer, sich zu orientieren. Sie zog sich einen Freizeitanzug an und wankte zur Eingangstür. Lisa schaute durch den Türspion. Draußen standen zwei uniformierte Polizisten. Als sie öffnete, sah sie die Beamten fragend an.

»Frau Lisa Batz, Sie sind verhaftet, wegen Mord und Brandstiftung!«

In Begleitung der weiblichen Polizistin durfte sie einige persönliche Sache einpacken. Die Beamtin durchsuchte sie noch, bevor Lisa sich hinten in den Streifenwagen setzte.

Als der Wagen losfuhr, drehte sich Lisa Batz noch einmal um und sah zurück. Sie wusste, sie würde nie wieder hierher zurückkommen.

*

Trotz aller Bemühungen der Feuerwehr brannte die gesamte Halle ab und brach schließlich zusammen. Nur ein großer, qualmender Schutthaufen blieb übrig. Maike und Jan saßen auf einer Liege im Rettungswagen. Ein Notarzt hatte sie nacheinander untersucht und festgestellt, dass beide eine leichte Rauchgasvergiftung erlitten hatten. Vergeblich versuchte er die beiden Polizisten davon zu überzeugen, mit ins Krankenhaus zu fahren.

Maike sah durch die offene Schiebetür des Rettungswagens auf die qualmenden Reste der Halle. Ein

Schaudern lief durch ihren Körper. Nur mit viel Glück waren sie dem Feuertod entronnen. Der Gabelstapler war ihre Rettung gewesen. Im Feuer hatte sie ihre Panik niedergerungen, ihre einzige Chance erkannt und entschlossen ergriffen.

Die beiden Polizisten stiegen mit wackeligen Beinen aus dem Rettungswagen. Der Notarzt stieg ebenfalls aus und schüttelte missbilligend den Kopf.

Jan sah Maike besorgt an. »Du siehst ganz schön mitgenommen aus!«

Sie lachte ihn aus. »Glaub mir, du siehst auch nicht besser aus.«

»Noch ist der Rettungswagen hier«, sagte Jan. »Willst du nicht doch vorsichtshalber ins Krankenhaus und …«

Maike unterbrach ihn. »Vergiss es. Das Einzige, was ich brauche, was wir brauchen, ist eine heiße Dusche.«

Der Wagen des Notarztes hielt neben den beiden Polizisten. »Mit einer Rauchvergiftung ist nicht zu spaßen!« Die Stimme des Notarztes aus dem Fahrzeuginneren klang besorgt. »Wollen Sie nicht doch …«

Maike beugte sich hinunter und lächelte den Arzt durch das offene Seitenfenster des Wagens an. »Nein, aber nochmals herzlichen Dank.«

Der Notarzt schüttelte den Kopf und die Seitenscheibe ging per Knopfdruck nach oben. Jan und Maike sahen die Rettungsfahrzeuge davonfahren, dann schauten sie wieder zur abgebrannten Halle. »Der Tatort wird noch gesichert …« Ein Hustenanfall unterbrach Jan, mit Sarkasmus in der Stimme fügte er hinzu: »Oder wenigstens das, was noch davon übrig ist. Ich schlage vor, wir fahren zu mir, duschen und besprechen alles weitere mit unseren Kollegen im Büro der Soko.«

Tag 11, mittags
Altstadt Leer, Wohnung von Jan Broning

Sie stellten den Zivilwagen vor Jans Wohnung ab und gingen hinauf zu seiner Wohnung. Ihr Lachen hallte im Treppenhaus. Die überstandene Todesgefahr hatte beide in eine euphorische Stimmung versetzt.

Maike drängelte sich vor und duschte als Erste.

Jan stellte die Kaffeemaschine an und suchte nach einem großen Plastiksack. Er warf die nach Rauch stinkenden Klamotten hinein. Dann setzte er sich, nur in Unterwäsche, in die Küche und trank erst einmal ein Mineralwasser. Maike ließ sich Zeit mit der Dusche. Jan roch an seinem nackten Arm und verzog sein Gesicht. Einmal einseifen war bei diesem Gestank sicher nicht genug. Schließlich ging die Badezimmertür auf und Maike kam zu ihm in die Küche.

Sie trug nur das große Handtuch, das sie um den Körper gewickelt hatte. Ihre verschmutzte Kleidung klemmte unter ihrem Arm. »Ich hab ein Problem«, sagte sie mit ihrer vom Rauch heiseren Stimme. »Ich hab nichts zum Anziehen.«

Er stand auf, ging zu ihr und umarmte sie zärtlich. Das Handtuch rutschte herunter. Der erste Kuss war noch vorsichtig, aber dabei blieb es nicht. Die Küsse wurden leidenschaftlicher und seine Hände streichelten sanft ihren vom Duschen noch feuchten und warmen Körper.

Sie zog ihm lachend die Unterwäsche aus. Seine Arme glitten unter ihren Po, verschränkten sich.

Er ging etwas in die Knie und hob sie hoch. Sie verlor den Bodenkontakt und stöhnte leise, als er sie zum Schlafzimmer trug.

Zu früh war das heftige Liebesspiel beendet.

»Entschuldige bitte«, sagte er mit rauer Stimme.

»Wofür willst du dich denn entschuldigen?«, fragte

sie mit einem glücklichen Lächeln. »Dafür, dass du so stinkst, oder für deine heftige, aber frühzeitige Reaktion? Geh erst mal duschen, danach versuchen wir es noch einmal, aber mit etwas mehr Gefühl.«

Unsicher sah er sie an.

»Na, geh schon, ich lauf dir nicht weg.«

Er duschte im Rekordtempo und diesmal ließen sie sich beide Zeit.

Tag 11, nachmittags
Dienstgebäude der Autobahnpolizei,
Büro der Soko Autobahngold

Die Kollegen staunten nicht schlecht, als Maike in Jans Klamotten ins Büro trat.

Klaas umarmte zunächst Maike und dann Jan. »Ihr beide seht wirklich mitgenommen aus. Kein Wunder, ihr seid dem Tod noch gerade so von der Schippe gesprungen. Nun erzählt doch mal, wie war das mit dem Gabelstapler?« Aus seiner Stimme war echte Freude heraushören.

»Gleich, Klaas, aber zunächst möchte ich wissen, ob ihr Frau Batz verhaftet habt«, sagte Jan.

»Haben wir, sie befindet sich im Zellentrakt. Kollegin Swantje hat uns bei der Festnahme unterstützt«, erklärte Klaas ungeduldig.

Jan ließ Maike erzählen, was sich bei der alten Halle ereignet hatte. Bei der Schilderung der Rettungsaktion mit dem Stapler hielt sie sich bescheiden zurück.

Onno achtete, während sie erzählte, ständig auf Jans Reaktion. Der strahlte übers ganze Gesicht. Onno meinte, viel mehr als Dankbarkeit darin zu erkennen.

Jan räusperte sich, als sie am Ende ihrer Schilderung

war. »Maike hat mir das Leben gerettet. Schon das zweite Mal. Und ich möchte euch noch etwas erzählen.« Er ging zu ihr, umarmte sie und küsste sie auf den Mund. »Wir lieben uns und …«

Onno klopfte beiden auf die Schulter und lachte. »Mensch, Jan, als wenn wir das nicht schon längst gewusst hätten. Herzlichen Glückwunsch!«

Klaas war so gerührt, dass er mehrfach schlucken musste. »Leute, das muss gefeiert werden, ich besorg uns Brötchen!«, schniefte er und verließ schnell das Büro.

Stefan war etwas neidisch auf Jan. Insgeheim hatte er Maike immer angehimmelt. Aber jetzt hatte er wenigstens Gewissheit und konnte sich weiter umsehen. Andere Väter hatten schließlich auch schöne Töchter. »Jan, ich habe zwei Neuigkeiten. Die erste hat sich bereits quasi von selbst erledigt: Das alte Gelände der Spedition Batz habt ihr ja gefunden.«

Sein Kollege schmunzelte. »Dank unserer Zeitungsausträgerin Grietje. Entschuldige, ich hab dich unterbrochen.«

»Jetzt kommt die eigentlich wichtigere zweite Neuigkeit: Die Kollegen in Brandenburg haben die beiden Fahrzeuge der Opfer bei einem bekannten Hehler sichergestellt.« Stefan bemerkte zufrieden die überraschten Gesichter der Kollegen. »Das Ortungssystem des Mercedes hat sich plötzlich gemeldet. Die Kollegen konnten ihn im Stadtgebiet von Brandenburg über eine Verfolgungssoftware aufspüren und haben ihn kontrolliert. Zwei Polen saßen drin, einer davon ist den Kollegen als Hehler bestens bekannt. Vermutlich handelt es sich bei dem anderen Polen um den Käufer. Sie haben wohl eine Probefahrt unternommen und dazu die Batterie angeklemmt. Dadurch gab das eingebaute Ortungssystem Signale ab. Der polizeibekannte Pole gab nach etwas gutem Zureden der Kollegen an, woher er den Mercedes hatte. Moment bitte …«

Stefan blätterte in seinen Unterlagen. »Hier, ein Herr Franz Ravenberg. Ebenfalls ein Mann mit einer langen Latte von Vorstrafen, unter anderem ist der ebenfalls als Hehler bekannt. Hier ein Foto von Ravenberg.« Stefan stand auf und befestigte es an der weißen Tafel.

Er drehte sich wieder zu seinen Kollegen um. »Franz Ravenberg wohnt in Brandenburg. Nach dem Hinweis des Polen sind sie natürlich sofort zu der Adresse gefahren. Aber der Vogel war bereits ausgeflogen. Dafür haben sie den Zigarettentransporter auf dem Gelände gefunden. Den vollständigen Vorgang werden sie uns zusenden.«

Klaas kam mit mehreren Tüten herein. »So, Kollegen, jetzt ist erst mal Pause!« Seine Stimme duldete keinen Widerspruch.

Nach den schon üblichen Meinungsverschiedenheiten wegen des Tees wurden die Brötchen aufgegessen.

»Klaas, die Brötchen bezahl aber ich, schließlich habe ich ja quasi Geburtstag.« Jan sah Maike an. »Besser gesagt: Wir beide haben Geburtstag.«

Gemeinsam räumten sie den Tisch ab und widmeten sich wieder den Ermittlungen. Jan erzählte Klaas in Kurzform, was sich in Brandenburg ereignet hatte. Dafür benutzte er auch die Fotos an der Tafel.

»Aber dann ist ja der gesamte Fall gelöst!« Klaas sah in die Runde. »Oder?«

»Ich sag es mal so«, Jans Stimme klang skeptisch, »auf den ersten Blick sieht es so aus. Wir haben sehr viele Fragen beantworten können, aber ...«

»Entschuldige bitte, dass ich dich unterbreche«, sagte Stefan. »Aber Klaas hat doch recht, im Grunde ist der Fall gelöst.« Er ging zu Jan an die Tafel und zeigte auf die Bilder von Abel Batz und Lisa Batz. »Wir haben die beiden Täter. Einer hat sogar ein Geständnis abgelegt, diesen Abschiedsbrief.« Stefan tippte auf das Schriftstück an der Tafel. »Lisa Batz haben wir festgenommen und werden sie noch befragen. Die Zeugenaussage des Herrn Zijlstra belastet sie erheblich.«

Jetzt zeigte Stefan auf die Fahrzeuge der Opfer. »Beide gesuchten Fahrzeuge sind in Brandenburg sichergestellt worden. Okay, die Verbindung zwischen einem Hehler aus Brandenburg und einem Spediteur aus Ostfriesland, daran müssen wir noch arbeiten.« Er sah Jan abwartend an.

»Stefan, du hast ja recht. Trotzdem müssen wir noch einige Fragen klären. Zum Beispiel dieser Abschiedsbrief von Abel Batz. Alles wird darin erklärt. Eigentlich zu schön, um wahr zu sein. Quasi wie für uns gemacht.« Jan Broning bemerkte die fragenden Gesichter seiner Kollegen. »Kann man alles glauben, was in diesem Brief steht?«

Stefan schüttelte den Kopf. »Jan, was willst du damit sagen? Abel Batz will von seiner Frau Lisa ablenken und erfindet die niederländische Prostituierte als Komplizin, um seine Frau zu entlasten?«

»Das ist eine Möglichkeit.« Jan befestigte mit den kleinen Magneten zwei beschriebene Blätter neben dem Abschiedsbrief an der Tafel. Er tippte mit dem Finger auf das linke Blatt. »Diese kurze Mitteilung lag auf der Ablage im Streifenwagen, mit dem Kollege Berger unterwegs war.«

»Diese Geschichte, wo Rolf angeblich mit einer Freundin durchgebrannt ist.« Klaas' Stimme klang wütend.

»Genau, dies ist eine Kopie aus seinem Merkbuch.« Jan zeigte auf das mittlere von Hand verfasste Schriftstück: »Daneben habe ich den Trennungsbrief von Lisa Batz an ihren Mann befestigt.«

»Und daneben befindet sich der Abschiedsbrief von Abel Batz«, bemerkte Maike, »und ich weiß auch, warum du sie nebeneinander befestigt hast!«

Jan lächelte sie an. »Na, dann lass mal hören.«

»Du vermutest, dass es sich bei allen drei Schriftstücken um falsche Spuren handelt. Spuren, die uns ablenken sollen.«

»Genau.« Jan Broning zeigte auf das linke Blatt. »Inzwischen wissen wir mit absoluter Sicherheit, dass diese angebliche Mitteilung vom Kollegen Berger falsch ist. Rolf Berger hat sie nicht geschrieben. Eine Ablenkung für uns.«

Er zeigte auf das mittlere mit der Hand geschriebene Blatt. »Der Trennungsbrief liefert eine Erklärung für den Suizid von Abel Batz. – Und nun zum Abschiedsbrief von Abel Batz.« Jan zeigte auf das rechte Blatt. »Es ist ein schriftliches Geständnis und eine Entlastung für seine Frau Lisa. Mein Bauchgefühl sagt mir, dass auch mit dem Trennungsbrief und dem Abschiedsbrief etwas nicht stimmt. Wer ist der Verfasser?« Jans Finger beschrieb einen Bogen über die drei Schriftstücke an der Tafel. »Alle drei Briefe für uns hinterlegt und zwar als Ablenkungsmanöver. Dreimal ein ähnliches Verhaltensmuster unseres Täters.«

»Dieser Aspekt steht jedoch nicht im Widerspruch zu der Annahme, dass Abel Batz und seine Frau Lisa unsere Täter sind«, bemerkte Stefan.

Jan nickte. »Das stimmt natürlich. Logisch und sachlich betrachtet ist dies die naheliegende Erklärung, aber …« Seine Stirn legte sich in Falten. »Ich sprach ja auch von meinem Bauchgefühl. Was ist, wenn es da noch jemanden gibt, eine unbekannte Person im Hintergrund, die uns manipuliert? Hätten wir nicht diese Zeugenaussage des Lkw-Fahrers und die Zweifel an dem angeblichen Urlaub von Lisa Batz in Dänemark, würden wir uns voll auf die niederländische Prostituierte als Komplizin von Abel Batz konzentrieren.«

»Jan, mal angenommen, es gibt einen noch unbekannten Mitspieler, dann könnte eine Beziehung zwischen Lisa Batz und dieser Person bestehen.« Maike bemerkte die fragenden Gesichter der Kollegen und hob beschwichtigend die Hände. »Hört mal, ich habe nicht damit angefangen von wegen Bauchgefühl.« Sie lächelte Jan an und zwinkerte ihm zu. »Aber lasst uns den Gedanken weiter auspinnen. Diese Person könnte versucht haben, zumindest mit dem Abschiedsbrief Lisa Batz zu schützen. Wie gesagt: eine Hypothese.«

»Ho ho, jetzt dreht ihr aber ab!« Stefan zog eine Schnute, sah dabei Maike und Jan an. »Warum einfach, wenn es auch umständlich geht … Ich halte mich lieber an die Fakten.«

Jan war in Gedanken noch bei Maikes Hypothese. »Okay, Stefan, es war nur ein Gedankenspiel. Aber wir könnten bei der Vernehmung von Lisa Batz diese Karte ausspielen. Vielleicht reagiert sie ja auf unsere Theorie vom unbekannten Beschützer. – Jetzt zur nächsten offenen Frage, hier …« Er zeigte auf die Überschrift Gemeinsamkeiten an der Tafel. Unter dem Punkt 5 hatten sie notiert: *Fingernägel abgebrochen, Holzsplitter.* »Wie und wo erfolgte die Tötung der Opfer?«

Maike schaltete sich ein. »Jan, der Tatort, die alte Halle der Spedition, ist doch total abgebrannt. Das gesuchte Wohnmobil haben wir doch selbst gesehen, wenn auch nur kurz. Vielleicht hätten wir dort Antworten auf diese Fragen gefunden, aber nun …« Sie hob die Handflächen und die Schultern nach oben. »Dort werden wir keine Antworten mehr finden.«

»Das stimmt natürlich.« Jans Gesichtsausdruck konnte man die Konzentration deutlich ansehen. Seine Stirn legte sich wieder in Falten. »Und wo wir schon beim Brand sind: Wer hat das Feuer gelegt? Lisa Batz? Irgendwie kann ich sie mir nicht als Brandstifterin vorstellen.«

»Wenn nicht sie, wer dann?« Onno klang skeptisch.

»Egon von der Spurensicherung hat auf dem Gelände zwischen den beiden Hallen eine Leiter gefunden«, sagte Stefan. »Also konnte Lisa Batz trotz Observation unbemerkt auf das gegenüberliegende Gelände gelangen.«

Jan sah in die Runde. »Fragen sind noch genug da, wer kann sie uns beantworten?« Er zeigte auf die Fotos der Opfer an der Tafel. »Schulte, Klein und unser Kollege Berger sind tot. Abel Batz kann uns ebenfalls nichts mehr sagen. Es bleiben uns nur noch dieser Hehler Franz Ravenberg und Lisa Batz.«

»Der Hehler ist auf der Flucht«, bemerkte Onno, »bleibt also nur Frau Batz.«

»Genau, Onno, und deshalb werden wir uns jetzt mit ihr etwas näher befassen. Maike und ich werden sie vernehmen. Onno und Klaas, bereitet bitte alles für eine Gegenüberstellung vom Zeugen Zijlstra und Frau Batz vor. Stefan, kannst du Infos einsammeln, angefangen vom Brandort bis zu der neuesten Entwicklung in Brandenburg? Versuch herauszufinden, womit Franz Ravenberg geflüchtet ist.«

Maike suchte den Blickkontakt mit Jan. »Denkst du dasselbe, was ich denke? Der Amischlitten in der alten Halle?«

Jan nickte und die Kollegen sahen sie fragend an.

»Jan und ich waren ja da, bevor es brannte«, erklärte sie. »Dort standen das gesuchte Wohnmobil und ein amerikanischer Straßenschlitten, ihr wisst schon, so ein Riesending von Auto.«

Stefans Gesicht bekam einen traurigen Ausdruck. Er räusperte sich kurz, um den Kloß im Hals loszuwerden. »Kollegen, bevor wir auseinanderlaufen: Frau Berger rief mich an, morgen früh ist die Beerdigung unseres Kollegen Rolf. Treffpunkt elf Uhr im Bestattungsinstitut Erdmann.«

Kapitel 14

Tag 11, mittags
Stadt Leer, Polizeidienstgebäude, Vernehmungsraum

Jan saß zusammen mit Maike am Vernehmungstisch. Der Vernehmungsraum befand sich in der dritten Etage. Die beiden Kriminalbeamten hatten sich gut vorbereitet. Sie hatten die Ermittlungsunterlagen noch einmal durchgesehen. Die Tatbeteiligung von Lisa Batz stand fest. Wie würde sie reagieren, welche Abwehrstrategien würde sie einsetzen?

Die Tür öffnete sich und eine Kollegin führte Lisa Batz herein. Jan zeigte auf den leeren Stuhl auf der anderen Seite des Tisches. »Bitte, Frau Batz, nehmen Sie doch Platz.«

Sie setzte sich und legte die mit Handschellen gefesselten Hände auf den Tisch.

»Ich glaube, die Handschellen können wir abnehmen.« Maike beugte sich vor, schloss die Fesseln auf und überreichte sie der uniformierten Kollegin. »Danke für die Unterstützung, wir kommen jetzt allein klar.«

Die Kollegin schloss die Tür hinter sich. Lisa Batz rieb sich nervös ihre Handgelenke.

Aus Eigensicherungsgründen war das Vernehmungszimmer nur spärlich eingerichtet. Die Fenster waren verriegelt. Jan saß zwischen der Tür und dem Tisch. Eine Flucht war so nicht möglich, Maike hatte ohne Gefahr die Handschellen abnehmen können. Diese Geste gehörte zur Vernehmungstaktik. Die Rollen waren wieder nach bewährtem Muster verteilt worden. Ihr Kollege war der böse Polizist und sie das Gegenstück dazu, die gute, mitfühlende Polizistin.

Sie dachte an ihre Ausbildung an der Akademie. Nichts

blieb bei einer Vernehmung dem Zufall überlassen. Angefangen von dem optimalen Abstand[70] zwischen dem Polizisten und der zu vernehmenden Person bis zum richtigen Winkel zur Person.

Ihr Kollege und sie würden in diesem Fall eine besondere Vernehmungsmethode anwenden. Grundlage waren die Abwehrstrategien der Täter.

Frau Batz würde vermutlich die Taten rational begründen. Die Schuld einer anderen Person oder einer Situation zuschreiben, um den eigenen Tatbeitrag zu verharmlosen. In diesem Fall waren jedoch drei Menschen getötet worden und diese Abwehrstrategie konnte sie schlecht anwenden.

Die Vernehmungstaktik bestand darin, mit der Kontaktphase zu beginnen. Lisa Batz sollte das Gefühl haben, dass man sie respektierte und nicht ablehnte. Auf diese Weise würde sich hoffentlich ein Gespräch entwickeln und die Polizisten hatten dann Gelegenheit, die Körpersprache zu beobachten. In dieser Phase wurde also noch nicht über den eigentlichen Fall gesprochen.

Maike wusste, dass sich Gefühle im Gesicht widerspiegeln. Diese Art der Körpersprache war bei jedem Menschen verschieden. Das Unterbewusstsein ließ zum Beispiel bei einer Lüge die Augen zwinkern, was schon einem amerikanischen Präsidenten zum Verhängnis geworden war. Die Stellung der Augen konnte außerdem Aufschlüsse darüber geben, ob sich eine Person tatsächlich an eine Begebenheit erinnerte oder sie sich nur ausgedacht hatte. Der Befragte hatte diese Körperreaktionen nicht unter Kontrolle. Für diese spezielle Art des Lesens der Körpersprache gab es Lehrgänge, aber es gehörte außerdem unbedingt Talent dazu. Nicht jeder Polizist hatte diese Fähigkeit.

Es war verblüffend, wenn man bei Vernehmungen eine Kamera mitlaufen ließ und den Film anschließend

70) Proxemik

auswertete. Spielte man ihn ihn extrem langsam ab, sah man plötzlich zwischen dem aufgesetzten trauernden Gesichtsausdruck eines Witwers, vielleicht nur für einen kurzen Augenblick, ein Grinsen der Freude über den Tod der Ehefrau. Aber als Polizist in der Vernehmung mit bloßen Augen diesen Moment zu erkennen, in dem die aufgesetzte Maske verrutschte, war extrem schwierig.

Jan war der Meinung, dass Maike genau diese Fähigkeit hatte. Deshalb war es zunächst ihre Aufgabe, die Gespräche zu führen und in die richtige Richtung zu dirigieren. Jan Broning hatte beim ersten Teil die passive Rolle. Je nach Verlauf würde Maike ihm ein Zeichen geben. Dann sollte Jan die Einzelfragen stellen.

Die beiden Polizisten waren sich einig, dass sie bei Lisa Batz die abtastende Vernehmungsstrategie anwenden wollten. Dazu gehörten Bestätigen, Entgegenkommen und Verständnis für die Verdächtige. Die Zermürbungsstrategie, dazu gehörte auch die Taktik vom guten und bösen Polizisten, hielten Maike und Jan in diesem Fall für nicht so erfolgversprechend.

Vor dem Beginn der eigentlichen Kontaktphase stand jedoch die Beschuldigtenbelehrung. Die war zwingend vorgeschrieben, und die im nüchternen Amtsdeutsch verfasste Erklärung bewirkte zumeist, dass die Beschuldigten es vorzogen, anschließend gar nichts mehr zu sagen.

Diese unangenehme Angelegenheit übernahm Jan. Lisa Batz bestätigte mit ihrer Unterschrift, dass sie die Belehrung verstanden hatte. Mit der Aufzeichnung der Vernehmung auf Video war sie auch einverstanden.

Jetzt war Maike an der Reihe. Sie erkundigte sich bei der Beschuldigten, wie es ihr ging und ob sie eine Tasse Kaffee oder ein Glas Wasser mochte. Anfangs reagierte Lisa Batz sehr vorsichtig und zurückhaltend. Aber man merkte schnell, dass sie lange alleine in der Zelle gesessen hatte und froh war, sich wieder mit jemandem unterhalten zu können. Selbst, wenn es eine Polizistin war.

Maike bemühte sich, ein Gespräch in Gang zu bringen. Dabei erzählte sie auch von ihrem Vater und ihrer Mutter.

Lisa Batz reagierte plötzlich völlig unerwartet. Ihr Gesicht wirkte wütend. Zwischen ihren Augen bildeten sich Falten. Die Lippen presste sie fest zusammen. Ihre Hände verkrampften sich so, dass ihre Fingerknöchel weiß wurden. »Hat Ihr Vater Ihre Mutter auch mit Nutten betrogen?« Sie klang aufgebracht.

»Nein, meine Mutter war auf einem Egotrip.« Maike war perplex. Die heftige Reaktion auf das Thema Prostituierte hatte sie sich jedoch gemerkt. »Ja, Männer können manchmal echt gemein sein«, sagte sie. »Ihr Mann war ja auch nicht einfach.«

Sofort verkrampfte sich Lisa Batz und verschränkte die Arme vor der Brust. Eine typische Abwehrhaltung. Vorsicht!, dachte Maike, langsamer, sonst macht sie dicht.

Gleichzeitig bemerkte sie, dass ihr Kollege langsam aber sicher die Geduld verlor. Jans Finger trommelten im Takt zu einer Melodie, die nur er im Kopf hörte. Seine Lippen hatten sich wie zu einem Kuss zusammengezogen, aber sie wusste, dass er innerlich kochte.

Jan war kein großer Freund dieser sanften, gefühlvollen Vernehmungsstrategie. Aber sie hatten sich vorher auf diesen Stil geeinigt und er hielt sich hoffentlich an die Absprache.

Nun griff er in seine Hosentasche, holte sein Handy heraus und drückte einen Knopf. Sie hatten ihre Handys vorher beide auf lautlos umgeschaltet, um nicht gestört zu werden.

Seine Stirn legte sich in Falten, als er offensichtlich eine Mitteilung las. Er schob das Handy zu ihr herüber. Eine SMS von Stefan: *Egon hat in den Resten der verbrannten Halle einen verbrannten Wagen (Amischlitten) gefunden, Leiche im Kofferraum. Einschussloch in der Stirn.*

Sie schob ihm das Handy zurück.

Maike sprach nun über Hobbys und kam dabei langsam auch auf Schusswaffen zu sprechen. »Wissen Sie, Frau Batz, wir müssen ja auch ständig bei der Polizei schießen. Manche betreiben ja das Schießen auch als Hobby.«

Lisa Batz saß ihr völlig entspannt gegenüber. Die Hände lagen offen auf der Tischplatte. »Mein Mann hatte eine Pistole, wollte mich zum Schießen mitnehmen. Aber ich wollte nicht, weil ich Waffen hasse.«

Maike beobachtete sie bei diesem Satz genau. Die Augen blickten nach oben rechts. Ein Hinweis auf eine visuelle Erinnerung. Sie erinnerte sich an ein tatsächliches Ereignis in der Vergangenheit. Hätte sie sich die Geschichte ausgedacht, wären die Augen nach links oben gerichtet gewesen. Auch sonst entdeckte Maike kein verräterisches Lügensymptom, Lisa Batz sagte die Wahrheit.

»Sie haben ja einen schönen alten VW-Campingbulli, Frau Batz. Mit dem waren Sie ja gerade in Dänemark unterwegs. Wissen Sie, ich war dort mal mit so einem alten Amischlitten. Unglaublich, was da so in den Kofferraum passt.«

Keine Reaktion bei Lisa Batz. Sie saß ihr völlig entspannt gegenüber.

Maike versuchte es nun etwas direkter. »Frau Batz, wir haben in Ihrer abgebrannten Halle einen ausgebrannten Amischlitten gefunden.«

Jetzt deutete Maike die Körpersprache von Lisa Batz als Zeichen für Überraschung. Kein Hinweis auf Panik oder Erschrecken.

Ihr Kollege rutschte auf seinem Stuhl hin und her, gleich würde Jan explodieren.

Sie erhöhte jetzt behutsam den Druck. »Frau Batz, wir möchten Ihnen doch nur helfen. Sie fühlen sich bestimmt gleich besser, wenn Sie Ihr Herz einmal so richtig ausschütten können. Es gibt doch sicher einen Grund für Ihr Verhalten.«

Frau Batz schwieg, eine Hand legte sie unbewusst vor ihren Mund. Sie begann sich zu verschließen. Maike sah Jan an und nickte zum Zeichen, dass er übernehmen sollte. Jetzt konnte sie sich voll auf die Körpersprache von Lisa Batz konzentrieren, während Jan die entscheidenden Fragen stellte.

»Frau Batz, waren Sie bei den Morden an dem Vertreter Erich Schulte – zu Ihrer Erinnerung: Er fuhr einen Mercedes –, dem Angestellten Kalle Klein – der Mann im Zigarettentransporter – und unserem Kollegen Rolf Berger beteiligt?«

Lisa Batz biss sich auf die Unterlippe. Ihre Finger verkrampften sich. Aber sie beantwortete die Frage nicht.

»Frau Batz, mit wem haben Sie die Taten verübt? Mit Ihrem Ehemann Abel Batz zusammen …« Jan wartete einen Moment, »oder mit wem sonst haben Sie die Taten verübt?«

Ihre Augen weiteten sich vor Schrecken. Die Finger begannen zu zittern und als sie es bemerkte, legte sie die Hände wie zum Gebet ineinander. Sie gab keine Antwort.

»Haben Sie die alte Halle in Brand gesetzt?«, wollte Jan nun wissen.

Maike glaubte zu sehen, dass sich Lisa Batz etwas entspannte. Auch diesmal warteten die Polizisten vergeblich auf eine Antwort.

Jan sah Frau Batz lange und intensiv an. »Ihr Mann, Frau Batz, ist niemals als extremer Gewalttäter aufgetreten. Wieso hat er die Finger der Opfer abgeschnitten? Ich glaube, Sie präsentieren uns Ihren Mann als Täter, aber ich habe da starke Zweifel und glaube, dass es noch eine unbekannte Person gibt.«

Maike bemerkte seine aufsteigende Wut, seine eiskalte und zu laute Stimme.

»Morgen ist die Beerdigung unseres Kollegen. Er hinterlässt eine Frau und einen Sohn. Raus mit der Wahrheit, ich will wissen, warum er sterben musste! Was soll ich seiner Frau sagen, wenn sie wissen will, wie er gestorben ist?«

Beim letzten Satz hatte sich ihr Kollege nach vorn gebeugt und Lisa Batz viel zu laut angesprochen. Maike blickte ihn grimmig an. So viel zur gefühlvollen Vernehmungsmethode …! Aber ein Kollege war unter schrecklichen Umständen ermordet worden, da blieb die nötige Zurückhaltung schon mal auf der Strecke.

Gespannt beobachtete sie die Reaktion von Lisa Batz. Deren mühsam aufrechte Haltung brach in sich zusammen. Sie schlug die Hände vors Gesicht und schluchzte laut auf. Maike deutete ihren Gesichtsausdruck als Zeichen von Angst. Hatte sie Angst vor Jan, der sie gerade fast angeschrien hatte, oder war da noch etwas anderes?

Sie sah ihren Kollegen vorwurfsvoll an. Toll gemacht, alles versaut, sagte ihr Blick. Jan sah schuldbewusst aus, wenigstens hatte er begriffen, was er angerichtet hatte.

Jetzt geschah etwas, womit Maike nicht gerechnet hatte. Lisa Batz fing an zu sprechen, besser gesagt: Sie versuchte es. Anfangs war ihre leise und heisere Stimme schlecht zu verstehen.

»Frau Batz«, bat Maike und versuchte, die Frau zu beruhigen, »bitte wiederholen Sie, was Sie gerade gesagt haben.«

Lisa Batz hustete und sammelte sich. »Ich habe diese Morde zusammen mit meinem Ehemann Abel Batz verübt. Dazu haben wir unser altes Wohnmobil benutzt. Mein Mann ist … war sehr wohl gewalttätig. Er mich oft geschlagen und sogar einmal gewürgt. Ich habe ihn nur nicht angezeigt.«

Jan hakte nach. »Frau Batz, wie haben Sie die Männer umgebracht?«

»Ich habe mir Reizwäsche angezogen und sie so auf den Parkplätzen in unser Wohnmobil gelockt. Mein Mann hat sich im kleinen Bad versteckt. Als ich die Männer abgelenkt habe, hat Abel sie von hinten mit einem Elektroschocker betäubt. Ihr Kollege hatte Pech, als er uns beim Abtransport einer Leiche angehalten hat. Mein Mann hat ihn umgebracht.«

Maike und Jan sahen sich an. Für einen Moment herrschte absolute Stille im Raum. Diese Information mussten sie beide erst einmal verarbeiten.

Jans Augen verengten sich und seine Stimme klang eisig, als er Lisa Batz fragte: »Den Brand in der Halle hat Ihr Mann aber nicht gelegt, weil er zu diesem Zeitpunkt bereits tot war, oder? Waren Sie das, haben Sie den Brand gelegt?«

Lisa Batz' Stimme drückte eine gewisse Ruhe aus. Sie hatte sich in ihr Schicksal ergeben. »Ich habe das Feuer gelegt, um die Spuren zu beseitigen. Ich weiß, Sie verachten mich jetzt, aber diese Männer, diese Hurenböcke, die ihre Frauen mit Nutten betrügen, haben es nicht besser verdient.«

Die Aggressivität verschwand aus ihrer Stimme. Sie wischte eine Träne ab, als sie weinerlich sagte: »Ihr Kollege war eine Ausnahme. Er war nicht so wie die anderen, ich glaube, er wollte mir nur helfen, weil mein Rücklicht in der Nacht ausgefallen war. Bitte richten Sie das seiner Frau aus. Es tut mir leid!« Lisa Batz überlegte, sah die Polizisten dann entschlossen an. »Und jetzt sage ich nichts mehr.«

Sie hielt ihr Versprechen. Weder Maike noch Jan bekamen noch Antworten auf ihre Fragen.

Schließlich sagte Jan: »Frau Batz, Sie bleiben in Haft und werden, nachdem Sie Ihre Aussage unterschrieben haben, dem Haftrichter vorgeführt. Möchten Sie uns noch etwas sagen?«

Lisa Batz schüttelte nur den Kopf und schwieg. Zwei Kollegen brachten sie zurück in ihre Zelle. Maike und Jan blieben noch im Vernehmungszimmer sitzen.

Jan sah Maike schuldbewusst an. »So, jetzt kannst du mir in den Hintern treten, wenn du möchtest.«

»Verdient hättest du es«, sagte sie trocken. »Was genau hast du an dieser sanften, gefühlvollen Vernehmungsmethode nicht verstanden?«

»Entschuldige bitte, ich hab es einfach nicht mehr ausgehalten. Aber geredet hat sie dann doch.«

»Jan, ich möchte die Körpersprache verstehen. Wovor hatte sie Angst, vor deinem unprofessionellen Gebrüll oder vor dem Inhalt der Frage?«

Jan hielt beide Arme hoch. »Okay! Okay! Ich hab es versaut«, er sah sie mit Unschuldsaugen an, »aber du liebst mich trotzdem noch, oder?«

Sie zersauste ihm die Haare, gab ihm einen Kuss. »Ja, trotz deines Patzers hat sie zumindest ein Geständnis abgelegt.«

Er dachte noch einmal an den Verlauf der Vernehmung. »Alle Fragen hat sie nicht beantwortet. Die Führung wird trotzdem sagen: Super, Fall gelöst! Ich seh uns schon bei der Pressekonferenz.«

»Und du glaubst nicht an ihre Version?«

»Nein, ich glaube nicht mehr an Abel Batz als Haupttäter. Wir übersehen etwas sehr Wichtiges!«

Maike dachte laut über die letzte Stunde nach. »Weißt du, als sie geschildert hat, wie sie die Männer in die Falle lockte, da hatte ich kurz ein Bild vor Augen.«

»Was meinst du damit?«

»Sie hat wie eine Spinne ihr Netz gewoben und auf ihre Opfer gewartet.«

Im Kopf von Jan entstand jetzt auch das Bild. »Ja, du hast recht, wie eine Spinne. Das Netz war ihre reizvolle Aufmachung zusammen mit dem Wohnmobil. Die Männer waren die Fliegen, die sich darin verfangen haben.« Er lachte auf.

Sein Lachen passte nicht zur Situation, und er hatte Maike dabei kurz angesehen. Sie hatte das Gefühl, ausgelacht zu werden. »Darf ich den Grund für deine Heiterkeit erfahren?«

Er drückte sie für einen Moment an sich und sah ihr in die Augen. »Bei der Vernehmung habe ich gedacht, was, wenn sie mich mal so unter die Lupe nimmt? Du erkennst ja jede Lüge oder Unsicherheit im Ansatz. Das ist doch unfair, wo ich doch kein Pokerface habe.«

Sie knuffte ihm in die Seite. »Dann würde ich an deiner Stelle eben immer schön bei der Wahrheit bleiben!«

Jan musste husten und machte dann ein gespielt betroffenes Gesicht. »Hier mein Schatz, ich hab noch etwas für dich.« Er hielt beide Hände hinter dem Rücken. »Linke oder rechte Hand?«

»Die Linke, mach es nicht so spannend!«

Er wechselte unbemerkt von der rechten in die linke und hielt ihr die offene Hand hin. Darauf lag ein Hausschlüssel.

Sie ahnte, was dies zu bedeuten hatte, wartete aber auf seine Erklärung.

»Dieser Schlüssel ist für dich.« Er räusperte sich. »Er ist für meine Wohnung. Ich möchte dich bei mir haben und zwar vierundzwanzig Stunden, weil ich dich von Herzen liebe.«

Die Tränen liefen über ihr Gesicht, als sie den Schlüssel nahm und ihn umarmte. »Danke, ich liebe dich auch.«

Sie küsste ihn lange auf den Mund.

Jan flüsterte ihr ins Ohr: »Im Badezimmer habe ich dir Platz gemacht und einen Schrank habe ich auch für deine Sachen. Schläfst du links oder rechts im Doppelbett?«

»Auf jeden Fall ganz nah bei dir.«

»Na, dann warte erst einmal ab, wenn ich die Säge anwerfe.« Er sah ihr tief in die Augen, »Herzlich willkommen in meinem Leben und meinem Zuhause.«

Tag 11, nachmittags
Haus der Familie de Buhr am Uphuser Meer

Maike fuhr in ihrem Mini nach Uphusen. Ihr Vater Johann hatte Besuch von Karin.

Er hatte immer wieder vergeblich gehofft, dass seine Frau Annegret zu ihm zurückkehren würde. Die letzten Jahre über hatte er sich langsam in einen Einsiedler verwandelt. Gramusel hatte ihn seine Tochter oft im Scherz genannt. Der Spaß hatte sich aus dem Leben ihres Vaters verabschiedet. Schlecht gelaunt hatte er an allem etwas auszusetzen gehabt. Und jetzt diese Verwandlung ... Maike hatte es immer schon geahnt: Es ist nicht gut, wenn die Menschen allein sind.

Wie weggewischt war seine ständige schlechte Laune. Jetzt war er wieder der alte Johann de Buhr aus ihrer Kindheit.

Maike umarmte die Frau, die das Wunder bewirkt hatte, drückte Karin fest an sich und sagte: »Danke!«

»Wofür?«, fragte Karin erstaunt, aber sehr erfreut über diese herzliche Geste.

»Für alles!«, antwortete Maike nur.

Sie hatte sich Sorgen um ihren Vater gemacht und hätte ihn in seiner Trübseligkeit nicht allein zurückgelassen. Aber dank Karin brauchte sie nun kein schlechtes Gewissen zu haben. Sie ging nach oben und packte einige Sachen ein.

»Na, mein Schatz, ein neuer Versuch?« Ihr Vater klang etwas besorgt. »Jan Broning ...?«

»Genau der, Papa.« Sie lief zu ihm und umarmte ihn heftig. »Drück mir die Daumen!« Eine Träne löste sich und sie lachte und weinte gleichzeitig. »Jetzt habt ihr die Bude für euch alleine.«

»Maike, ich hab ein gutes Gefühl. Irgendwann möchte ich diesen Jan einmal kennenlernen.«

»Werdet ihr. Und sei lieb mit Karin. Hier ist ein Zettel mit der Anschrift und der Telefonnummer von Jans Wohnung.« Sie gab ihm einen dicken Kuss. »Tschüss, Papa!«

Johann half seiner Tochter, den Koffer zum Auto zu bringen. Als ihr Wagen davonfuhr, drückte er kurz beide Daumen und murmelte: »Viel Glück, mein Mädchen.«

Tag 11, abends
Stadt Aurich, Justizvollzugsanstalt, Frauentrakt

Das Leben von Lisa Batz hatte einen nicht so erfreulichen Verlauf genommen. Bei der Vernehmung hatte sie Blut und Wasser geschwitzt. Ihr ging immer nur ein Gedanke durch den Kopf: Sie musste Gerd schützen, egal, um welchen Preis.

Als der Polizist die Fragen nach einer anderen beteiligten Person gestellt hatte, hatte sie die Flucht nach vorn angetreten. Offenbar glaubte der Polizist aber nicht an die Version, die sie sich ausgedacht hatten.

Deshalb hatte sie das Geständnis abgelegt. Sie hoffte, dass sie damit von Gerd abgelenkt hatte. Wenigstens er sollte nicht eingesperrt werden. Sie sah sich in ihrer Zelle um, ein Albtraum ohne gnädiges Erwachen. Hier würde sie es nicht aushalten, das hatte sie ja schon bei der Festnahme geahnt. Gab es einen Ausweg, noch Hoffnung? Nein, sie war in diesen Mauern und in ihrem schlechten Gewissen für immer gefangen. Die Tränen liefen über ihr schönes Gesicht. Gerd war für sie unerreichbar geworden. Wie sollte sie nur ohne ihn weiterleben?

Der Kriminalbeamte hatte von der Familie des toten Polizisten gesprochen. Morgen würde die Beerdigung stattfinden. Sie schluchzte laut auf. Was hatten sie nur angerichtet …! Schon beim zweiten Opfer, diesem Kalle

Klein, hatte ihr Gewissen laut geschrien, als sie das Foto im Zigarettentransporter gesehen hatte. Damals schon hatte sie Gerd sagen wollen, dass sie nicht mehr wollte. Diese Männer hatten ihr Schicksal verdient. Aber was war mit den Angehörigen der Opfer? Nein, schrie ihr Gewissen, die hatten dieses Elend nicht verdient. Hätte sie doch nur gehandelt …

Als der Polizist sie angehalten hatte, ja da hätte sie noch das Schlimmste verhindern können.

Ihr Gewissen gab keine Ruhe.

Sie sah sich in der Zelle um. Würden sie nachts das Licht ausschalten? Es gab keinen Alkohol, der die Gespenster, die sie nachts heimsuchten, verdrängen würde. Seit einigen Nächten hatte sie immer denselben Albtraum. Sie lag in der sargähnlichen Kiste und die Toten Schulte, Klein und Berger saßen auf dem Deckel. Sie versuchte, den Deckel hochzudrücken, aber die Toten lachten nur über ihre Bemühungen. Das Gas drang in das Innere der Kiste und schnürte ihr die Atemluft ab. Ihre Fingernägel rissen an dem Holzdeckel ab und ihre Knöchel schlug sie sich blutig. An dieser Stelle wachte sie immer auf. Ihr Puls raste dann, ihr stand kalter Schweiß auf der Stirn, und sie glaubte noch, das Lachen der Toten zu hören, die sich schon auf die nächste Nacht mit ihr freuten. So starb sie diesen entsetzlichen Tod Nacht für Nacht.

Die Lage war absolut hoffnungslos.

Die Witwe des ermordeten Polizisten fiel ihr wieder ein. Sie konnte nur noch eins für diese arme Frau tun.

Als später das Licht ausging, nahm sie das Bettlaken und riss es in lange Stücke. Ihre zitternden Hände formten aus einem Stoffstreifen eine Schlinge. Den Stoffstreifen band sie am Fenster fest.

Sie beeilte sich, als sie das Lachen der Toten hörte, legte den Kopf in die Schlinge und ließ sich fallen.

Tag 12, vormittags
Stadt Leer, Beerdigungsinstitut Erdmann

Jan Broning steuerte seinen alten Mercedes auf den Parkplatz vor dem Beerdigungsinstitut. Er stellte den Motor aus und sah Maike an, die neben ihm auf dem Beifahrersitz saß. Sie trug einen dunklen Blazer zur schwarzen Jeans.

»Na dann … « Er atmete tief durch. »Der Parkplatz ist schon voll, gut, dass wir etwas früher losgefahren sind.«

Sie stiegen aus und gingen zum Eingang des Beerdigungsinstitutes. Die Ehefrau des Bestatters bat die beiden, sich in das Kondolenzbuch einzutragen. Danach betraten sie den Saal. Vor langen Stuhlreihen stand der aufgebahrte geschlossene Sarg mit einem großen Foto ihres Kollegen daneben.

Kränze mit letzten Grüßen von der Familie und den Kollegen lagen zu beiden Seiten. Im Hintergrund standen Lebensbäume und Ständer mit brennenden Kerzen.

Jan und Maike gingen zusammen zum Sarg, blieben kurz stehen, falteten die Hände und gedachten des Toten. Als sie sich umdrehten, sahen sie direkt in das Gesicht seiner Witwe. Astrid Berger saß mit versteinerter Miene in der ersten Reihe, zusammen mit ihrem Sohn.

Jan bemerkte im Hintergrund Onno und Klaas in ihrer besten Uniform. Neben ihnen waren noch einige Sitzplätze frei. Sie setzten sich zu den beiden, die ihnen zur Begrüßung kurz zunickten.

Jan sah sich im Saal um. Nur noch wenige Plätze waren frei. Unter den Anwesenden erkannte Jan viele Uniformträger. Schön, dass so viele erschienen waren, um ihrem Kollegen das letzte Geleit zu geben.

Leise erfüllten die Klänge einer traurigen Melodie den Andachtssaal. Jan sah auf seine Armbanduhr: Nur noch einige Minuten bis zum Beginn der Zeremonie.

Er drehte sich kurz um und stellte fest, dass nicht mehr alle einen Sitzplatz gefunden hatten und nun hinter den Stuhlreihen standen. Leises Gemurmel mischte sich mit der schwermütigen Musik aus der Anlage.

Der Tag hatte mit der Schreckensnachricht aus der Justizvollzugsanstalt bereits traurig begonnen. Die Nachricht über den Selbstmord von Lisa Batz hatte wie eine Bombe eingeschlagen. Jans Gefühle waren sehr gemischt. Einerseits tat Lisa Batz ihm leid. Niemand hatte so einen Tod verdient. Anderseits hatte sie sehr viel Elend über unschuldige Menschen gebracht.

Dazu kam, dass er sich fragte, ob er nicht zu viel Druck bei der Vernehmung ausgeübt hatte. Letztendlich hatte er Lisa Batz nur die Wahrheit vor Augen geführt. Aber wie hatte ein weiser Mann gesagt? Die Wahrheit ist so schwer zu ertragen, dass man sie nur tröpfchenweise anwenden sollte.

Genau. Und ich habe ihr die Wahrheit mit einem Eimer verabreicht.

Als ahnte Maike, was ihn quälte, griff sie nach seiner Hand und sah ihn liebevoll an.

Erdmann betrat in einem schwarzen Anzug den Saal. Der Bestatter hatte eine schwarze Mappe in der Hand und ging mit langsamen Schritten zum Sarg. Er blieb stehen, senkte den Kopf und sprach ein lautloses Gebet. Danach ging er zum Rednerpult, das rechts davon stand.

Er fand genau die richtigen Worte. Zunächst ließ er das Leben des Verstorbenen kurz Revue passieren. Seine Stimme war klar, laut und eindrucksvoll. Im Mittelpunkt der Predigt stand die Pflichterfüllung des Menschen. Dazu hatte er entsprechende Passagen aus der Bibel herausgesucht. Jan zog in Gedanken den Hut vor dem Mann.

Erdmann unterbrach die Ansprache für drei Musikstücke, die Astrid Berger ausgewählt hatte. Jan fand sie sehr passend.

Am Ende der Zeremonie lud Erdmann die Anwesenden im Namen der Angehörigen noch zur Teetafel ein.

Jetzt kam der schrecklichste Moment für die Angehörigen. Jan kannte diese Situation aus leidvoller eigener Erfahrung. Die Familie folgte dem Sarg nach draußen.

Die Glocken erklangen und eine lange Schlange von traurigen Menschen zog hinter dem Sarg zum Friedhof. Als Astrid Berger das ausgehobene Grab sah, drohte sie zusammenzubrechen. Ihr Sohn musste sie auf dem letzten Stück des Weges stützen.

Die Stimme des Bestatters unterbrach die Stille auf dem Friedhof. Auch hier am offenen Grab fand Erdmann die richtigen Worte.

Die vier Gehilfen des Bestatters ließen den Sarg hinab. Die Witwe ging auf wackeligen Beinen zum offenen Grab. Ihr Sohn stütze seine Mutter bei diesen schwersten Schritten in ihrem Leben. Astrid Berger warf eine weiße Rose auf den Sarg ihres Mannes.

Dann blieb sie lange am Grab stehen und ihr Sohn zog sie schließlich behutsam weg.

Jan merkte, dass sich Maike an seinem Arm festklammerte.

Die Anwesenden liefen auseinander und auch Jan ging mit Maike zurück zum Eingang des Friedhofs.

Er erinnerte sich an das Gespräch mit der Witwe vor der Zeremonie.

Frau Berger hatte die Nachricht vom Selbstmord von Lisa Batz wortlos entgegengenommen. Jan hatte gewollt, dass sie diese Nachricht persönlich erhielt. Zum Abschied hatte ihm die Witwe die Hand gegeben und nur gesagt: »Danke«. Er vermutete, dass sich dieser Dank auf die Aufklärung des Falls bezog.

Auch die Teppich-Etage war wohl dieser Meinung. Seine Chef Renko Dirksen war sehr zufrieden gewesen. Jan erinnerte sich an seine Worte. »Der Fall ist aufgeklärt. Die Täter Lisa und Abel Batz haben sich selbst gerichtet. Die Soko Autobahngold kann aufgelöst werden.«

Die Bedenken von Jan wollte er nicht gelten lassen. »Jetzt komm mir nicht wieder mit diesem unbekannten Komplizen von Lisa Batz!«

Am Eingang des Friedhofs trafen sie Onno und Klaas. »Wollt ihr noch zur Teetafel?«, fragte Jan.

Onno sprach für beide. »Nein, ich mag solche Veranstaltungen überhaupt nicht. Die Hinterbliebenen haben schon genug gelitten.«

Jan schaute sie zufrieden an. Er nahm sein Handy aus der Tasche und wählte eine Nummer. »Hallo, Hanna, hier ist Jan Broning. Gilt das Angebot noch? Wir könnten in einer halben Stunde bei dir sein. ... Ja, danke, bis gleich.«

Maike, Onno und Klaas sahen ihn fragend an.

»Kollegen, folgt mir und lasst euch überraschen.« Jan ging voraus in Richtung Altstadt.

Die anderen schauten sich nur kurz an, nickten und folgten ihm.

Er ging zielstrebig auf das Teemuseum zu und hielt ihnen die Eingangstür auf. »Nur hereinspaziert. Hanna wartet schon auf uns.« Er schloss die Tür und stellte sie der Frau vor, die lächelnd hinter dem altmodischen Ladentresen stand.

»Moin und herzlich willkommen im Teemuseum! Das Wasser hat schon gekocht. Bitte folgen Sie mir doch in unsere gute Stube.«

Die Polizisten gingen durch einen kleinen engen Flur und betraten ein sehr schönes, altmodisch eingerichtetes Zimmer. Die Teetafel war der Mittelpunkt in diesem Raum. »Bitte nehmen Sie doch Platz, es ist alles für Sie angerichtet.«

»Danke, Hanna!« Jan setzte sich an die Stirnseite des Tisches.

Maike setzte sich an seine rechte Seite, die beiden Autobahnpolizisten nebeneinander an der linken.

»Hanna und ich kennen uns schon lange«, erklärte Jan. »Ich kaufe hier immer meinen Tee. Deshalb duzen wir uns auch. Beim letzten Einkauf habe ich ihr von euren Teezubereitungsproblemen erzählt.«

Onno und Klaas zogen ein Schnute.

Jan grinste. »Genau, ihr beiden seid gemeint. Hanna zeigt uns gleich, wie man richtig Tee zubereitet.« Dann fuhr er ernster fort: »Heute Morgen hatte ich ein Gespräch mit unserem Chef Renko Dirksen. Er ist der Meinung, dass die Morde aufgeklärt sind. Heute Nachmittag findet schon die entsprechende Pressekonferenz statt. Ihr wisst, ich bin anderer Meinung. Jedenfalls wird die Soko Autobahngold aufgelöst.«

Er schaute die beiden Autobahnpolizisten an. »Deshalb werdet ihr beide ab morgen wieder den normalen Dienst versehen. Alle haben eine gute Arbeit geleistet und dafür möchte ich mich zunächst bedanken. Stefan hält die Stellung im Büro, deshalb konnte er auch nicht an der Bestattung teilnehmen. Dieser gemeinsame Besuch im Teemuseum ist doch ein schöner Abschluss unser gemeinsamen Arbeit.«

Hanna hatte abgewartet, bis Jan seinen kleinen Vortrag beendet hatte. Nun war sie an der Reihe. »Jan bat mich, zu erklären, wie man richtig traditionell Tee zubereitet. Ein Mindestmaß an Teekultur ist selbstverständlich für jeden Ostfriesen.«

Während sie ihre Erläuterungen abgab, wanderten Jans Gedanken zurück zu den Ermittlungen. Noch war nicht geklärt, wie ihr Kollege gestorben war. Die Todesursache war eindeutig eine Kohlenmonoxid- Vergiftung. Aber die Ursache für die abgerissenen Fingernägel und die Holzsplitter unter den Nägeln der Opfer hatten sie noch nicht finden können.

Die Stimme von Onno brachte ihn in die Gegenwart zurück. »Jetzt zur Kernfrage an die Expertin: Wie viel Tee gehört in die Kanne?«

»Ein Löffel für jede Person und einer für die vorgewärmte Kanne«, antwortete Hanna.

Onnos Stimme klang triumphierend, als er Klaas ansah. »So, da hörst du es. Genau wie ich immer sage. Schöne kräftige Mischung und nicht so 'ne Plörre.«

Hanna lachte, als sie die Schnute von Klaas bemerkte. »Sie mögen den Tee nicht so stark, das scheint das Kernproblem zu sein. Vielleicht sollten Sie eine leichtere Teemischung probieren. Zufällig verkaufe ich vorne im Laden eine spezielle Mischung.« Sie lächelte dabei unschuldig, sah Jan an und kniff ein Auge zu.

Die Kluntje knackten, die Teesahne bildete schöne Wölkchen in den Tassen. Die Teelöffel lagen unbenutzt auf den kleinen Tellern. Klaas konnte sich offensichtlich nur schwer an diese Art des Teegenusses gewöhnen. Sein Gesicht sprach Bände, als die Sahne an seinem Gaumen klebte und er Schluckbeschwerden bekam.

Die beiden Autobahnpolizisten kibbelten sich schon wieder. Diesmal ging es um den Löffel. Klaas hatte damit gerade seinen Tee umgerührt und sofort eine Ermahnung erhalten, dass dies nicht gerne gesehen würde.

Klaas beschwerte sich. »Wieso ist der Löffel denn überhaupt da, wenn man ihn nicht benutzen soll?«

»Du kannst den Löffel in die Tasse legen, wenn du keinen Tee mehr möchtest«, antwortete Onno.

Sofort legte Klaas seinen Löffel in die Tasse.

Jan lachte in sich hinein. Schade, dass die gemeinsame Arbeit schon beendet war, er mochte die beiden sehr gerne. Der zum Grübeln neigende Onno, der alles analysierte und durchdachte … Er ging oft ein großes Risiko ein, weil er um jeden Preis den Dingen auf den Grund gehen wollte und zu genau war. Sein Kollege Klaas stand mit beiden Beinen fest im Leben. Er kannte genau seine Grenzen und hatte ein gesundes Mittelmaß zwischen dem Dienst und der Freizeit gefunden. Immer wieder musste er auf Onno achten und ihn auf den

Boden der Tatsachen zurückholen. So ein Paar hatte es doch schon einmal gegeben ... Gut, Onno trug keine Lanze mit Rüstung und Klaas bevorzugte statt des Esels seinen Van, aber sonst ...

Das Gespräch drehte sich um die Bestattung des Kollegen. Alle waren sich einig, Erdmann hatte eine angemessene und würdevolle Zeremonie durchgeführt.

Tag 12, nachmittags
Dienstgebäude der Autobahnpolizei,
Büro der Soko Autobahngold

Stefan Gastmann saß hinter dem Schreibtisch der Soko und sah auf die Uhr. Die Bestattung war sicherlich beendet. Die Kollegen wollten anschließend vielleicht noch kurz ins Teemuseum. Jan wollte dort die Entscheidung zur Auflösung der Soko bekanntgeben.

Jan, Maike und er würden die restlichen Berichte zusammenfassen. Die gesamte Ermittlungsakte sollte dann der Staatsanwaltschaft übergeben werden.

Stefan sah auf seinen Schreibtisch. Dort lagen die ersten Ergebnisse über den im Kofferraum des Amischlittens aufgefundenen Toten.

Es handelte sich höchstwahrscheinlich um den Hehler Franz Ravenberg aus Potsdam. Der Obduktionstermin stand fest, aber die Todesursache, eine Einschussloch in der Stirn, war trotz der Verbrennungen nicht zu übersehen.

Hatte Lisa Batz den Mann erschossen und die Leiche anschließend in den Kofferraum gelegt? Die alte Speditionshalle zusammen mit dem Wohnmobil und dem Auto, in dem der Tote lag, in Brand gesetzt?

Jan und Maike hatten Glück gehabt, dass sie nicht auch

verbrannt waren. Stefan dachte an die Schilderung, wie Maike mit dem Gabelstapler durch die brennende Halle gerast war. Was für eine Frau!

Für diese Art Gedanken hatte er jetzt keine Zeit mehr. Die Pressekonferenz musste noch vorbereitet werden. Ihr Chef Renko Dirksen war extra persönlich im Büro erschienen und hatte klargemacht, was er in der Pressemitteilung nicht lesen wollte. Stefan blieb nichts anderes übrig, als den Text, den Jan bereits geschrieben hatte, zu ändern und Dirksen zur Absegnung vorzulegen.

Er teilte aber Jans Bedenken. Irgendetwas hatten sie übersehen. Einige Fragen konnten sie noch nicht beantworten. Es war ein Fehler, die Soko so früh aufzulösen. Aber Jan hatte bei einem Gespräch mit Dirksen noch etwas Zeit herausgehandelt. Vielleicht konnten sie bis zum endgültigen Aus für die Soko doch noch einige der offenen Fragen beantworten.

Leider würden die beiden Autobahnpolizisten nicht dabei sein. Deren Chef hatte darauf bestanden, beide wieder im normalen Streifendienst einzusetzen.

In diesem Moment kam die E-Mail aus Brandenburg, auf die Stefan schon gewartet hatte. Die ersten Informationen zum Hehler Ravenberg.

Er überflog die Zeilen. Die typische Karriere eines Kleinkriminellen. Zuletzt war Ravenberg hauptsächlich wegen Hehlerei aufgefallen. Diese Aktivitäten hatten ihm bereits eine Gefängnisstrafe in den Jahren 1989/1990 eingebracht. Danach war es ruhiger um ihn geworden. Entweder war er ehrlich geworden, oder man hatte ihn schlicht formuliert nie erwischt.

Eine Frage kristallisierte sich heraus: Was hatte ein Spediteur aus Ostfriesland mit einem Kleinkriminellen aus Brandenburg zu schaffen? Wo war zwischen den beiden die Verbindung? Stefan blätterte in den Unterlagen. Als Beruf hatte Ravenberg Kraftfahrer angegeben. Hatte Ravenberg für Batz als Kraftfahrer gearbeitet?

Er suchte die Liste mit den Kraftfahrern der Spedition heraus. Nein, Ravenberg gehörte nicht zu den Angestellten.

Stefan schrieb auf die weiße Tafel: *Verbindung zwischen Abel Batz und Ravenberg*. Dahinter malte er ein großes Fragezeichen auf.

Im Flur hörte er Stimmen und kurz darauf betraten die anderen Kollegen der Soko das Büro. Stefan fiel auf, dass jemand fehlte. »Wo habt ihr denn Klaas gelassen, ist ihm der Tee nicht bekommen?«

Onno zog eine Grimasse. »Er hat gesagt, er will uns etwas zu essen besorgen, wir sollen schon mal einen ordentlichen Kaffee aufsetzen.«

Die Kollegen erzählten Stefan von der Bestattung und dem Besuch des Teemuseums.

»Es tut mir leid, dass du nicht dabei sein konntest«, sagte Jan. »Aber du hattest hier sicher genug zu tun.«

Stefan nickte. »Der Suizid von Lisa Batz hat sich wie ein Lauffeuer herumgesprochen. Die Führung hat mich mit Fragen gelöchert.«

Er berichtete von den Ermittlungen zum Hehler Franz Ravenberg.

Jan fiel sofort das Fragezeichen bei der Verbindung von Batz und dem Hehler auf. »Noch eine unbeantwortete Frage. Der Fall ist nach höherer Meinung gelöst, obwohl wir noch immer nicht alle Fragen beantworten können!«, sagte er mit Sarkasmus in der Stimme.

Stefan sah ihn zerknirscht an, »Renko Dirksen war persönlich hier und wollte den Text zur Presseerklärung sehen.« Er gab Jan eine Abschrift.

Jan schüttelte ungläubig den Kopf, als er die neue Version durchgelesen hatte. »Meinetwegen, aber dann soll er die Pressekonferenz auch selbst durchführen«, murmelte er schlecht gelaunt. »Wenigstens lässt er uns noch einige Tage in Ruhe, aber leider ohne Onno und Klaas.«

Wie auf Stichwort erschien ein blasser Klaas im Büro und schwenkte einige Tüten. »Henkersmahlzeit, Kollegen, das letzte gemeinsame Essen in der Soko! Ich brauch jetzt unbedingt eine Grundlage. Dieser Tee rumort mir im Magen.«

Die Stimmung beim Essen war etwas gedrückt, die Bestattung des Kollegen und der Abschied für Onno und Klaas ließen keine gute Laune aufkommen.

Kapitel 15

Ein einsames Haus im nördlichen Emsland

Gerd Hasler stieg aus dem Führerhaus des Lkw. Er öffnete die Eingangstür seines einsam gelegenen Hauses. Wie gewohnt schaltete er zunächst das Radio in der Küche ein. Unterwegs hörte er meistens Country-Musik aus dem CD-Spieler. Zu Hause bevorzugte er seinen Heimatsender Radio Niedersachsen.

Die Stimme des Nachrichtensprechers sickerte langsam in sein müdes Bewusstsein. »*Liebe Zuhörer, zu den Morden an den hiesigen Autobahnen gibt es eine neue Entwicklung. Soeben wurde bekanntgegeben, dass sich die unter Mordverdacht stehende Speditionschefin in der Untersuchungshaft das Leben genommen hat.*«

Gerd brauchte einen Moment, um das Gehörte zu verstehen. Sie konnten doch nicht seine Lisa damit gemeint haben.

Hitze stieg in ihm auf und seine Beine gaben nach. Im letzten Moment konnte er sich auf dem Küchentisch abstützen. Wie an einen Strohhalm klammerte er sich an seine Hoffnung, dass es nicht Lisa war, von der sie im Radio gesprochen hatten.

Mit zitternden Händen schaltete er den Fernseher ein. Der NDR berichtete in einer Sondersendung über die neuesten Entwicklungen zu den Autobahnmorden. Es folgte die Ankündigung einer Pressekonferenz.

Gerd saß wie betäubt am Tisch und starrte auf die Mattscheibe.

Der Strohhalm, an den er sich verzweifelt geklammert hatte, brach, als er ein Foto seiner Geliebten auf dem Bildschirm sah. Wie versteinert verfolgte er die Pressekonferenz.

Der Polizeisprecher, dem Untertitel nach ein Herr Dirksen, fasste die Ereignisse zusammen. »Meine Damen und Herren, am heutigen Tage haben wir unseren Kollegen Rolf Berger, der sein Leben für unsere aller Sicherheit gegeben hat, beigesetzt.« Zufriedenheit und eine Prise Stolz waren aus der Stimme herauszuhören, als er fortfuhr: »Ich darf Ihnen außerdem mitteilen, dass die Morde an der Autobahn aufgeklärt worden sind.«

Die Kameraeinstellung wechselte auf eine Leinwand, auf der Abel Batz und seine Ehefrau abgebildet waren.

»Unsere Sonderkommission mit dem Namen Autobahngold hat sehr effizient und erfolgreich gearbeitet.«

Die Kamera schwenkte nach links und Gerd Hasler sah die beiden Polizisten, die seinem Brandanschlag entronnen waren. Der Mann saß mit versteinerter Miene am langen Tisch. Seine Kollegin bemühte sich ebenfalls um einen neutralen Gesichtsausdruck. Für einen Moment sah es so aus, als würde sich der Kommissar zu Wort melden. Seine Kollegin neben ihm legte beschwichtigend ihre Hand auf seinen Arm.

Dem Kameramann war die Reaktion der beiden Ermittler wohl auch nicht entgangen. Die beiden Kriminalbeamten blieben länger als nötig im Bild. Täuschte er sich? Nein, zwischen den beiden lief etwas. So wie sie ihren Kollegen ansah ... die Hand, die auf seinem Unterarm liegen blieb ...

Die Kamera schwenkte zurück auf den Pressesprecher. »Meine Damen und Herren. Abel Batz und seine Frau Lisa Batz haben sich selbst gerichtet. Heute am Tag der Beisetzung unseres Kollegen darf ich Ihnen mitteilen, dass der Fall zu den Akten gelegt werden kann. «

Gerd Haslers Hände verkrampften sich. Wieder dieser Stolz in der Stimme des Pressesprechers.

»Ich darf Ihnen versichern, dass unsere Autobahn nunmehr wieder sicher ist.« Mit diesem Schlusssatz des Pressesprechers endete die aktuelle Sendung.

Gerd fand nicht die Kraft, aufzustehen, um den Fernseher auszuschalten. Seine Hände legten sich um seinen Kopf und seine Schultern zuckten, als er hemmungslos weinte.

Schließlich stand er mühsam auf und ging zum Küchenschrank. Er nahm die Pistole aus der Schublade und hielt die Mündung der Waffe an seine Schläfe. Die Zeit blieb für einen Moment stehen. Das reichte aus, damit sein Verstand den Willen zur Selbstzerstörung besiegte. Langsam senkte sich sein Arm mit der Waffe und er setzte sich wieder an den Küchentisch. Nein, so einfach wollte er nicht aufgeben. Die beiden Polizisten Broning und de Buhr hatten seine Lisa in den Suizid getrieben. Dafür wollte er Rache.

Erschießen kann ich mich immer noch, sobald ich diesen Broning erledigt habe, dachte er. Sie wussten noch nichts von Gerds Existenz. Diesen Vorteil wollte er nutzen. Seine Hand schloss sich fester um den Griff der Pistole und vor sich sah er diesen Broning.

Moment, wenn er sich nicht täuschte, waren die beiden Polizisten ein Paar. Wieso sollte er Broning erschießen? Nein, er würde sich diese Polizistin vornehmen! Er würde dem Kripobeamten die Geliebte wegnehmen, genauso wie Broning ihm Lisa weggenommen hatte. Das ist die richtige Rache. Auge um Auge. Zahn um Zahn.

Tag 12, abends
Büro der Soko Autobahngold

Nach der Pressekonferenz saßen die Kollegen noch kurz zusammen. Die Stimmung war gedrückt.

Das Gesicht von Jan Broning sprach Bände. Er ging zu den Tafeln und zeigte auf die Stichwörter mit den Fragezeichen. »Es ist doch merkwürdig, was mit Menschen passiert, wenn sie vor der Kamera stehen.« Jan rieb sich die Stirn. »Verflucht noch mal, diese Show von Renko Dirksen war echt zu viel.«

»Was hast du denn erwartet?«, fragte Maike. »Diese Gelegenheit, die Bestattung des Kollegen zeitgleich mit dem Ende der Ermittlungen zu verkünden, hat er sich nicht entgehen lassen.«

»Natürlich nicht. Deshalb auch dieser kaum unterdrückte Stolz in seiner Stimme.« Jan setzte sich wieder. »Es hätte nicht viel gefehlt und ich hätte mich zu Wort gemeldet.«

»Und was hätte das gebracht?«

Jan atmete tief durch. »Du hast ja recht. Danke, dass du mich zurückgehalten hast.«

Sie lachte. »Schwamm drüber. Lasst uns lieber überlegen, wie wir die wenige Zeit, die wir in der Soko noch haben, am besten nutzen können.«

Jan zeigte mit dem Finger auf die Notiz an der Tafel: *Verbindung des toten Hehlers Franz Ravenberg zu den Tätern?*»Die Beantwortung dieser Frage ist wichtig. Stefan, konntest du irgendeine Verbindung erkennen?«

»Nein!« Stefan sah die Unterlagen durch. »Als einzige mögliche Verbindung sehe ich die Tatsache, dass Ravenberg Kraftfahrer war und Abel Batz Spediteur. Er war aber nie bei ihm angestellt.«

»Vielleicht inoffiziell«, schlug Maike vor.

Stefan nickte. »Die Verbindung könnte in Brandenburg, der Heimat von Franz Ravenberg, zu finden sein.«

»Wenn es in der Vergangenheit eine Verbindung gegeben hat«, sagte Jan, »dann wird es nicht einfach sein, sie zu finden. Wann saß dieser Ravenberg in Haft?«

»Zur Zeit der Wende 89/90, und da haben wir auch schon das nächste Problem«, antwortete Stefan. »Die Unterlagen für diese Zeit sind, vorsichtig formuliert, unvollständig.«

»Fritz von Pankow!«

Maike und Stefan schauten ihren Kollegen verwirrt an.

Jan lächelte. »Fritz ist ein alter Kollege aus Brandenburg. Wir haben gemeinsam einen Fortbildungslehrgang besucht. Der konnte vielleicht Witze erzählen!« Er bemerkte die fragenden Gesichter und beeilte sich hinzuzufügen: »Außerdem kannte er sich hervorragend aus in der Unterwelt von Brandenburg. Genauso gut, wie er sich Witze merken konnte, hatte er ein ausgezeichnetes Gedächtnis für die Namen und Gesichter seiner Kunden.«

Es entstand eine Stille im Raum. Die Kollegen sahen, dass Jan an einem Plan feilte, und waren gespannt auf das Ergebnis.

»Ich fahre nach Brandenburg.« Jans Stimme klang nachdenklich. »Vorher erkundige ich mich natürlich, ob der alte Knabe noch lebt. Stefan, du musst für uns Zeit gewinnen, halt uns Renko Dirksen vom Hals. Maike, du fährst zur Rechtsmedizin und siehst dir noch einmal den Leichnam von Abel Batz an. Sucht nach diesen Verbrennungen, solchen, wie sie von einem Taser verursacht werden. Vielleicht könnt ihr den Todeszeitpunkt von Franz Ravenberg zumindest etwas eingrenzen.«

Maike hatte Mühe, mit Jans Gedankensprüngen mitzuhalten. »Also, du meinst, jemand hat beim Suizid von Abel Batz nachgeholfen?«

»Genau, und dieser Jemand hat auch beim Tod des Hehlers Ravenberg seine Hände im Spiel. Außerdem vermute ich, dass der Tod des Hehlers nach dem Tod von Abel Batz eingetreten ist.«

Stefan schüttelte ungläubig den Kopf. »Lisa Batz hat den Hehler umgebracht, dann schließt sich der Kreis.«

»Sie war es nicht.« Jan war sich offensichtlich sicher. »Es gibt noch einen Täter im Hintergrund. Deshalb seid vorsichtig.«

*

Maike und Jan warteten, bis Stefan auf dem Nachhauseweg war. »Jan, ich fahr …« Sie zögerte einen Moment und wollte eigentlich ›nach Hause‹ sagen, aber noch war es nicht ihr Zuhause. »… in die Wohnung. Ich werde uns etwas Schnelles kochen. Magst du Nudeln?«

Jan war ihr kurzes Zögern nicht entgangen. Er umarmte sie. »Es ist mir eigentlich egal, was du kochst, Hauptsache, du wartest auf mich. Ich ruf noch schnell bei meinem alten Kollegen in Brandenburg an und komm dann nach.«

Sie küsste ihn. »Bis später, ich warte auf dich.«

Er sah ihr nach und versuchte, diesen Moment einzufangen und zu bewahren. Wann würde er anfangen, dieses Glück als selbstverständlich anzusehen? Hoffentlich nie. Wie schnell alles vorbei sein konnte, hatte er schon einmal schmerzlich erfahren müssen.

Er trug jetzt weniger schwer an der Last, die seine Seele nach dem Tod von Brigitte niedergedrückt hatte. Das Bild seiner Frau verblasste langsam. Durfte er so glücklich sein? War das Leben vielleicht doch schön und bestand es nicht nur aus Mord und Verbrechen?

Ja, er war sich sicher, Brigitte hätte ihm diesen neuen Anfang von Herzen gegönnt. Er seufzte und atmete tief durch.

Tag 12, 19.30 Uhr,
Außenparkplatz, vor dem Dienstgebäude
der Autobahnpolizei

Gerd Hasler stand mit seinem alten Transporter vor der Dienststelle der Autobahnpolizei. Die Motorhaube hatte er hochgeklappt, um eine Panne vorzutäuschen. Das Risiko war hoch, aber er wollte diese Polizistin unbedingt. Bei der geplanten Entführung hatte er etwas improvisieren müssen. Er hatte mehrfach bei verschiedenen Polizeidienststellen angerufen, sich als Reporter ausgegeben und sich nach den Ermittlern Broning und de Buhr erkundigt. Die Polizisten hatten keine Informationen herausgeben wollen. Lediglich einem war herausgerutscht, dass sich die Sonderkommission bei der Autobahnpolizei befand.

Er beobachtete das Dienstgebäude aufmerksam. Sobald die Ermittler herauskamen, wollte er ihnen folgen, um zu erfahren, wo sie wohnten. Dort wollte er eine Gelegenheit abwarten, die Polizistin de Buhr alleine anzutreffen. Er würde sich als Kurierfahrer ausgeben und sie zum Transporter locken, um dort ein Paket anzunehmen.

Die Außentür der Dienststelle öffnete sich und die Polizistin kam in Begleitung eines Uniformierten heraus. Sie ging zum Parkplatz und öffnete die Tür eines roten Minis. Gerds Herzschlag beschleunigte sich, als er sah, dass der uniformierte Polizist auf ihn zukam.

»Na, Motorpanne?«, fragte ihn der Polizist.

»Ja, genau! Die alte Kiste will plötzlich nicht mehr anspringen.«

»Lassen Sie mich mal sehen. Vielleicht kann ich Ihnen helfen«, meinte der Polizist und fummelte am Motor herum.

Der rote Mini fuhr an ihnen vorbei, und die Polizistin

rief ihrem Kollegen aus dem geöffneten Seitenfenster zu: »Tschüss, Onno, ruhigen Dienst noch!« Der Uniformierte winkte ihr zu und bückte sich dann wieder, um mit der Inspektion des Motors fortzufahren.

Gerd sah dem Mini hinterher. So ein Mist, wieso musste ausgerechnet jetzt dieser Bulle auftauchen! Seine Chance war vertan, er hatte keine Ahnung, wo die Polizistin hinfuhr.

»Hallo, starten Sie doch mal den Motor!«, drang die Stimme des Uniformierten in sein Bewusstsein.

Gerd setzte sich in den Fahrersitz. Mit einem satten Brummen sprang der Motor an.

»Na, wer sagt's denn!« Der Polizist klang zufrieden.

»Danke für die Hilfe«, sagte Gerd zähneknirschend.

Der Beamte sah ihn merkwürdig an. War ihm etwas aufgefallen? Hatte er Gerds Wut herausgehört? Gerd stieg schnell aus dem Auto und schloss die Motorhaube. Das Lächeln fiel ihm schwer, als er sagte: »Nochmals danke für Ihre Hilfe!«

Als er losfuhr, sah er in den Außenspiegel. Der Polizist schaute ihm nach.

Er fuhr weiter in Richtung Stadt, aber der rote Mini war im dichten Stadtverkehr verschwunden. Wütend schlug er mit der Faust aufs Lenkrad. Morgen Nachmittag würde er es noch einmal versuchen.

Tag 12, 20.00 Uhr
Dienstgebäude der Autobahnpolizei,
Büro der Soko Autobahngold

Im Büro der Soko setzte sich Jan an den Computer und startete ein spezielles Suchprogramm. Er gab den Namen Fritz von Pankow ein und wartete auf das Ergebnis. Dem Eintrag nach wohnte der Kollege noch in Brandenburg. Er wählte die angegebene Telefonnummer.

»Von Pankow?«, meldete sich eine energische Stimme.

»Hallo, Fritz, hier ist Jan Broning aus Leer. Dein Kollege vom Fortbildungslehrgang.«

»Jan! Schön, dass du dich mal meldest.« Er klang ehrlich erfreut.

»Fritz, es tut mir leid, dass das erst jetzt passiert.« Jan hatte ein schlechtes Gewissen. »Aber ich brauche deine Hilfe.«

»Hör mal, Jan, ich habe von deinem Schicksalsschlag gehört. Wir leben ja nicht hinter dem Mond. Was kann ich denn für dich tun?«

Jan schilderte kurz den Ablauf der Ereignisse. »So, und jetzt kommst du ins Spiel, Fritz. Das Umfeld dieses Franz Ravenberg interessiert uns und da habe ich gedacht, dass ich dich morgen besuchen könnte.«

»Tolle Idee, Jan, ich gebe dir die Adresse für dein Navi. Ich hab als Pensionär reichlich Zeit. Bis du da bist, habe ich vielleicht schon einiges zu dem Mann erfahren. Meine Kontakte sind immer noch gut. Und jetzt brauche ich die Personalien zu diesem Hehler.«

Nach einigen Absprachen legte Jan den Hörer auf. Er hatte ein gutes Gefühl für das morgige Treffen. Außerdem freute er sich, den Kollegen wieder einmal zu sehen.

Er schaltete die Computer aus und verschloss die Bürotür. Gut gelaunt ging er an der Wache vorbei.

Noch ein kurzes Gespräch mit Onno, der ihm im Flur entgegenkam, und dann schnell nach Hause zu Maike.

Tag 12, 21.00 Uhr
Gemeinsame Wohnung von Jan Broning und Maike de Buhr

Jan blieb im Flur seiner Wohnung stehen. Er genoss den Moment und schloss kurz die Augen. In der Küche klapperte Maike mit den Töpfen. Der Geruch der Pasta-Sauce, die Wärme und die Geräusche gaben ihm das Gefühl, zu Hause angekommen zu sein. Wie sehr hatte er dieses Gefühl vermisst!

Maike kam ihm strahlend entgegen und küsste ihn zur Begrüßung. Dies ist der glücklichste und schönste Moment seit langer, langer Zeit, dachte Jan. Er drückte sie fest an sich.

Mühsam befreite sie sich aus seiner Umarmung. »Meine Sauce brennt an«, lachte sie und lief in die Küche zurück.

Jan stellte dann fest, dass das schöne Gefühl, nach Hause zu kommen, noch gesteigert werden konnte. Nach dem Essen tranken sie Wein und tauschten Jugenderinnerungen aus. Maike suchte Schallplatten aus Jans Sammlung heraus und legte sie auf.

Sie lachten viel, und beim Wein und der nostalgischen Musik vergaßen beide ihren schweren Beruf. Beim Schmuselied *Love Hurts* der Gruppe Nazareth tanzten sie engumschlungen.

Sie fühlten sich wieder sehr jung und küssten sich immer intensiver. Als die Nadel des Plattenspielers am Ende hängenblieb, waren sie längst im Schlafzimmer verschwunden.

Tag 13, morgens,
Auf der Fahrt nach Potsdam (Brandenburg)

Jan hatte die gemeinsame Wohnung in der Altstadt früh verlassen. Er hatte seine verschlafene Maike zum Abschied geküsst und sie noch schlummern lassen.

Die Adresse seines Kollegen hatte er in das Navi eingegeben. Seinem alten Mercedes tat es sicher gut, einmal gefordert zu werden. Jan schmunzelte, als ihm der Gedanke kam, dass dies nicht nur für seinen alten Mercedes galt.

Seine Gedanken beschäftigten sich mit der gemeinsamen Zukunft. Als er Maike kennengelernt hatte, hatte er noch um seine Frau Brigitte getrauert. Damals hatten sich seine Gedanken nur in einer Endlosschleife um die Vergangenheit gedreht. Was wäre wenn, hätte er doch nur und so weiter. Dabei hatte er auch seine dunkle Seite kennengelernt. Die Versuchung durch den Alkohol als vermeintlicher Seelentröster und das Selbstmitleid hatten ihn zu Boden geworfen. Zu den Menschen, die ihm wieder aufgeholfen hatten, gehörte auch Maike.

Zum Glück war er jetzt wieder der Alte, aber die schlechten Erfahrungen würde er nicht vergessen und auf der Hut sein.

Seine Gedanken gingen zurück zu den Ermittlungen. Noch immer hatten sie nicht herausgefunden, wie die Opfer gestorben waren. Die offizielle Todesursache Kohlenmonoxid-Vergiftung stand fest, aber auf welche Weise hatte man die Männer vergiftet?

Die Betäubung durch den Elektroschocker war vorausgegangen – und dann? Maikes Vergleich von Lisa Batz mit einer Spinne fiel ihm ein. Hatten sie ihre Opfer im Wohnmobil vergiftet oder in der alten Halle? Das Wohnmobil war samt der Halle verbrannt. Hatten die Flammen alle Antworten für immer beseitigt?

Und dann dieser Hehler Franz Ravenberg, wie passte der in das Puzzle der Ermittlungen? Hatte Batz ihn vielleicht als Fahrer für die illegalen Hühnermisttransporte eingesetzt?

Stefan hatte sich weiter um Informationen zu Ravenberg bemüht, aber gerade bei den wichtigen Details über den Gefängnisaufenthalt zur Zeit der Wende war er nicht weitergekommen.

Aber Jan hatte noch seinen Joker Fritz von Pankow im Ärmel. Der alte Knabe hatte am Telefon noch sehr rüstig geklungen und vor allen Dingen sehr interessiert. Jan lächelte. Ja, Fritz hatte Blut geleckt und eine Katze lässt das Mausen nicht. Fritz hatte sich vermutlich sofort an die Arbeit gemacht und seine Beziehungen eingesetzt.

Jan war gespannt darauf, was Fritz herausgefunden hatte.

Tag 13, vormittags
Auf der Fahrt zur Gerichtsmedizin in Oldenburg

Maike hatte geduscht und die Wohnung aufgeräumt. Den Termin in der Gerichtsmedizin hatte sie um zehn Uhr. Die Unterlagen hatte sie bereits gestern aus dem Büro mitgenommen.

Bei einer Tasse Kaffee sah sie in die Tageszeitung und knabberte an einem Toast mit Nougatcreme. Dann rief sie bei ihrem Vater Johann am Uphuser Meer an und bestellte einen sehr persönlichen Gegenstand.

Es folgte ein langes Gespräch. Nicht unbedingt mit ihrem Vater, der eine sehr spezielle Vorstellung von der Länge eines Telefongespräches hatte. Sein Motto war: Fasse dich kurz. Aber seine Freundin Karin hatte danebengesessen und Maike auch sprechen wollen.

Bereits nach einigen Minuten hatte Johann sicherlich mehrfach zur Zimmerdecke gesehen, und schließlich hatte er sich in seine Werkstatt verdrückt, wo er sich um Maikes Bestellung kümmern wollte. Die beiden Frauen konnten jetzt endlich ungestört miteinander reden.

Es tat Maike gut, einmal mit einer Frau über alles sprechen zu können, hatte sie es doch fast nur mit Männern zu tun.

Maike sah auf die Uhr. »Karin, ich muss Schluss machen. Ich habe einen Termin in Oldenburg. Pass schön auf meinen Vater auf. Ich melde mich wieder.«

»Tschüss, Maike – und seid vorsichtig bei eurem schrecklichen Beruf!«

Schrecken, das war das passende Wort, wenn Maike an die Obduktion in Oldenburg dachte. Sie nahm ihre Tasche mit den Unterlagen und verließ die Wohnung.

Als sie fünfundvierzig Minuten später die Räume der Rechtsmedizin in Oldenburg betrat, begrüßte sie den Rechtsmediziner und kam gleich zur Sache. »Ich möchte Sie bitten, sich noch einmal die Leiche des Spediteurs Batz anzusehen. Außerdem brauche ich die ungefähre Todeszeit von Franz Ravenberg.«

Dr. Knoche war überrascht. »Frau de Buhr, das hat doch alles Zeit, ich habe keinen Termin frei. Der Fall ist ja geklärt, wieso die Eile?«

Maike versuchte es mit der Wahrheit. »Wir haben da noch erhebliche Zweifel, ob der Fall tatsächlich gelöst ist. Es gibt zum einen Zweifel am Suizid des Spediteurs. Mein Kollege Jan Broning bat mich darum, nachzusehen, ob Spuren von einem Taser an der Leiche zu finden sind. Die Todeszeit des Franz Ravenberg ist sehr wichtig für unsere Ermittlungen, insbesondere für den Zeitablauf.«

Dr. Knoche dachte nach und schlug einen Kompromiss vor. »Okay, wir sehen uns die Leiche des Abel Batz gemeinsam an. Die Sache mit dem Todeszeitpunkt des Opfer Ravenberg veranlasse ich. Mein Assistent Dr. Andresen wird sich darum kümmern. Große Versprechungen kann ich allerdings nicht machen. Eine genaue Todeszeitbestimmung ist unter diesen Umständen so gut wie unmöglich.«

Dr. Andresen brachte die Leiche des Spediteurs vom Kühlraum in den Sektionsraum. Dr. Knoche schaltete die Strahler über dem Chromtisch an. Die Leiche von Abel Batz lag nun im starken Licht nackt auf dem glänzenden Tisch. Dr. Andresen assistierte, und Maike stand neben dem Tisch.

»So, Frau de Buhr, dann wollen wir mal sehen, ob wir diese kleinen Verbrennungsspuren finden können. Die anderen Opfer hatten sie doch im Nacken.« Dr. Knoche drehte die Leiche zusammen mit dem Assistenten auf die Seite.

Maike musste schlucken, bevor sie sprechen konnte. Sie hasste diese Arbeit. »Genau dort.« Sie zeigte mit dem Finger auf eine Stelle im Nacken.

»Hier ist nichts zu sehen«, sagte Dr. Knoche.

Maike räusperte sich, um den Kloß im Hals loszuwerden. »Herr Doktor, wir vermuten, dass sich der Täter von hinten den Opfern näherte, um sie zu überraschen. Es wäre doch möglich, dass in diesem Fall das Opfer Abel Batz den Täter hinter sich bemerkt hat. Er dreht sich um und …«

»Ich weiß, was Sie meinen.« Der Rechtsmediziner nahm einen Kamm und begann, die Kopfhaare des Toten langsam gegen den Strich zu kämmen. »Der Taser hätte dann das Opfer nicht wie bei den anderen im Nacken, sondern seitlich getroffen.«

Die Hand mit dem Kamm stoppte. »Hier könnte etwas …« Dr. Knoche nahm einen elektrischen Haartrimmer und entfernte die seitlichen Kopfhaare direkt an der Kopfhaut. »Tatsächlich! Sehen Sie hier, Frau de Buhr, zwei kleine parallele Verbrennungen zusammen mit einem Hämatom. Der Taser wurde hier ausgelöst, damit wäre Ihre Theorie bestätigt.«

Auf dem Rückweg von Oldenburg nach Leer war Maike zufrieden mit dem Ergebnis. Dr. Knoche hatte ihr versprochen, die Untersuchungen zur Bestimmung des Todeszeitpunktes des verbrannten Hehlers Ravenberg zu beschleunigen. Große Hoffnungen konnte er ihr allerdings nicht machen, die Bestimmung des Todeszeitpunktes war extrem schwierig.

Tag 13, 13.30 Uhr
Zurück aus Oldenburg, außen gelegener Parkplatz der Autobahnpolizei[71]

Als sie auf den Parkplatz der Autobahnpolizei fuhr, kam ihnen ein Streifenbulli entgegen. Es waren Onno und Klaas, die ihr zuwinkten. Maike sah auf die Uhr. Die Spätschicht hatte begonnen und die Plätze im Innenhof waren alle besetzt. Deshalb lenkte sie den Mini auf den Außenparkplatz neben einen weißen Transporter.

*

Gerd Hasler konnte sein Glück kaum fassen. Vor einer Stunde hatte er seinen Transporter etwas abseits auf dem Parkplatz vor der Autobahnpolizei abgestellt. Die Seitentür seines Wagens war vom Gebäude aus nicht einzusehen. Und dort kam sie, seine Chance! Die Polizistin in ihrem roten Mini fuhr auf den Parkplatz, direkt neben seinem Transporter.

Er nahm den neuen Elektroschocker, schaltete ihn ein und versteckte ihn unter seiner Jacke. Gleichzeitig mit der Polizistin stieg er aus und sprach sie an. »Entschul-

71) siehe Punkt 14 der Karte

digen Sie bitte, ich bin Kurierfahrer und habe zwei eilige Päckchen für Herr Broning von der Kriminalpolizei.«

»Na, da haben Sie ja Glück«, sagte sie. »Die kann ich gleich mitnehmen.«

Jetzt kam der schwierige Teil. Er musste sie zur Seitentür locken, in den Bereich, den die Polizisten im Gebäude schlecht einsehen konnten. »Das wäre sehr nett von Ihnen. Können Sie mir den Empfang auch bitte quittieren? Die Päckchen sind im Laderaum.« Er ging um den Bulli herum und sie folgte ihm.

Nun hatte er sie dort, wo er sie haben wollte.

Gerd Hasler zog die Seitentür ein wenig auf und nahm ein Klemmbrett aus dem Laderaum. »Wenn Sie bitte hier unten unterschreiben, ich hole die Päckchen.«

Sie bückte sich etwas, um für die Unterschrift das Klemmbrett auf ihren Oberschenkel zu legen. Gerd befand sich jetzt hinter ihr und griff unter seine Jacke. Im nächsten Moment jagte der Stromstoß durch den Körper der Polizistin und wie erwartet brach sie zusammen. Die Ohnmacht würde nur kurz sein. Außerdem bestand hier auf dem Polizeiparkplatz ein zu hohes Entdeckungsrisiko. Jetzt musste alles sehr schnell gehen. Er riss die Tür des Transporters auf und packte sie unter den Achseln. Rückwärts zog er den bewusstlosen Körper in den Laderaum, ließ die Frau in die offene Kiste fallen. Er legte den Deckel auf und verriegelte ihn.

Vorsichtig spähte er durch die Seitentür nach draußen. Alles ruhig, niemand hatte etwas bemerkt. Keine Panik, sagte er sich, alles läuft wie geplant.

Er schob die Seitentür des Transporters wieder auf, stieg aus und kniete sich neben die Auspuffanlage. Seine Hand ertastete das Umlenkventil am Bodenblech. Eine leichte Drehung des Hebels, und die Kohlenmonoxid-Abgase würden jetzt in die Kiste geleitet.

Er setzte sich hinter das Lenkrad und startete den Motor.

Tag 13, mittags
Potsdam, Wohnung des pensionierten Kriminalbeamten Fritz von Pankow

Jan Broning saß im Sofa der kleinen Wohnung seines ehemaligen Lehrgangskollegen.

Fritz saß ihm gegenüber in einem Fernsehsessel. Er sah noch genau so aus, wie Jan ihn in Erinnerung hatte. Er war klein und hatte eine ordentliche Wampe, vermutlich von seinem Lieblingsgetränk, dem Bier. Die spärlichen Haare waren komplett ergraut. Die Lachfalten wiesen daraufhin, dass Fritz kein Kind von Traurigkeit war. Beim Lehrgang hatte er alle regelmäßig mit Witzen unterhalten.

Eine Szene hatte Jan nie vergessen. Die Pause hatten sie immer auf einem Balkon vor dem Lehrgangsraum verbracht. Unter dem Balkon hatte sich eine Gruppe Dienstanfänger zwanglos mit Händen in der Tasche aufgehalten. Fritz hatte vom Balkon herab eine flammende Rede über korrektes Auftreten in Uniform gehalten. Einige Dienstanfänger hatten die Satire als solche nicht erkannt und Haltung angenommen. Als Fritz sie dann noch zehn Liegestütze machen ließ, war ein Kollege, der ebenfalls auf dem Balkon stand, mit Bauchkrämpfen vor Lachen in die Hocke gegangen.

»Na, Jan, hast dir ja gar nich' verändert seit damals bei diesem Lehrgang, wat war dat auch noch für'n Thema?«

»Soziales Verhalten oder so«, antwortete Jan und dachte wieder an den Balkon.

»Mann, wo sind die Jahre jeblieben ...«

Die beiden Männer tauschten Erinnerungen aus und erzählten auch aus ihrem Privatleben.

Schließlich hielt es Fritz nicht mehr aus. Jan hatte bereits mitbekommen, dass ihm etwas unter den Nägeln brannte. »Jan, ich habe mich schon mal ein bisschen umgehört. Diese Liste der Mitgefangenen von diesem Franz Ravenberg habe ich noch nicht.«

Fritz grinste, als er Jans enttäuschten Gesichtsausdruck sah. »Die schriftliche Liste, meine ich.« Er legte absichtlich eine kleine Pause ein. »Allerdings hat mir mein Informant die Namen am Telefon diktiert. Hier.« Fritz schob Jan einen Zettel mit Namen rüber. »Der Name Batz taucht allerdings nicht auf.«

Jan nahm aus seiner Tasche einen Zettel mit den Namen der Kraftfahrer der Spedition Batz. Während Fritz den Kaffee aus der Küche holte, verglich Jan die Namen. Enttäuscht schob er den Zettel zur Seite und rührte seinen Kaffee um.

Fritz sah es seinem Kollegen an. »Na, Jan, das wär aber auch zu schön gewesen. Du, erzähl doch mal ein bisschen von deinem aktuellen Fall. Weißt du, auch wenn ich pensioniert bin, die Polizeiarbeit lässt einen nie los. Man denkt immer als Polizist, egal wie alt man ist.«

Jan hörte eine gewisse Trauer heraus. »Dir fehlt die Arbeit, oder?«

»Sieht man mir das so an?«

»Ehrlich gesagt, eine gewisse Wehmut bemerke ich schon.«

»Ach, ich bin froh, dass ich mit diesem ganzen Kram nichts mehr zu tun habe«, log er schlecht.

Jan tat ihm den Gefallen und erzählte von den Ermittlungen zu den Autobahnmorden. Fritz sah glücklich aus, weil er, wenn auch nur kurz, das Gefühl hatte, gebraucht zu werden.

Jan erzählte, dass der Täter den ersten beiden Opfern jeweils einen Finger der rechten Hand abgeschnitten hatte.

»Moment, Jan, was erzählst du mir gerade?« Fritz wirkte plötzlich angespannt und konzentriert. »Man hat ihnen einen Finger abgeschnitten? Handelte es sich dabei jeweils um den Zeigefinger?«

»Ja, Fritz, genau, die Zeigefinger.« Jan sah seinen Kumpel erstaunt an. »Hast du geraten oder …?«

»Kann es sein …?«, murmelte Fritz vor sich hin. »Nein, das ist doch nicht möglich.«

Jan wartete ungeduldig auf eine Erklärung und fragte schließlich nach. »Raus mit der Sprache, Fritz, woran denkst du?«

»Weißt du, Jan, wir hatten mal einen Fall hier in Brandenburg … Wann war das noch mal, verflucht?« Fritz machte die Augen zu und konzentrierte sich auf die Vergangenheit. Dann schaute er Jan an und grinste. »Jetzt hab ich es wieder. Die alte Kiste funktioniert doch noch ganz gut.«

»Fritz, wenn du mich verarschst, sag es gleich!«

»Der Fingerschneider, so haben wir ihn genannt.« Wieder schloss Fritz die Augen und kramte in seinem Gedächtnis. »Ronny Bach, ja, so hieß er … Der hat seinem Geldanleger, der nebenbei bemerkt ein Gauner war, den Zeigefinger abgeschnitten. Der Anlageberater – Wierde hieß der, glaube ich – hatte ihn um sein ganzes Geld betrogen. Es kam zum Streit zwischen Bach und Wierde. Dieser Streit eskalierte und dann hat Bach die Geflügelschere genommen und dem Mann den Zeigefinger abgeschnitten. Danach ging er davon und hat den Finger mitgenommen. Der Fall hat damals für Aufsehen gesorgt. Wierde hatte auch etliche andere Kleinsparer übers Ohr gehauen. Klammheimlich haben sie ihm das mit dem Finger gegönnt. Aber dafür ist dieser Ronny Bach natürlich in den Knast gegangen. Steht der nicht auch auf dem Zettel?«

»Moment, den Namen hab ich gelesen …« Jan nahm die Liste und war auf der Suche. »Doch nicht, aber … Hier steht ein Rach …?«

»Sorry, mein Informant nuschelt immer so. Vielleicht habe ich es am Telefon falsch verstanden. Es ist bestimmt dieser Ronny Bach. Ronny Bach, Ronny Bach …« Fritz hatte wieder die Augen geschlossen. »Ja, langsam dämmert es mir wieder. Ronny Bach war ein echt armes Schwein. Sein Vater hat ihn grün und blau geschlagen. Der brachte immer Nutten mit nach Hause. Stell dir vor, die Mutter und der kleine Ronny sitzen in der Küche und nebenan treibt sein Vater es mit einer Nutte. Gut, dass er noch seinen Kumpel hatte, der hat ihn immer im Knast besucht. Mensch, wie hieß der noch ... Gerd der Legionär.«

»Wieso Legionär?«, fragte Jan.

»Na, weil der immer davon faselte, dass er zur Fremdenlegion wollte. Ich glaube, das hat er sogar gemacht.«

Jan war wie elektrisiert. »Fritz, wie hieß dieser Gerd mit Nachnamen?«

Der Pensionär verdrehte die Augen. »Mann ick bin een alter Mann. Hasen, Haken oder Haller ... Ich komm nicht drauf.«

Jan hielt die Liste der bei der Spedition Batz angestellten Kraftfahrer in der Hand. »Gerd Hasler?«

»Genau, Jan! Gerd Hasler, der Fremdenlegionär.«

»Mensch, Fritz, das gibt's es doch nicht! Das könnte die Lösung sein.« Sein Gegenüber sah ihn fragend an, aber Jan war in Gedanken und hochkonzentriert. Diese neuen Informationen musste er erst einmal überdenken.

Dort war die Verbindung zwischen den Tatorten in Ostfriesland und dem Wohnort des Hehlers, hier in Potsdam. Ronny Bach hatte zusammen mit dem Hehler im Gefängnis gesessen.

Jan dachte an die Verstümmelung der Opfer. Diese Übereinstimmung konnte kein Zufall sein.

»Hallo, Jan, bist du noch da? Hallo, Raumschiff an Erde!« Sein Kumpel Fritz klang etwas säuerlich.

»Entschuldige, Fritz, aber du kannst dir nicht vorstellen, wie wichtig deine Informationen für unseren Fall sind. Ich glaube, dein Ronny Bach ist mein gesuchter dritter Mann. Es passt alles zusammen. Die Opfer an der Autobahn wurden genau so verstümmelt wie damals dieser Anlageberater. Ronny Bach saß mit Franz Ravenberg zusammen im Gefängnis. Bach könnte Ravenberg gebeten haben, die bei den Morden erbeuteten Autos hier in Potsdam zu verkaufen.«

»Jan, ist es vielleicht möglich, dass Franz Ravenberg nach Ostfriesland zu seinem alten Kumpel Ronny Bach geflüchtet ist?«

Jan nickte. »Ja, und irgendetwas ist schiefgelaufen. Seine Flucht endete in einer alten Speditionshalle im Kofferraum seines Amischlittens. Erschossen von wem?«

»Lisa Batz«, schlug Fritz vor.

»Nein, Fritz, du hättest sie bei unserem Verhör erleben müssen. Den Ravenberg erschießen, und ihn dann in den Kofferraum zu verfrachten ... Anschließend legt sie das Feuer, bei dem Maike und ich auch fast umgekommen wären ... Nein. Dafür ist, äh, war sie nicht der Typ.«

»Na ja«, meinte Fritz skeptisch, »schließlich war sie direkt an der Ermordung eures Kollegen beteiligt. Ganz so harmlos ist sie wohl nicht gewesen. Aber zurück zu Ronny Bach oder besser gesagt Gerd Hasler. Als dieser Gerd Hasler zur Legion ging, hat er einen neuen Namen angenommen. Den alten Namen hat er Ronny Bach für einen Neuanfang überlassen. Aber eins ist dir doch wohl klar, Jan!« Fritz sah Jan eindringlich an. »Dieser Ronny Bach ist sehr gefährlich und ...«

Jan vollendete den angefangenen Satz: »... er läuft draußen frei herum und nur wir beide wissen von seiner Existenz.« Ein unangenehmes Gefühl der Bedrohung wuchs in seinem Inneren. »Wir müssen die anderen warnen.«

Tag 13, 13.40
Unterwegs im Transporter,
Deichstraße in Richtung AS Leer-West[72]

Maike war aus ihrer kurzen Ohnmacht erwacht. Ihr Nacken schmerzte fürchterlich. Als sie danach fühlen wollte, stieß sie mit der Hand gegen ein Hindernis über ihrem Kopf. Sie riss die Augen erschrocken auf. Panik ergriff sie, als sie nichts sehen konnte. Sie tastete mit Händen und Füßen ihr Gefängnis ab und stellte fest, dass sie sich in einer Art Kiste befand. Seitlich fühlte sie ein langes Gitter. Hinter diesem Gitter spürte sie einen warmen Luftzug.

Das Atmen fiel ihr schwer. Wild trommelte sie mit den Händen und Füßen gegen die massive Innenwand. Aber dann zwang sie sich zur Ruhe. Ihr Handy war in der linken Hosentasche. Sie musste versuchen, es zu erreichen.

Als ihr Verstand wieder die Oberhand gewonnen hatte, bemerkte sie das Schaukeln. Sie befand sich vermutlich in einem fahrenden Auto.

Mühsam zog sie ihr Handy aus der Tasche. Das matte Licht des Displays beleuchtete schwach ihr Gefängnis. Die Panik setzte wieder ein, als sie im Licht auch den Deckel über ihrem Kopf sehen konnte. Ihr war sofort klar, was die langen blutigen Schrammen im Holz bedeuteten. Jetzt wusste sie, wie ihr Kollege gestorben war.

---

72) siehe Punkt 14 der Karte

Tag 13, 13.40 Uhr,
Potsdam, Wohnung des Pensionärs Fritz von Pankow

In Potsdam brummte Jans Handy in der Tasche. Er nahm es heraus und sah auf das Display: *Maike ruft an.*

Auf seinem Gesicht erschien ein Lächeln, als er die grüne Taste drückte. »Hallo, Maike!«

Sein Lächeln gefror. Jan konnte zunächst nur ein Schluchzen hören. Dann panische Hilferufe. Die Verbindung war schlecht und brach immer wieder ab. Trotzdem wusste er sofort, dass es Maikes Stimme war. Dazwischen hörte er immer wieder seinen Namen. Er antwortete zunächst in normaler Lautstärke, dann immer lauter.

Das Wort Transporter oder so ähnlich konnte er noch hören, dann war nur noch entsetzliche Stille.

»Maike, hallo, Maike!« Nichts, nur ein Rauschen in der Leitung.

Tag 13, 13.40 Uhr,
Sichtdreieck der Anschlussstelle Leer-West[73]

Onno und Klaas waren auf ihrer Poleposition. Der Bulli stand an der Anschlussstelle Leer-West in Richtung Niederlande. Der Emstunnel schluckte den vorbeifließenden Verkehr.

Die beiden hatten sich abgesprochen. Heute wollten sie gewerbliche Kleintransporter kontrollieren.

Onno sah rechts einen weißen Transporter an ihnen vorbei auf die Autobahn fahren. Mit einem Seitenblick erkannte Onno, dass es sich um den Fahrer handelte, der gestern eine Motorpanne vor der Dienststelle hatte. Onno war zu ihm gegangen und hatte sich den Motor

73) siehe Punkt 19 der Karte

angesehen. Der war aber dann sofort angesprungen, obwohl Onno gar nichts daran verändert hatte.

Außerdem war ihm der Fahrer irgendwie komisch vorgekommen. Der hatte sich nämlich nicht um die Panne gekümmert, sondern nur Maike de Buhr angestarrt, die auch gerade aus der Dienststelle herausgekommen war.

Jetzt war eigentlich ein guter Zeitpunkt, sich diesen Mann und das Fahrzeug noch einmal genauer anzusehen.

Der Motor des Bulli heulte auf, als Onno Gas gab, beschleunigte und ebenfalls auf die rechte Spur der Bahn fuhr. Der Transporter war schon in den Tunnel eingefahren. Onno erzählte Klaas von der merkwürdigen Begegnung mit dem Fahrer auf dem Außenparkplatz der Autobahnpolizei am gestrigen Abend.

»Okay, den kontrollieren wir, aber das wird eng«, meinte Klaas. »Hoffentlich kriegen wir den noch bis zum Rastplatz.«

»Da kannste drauf wetten!« Onno drückte das Gaspedal auf das Bodenblech. Der Abstand zum Transporter verringerte sich.

Plötzlich scherte ein Pkw aus und setzte sich vor den Polizeibulli. Onno latschte auf die Bremse und fluchte. Er schaltete kurz das Blaulicht an. Es dauerte einen langen Moment, bis der vor ihnen fahrende Pkw wieder auf die rechte Seite wechselte.

Onno gab Vollgas und der gequälte Motor des Einsatzfahrzeuges heulte auf. Der Transporter war schon aus dem Tunnel raus. Klaas schaukelte auf dem Beifahrersitz nach vorn, als könne er so den Bulli beschleunigen. Nur noch ein paar Kilometer bis zum Rastplatz Rheiderland[74]. Langsam holte der Einsatzbulli den Transporter ein. Einen Kilometer vor der Parkplatzausfahrt befanden sie sich direkt hinter dem Transporter.

Onno holte das Letzte aus dem Bulli raus und überholte. Klaas hatte schon die Kelle in der Hand und ließ

74) siehe Punkt 17 der Karte

die rechte Seitenscheibe per Knopfdruck herunterfahren. Er hielt die Kelle mit beiden Händen aus dem Fenster und gab das Anhaltezeichen. Onno bremste und zog nach rechts auf den Verzögerungsstreifen der Parkplatzzufahrt. Auf dem Lkw-Parkplatz hielt er den Bulli an.

Der weiße Transporter hielt in etwa zehn Meter Entfernung.

Onno und Klaas stiegen aus dem Bulli. Klaas ging zur Fahrertür und klopfte an die Seitenscheibe. Der Transporter-Fahrer ließ die Scheibe herunter.

»Guten Tag, wir sind von der Autobahnpolizei, Fahrzeug- und Personenkontrolle. Bitte stellen Sie den Motor aus.« Klaas wartete, bis der Fahrer die Anweisung befolgt hatte. »Den Führerschein und die Fahrzeugzulassung bitte.«

Die Hände des Fahrers zitterten leicht, als er die Dokumente aushändigte. Klaas versuchte, den aufgeregten Mann zu beruhigen. »Es handelt sich lediglich um eine Routinekontrolle. Haben Sie etwas geladen?«

»Nein!« Seine Hände umklammerten das Lenkrad so fest, dass die Fingerkuppen weiß hervortraten.

»Moment, bitte.« Klaas ging mit den Dokumenten zurück zum Bulli und setzte sich auf den Beifahrersitz. Zunächst wollte er die Person und das Fahrzeug abfragen. »Verflixte Axt!« Wo war denn Onno schon wieder? Na klar, dachte er, natürlich unter dem Transporter. Wenn man Onno nicht fand, brauchte man nur unter den Fahrzeugen nachzusehen.

»Achtung! Achtung!« Die Stimme des Leitstellenbeamten aus dem Lautsprecher der Funkanlage klang eindringlich. »Komme mit einer dringenden Fahndung nach einem Transporter im Raum Leer. Eine Kollegin wird in dem Transporter gefangengehalten. Ich wiederhole: Fahndung nach einem Transporter im Raum Leer. In einem Transporter wird eine Kollegin gefangengehalten. Vermutlich liegt eine Entführung vor.«

Klaas schaut zu dem Transporter hinüber. Onno war inzwischen halb daruntergekrochen. Verdammt, was suchst du denn da? In diesem Moment sah Klaas, wie der Fahrer ausstieg und einen Gegenstand in der Hand hielt. Ach du Scheiße! Eine Kanone. Und jetzt ging der damit auf den am Boden liegenden Onno zu.

Klaas griff nach seiner Waffe. Auf diese Entfernung treffe ich ihn ... oder ich muss öfter schießen.

Und dann dachte er an die gerade ausgestrahlte Fahndungsmeldung. Die Gedanken rasten durch seinen Kopf. Hatte Onno ihm nicht gerade erzählt, dass dieser Fahrer auffällig vor ihrer Dienststelle gestanden und Maike de Buhr angestarrt hatte? Die Nervosität des Fahrers war ihm bereits aufgefallen und jetzt diese Meldung! Die Waffe in der Hand des Mannes zerstreute alle Zweifel. Sie hatten den gesuchten Transporter angehalten. Handelte es sich bei der entführten Kollegin etwa um Maike de Buhr?

Das bedeutete, dass er seine Waffe nicht einsetzen konnte. Was wäre, wenn ein verirrtes Geschoß die dünne Blechwand durchschlagen und die Kollegin treffen würde?

Klaas zog seine Schuhe im Bulli aus und öffnete leise die Beifahrertür. Draußen ging er um ihr Fahrzeug herum und begann auf den Mann mit der Pistole zuzurennen. Klaas rannte um sein Leben, das Leben von Onno und vielleicht auch um das Leben von Maike de Buhr im Transporter.

Wie in Zeitlupe sah er, wie Onno unter dem Transporter zurückkroch und sich die Waffe des Fahrers hob. In diesem Moment drehte sich der Fahrer in die Richtung von Klaas. Irgendetwas musste er gehört haben.

Aber da nagelte ihn schon die gesamte Körpermasse von Klaas wie ein Rammbock an die Seitenwand des Transporters. Der Mann fiel zu Boden und die Pistole rutschte klappernd über den Asphalt nach hinten.

Onno war aufgesprungen und rieb sich den Kopf. »Was

zum Teufel ist hier los, musst du mich so erschrecken?«
Er sah Klaas an der Seitenwand des Transporters lehnen und sich seine Schulter reiben. Der Fahrer des Transporters lag regungslos auf dem Asphalt. Onno bekam große Augen, als er die Pistole sah. Hatte er seine Waffe verloren? Automatisch griff Onno danach, aber die war dort, wo sie hingehörte, und Klaas hatte seine Pistole ebenfalls im Holster.

Jetzt verstand Onno gar nichts mehr. Zu Beginn der Kontrolle hatte er seinen Kollegen Klaas abgesichert. Als Klaas zum Bulli zurückgegangen war, hatte Onno noch einen Blick auf die Reifen geworfen. Dazu ging er immer in die Knie und sah so alle Reifen gleichzeitig. Dabei war ihm diese merkwürdige Führung der Auspuffanlage aufgefallen.

Er hatte die Leitung verfolgt und war dabei immer weiter unter den Transporter gekrochen. Die Auspuffleitung teilte sich unter dem Bodenblech. Eine Leitung ging weiter zum Auspufftopf, die andere endete in einem Ventil. Diese Leitung führte hinter diesem Umstellventil durch das Bodenblech in das Innere des Laderaumes.

Dann, als er zurück in die Senkrechte gewollt hatte, hatte er dieses laute Krachen gehört und sich den Kopf an der Bodenblechkante gestoßen.

Onnos Blick ging zwischen seinem Kollegen, dem Fahrer und der Pistole hin und her.

Klaas bückte sich nach der Waffe und hob sie auf. Es handelte sich um eine alte Walther, das Modell P1. »Onno, als du unter dem Fahrzeug gelegen hast, kam eine Fahndung über Funk durch, dass eine Kollegin in einem Transporter entführt wird.«

»Klaas … eine Leitung der Auspuffanlage führt in den Laderaum!«

Die beiden Polizisten starrten sich an, begriffen gleichzeitig die Zusammenhänge und rissen die Seitentür des Transporters auf.

»Nichts«, sagte Klaas. »Nur diese Kiste.«

In Gedanken verglich Onno die Position der Auspuffleitung im Bodenblech mit dem Laderaum. »Oh nein ... Sie ist in der Kiste!« Onno sprang in den Laderaum. Seine Hände glitten an der Kante der Kiste entlang, fanden die Verriegelungen. Hoffentlich kamen sie nicht zu spät. Onno riss den Deckel hoch. Eine Wolke von Auspuffgasen kam ihm entgegen.

Er glaubte seinen brennenden Augen nicht trauen zu können. »Oh Gott, Klaas, es ist Maike.«

Keine Antwort von Klaas. Onno sah nach draußen. Der Kollege stand da wie eingefroren. Die blitzende Klinge an seiner Kehle hatte seine Haut angeritzt und ein dünner Blutfaden lief an seinem Hals herunter. Hinter ihm stand der Fahrer. Seine Stimme klang eiskalt und entschlossen. »So, und jetzt lassen Sie den Deckel fallen und geben mir Ihre Waffe!«

Klaas sah seinen Kollegen mit schreckgeweiteten Augen an.

Wie oft hatten sie sich über diese Krimis im Fernsehen geärgert, in denen die Polizisten immer ihre Waffen weglegten, um Menschenleben zu retten.

Beide waren sich einig gewesen, dass sie nie so handeln würden.

»Aber was soll man in einer solchen Situation machen?«, hatte Klaas ihn gefragt.

»Fallen lassen«, hatte Onno vorgeschlagen. »Man gibt sich gegenseitig ein Zeichen, damit der andere vorbereitet ist, und peng!«

Klaas suchte Onnos Blick.

»Okay, Sie haben gewonnen«, sagte Onno und ließ den Kistendeckel los. Seine rechte Hand öffnete den Sicherungsbügel des Pistolenholsters.

Klaas kniff sein rechtes Auge zu und ließ sich fallen. Der Fahrer war irritiert und diesen Augenblick benötigte Onno, um seine Waffe zu ziehen.

Die beiden Schüsse hallten entsetzlich im Laderaum. Die Wucht der in den Körper einschlagenden Projektile warf den Fahrer nach hinten auf den Boden. Das Messer flog im Bogen davon. Onno sprang aus dem Wagen und stand mit erhobener Waffe über dem Fahrer.

Auf der Brust des Mannes bildeten sich zwei blutrote Inseln.

Onno schaute sich zu seinem Kollegen um. Klaas hatte sich aufgerappelt, seine rechte Hand fühlte nach seinem Hals.

»Es geht schon«, sagte Klaas heiser. »Lass uns nach Maike sehen. – Was ist mit ihm?«

»Tot.« Mehr sagte Onno nicht. Langsam begann er zu begreifen, dass er soeben einen Menschen erschossen hatte.

Klaas war vor ihm im Laderaum. Er schob den Deckel der Kiste ganz beiseite, und seine Arme griffen unter den Körper seiner Kollegin. Mit einer gewaltigen Kraftanstrengung hob er sie heraus. Onno stand draußen, half ihm beim Tragen, und gemeinsam legten sie ihre Kollegin behutsam auf den Parkplatz.

»Ist sie ...« Onno mochte den Satz nicht vollenden.

»Fang an mit der Wiederbelebung, ich geh zum Bulli und hole Hilfe.«

Onno legte seine Hand auf ihren Bauch. Keine Atembewegung. Er öffnete ihren Mund und sah hinein. Der Mundraum war frei und er überstreckte ihren Kopf nach hinten. Er begann mit der Atemspende, danach mit der Herzmassage, immer im Wechsel.

Klaas kam zurück, kniete sich auf die andere Seite und übernahm die Herzmassage. Seine Stimme klang beschwörend. »Halt durch, Maike, sie sind unterwegs. Bleib bei uns!«

Kapitel 16

Tag 13, nachmittags,
Potsdam, Wohnung des Fritz Pankow

Jan Broning saß verzweifelt auf dem Sofa der kleinen Wohnung und starrte wie hynotisiert sein Handy an, das vor ihm auf dem Tisch lag.

Er hatte sofort die Leitstelle in Ostfriesland angerufen. Die Fahndung nach einem Transporter war ausgestrahlt. Die Angst um Maike schnürte ihm die Kehle zu. Hier in Potsdam konnte er nichts für seine Maike tun, es blieb ihm nichts anderes übrig, als sich auf seine Kollegen zu verlassen. Sein erster Reflex war gewesen, sofort nach Hause zu fahren. Gott sei Dank hatte ihn Fritz daran gehindert. In seinem Zustand hätte Jan nur sich und andere gefährdet.

Dann hatte er Stefan im Büro der Soko über das Festnetztelefon von Fritz angerufen. Die Leitung zu seinem Handy sollte unbedingt freibleiben.

Die alte Wohnzimmeruhr schien stehen geblieben zu sein. Es kam ihm wie eine Ewigkeit vor, bis das Handy endlich klingelte, obwohl nur eine halbe Stunde vergangen war. Der eine Klingelton genügte, da hatte Jan das Gerät schon in der Hand und meldete sich.

»Hallo, hier ist Stefan.«

Etwas in seiner Stimme machte Jan Angst.

»Sie haben Maike gefunden. Onno und Klaas haben den Transporter, in dem Maike entführt worden ist, zufällig angehalten.« Es entstand eine Pause. Stefan fiel es offensichtlich schwer, die schlechten Nachrichten zu überbringen. »Der Täter hatte Maike in eine Kiste gelegt. Während der Fahrt sind Auspuffgase in die Kiste geleitet worden.«

Wieder eine Pause. Jan hatte das Gefühl, dass sein Herz stillstand.

»Klaas und Onno haben sie gefunden und wiederbelebt. Sie hat eine Kohlenmonoxid-Vergiftung und liegt im Krankenhaus. Mehr kann ich dir noch nicht zu ihrem Zustand sagen. Der Täter hatte Maike hier auf dem Parkplatz vor der Autobahnpolizei entführt. Er hat sie in die Kiste gelegt und Auspuffgase hineingeleitet. Zum Glück war es nur eine kurze Fahrt. Klaas und Onno haben den Transporter schon auf dem Parkplatz Rheiderland angehalten. Im Verlauf der Kontrolle ist Onno die manipulierte Auspuffleitung aufgefallen, und Klaas hat die Fahndung nach dem Transporter gehört. Sie haben schnell reagiert und Maike gefunden. Dann hat Onno den Täter erschossen, weil der Klaas als Geisel genommen hatte. Jan, du kannst hier im Augenblick nichts tun. Versuch ruhig zu bleiben. Maike ist in den besten Händen.«

Tag 13
Parkplatz Rheiderland

Stefan erzählte Jan nicht, dass man Maike noch auf dem Parkplatz mit Elektroschocks reanimiert hatte. Dort war der Teufel los. Der gesamte Parkplatz Rheiderland war abgesperrt worden. Die letzten Tage hatte Stefan im Büro verbracht. Jetzt war er wieder an der Front, wie er es sich gewünscht hatte, aber alleine. Er hatte das Büro der Soko abgeschlossen und war rausgefahren. Nun befand er sich auf dem Parkplatz und versuchte, Ordnung in das Chaos zu bekommen.

Jan war noch in Brandenburg, Maike auf dem Weg ins Krankenhaus. Mit Entsetzen hatte Stefan auf der

Fahrt zum Parkplatz den Rettungswagen zusammen mit dem Notarztwagen auf der Standspur der Autobahn in Richtung Leer, direkt vor dem Emstunnel, stehen sehen. Ein Streifenwagen der Autobahnpolizei sicherte die Rettungsfahrzeuge auf der Standspur nach hinten ab. Stefan wusste, was das bedeutete. Maike war während des Transportes ins Krankenhaus kollabiert. Deshalb war die Fahrt unterbrochen worden. Dies geschah, so kurz vor dem Krankenhaus, nur bei absoluten Notlagen. Die Wiederbelebung konnte nicht während der Fahrt stattfinden.

Auch dies würde er Jan erst später mitteilen.

Die beiden Autobahnpolizisten Onno und Klaas hatte ein zweiter Krankenwagen mitgenommen. Zum Glück war die Verletzung am Hals von Klaas nicht so schwer. Allerdings hatte Onno ein Knalltrauma erlitten. Der Laderaum des Transportes hatte die Schussgeräusche verstärkt. Der Notarzt hatte die beiden Kollegen kurzerhand mit dem zweiten Rettungswagen ins Krankenhaus bringen lassen.

Der Notarzt war der Meinung gewesen, für beide wäre es das Beste, diesen Ort zu verlassen. Damit hatte er sicher recht. Leider waren die beiden Kollegen wichtige Zeugen, aber ihre Gesundheit hatte absoluten Vorrang. Eine Befragung konnte auch später stattfinden. Stefan wünschte sich, dass Jan hier wäre, um ihn in diesem Chaos zu unterstützen.

Tag 13, nachmittags,
Fahrt von Brandenburg nach Leer

Jan befand sich in seinem Mercedes auf der Rückreise nach Leer. Fritz hatte ihn erst fahren lassen, als er sich etwas beruhigt hatte. Trotzdem war er viel zu schnell unterwegs. Bereits zweimal war er geblitzt worden. Er musste sich zwingen, langsamer zu fahren. Keinem war gedient, wenn er unterwegs einen Unfall verursachte.

Immer wieder wischte er sich Tränen von der Wange. Auf der Fahrt nach Potsdam war die Welt noch in Ordnung gewesen. Jetzt schnürte ihm die Angst um Maike die Kehle zu. Hatte er sich nicht vorgenommen, besser auf seine Kollegen zu achten?

Das Handeln von Ronny Bach, alias Gerd Hasler, wäre eigentlich vorhersehbar gewesen. Natürlich gab Bach ihm, Jan, die Schuld daran, dass sich seine Geliebte umgebracht hatte. Was war nur in diesem kranken Kopf vorgegangen …

Das älteste Motiv der Welt: Rache.

Auge um Auge, Zahn um Zahn. So wird es gewesen sein, dachte Jan. Ronny Bach glaubt, dass ich ihm seine Geliebte genommen habe, und dafür wollte er sich rächen, indem er Maike entführt und tötet.

Das wäre ihm auch fast gelungen. Woher wusste Ronny Bach von dem Verhältnis zwischen Maike und Jan?

Tag 13, abends,
Intensivstation Klinikum Leer

Maike de Buhr hatte einen langen Traum. Sie saß auf ihrer alten Holzschaukel und lachte. Die Schaukel hing am Ast eines riesigen Baumes. Sie sauste bis in den Himmel. Als sie wieder unten ankam, sah sie zur Seite, wo ihre Oma Swantje stand und ihr lachend noch mehr Schwung gab.

Sie klammerte sich mit beiden Händen an den Seilen der Schaukel fest. Hoch ging die Fahrt, vorbei an Bildern aus ihrer Kindheit. Jetzt fiel ihr auf, dass sie ihr altes Kinderkleid trug. Ihre langen, schwarzen Zöpfe flatterten im Wind. Als sie wieder unten, am tiefsten Punkt ihrer luftigen Reise, vorbeisauste, stand ihre Mutter Annegret dort und schubste sie an. Im weiten Bogen ging es hinauf, vorbei an Bildern aus ihrer Jugendzeit. Die alte Lieblingsjeans saß hauteng, statt der Zöpfe hatte sie eine Dauerwelle mit vielen kleinen Locken.

Hinunter ging die Fahrt, diesmal war es ihr Vater Johann, der ihr Schwung gab. Während der Reise nach oben sah sie die Abschlussfeier am Gymnasium. Diese Bilder wurden durch die der ehrwürdigen Polizeischule ersetzt. Ihre Kleidung war jetzt aktuell und als ihre Hand nach den Haaren fühlte, stellte sie fest, dass es die kurzen Haare mit der roten Strähne waren.

Vorsichtig sah sie nach unten. Dort wartete der Transporter-Fahrer auf sie und hatte einen großen Elektroschocker in der Hand.

In diesem Moment hörte sie, wie ihre Oma rief: »Spring, Maike! Spring!«

Sie zögerte einen Moment, ließ die Seile der Schaukel los und sprang.

Jan fing sie auf. Schick sah er aus, schwarzer Anzug, weißes Hemd und auch die Krawatte fehlte nicht. Sie trug ein weißes Kleid, unbequeme weiße Schuhe und hielt einen kleinen Blumenstrauß in der Hand, den sie lachend hinter sich warf.

Sie hörte seine Stimme. »Maike, kannst du mich hören?« Dazu ein monotones Geräusch. Piep-Piep-Piep …

Maike spürte, dass jemand ihre Hand festhielt. Langsam versuchte sie, die Augen zu öffnen. Etwas befand sich in ihrer Luftröhre. Ein Schlauch, der ihre Lungen im Takt mit Sauerstoff versorgte. Sie träumte wieder, sah Jan an ihrem Bett sitzen, und ihr Vater war auch da. Sie trugen hellblaue Overalls. Ihre Stimmen klangen aufgeregt. »Sie kommt zu sich!«

Die Schmerzen brachten sie aus dem Traum zurück. Sie spürte, wie jemand den Schlauch aus ihrem Mund entfernte. Das Brennen in ihrer Lunge verursachte einen Hustenanfall. Sie öffnete kurz die Augen und sah, dass sie sich in einem Krankenbett befand. Jan und ihr Vater saßen neben ihr. Seitlich war ein Überwachungsmonitor angebracht, der das monotone Piepsen von sich gab.

»Maike, alles wird gut, wir sind bei dir.«

Sie spürte den Druck seiner Hand und hätte ihm so gerne geantwortet. Ein kurzes Lächeln war ihre einzige Reaktion, dann schlief sie wieder ein.

Der verantwortliche Arzt schickte die beiden Männer nach draußen. »Es sieht gut aus, sie atmet selbstständig. Lassen wir sie schlafen. Sie hat das Schlimmste überstanden.«

Die beiden Männer waren unendlich erleichtert.

Vor der Intensivstation standen sie sich gegenüber.

»So lernen wir uns also kennen, Herr Broning. Ich bin ein ehrlicher Mensch: Meine ersten Gedanken waren nicht freundlich, als ich Sie am Bett meiner Tochter gesehen habe. Ich gab Ihnen nämlich die Schuld für das, was geschehen war.«

»Herr de Buhr, was soll ich sagen. Sie haben ja recht.« Jan sah Johann de Buhr direkt in die Augen. »Es tut mir leid, was passiert ist, ich …«

Johann de Buhr unterbrach ihn. »Schwamm drüber, Hauptsache, sie hat es gut überstanden. Kommen Sie, wir trinken zusammen einen Kaffee in der Cafeteria, den haben wir beide nötig.«

Die Stationsschwester versprach den beiden Männern, sie zu informieren, sollte Maike aufwachen.

In der Cafeteria erzählte Jan Maikes Vater, was sich in der Zwischenzeit ereignet hatte. Er sollte nicht aus der Zeitung erfahren, was mit seiner Tochter geschehen war. Es gab leider keine Möglichkeit, es ihm schonend beizubringen. Die Schilderung nahm Johann de Buhr stark mit.

Jan schaute zum Eingangsbereich der Cafeteria. Er lächelte, stand auf und ging zu Onno und Klaas hinüber, die gerade hereingekommen waren. Die beiden Autobahnpolizisten sahen ebenfalls mitgenommen aus. Klaas hatte einen Verband um den Hals und Onno ließ den Kopf hängen. Jan umarmte die beiden nacheinander und fand nicht die passenden Worte. So blieb es bei einem schlichten »Danke«.

Jan sah besorgt auf Klaas' Hals. »Schlimm? Tut es weh?«

Onno sah Klaas fragend an. »Was hat er gesagt?«

»Ob es uns gut geht, hat Jan gefragt.« Die Lautstärke von Klaas' Stimme war so hoch, dass sich einige Gäste zu den Polizisten umdrehten. »Es geht uns gut, mein Hals ist genäht worden und brennt noch etwas. Onno hat ein Knalltrauma.«

»Kommt doch mit zu uns an den Tisch.« Jan zeigte auf Johann de Buhr, und sie gingen zu ihm. Jan stellte ihm die beiden vor. »Das sind die Männer, die Maike gerettet haben.«

Johann de Buhr sprang auf und schüttelte Onno und Klaas abwechselnd die Hände. »Jan hat mir bereits von Ihrer Heldentat berichtet, ich weiß gar nicht, wie ich Ihnen danken soll!«

Klaas und Onno sahen sich an. Die Frage brannte ihnen natürlich unter den Nägeln – verzweifelt sahen Jan und Maikes Vater nicht aus, es bestand also Hoffnung.

»Sagen Sie uns einfach, dass es Maike gut geht, das würde uns als Dank ausreichen.« Auch Onnos Stimme war etwas zu laut.

»Ja, sie ist gerade kurz aufgewacht und atmet schon wieder selbstständig.« Johann de Buhr strahlte übers ganze Gesicht.

Auf den Gesichtern der beiden Autobahnpolizisten spiegelte sich die grenzenlose Erleichterung. Die schweren Steine, die ihre Seelen belastet hatten, fielen lautlos zu Boden. Die beiden umarmten sich heftig und klopften sich gegenseitig auf die Schultern.

»Aua«, schrie Klaas. »Meine Schulter!«

»Ent-schul-di-gung, lieber Klaas ... warum schreist du mir so in die Ohren?!«

Klaas verdrehte die Augen und inspizierte kurz die Decke.

Sie setzten sich alle an den Tisch. Jan erzählte, dass Maike auf der Intensivstation lag. »Der Arzt sagt, dass sie es schaffen wird. Eure erste Hilfe vor Ort hat er ausdrücklich gelobt. Das Gehirn ist bis zum Eintreffen des Notarztes mit dem nötigen Sauerstoff versorgt worden. Keine bleibenden Schäden. Vielleicht kann sie schon morgen auf eine normale Station verlegt werden.«

Ihm fiel plötzlich der arme Stefan ein, der alleine die Stellung hielt. Jan gab eine runde Kaffee mit Kuchen aus, aber dann erklärte er Johann de Buhr, dass er seinen Kollegen unterstützen musste.

»Keine Sorge, Herr Broning, ich bleibe noch hier und informiere Sie, wenn es Neuigkeiten von Maike gibt.«

»Danke, Herr de Buhr, ich komme später noch einmal vorbei. Onno und Klaas, wir brauchen eure Zeugenaussagen. Könnt ihr mich zur Dienststelle begleiten, oder soll ich euch nach Hause fahren?«

Sie sahen sich kurz an und nickten. Klaas sprach für beide. »Geht klar, Jan, wir wissen ja, wie wichtig unsere Aussagen sind. Danach nehmen wir allerdings eine Auszeit.«

Die Männer standen auf. »Auf Wiedersehen, Herr de Buhr!«

»Danke noch mal und bitte, wir können uns auch duzen. Ich heiße Johann! Jan kenne ich ja schon ...«

Klaas zeigte mit dem Finger auf sich, »Klaas. Und das hier ist Onno. Tschüss, Johann!«

Johann de Buhr sah den drei Männern nach und fand alle drei sehr sympathisch. Nun verstand er, wieso Maike gerne zum Dienst ging.

Er wusste, dass alle Versuche, ihr diesen Beruf auszureden, vergeblich wären.

Jetzt, wo er sich etwas beruhigt hatte, konnte er Karin anrufen.

Tag 13, abends,
Büro der Soko Autobahngold

Stefan war froh, als seine drei Kollegen ins Büro kamen. Er klopfte Onno und Klaas anerkennend auf die Schultern.

Dies hatten auch schon die anderen Kollegen der Autobahnpolizei getan. Wie ein Lauffeuer hatten sich die Ereignisse herumgesprochen, insbesondere die Rettung der Kollegin durch Onno und Klaas. Der Personalratsvertreter hatte Onno kurz an die Seite genommen und ihm einige Ratschläge für seine Aussage zu den tödlichen Schüssen gegeben. Es lag vielleicht am Knalltrauma, dass die Botschaft nicht ankam.

Stefan hatte sich zuerst nach Maike erkundigt und war froh, als er von ihrem Gesundheitszustand erfuhr.

Dann hatte er Jan die bisherigen Ereignisse und Maßnahmen erläutert. Dazu hatte Stefan einen Ablaufkalender angelegt und alles in Stichworten, mit genauer Uhrzeit, chronologisch geordnet eingetragen.

Jan jagte ein kalter Schauer über den Rücken, als er erkannte, wie knapp Maike dem Tod entronnen war. Nur eine Aneinanderreihung von glücklichen Zufällen hatte sie gerettet.

Hätten die beiden Autobahnpolizisten nicht zufällig den Transporter kontrolliert ... Und was wäre geschehen, wenn sie es nicht geschafft hätten, den Transporter schon auf dem Parkplatz Rheiderland zu stoppen? Wenn ... Wenn ... Wenn ...

Glück! Sie hatten unwahrscheinlich viel Glück gehabt!

Jan hatte ein schlechtes Gewissen. Man sollte nicht vom Glück abhängig sein. Hätte er die Gefahr erkennen können und müssen?

Er sah Onno an und dachte an den Sprengstoffanschlag beim letzten gemeinsamen Fall. Die Narben im Gesicht des Kollegen mahnten die Unvorsichtigen.

Wie konnte man seine Mitarbeiter vor Schaden bewahren? Maike war alleine unterwegs gewesen, als sie Ronny Bach in die Hände gefallen war. Dies wäre nicht nötig gewesen, wenn ...

Jan atmete tief durch. Schon wieder ›wenn‹ und ›hätte‹. Jetzt musste er wieder nach vorn denken, an der Vergangenheit konnte er nichts mehr ändern.

Die tödlichen Schüsse würden natürlich eine Untersuchung nach sich ziehen. Er würde alles unternehmen, um Onno zu helfen. Wichtig war vor allem, dass der Kollege psychologische Hilfe erhielt. Es war nicht leicht, einen Menschen zu töten, auch wenn dies geschah, um andere und sich selbst zu retten.

Er kannte eine gute Therapeutin, die ihm auch schon sehr geholfen hatte. Ihre Telefonnummer wusste er auswendig. Das Gespräch mit ihr war kurz. Jan atmete danach erleichtert auf. Sie hatte Zeit für einen ersten Termin mit Onno.

Eigentlich war jetzt eine Unterhaltung mit seinen Vorgesetzten fällig. Die Presse hatte sicher schon die Messer gewetzt, so eine Story ließen sie sich nicht entgehen.

Die hatten Zeit, beschloss Jan. Jetzt hörte er sich erst einmal die Versionen von Klaas und Onno zu den Vorgängen auf dem Parkplatz an.

Als Onno erzählte, bemerkte Jan den seelischen Druck, der auf dem Kollegen lastete. Die Schilderung der Abläufe, insbesondere als er Ronny Bach alias Gerd Hasler erschoss, klang immer noch dramatisch. Mein Gott, dachte Jan, was haben die armen Kerle mitgemacht!

»Klaas, Onno, diese mündlichen Äußerungen reichen erst einmal aus. Stefan, du musst noch hier noch einmal alleine die Stellung halten. Ich bringe die beiden nach Hause.«

»Hauptsache, du kommst wieder, bevor Dirksen hier persönlich erscheint«, erwiderte Stefan. »Er hat bereits einige Male angerufen und nach dir gefragt.«

Klaas, Onno und Jan nahmen den Hinterausgang, als sie die Ansammlung von Presseleuten vor der Dienststelle sahen. Auf dem Innenparkplatz sagte Jan: »Klaas, kannst du mir in deinem Wagen folgen?«

»Kein Problem. Ich dachte, du willst uns fahren?«

Jan räusperte sich, hoffentlich fand er die richtigen Worte. »Ich hab vorhin mit meiner Therapeutin telefoniert. Es ist wichtig, dass Onno sofort mit ihr spricht.«

Onno machte große Augen und wollte etwas entgegnen.

»Lass mich ausreden«, bat Jan. »Onno, bitte glaube mir einfach, wenn ich sage, du brauchst seelische Hilfe. Meine Therapeutin ist gut, und sie hat mir auch schon sehr geholfen.«

Onno stieg zu ihm in den Mercedes und Klaas folgte ihnen in seinem Auto. Vor der Praxis stiegen Jan und

Onno aus, beide gingen in das Gebäude. Als er wenige Minuten später alleine herauskam, bat Jan: »Klaas, Onno ist circa eine Stunde bei ihr, kannst du ihn später nach Hause bringen?«

»Mach ich, Jan, und mach dir keine Sorgen. Ich kümmere mich um ihn. – Wie immer«, kam noch leise hinterher.

»Ihr macht keine Aussagen, ohne mit mir vorher gesprochen zu haben.« Jan sah Klaas eindringlich an.

Klaas nickte vorsichtig, weil sein Hals dabei schmerzte.

*

Jan war beruhigt und fuhr zurück zur Dienststelle. Im Büro der Soko wartete ein wütender Renko Dirksen auf ihn.

Das Gesicht seines Vorgesetzten lief rot an. »Was fällt dir ein?! Hier brennt die Luft und du verschwindest einfach, ohne mit mir zu sprechen. Die Presse rennt mir die Bude ein. Alle fragen und ich habe keine Antworten.«

Jan verdrehte die Augen und überlegte, wie war noch das Lieblingswort von Onno und Klaas … Ach ja: »Ent-schul-di-gung, lieber Renko! Ich musste mich erst um meine Mitarbeiter kümmern. Das ist erledigt, also, wie kann ich dir helfen?«

Nach dem Gesichtsausdruck von Renko zu urteilen, war ihm wohl die richtige Betonung gelungen.

Stefan bemerkte das aufziehende Gewitter. Er verließ auf leisen Sohlen das Büro. Erst als die Stimmlage sich wieder änderte, steckte er vorsichtig den Kopf durch die Tür. »Wie wär es mit einem Kaffee?«

Die Gemüter hatten sich etwas beruhigt. Die drei Männer setzten sich zusammen und besprachen die letzten Ereignisse.

Renko Dirksen gab zu, dass er mit seiner voreiligen Meinung, der Fall sei gelöst, falsch gelegen hatte. Er verzog sein Gesicht, als er an die bevorstehende Pressekonferenz dachte. Die Medienvertreter würden es sich nicht verkneifen können, ihm das auch entsprechend mitzuteilen.

Stefan berichtete von der Situation auf dem Parkplatz nach den tödlichen Schüssen. Als die Kollegen der Spurensicherung ihm zu verstehen gegeben hatten, dass ihre Arbeit vorerst beendet war, hatte Stefan den Toten durchsucht. Er hatte dafür die Kapuze des Overalls über den Kopf gezogen und eine Maske vor dem Mund und Handschuhe getragen, um keine Fremdspuren zu übertragen. In einer Brieftasche des Toten hatte er einen Führerschein gefunden, ausgestellt auf einen Gerd Hasler. Das mit Nieten befestigte Lichtbild war ihm merkwürdig vorgekommen. Vielleicht ein Fall für die Dokumentenprüfer – sollte das Dokument durch ein anderes Lichtbild verfälscht worden sein, würden die Spezialisten das feststellen.

In der Zulassungsbescheinigung des Transporters war der Ort Walchum im Emsland eingetragen. Stefans Abfrage der Personalien im polizeilichen Auskunftssystem POLAS war negativ verlaufen, Gerd Hasler war ein unbeschriebenes Blatt. Die befragten Kollegen im Emsland kannten aber das Haus in Walchum, weil dort regelmäßig ein großer, auffälliger Sattelzug stand.

»Ich bin dann mit den Kollegen der Spurensicherung hingefahren«, berichtete Stefan. »Das Haus liegt sehr einsam. Auf unser Klingeln hat keiner geöffnet, deshalb haben wir die Tür aufgebrochen. In der Küche sind wir fündig geworden. Die ganze Küche war schmutzig, bis auf den Fußboden. Ein Test ergab, dass sich dort eine große Blutlache befunden hatte. Wir fanden außerdem ein Einschussloch in der Küchenwand. Das Projektil konnten wir sichern. Die Untersuchung steht noch aus, aber es sieht aus wie ein Neunmillimeter-Vollmantelgeschoß. Vielleicht haben wir Glück und die Ballistiker landen einen Treffer in der Datenbank. Das sichergestellte Geschoss wird mit der Waffe verglichen, die Onno und Klaas diesem Ronny Bach alias Gerd Hasler auf dem Parkplatz abgenommen haben. Es handelt sich um eine alte Walther P1-Pistole. Projektil und Waffe sind auf dem Weg zu ballistischen Untersuchung.«

»Es würde mich nicht überraschen, wenn man in der verbrannten Leiche des Hehlers Ravenberg dass andere fehlende Projektil findet«, sagte Jan, stand auf und ging zu den Tafeln. »Stefan, bist du so weit durch?« Sein Kollege nickte, und Jan fuhr fort: »Von Anfang an hatte ich Zweifel, dass Lisa Batz diesen Ravenberg erschossen hat. Ich glaube, die Sache ist so abgelaufen: Franz Ravenberg flüchtet mit seinem Amischlitten von Potsdam zu seinem alten Gefängniskumpanen Ronny Bach, alias Gerd Hasler, ins Emsland. Was dort genau passiert ist, werden wir wahrscheinlich nie herausfinden. Ronny Bach erschießt seinen Kumpel Ravenberg in der Küche. Danach legt er den Toten in den Kofferraum des Amischlittens und fährt zur alten Halle der Spedition Batz. Dort will er aufräumen und das Wohnmobil zusammen mit dem Toten im Wagen entsorgen, zumindest die Spuren beseitigen.«

»Dabei seid ihr, Maike und du, ihm in die Quere gekommen«, folgerte Stefan.

Jan stand vor der linken Tafel und zeigte auf die Überschrift Motiv. »Zu Beginn unserer Ermittlungen hat uns das Motiv Kopfzerbrechen bereitet. Außerdem«, jetzt zeigte Jan auf die rechte Tafel mit der Überschrift Gemeinsamkeiten, »sind da noch diese grausamen Verstümmelungen der rechten Hand. Die entscheidende Rolle bei diesen beiden offenen Fragen spielte der Vater von Ronny Bach. Mein Kollege Fritz aus Brandenburg hat mir davon erzählt. Ronnys Vater hat dem Jungen immer gern den Zeigefinger in den Bauch gebohrt. Er quälte seine kleine Familie und brachte Prostituierte mit nach Hause.«

»Okay«, sagte Renko, »aber was ist mit dem Motiv von Lisa Batz?«

»Abel Batz betrog seine Frau Lisa ebenfalls mit Prostituierten und sie hasste ihn dafür«, antwortete Jan. »Außerdem war die Spedition pleite und das letzte Bargeld hat Abel Batz in den Niederlanden verprasst. Ich stell mir das so vor: Ronny Bach nimmt die Identität seines Freundes Gerd Hasler an. Bei der Spedition Batz arbeitet er als Kraftfahrer unter falschem Namen. Irgendwie sind Ronny und Lisa sich nähergekommen. Vielleicht war es ihr gemeinsamer Hass auf Freier oder ihre Isolation, die aus Nähe Liebe werden ließ. Bei heimlichen Treffen in der alten Spedition haben sie überlegt, wie sie zu Geld kommen und sich gleichzeitig an Freiern rächen konnten.«

Jan setzte sich und trank einen Schluck kalten Kaffee. Sein Gesicht verzog sich etwas.

Diese Pause nutzte Stefan aus. »Zum Stichwort ›zu Geld kommen‹ habe ich auch etwas beizutragen!« Er hielt ein Notizbuch in der Hand und wedelte damit in der Luft. »Ronny Bach hat alle durchgeführten Hühnermisttransporte fein säuberlich aufgeschrieben. Die Geldsummen, die hinter den Transporten stehen, lassen darauf schließen, dass sie illegal waren. Wir haben alles: Adressaten, Absender und die Menge. Außerdem das Handy von Ronny Bach. Da werden wir noch einiges aufarbeiten müssen.«

»Habt ihr euch diese Kiste in dem Transporter noch einmal angesehen?«, fragte Jan.

Stefan schlug sich mit der flachen Hand gegen die Stirn. »Ja, stimmt, das habe ich euch ja noch nicht erzählt. Im Laderaum war eine sargähnliche Kiste eingebaut worden, am Boden des Fahrzeuges fest verschraubt und sehr stabil gebaut. Unter dem Fahrzeug befand sich ein nachträglich eingebautes Umstellventil.« Stefan schilderte, wie die Kiste beschaffen war und die Abgase hineingeleitet werden konnten und bemerkte besorgt, dass Jan sehr blass geworden war. »An der Innenseite des Deckels haben wir blutige Kratzspuren gefunden. Wir haben Proben genommen, um sie mit den Splittern zu vergleichen, die unter den Fingernägeln der Toten waren.«

Er ging zu den Tafeln und heftete an die linke zwei Bilder, eins vom Transporter, ein anderes von der Kiste im Laderaum.

Jan hatte sich von seinem Kopfkino erholt, in dem er gesehen hatte, wie Maike in der Kiste lag und mit beiden Händen gegen den Deckel schlug.

Stefan hatte seine Erklärungen beendet, sah Jan an und wartete auf eine Reaktion. Diesen Gesichtsausdruck seines Kollegen kannte er genau. In Jans Gehirn arbeitete es gewaltig. Die Augen waren verengt und er massierte mit der linken Hand die Schläfe.

»Stefan, wir haben doch diese Aufzeichnung von der Emstunnelkamera. Wo das Wohnmobil am Tag vier, frühmorgens, durch den Tunnel fährt.« Jan stand auf und zeigte auf den entsprechenden Abschnitt ihrer Zeitschiene. Stefan suchte die DVD heraus.

Renko Dirksen musterte die Zeitschiene. »Dies wäre dann die Zeit kurz bevor unser Kollege Berger verschwindet.«

»Genau.« Jan wartete, bis Stefan die Aufzeichnung startete. Auf dem Flachbildfernseher war zu sehen, wie das Wohnmobil durch den Emstunnel fuhr.

»Jan, diese Aufzeichnung haben wir uns doch schon einige Male angesehen«, protestierte Stefan.

»Wart ab, du wirst es gleich sehen.« Jan war sich seiner Sache offensichtlich sehr sicher. »Das Wohnmobil ist durch, und ab diesem Moment haben wir nicht mehr auf die nachfolgenden Bilder geachtet. Achtung! Jetzt kommt er!«

Ein weißer Transporter fuhr in dieselbe Richtung wie

das Wohnmobil. Stefan ahnte, worauf Jan hinauswollte. »Er ist dem Wohnmobil mit Abstand gefolgt.«

»Ja, Stefan! Kollege Berger zieht das Wohnmobil, in dem sich Lisa Batz befindet, auf den Parkplatz. Ihr Geliebter Ronny Bach befindet sich hinter dem Wohnmobil und fährt mit Abstand ebenfalls auf den Parkplatz. In einem günstigen Moment schleicht er sich von hinten an den Kollegen. Den Rest könnt ihr euch denken.«

Für einen Moment herrschte Stille im Raum.

Renko Dirksen stand auf, jetzt hatte er Antworten für die Presse. »So, Kollegen, ich bin der Meinung, dass ihr ausgezeichnete Arbeit geleistet habt. Eine letzte Frage habe ich aber noch. Warum hat sich Lisa Batz erhängt?«

Jan überlegte einen Moment, bevor er antwortete: »Dafür gibt es viele Gründe. Zunächst einmal glaube ich, dass sie Ronny Bach, alias Gerd Hasler, hörig war. Ronny war die treibende Kraft in diesem Duo. Vielleicht hat er ihr eingeredet, dass die Opfer es verdient haben. Bei der Vernehmung ist mir aufgefallen, dass sie sehr sensibel auf den Tod unseres Kollegen Berger reagiert hat. Dessen Tod konnte sie nicht rechtfertigen und sie hinterfragte ihr gesamtes Handeln. Und Ronny konnte sie im Gefängnis nicht mehr beeinflussen.«

»So wird es gewesen sein«, sagte Renko. »Übrigens, einer von euch beiden muss mich zur Konferenz begleiten.« Er sah nacheinander Jan und Stefan an.

»Ich möchte gleich noch einmal zu Maike ins Krankenhaus«, erwiderte Jan bestimmt.

Stefan zog eine Schnute. »Dann werd ich wohl in den sauren Apfel beißen.«

Jan sah ihn dankbar an. »Du hast einen gut bei mir. Außerdem möchte ich dir sagen, dass du hervorragende Arbeit geleistet hast. Du hast mich hier sehr gut vertreten und ich glaube, auch Renko wird das nicht vergessen, wenn die nächsten Beförderungen anstehen.«

Epilog

Jan und Maike saßen auf ihren Fahrrädern. Seinen Mercedes mit dem Fahrradträger hatten sie auf dem Parkplatz am Radarturm bei der Knock abgestellt. Sie wollten am Deich entlang nach Greetsiel radeln. Maike war noch etwas kurzatmig und Jan hatte deshalb einen Tausch vorgeschlagen. Sie saß auf Jans Elektrorad und er auf ihrem Sportrad.

Sie hatte sich schnell an die zuschaltbare elektrische Unterstützung gewöhnt. Nun machte sie sich einen Spaß daraus und fuhr ständig vorneweg. Jan schnaufte hinterher. Maike lachte ihn aus: »Wo bleibst du denn?« und beschleunigte. Am Leuchtturm Pilsum blieb sie stehen. Als Jan mit rotem Gesicht ankam, fragte sie scheinbar mitleidig: »Na, wie wär's mit einer kleinen Pause?«

»Danke! Du warst sicher in einem vorherigen Leben Trommelschläger auf einem Galeerenschiff.« Jan verzog das Gesicht, als sein Knie sich schmerzhaft bemerkbar machte.

»Komm mit«, sagte sie zärtlich. Hand in Hand gingen sie zum Leuchtturm. Maike hatte bei der Planung des Ausflugs darauf geachtet, dass Hochwasser war. Der Anblick von Wattflächen bei Niedrigwasser verursachte bei Jan immer noch ein bedrückendes Gefühl.

Die frische Seeluft spielte mit ihren Haaren. Die Sonne glitzerte auf den kleinen Wellen des Meeres.

Maike drehte sich zu Jan um und sah ihn lächelnd an. »Ich hab ein kleines Geschenk für dich.« Sie zog eine kleine Schachtel aus der Hosentasche und überreichte sie ihm mit einer feierlichen Geste.

»Danke!« Jan öffnete vorsichtig die Schachtel. Dann hielt er ein Vorhängeschloss in der Hand. »Soll ich damit mein Fahrrad abschließen?«

»Na, dreh es doch einmal um«, lachte sie. »Mein Vater hat es für uns gemacht.«

Jan war gerührt, als er auf der Rückseite die Namen Jan und Maike eingraviert las.

»Komm mit«, sagte sie ungeduldig und ging voraus zu einem Fenster am Leuchtturm. Dort hingen bereits etliche Schlösser mit eingravierten Namen am Fenstergitter. Sie holte zwei Schlüssel aus der Tasche und gab Jan einen davon. »Du darf es aufschließen und am Fenster befestigen, aber sei vorsichtig, man sagt, die Liebe des Paares hält dann ewig.«

Jan öffnete das Schloss und hängte den Bügel über das Gitter des Fensters. Er winkte ihr zu und sie legte auch einen Finger um das Schloss. Sie sahen sich kurz in die Augen und verriegelten es gemeinsam.

Er nahm sie in die Arme. »Ich liebe dich!«

»Für immer und ewig?«, fragte sie.

»Für immer und ewig liebe ich dich!«

Nachwort

Liebe Leserinnen und Leser!

Wie aktuell die Problematik mit antibiotikaresistenten Keimen ist, zeigt der nachfolgende Artikel.

Zeitungsbericht vom 22.05.2014, Ostfriesenzeitung, von Gunars Reichenbachs, Büro Hannover

Überschrift: Wurst mit Nebenwirkungen
Berlin/Hannover/Oldenburg

Längst ist nicht nur Wurst in der Wurst: Stichproben in deutschen Supermärkten liefern alarmierende Befunde. In mehreren Produkten wurden problematische Keime gefunden – besonders bei Puten- und Zwiebelmettwurst. Das gab die Grünen-Bundestagsfraktion bekannt, die die Studie in Auftrag gegeben hatte.

10 von 63 Proben

So befanden sich in 10 von 63 Proben bei Mett, Teewurst, Salami und Schinken, die in 13 Städten genommen wurden, ESBL-Bakterien.
Diese wiederum produzieren Enzyme, die gegen Antibiotika resistent machen. Das Bundesgesundheitsministerium nimmt diese Keim-Problematik »sehr ernst«. Niedersachsens Agrarminister Christian Meyer (Grüne) überrascht die Untersuchung nicht. Ähnliche Ergebnisse gab es schon vor zwei Jahren durch das Oldenburger Laves-Institut bei Nahrungsmittelkontrollen. Dabei tauchten antibiotikaresistente Keime bei Puten, Hackfleisch und Hähnchen auf.
»Wir müssen zügig handeln und dürfen nichts riskieren,

was die Gesundheit der Menschen gefährdet«, fordert Meyer mit Blick auf die neue Untersuchung.
Schon lange besteht der gesicherte Verdacht, dass der massive Einsatz von Antibiotika in der Tierzucht Antibiotikaresistenzen beim Menschen fördert. Mit dramatischen Folgen:
Pro Jahr infizieren sich 400 000 bis 500 000 Patienten in Krankenhäusern, davon verlaufen bis zu 15 000 Infektionen tödlich, weil keine Medikamente mehr helfen. In Niedersachsen gibt es längst »Antibiotika-Beauftragte in den Kliniken«, bestätigt das Gesundheitsministerium.

Hospitale rüsten auf.

Die Landesregierung versucht, mit einem breit angelegten Programm den Antibiotika-Einsatz bei der Massentierhaltung zu begrenzen.
Diese »Minimalisierungs-Strategie« soll spätestens bis 2018 signifikante Erfolge bringen. So lange helfen eher probate Hausmittel. »Zum Schutz sollten wir rohes Fleisch und Eier durchgaren«, rät das Landwirtschaftsministerium.
In den Krankenhäusern gelten vor allem Landwirte längst als »Risikopatienten« die »direkten Kontakt zu Tieren in der landwirtschaftlichen Tiermast haben«, erläutert das Agrarministerium.
In Hamburg beispielsweise versuchen sich Klinken gegen solche Risiken abzusichern. Wer als Landwirt eingewiesen wird und vor einer Operation steht, muss einen Risiko-Schnelltest durchlaufen.

Wolfgang Santjer

Geboren 1960 in Leer, lebt in Bingum an der Ems. Schon mit 15 Jahren begann er seine Ausbildung beim Bundesgrenzschutz, wechselte nach zwei Jahren zur Landespolizei und ging schließlich zur Wasserschutzpolizei nach Emden. Ausbildung in Hamburg. Vom WSPK Emden zur Polizeistation Leer. Als Polizeioberkommissar war er Bootsführer des Polizeibootes *Niedersachsen 8*, bis diese Station aufgelöst und das Boot verkauft wurde. 2007 wechselte er zur Autobahnpolizei Leer. Sein erster Kriminalroman *Emsgrab* erschien 2013 im Leda-Verlag.

Wolfgang Santjer
Emsgrab
Kriminalroman
Leer
978-3-86412-064-0

Peter Gerdes
Zorn und Zärtlichkeit
Kriminalroman – Leer
978-3-939689-64-5

Volker Feldkamp
Blut-Leer
Kriminalroman
Leer
978-3-86412-066-4

Peter Gerdes
Der siebte Schlüssel
Kriminalroman – Leer
978-3-934927-99-5

Wolke de Witt
Sturm im Zollhaus
Kriminalroman – Leer
978-3-934927-77-3

Barbara Wendelken
Berbertod
Kriminalroman – Leer
978-939689-25-6

Erik Wikki
Papenburger Puppenspieler
Kriminalroman
978-3-896412

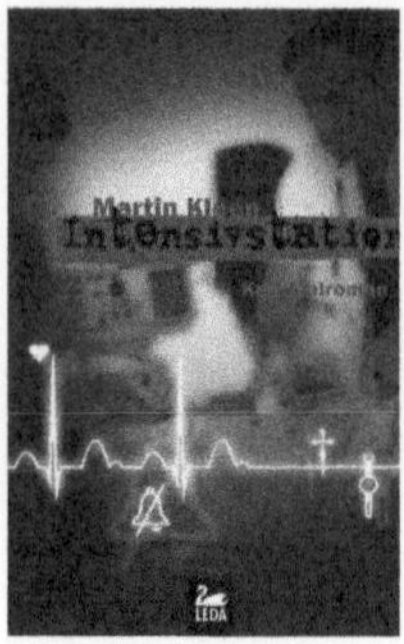

Martin Kleen:
Intensivstation
Kriminalroman
Leer
978-3-939689-57-7

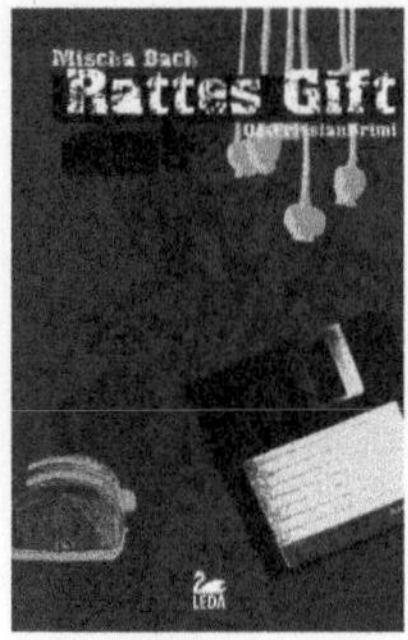

Mischa Bach
Rattes Gift
Kriminalroman
Leer
978-9-939689-23-2

Soko Taraxacum
Wenn der Weinhändler kommt ...
978-3-86412-068-8

Peter Gerdes
Fürchte die Dunkelheit
Kriminalroman – Leer
978-3-934927-60-5

Peter Gerdes
Ebbe und Blut
Kriminalroman – Leer
978-3-934927-56-8

Edmund Ballhaus
Die Ostfriesenbühne

978-3-86412-062-6

Ulrike Barow
Baltrumer
Kaninchenkrieg
Inselkrimi
978-3-86412-083-1

Gerdes/Lüpkes
Flossen hoch 3.0
Kriminelles zwischen
Angel und Haken
978-3-86412-068-8

Thomas Breuer
Leander und der
Lummensprung
Inselkrimi
978-3-86412-084-8

Sonja Zimmer
Jana und das
Geheimnis der
Evenburg
978-3-86412-085-5

Peter Gerdes
Langeooger
Lügen
Inselkrimi
978-3-86412-067-1